法医秦明
- 著 -

燃烧的蜂鸟

迷案 1985

江苏凤凰文艺出版社

图书在版编目（CIP）数据

燃烧的蜂鸟. 迷案1985 / 法医秦明著. -- 南京：江苏凤凰文艺出版社，2024. 8. -- ISBN 978-7-5594-8705-6

Ⅰ. I247.5

中国国家版本馆CIP数据核字第202477U91U号

燃烧的蜂鸟. 迷案1985

法医秦明 著

责任编辑	曹　波
特约编辑	贾　磊
封面设计	Topic Design
责任印制	杨　丹
出版发行	江苏凤凰文艺出版社
	南京市中央路165号，邮编：210009
网　　址	http://www.jswenyi.com
印　　刷	三河市中晟雅豪印务有限公司
开　　本	700毫米×980毫米　1/16
印　　张	22.25
字　　数	381千字
版　　次	2024年8月第1版
印　　次	2024年8月第1次印刷
书　　号	ISBN 978-7-5594-8705-6
定　　价	52.80元

江苏凤凰文艺版图书凡印刷、装订错误，可向出版社调换，联系电话 025-83280257

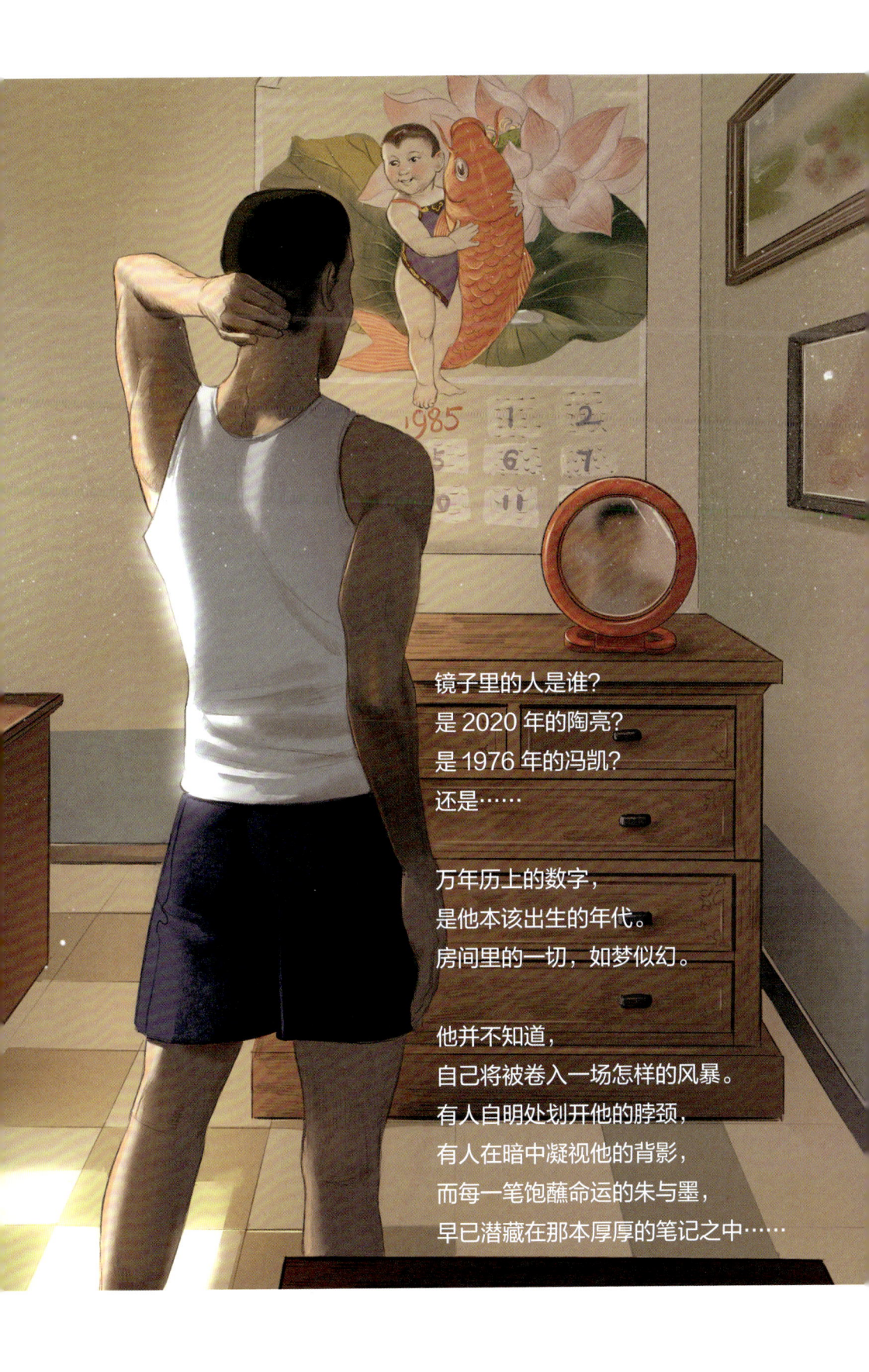

镜子里的人是谁?
是2020年的陶亮?
是1976年的冯凯?
还是……

万年历上的数字,
是他本该出生的年代。
房间里的一切,如梦似幻。

他并不知道,
自己将被卷入一场怎样的风暴。
有人自明处划开他的脖颈,
有人在暗中凝视他的背影,
而每一笔饱蘸命运的朱与墨,
早已潜藏在那本厚厚的笔记之中……

死者身份？

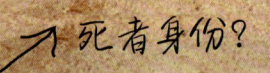

污水池腐尸案

死亡时间？

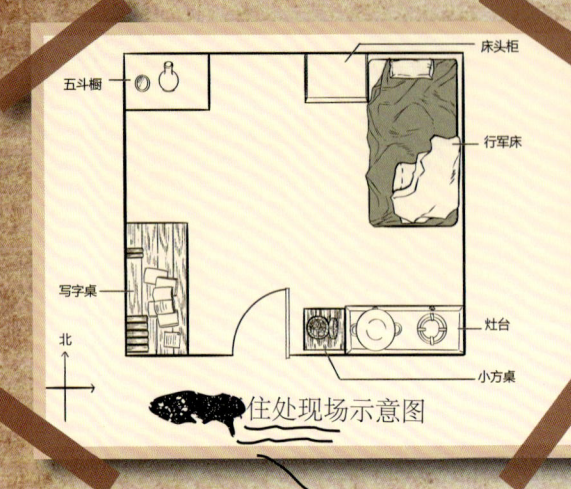

五斗橱　床头柜
行军床
写字桌　灶台
北　小方桌
住处现场示意图

凶手会重返现场吗？

有何关联？

一粒小小药丸
还你男人雄风

"大仙儿"横死案
？？

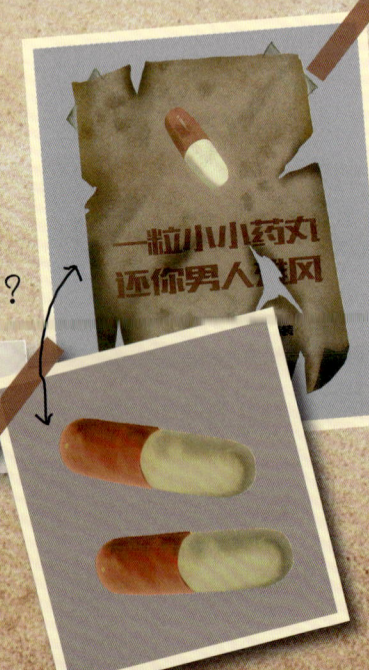

密室？

煤窑女尸

养鸡场人血

200多个足迹却找不到凶手？

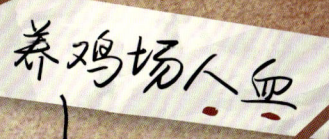

只有血，没有尸体？

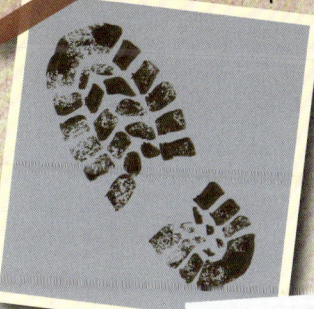

昨夜来了几个人？

市民广场失踪案

11岁男孩失踪
最后目击地点
公共厕所？

溢血旅馆

作案凶器？

潜血？

头骨 齿痕！

离奇焦尸

起火点？助燃剂？

有关？

凶村！！

物品清单？

这里为什么有这个？

？！

物品主人？

代表什么？

火车过山洞的时候,漆黑一片。
素昧平生的人,
因为同一趟车而有了交集。

怎么了?做噩梦了?
他曾这样问。

你知道吗?我以前可怕黑了。
她曾这样说。

车轮滚滚,人海茫茫。
天总会亮,梦总要醒。
离开的人,还能再见吗?

国家安危，公安系于一半。

———

燃烧的蜂鸟

迷案1985

「序言」

2022年，《燃烧的蜂鸟》第一部出版后，反响出乎我的预料。

首发直播仅25分钟，7000本签名版就售罄了。两天后，《燃烧的蜂鸟》在当当网荣登小说榜榜首、新书总榜第2，在京东也获得了自营文学周榜和侦探推理小说榜第1的成绩。更重要的是，这本8月才上市的书，还获得了该年度的京东图书年度文学新书榜第17位和喜马拉雅年度十大精品的荣誉。

我小心保存着这份成绩单，是因为这些都是读者朋友们对我的信任和期待。当然，也非常感谢磨铁图书、书店和各平台小伙伴的支持和努力。

尝试写新系列，很不容易。2017年我开始写守夜者系列时，就体验过这种手心冒汗的压力。现在，写蜂鸟系列，我依然觉得不够自信。

说句老实话，每当我觉得写不动了的时候，我就会去网上看看大家的留言和评论，读到你们为某个情节唏嘘，为某个段落笑出声，我都会有种像是在充电的感觉。你们总是能提醒我为何出发，让我再次鼓起勇气。

虽然《燃烧的蜂鸟》无论是从动意还是内容，都有我父亲那本九万多字的工作回忆录作为依托，但是如何把蜂鸟系列的后续作品创作得更精彩，我还真是有些忐忑。你们可能不知道，《燃烧的蜂鸟：迷案1985》从2022年的6月就已经开始开第一次策划会了（没错，比第一部上市的时间还要早），我和元气社的编辑们准备了很多很多资料，在线上做了好多次讨论，却一直没有找到新故事的合适切入点。

2023年春节刚过，元气社的策划团队便全部出动，来合肥找我碰面。

那几天，我每天下班之后，就要去单位附近的茶座"报到"。被催稿的感觉，非常微妙，我既想早点"开工"，又很害怕被她们"拷问"。这些在宣传期既温柔又细心的编辑（相信有些读者在活动现场也见过她们），在策划阶段可不是什么善良与耐心的化身。策划会，就像一个斗兽场。我们彼此不断抛出想法，又不断追问。

"这个人为什么要这么做？老秦你是怎么想的？讲讲嘛。"

"这一点能成为证据链吗？读者会不会不理解什么是孤证？老秦再讲讲？"

"冯凯是什么时候开始转变心态的？能讲讲不？"

……

等开完会，回到家，我跟铃铛姐姐（我太太）说："我现在完全不能再听到'讲讲'这两个字了，什么是PTSD（创伤后应激障碍）啊，这就是PTSD啊！"铃铛姐姐笑了，问我："为啥啊？讲讲？"

不过，我还是很感谢这些"封闭开发"的日子的。

《燃烧的蜂鸟：迷案1985》的创作过程中，我们这样激烈讨论了两回：第一回，我们解决了主线案件的剧情；第二回，她们解决了我——让我把第一版愉快交上的稿子，又根据人物的设定，重新修订了一遍。

现在，我在第3次修改《燃烧的蜂鸟：迷案1985》的序言，看到这个变得越来越有血有肉的故事，真是心潮澎湃。

虽然不能在序言里剧透，但我还是忍不住想借一点篇幅，聊聊我写蜂鸟系列的初衷。我很喜欢蜂鸟，却一直很难描述什么是"蜂鸟精神"。《燃烧的蜂鸟》第一部，是发生在1976年的故事，我们的父辈在那个年代，艰苦奋斗，把新技术运用于工作中，取得了不俗的成绩，就像传说中的蜂鸟一样，把火种带到了人间。

而第二部，则来到了1985年。我是"八〇"后，这是我们这代人出生的年代。那时候，改革开放刚刚开始，人们的思想变得更加开放，也更容易受到物欲的诱惑。所以我想，如果《燃烧的蜂鸟》里，蜂鸟是探索未知的勇气，那《燃烧的蜂鸟：迷案1985》里，蜂鸟应该是怎样的勇气呢？我想，等大家读完这本书，或许会有自己的答案。

当然，蜂鸟系列是悬疑小说，大家肯定更关心破案的问题。

二十世纪八十年代的破案方式，和现在相比有什么新鲜的点呢？

前文聊和编辑的"战争"时，我提到了一个词——证据链。1979年，《刑法》《刑诉法》正式颁布实施，公安民警的法治思维还不足够健全，还不太能理解证据链的重要意义（当然，或许你现在看着这个词，同样觉得很迷惑）。所以，到底什么是证据链？那个年代的民警又是怎么一步步认识到它的重要性呢？在没有先进仪器设备支撑的当年，大家又是如何在案子里完善证据链呢？这些，都是数十个月来，我不断思考和探索的细节。

当然，无论是技术，还是勇气，都只是说故事的一个角度罢了。最重要的，我还是想让读者朋友们可以从我的文字中，看到我们父辈的光荣，勤勤恳恳、任劳任怨的工作精神，和他们孜孜不倦、奋勇向前的探索精神。

我希望父辈们的精神之光，可以像风向标一样为我们指明方向；可以像催化剂一样激励着我们前行。因为我自己就是这样，直到现在，还在受着父辈精神之光的感染和鼓励。

在《燃烧的蜂鸟》第一部出版后，"国家安危，公安系于一半"这句周总理曾经的训示在网络上开始流行了。我认为这句话不仅仅可以让公安民警克服职业倦怠感，也能让更多的朋友认可公安工作的重要性。这也是我一直投身于公安工作的情结之一。

当然，不仅仅是公安前辈，其他职业的前辈们，在那个艰苦的年代，都表现出了他们坚韧不拔的精神，他们为祖国的建设奠定了坚实的基础，这才有我们现在幸福的生活。我曾呼吁，大家看完《燃烧的蜂鸟》后，都去向父辈表达一下敬意，有很多读者真的这样做了。甚至还有读者研究了自己父亲、母亲的工作经历，从他们的过往经历中汲取前进的力量。也正是这种力量，让我们一代代中国人生生不息、勇往直前！

好啦，编辑在催我赶紧进入主题，开始讲故事了。

咱们还是先说好，这只是个故事，不要随意对号入座。如有雷同，纯属巧合。

冯凯和顾红星的旅程即将开始，希望你会喜欢这个精彩的故事！

2024 年 3 月 14 日

「前情提要」

"我穿越了?"

在1976年醒来,陶亮忍不住发出了这样的疑问。

他记得自己是2020年的刑警,因为马马虎虎的工作态度,一再被降职处分,直到成了派出所民警,还被全局通报批评,让他实在有点抬不起头来。就因为这样,妻子顾雯雯和他吵了一架,气得回了娘家。

之后呢?他想起来,自己追到老丈人的书房,发现顾雯雯已经在一堆卷宗前睡着了。她是技术刑警,最近正扑在一起陈年旧案的侦破上。是的,"1990.12.3专案",自己派出所也接到过协助排查的任务。顾雯雯的父亲是退休多年的老警察,说不定顾雯雯翻看父亲当年的工作笔记,就是来寻找破案的灵感呢?

对,他就是这样开始阅读那些散落在地上的卷宗和笔记的。资料很有趣,他读得很入迷,不知道过了多久,他正想稍微活动下身体,却感到一阵眩晕。

醒来时,他就在这里了。1976年,一列正在行驶的绿皮火车上,他站在洗手间的镜子前,看到了自己。他的样子和身份都变了,他现在叫冯凯,是一个去中国刑警学院的前身——公安部民警干校学习侦查的年轻人。而他的邻座,那个看起来拘谨又害羞的小伙子,也是同样的目的地。那个小伙子打算学的,是当时对大多数人来说依然很陌生的痕迹检验技术。学成之后,他们都会成为新一批的警察。

适应了自己新身份的冯凯,很快就松弛下来,自告奋勇地要给这个小年轻当大哥,没想到小伙子刚开口介绍自己,他就被呛到了。他叫顾红星,没错,和顾雯雯的父亲是同一个名字。

怎么会这样?难道自己"穿越"到了岳父的笔记里?

接下来的一年时间,冯凯和顾红星过上了披荆斩棘的日子。

在人员极其短缺、技术极其落后、设备极其简陋的二十世纪七十年代，他们彼此支持、彼此鼓励，破获了一起又一起疑难案件，也让他们的刑侦科同事慢慢地接纳、认可了他们的新技术、新方法。

冯凯帮助顾红星克服了"社恐"的毛病，帮助他建立了自信，帮助他战胜了困难，一举侦破一起命案隐案，也让顾红星克服了自己的心理阴影。在冯凯意识到父辈警察们工作有多艰难的同时，顾红星认真、细致的工作态度，也深深感染了他，让他这个爱走捷径的民警，最终意识到自己肩上的责任是容不得半点马虎的。

当然，也不是所有事情都如此顺利。在办案的过程中，冯凯发现顾红星的感情线似乎有了苗头，但那个姑娘的名字他压根就没听过，眼看岳母的地位就要被旁人占了先机，他忍不住跳出来"搅局"，试图破坏顾红星的姻缘。结果如何，这里就不赘述了。

"我会一直以这个身份停留在七十年代办案吗？"

有时候，冯凯也会这么想。在某次破案过程中，他遭遇了一次致命的危机，在濒死的关头，他依稀看到了现实的真相。他意识到自己并不是真的穿越了，而是在做一场无法醒来的长梦。为何自己会陷入一个无边的梦魇？究竟何时才能梦醒？何时才能和自己牵肠挂肚的妻子顾雯雯重聚？这一切都是一个谜团。

协助顾红星破完那起给他留下心理阴影的隐案后，冯凯还没来得及和顾红星多加庆祝，忽然又进入了那似曾相识的眩晕状态。他隐隐约约意识到，自己似乎完成了"关卡任务"，再次醒来，可能一切又都不一样了！这一次，他能回到2020年吗？

「登场人物」

顾红星 /1976 年时 20 岁

父亲是军人，母亲是钢铁厂的工人。他原本只想当一名光荣的钢铁工人，却拗不过父亲的安排，成了一名公安干警。顾红星身材瘦弱，在严父的管教下，自己原本非常缺乏自信，但在冯凯的积极鼓励下，经过培训学习，他成了最早从事痕迹检验技术的警察中的一员。他惊喜地发现，自己的严谨、细心和专注，在这份工作上都有了用武之地。他理性，相信事实而非依赖直觉。在物资条件匮乏的年代里，要提取物证并不容易，他迎难而上，不断突破着自己，向着心目中的好警察的目标前进。

冯凯 /1976 年时 21 岁

陶亮性格大大咧咧的，不擅长做计划，喜欢随机应变。他曾有一腔热血，但因为嫌规章制度麻烦，爱"走捷径"而屡屡受挫，对待工作的态度也越来越消极。因为昏迷而"穿越"到冯凯身上后，陶亮很快接受了这个新的身份。冯凯主学侦查，他发现很多先进的破案技术在这个年代并没有条件施展，好在很多刑侦思维还是共通的，自己那些不按常规出牌的小聪明恰好能派上用场。他正飘然自得，却在顾红星的提醒下，意识到光靠小聪明是无法追寻到真相和正义的。从听信人证到注重物证，只是证据意识探索之路的开始，这条路并不容易，他越来越能理解顾红星了。

林淑真 /1976 年时 19 岁

沈阳医学院的工农兵大学生，因为在唐山大地震时参与救援而与顾红星相识。林淑真毕业后分配至龙番市人民医院急诊科，与顾红星住在了隔壁宿舍。敢说敢做的直率性格，却有些马大哈。她为人仗义，利用自己的医学知识，在顾红星和冯凯的破案之路上帮了不少忙。

目录
CONTENTS

第一章 —— 001

割喉

他原以为自己能回到2020年,却莫名醒在了1985年。还没来得及适应,他就被人在脖子上割了一刀……失去意识前,他只想问:为什么啊?!

第二章 —— 033

脱皮

污水池里那具腐烂的女尸,原来是失踪的她。卧室已经空了,床边墙壁糊着泛黄的旧报纸,一层一层,仿佛枯萎的皮囊。

第三章 —— 061

头骨齿痕

烧秃的焦尸搬走后,那个不起眼的物件,一直静静地掩埋在废墟之下。锈色的金属框架之中,暗藏嗜血的锯齿。

燃烧的蜂鸟 迷案1985

第四章 —— 091

"大仙儿"横死

妙手回春的"大仙儿",突然死在自己的呕吐物里,坊间传言是他冒犯了天机。也有人说,昨日"大仙儿"的门里站着一个面目不清的女人,难道那便是他的劫数?

第五章 —— 121

湖滨旅社

前台小姑娘靠在椅子上打瞌睡,迷迷糊糊地感觉有个男人带着两个女人从楼梯走了上去。次日早晨,男人已经死透,浸血的头皮上留下的是十几处三角形和星芒状的小创口。

第六章 —— 147

废窑洞

煤窑里的女尸,看起来并不像流浪汉。现场提取出的两百多个足迹,从洞口一路指向她的尸体。她死的时候,究竟经历了什么?

第七章 —— 177

被划掉的天气

从气象资料看，所有的作案时间，都是天气晴朗的时候。只要是下雨或者刚刚下过雨的夜晚，都没有作案。

第八章 —— 209

市民广场失踪案

这应该是市里最热闹的地方，到处都是眼睛，老师和同学又都在不远处。11岁的男孩只是上了个公用厕所，却再没有回到人群中。

第九章 —— 237

交易的死角

按照匿名信的要求，她独自一人来到了电话亭边，手里抱着鼓鼓囊囊的黑色皮包。约定的时间已经到了……电话却没有响起。

第十章 —— 265

凶村

明明是大白天，每家每户却大门紧闭。似乎只要有外人进村，就有目光在暗处追随着他们。

尾声 —— 305

四条命的女人

乖巧懂事的女儿？温柔可靠的姐妹？不知廉耻的荡妇？冷酷无情的赌徒……这么多的身份，你相信哪个才是真正的我呢？

燃烧的蜂鸟

迷案1985

第一章 割喉

1

"我醒过来了!"

一种幸福感涌入了陶亮的心头,但他没有急于睁开眼睛,而是先捏了捏拳头。听到指关节咔嗒作响,他的隐忧顿时消失了大半,这响声多真实啊!

他心中一喜,一骨碌从床上坐了起来,急不可耐地四下张望。

身边的环境,果真不是那个二十世纪七十年代的破旧宿舍了。

可是,当他看清四周的状况后,他的心情又一下子跌落到了谷底。

房子很小,是崭新的,可是陶亮知道,那并不是他一直想念的家。周围的家具模样和摆设,透着一种复古的气息,倒是和他小时候的记忆很相似。

褐色的五斗橱上方,贴着一张月历,月历的旁边还有几张奖状。五斗橱的上面,摆着一台老式收音机,还有一台座钟。房间的另一侧,摆着一个脸盆架,架子上有一个印有红色牡丹的搪瓷脸盆,盆边挂着一条红白相间的毛巾。

陶亮从钢丝床上缓缓下来,用蓝色油漆刷的床体晃了一晃。

他看到床的正对面就是房间的大门,一扇老式的木门,门的上方还有一扇小小的副窗。门的背后,有一排挂钩,其中一个挂钩上挂着一件警服。

那件警服让他感到熟悉。

警服是的确良[①]面料的,橄榄绿色,袖口还有黄色的袖线。领口依旧是对称的红领章,但肩膀上多了肩袢,肩袢上挂着蓝色的盾牌。

警帽是挂在另一个挂钩上的,是橄榄绿色的大檐帽,周围镶着红色的牙线。

[①] 的确良:二十世纪七八十年代非常流行的一种涤纶纺织物。用这种面料做的衣服结实耐用,不容易起皱,还能印染出鲜亮的颜色。

第一章
割 喉

帽墙[①]上有两道黄杠和一道黑色漆皮帽带[②]。帽墙的正中央，挂着帽徽。帽徽已经不再是国徽了，而是沿用至今的警徽。警徽由国徽、蓝色的盾牌、金黄色的长城和松枝组成，象征着人民警察捍卫国家、捍卫人民的神圣职责。

这套服装，陶亮越看越觉得眩晕。

他早已认出了这是八三式警服，1984年正式启用，一直使用到1989年。这意味着现在他所处的年代，就是在这几年之间。他依旧被困在梦境中，依旧看不到顾雯雯那让他魂牵梦萦的笑容。

这可真是够邪门的，刚结束了一个七十年代的漫长梦境，怎么醒来又直接跳进了八十年代？做梦还有连环的吗？

陶亮忍不住躺回到床上，用右手的中指和拇指揉着自己的两侧太阳穴。他试图让自己更加清醒一些，努力思考着发生的这一切究竟是怎么回事。

印象中，他明明是在老丈人家里，坐在顾雯雯的床边，看着悬案的卷宗和老丈人的笔记，然后就不省人事了。接着他就进入了七十年代的梦境，身份变成了冯凯，成了老丈人的同事……啊，感觉就像是自己掉进了老丈人的笔记里！现在仔细想起来，冯凯这个名字，确实在老丈人的笔记里多次看到过，或许这就是自己"穿越"成冯凯的原因？等等，要这么说，上一个梦境里遇到的案子，难道也都是在笔记里看到过的案件吗？

奇了怪了！无论陶亮怎么努力地去想，这会儿都想不起笔记里的具体内容，可是明明他都翻完了老丈人所有的笔记啊！对冯凯这个人也好，还有那些在梦中经历过的案件也好，他只是有一种似曾相识的感觉，可是，笔记后面还记录了哪些案件，他却什么都记不起来了。

也是，如果他还记得笔记里的所有内容，而梦境中发生的案件和这些内容又是一模一样的，那知道结果的他，岂不就成为"梦境神探"了吗？在梦的世界里，他不就是未卜先知的"预言家"了吗？

陶亮忽然想起自己小时候读过的一个故事，科学家天天研究苯环的结构，某日忽然梦见蛇咬自己的尾巴，醒来后发现梦里的提示恰好是自己所思考的难题的答案。看来，梦和人的潜意识多少有些关联。很有可能，他所经历的长梦，就是自己

---

① 帽墙：帽檐上侧的那部分。
② 帽带：帽子上用作装饰的带子。

的潜意识在有重点地重现笔记里的内容，加深他对那些内容的印象，就像老师帮学生复习画重点一样。

那这些画重点似的梦境，是为了给自己提示什么呢？

陶亮想来想去，最有可能的，还是他陷入昏睡前在研究的那个案子——1990年的那一起命案积案，让顾雯雯心力交瘁，他实在太想帮她找到头绪了。难道翻看了海量的资料后，自己的潜意识里已经有了答案，悬案的线索莫非早已经摆在眼前了？

想到这里，陶亮有点头疼，1990年的案子，像一团模糊的黑影，他一时竟然想不起什么细节来。更何况，上一个梦那么长，他解决了那么多案件，会是哪一起案件和1990年的案子有关呢？或者说，他变成"冯凯"这件事才最值得注意，莫非冯凯这个人物和命案积案有关？

对了！陶亮突然想到一件事：这第二场梦中，他是谁，还是冯凯吗？

陶亮又一骨碌从床上坐了起来，带动这张只有一米二宽的钢丝行军床吱吱呀呀响了半天。他见地上放着一双蓝色的塑料拖鞋，连忙穿上，在这个一眼就可以囊括的小房间里找起镜子来。

五斗橱恐怕是这个小房间里唯一可以储存东西的家具了，陶亮拉开了所有的抽屉，除了一些衣物，就是一些杂物了，真的是一面镜子都没有。

"这什么人啊，怎么这么不讲究。"陶亮嘀咕着，走到了五斗橱上方的月历旁边。

这是陶亮小时候在爷爷奶奶家看到的那种月历，只有一张海报那么大，三分之二的篇幅都是画，剩下的三分之一，分割成12个方格，里面是每个月的日期。

月历上的画是一个喜笑颜开的大胖小子，双颊红红的，十分可爱，和陶亮爷爷奶奶家月历上的画几乎一模一样。

"1985年。"陶亮自言自语，"是我出生的年份啊。"

可惜，月历上任何笔迹都没有，也不知道现在是几月。从这适宜的气温来看，现在应该是春秋季节。再从月历的新旧程度来看，不像是挂了八九个月的样子，那么现在就应该是春天了。

不管自己这次又变成了谁，既然踏入了这第二场梦，那这回每一个案子自己都得牢牢记住了，谁知道会是哪个关键点，和那个命案积案有关。等到自己真正在2020年醒来之后，说不定就跟那个科学家一样，把一切都想明白了，自然就能帮助妻子顾雯雯把命案积案破了。

第一章
割 喉

破案是有很多好处的，比如可以让雯雯不再那么辛苦，又如可以提升自己的家庭地位……"欸！我这个之前对生活都不上心的人，现在对梦境倒是格外认真！要是雯雯知道了，不知道会不会笑话我呢！"陶亮一边自言自语，一边看向了五斗橱上的座钟。

座钟显示现在是早晨7点半，应该快到上班的时间了。陶亮捏了捏自己大臂上的肌肉，又摸了摸自己的平头，说："还好，幸亏不是个老头子。"

他拿起门后的制服，穿在身上，又拿起大檐帽扣在了脑袋上。

"很合身啊。"陶亮转念一想，无奈地自嘲道，"废话，这是我的衣服，当然合身了。不过这布料确实比那蓝白警服要舒适很多啊。也没个镜子，不知道穿这套八三式警服，是个什么形象。"

为了防止被人撞见的尴尬，陶亮悄悄打开房门，伸出头去，见外面没有人，这才一个闪身出了房间。门口是一个走廊，连接着四户房间，走廊的中间是通往楼下的楼梯。和上一次的梦境有所不同，这次他住的不再是那种两人一间的筒子楼了，而是二十世纪八十年代的有厨房、有厕所的单人宿舍了。

陶亮快步到了楼下，急于看一下自己住处的所在位置。出了单元门，他立即恍然大悟：怪不得房间显得那么新呢，原来这几栋单人宿舍楼，就是把之前自己住的那栋筒子楼拆掉之后新建的。三层的筒子楼变成了四个单元的六层住宅楼，自己现在是住在六楼。

有警服，知道自己还是个警察，住的地方也距离公安局不远。这下陶亮放了心，沿着上一次梦境中非常熟悉的小路，走到了公安局的大门口。

公安局的办公楼没有翻新重建，但是楼的外体进行了重新粉刷，也显得很新。

"哟，功臣上班来啦？"公安局的门卫把窗户推开，热情地和陶亮打着招呼。

"功臣？"陶亮一边敷衍地对门卫招招手，一边暗自揣摩着，"他说的，是字面意义上的'功臣'？还是我这个人的名字就叫作功臣？"

走进公安局大楼的正厅，中间是新装上的五个大字"为人民服务"。侧面墙壁上，则挂着一张各部门所在位置的指引表。

"我应该还是在刑侦科吧？"陶亮想着，"这梦境总不会把我弄去干别的吧？"

陶亮走到指引表一边，看见"二楼"的后面写着"刑警大队"四个字。

"哦，这时候已经不叫刑侦科了。"陶亮嘀咕着说，"可是，我们地级市公安局的刑警部门，不应该叫'刑警支队'吗？支队下面才分一大队、二大队。看来这个

时候，还没有升格为支队，级别上还是大队的编制。"

熟悉的楼梯转角处依旧是周总理题写的几个大字："国家安危，公安系于一半"。

大字的旁边，有一面大镜子，是警容镜。无论在哪个年代，公安人员都是有内务管理规定的，需要保持一个良好的警容警姿，所以很多公安局的公共空间都有警容镜。

看到镜子，陶亮心跳突然加快，三步并成两步来到了镜子的旁边。怀着好奇、紧张又期待的复杂心理，陶亮眯缝着眼睛，向镜子里看去：一副强壮的身躯和一张英气十足的面庞，虽然是有一成陌生感，但剩下的九成都是熟悉感。国字脸，眼睛不大、单眼皮，剃着个小平头，皮肤黝黑。这让陶亮瞬间放下心来。还好，这回我还是冯凯！

那一成的陌生感，来自不再稚嫩的五官，若隐若现的抬头纹，和有些深邃的眼神。是啊，这不是1985年吗？算起来，冯凯也应该30岁左右了，不再是毛头小伙子了。即便是在梦里，陶亮也有一种唏嘘感，时间过得可太快了。

虽然没能回到顾雯雯的身边，但至少冯凯是一个熟悉的人物，这倒让陶亮的内心获得了一丝安慰。至少不需要为了搞清楚自己的身世而绞尽脑汁了。细想了一下，这个冯凯也是30岁上下的人了，在这个年代居然还是孑然一身，住着单人宿舍，混得也忒差了一些。不过，对陶亮来说，这是一件好事，不然心里总惦记着顾雯雯的他，是不可能和其他女人生活在一起的。

对着镜子里的冯凯，陶亮整理了一下身上的警服，又扶正了头上的警帽，深深呼吸了一下，算是为自己的"新旅程"加油打气，然后转身上到了二楼。

二楼也经过了内部装修，除了楼道口新增了一块"龙番市公安局刑警大队"的门牌，墙壁也经过了重新粉刷，办公室的门也都更换成新的木门了。木门的门框上钉着白色的标牌，上面用红字写着"大队长室""内勤室""一中队""二中队"等字样。

"看来老刑侦科的队伍也壮大了啊。"冯凯心里想着，却不知道自己该进哪个门。

突然一阵笑声从"一中队"的房间里传了出来，吸引着冯凯推开了这一间的房门。

房间里，一个长相格外帅气的高个儿小伙子穿着整齐的警服，正斜坐在一张办公桌上，挥舞着双臂，不知道在说些什么。在他的面前，围坐着七八个人，有男有女，也都穿着绿色的警服，边听边笑着。

第一章
割 喉

冯凯辨认了一下，这个被围在中央的小伙子，自己并不认识，但是他那浓眉大眼、利索的小平头和一笑就会出现的酒窝，给人一种阳光温暖的感觉。不知道为什么，冯凯一眼就喜欢上了这个大男孩。

更何况大男孩坐着的桌子上，放着一个用石膏做的外国男人的头像，在冯凯的记忆里，那不是"大卫"就是"思想者"。这个雕塑给大男孩平添了几分文艺的气质。

"哟，凯哥来啦！"大男孩从桌子上跳了下来，朝门口的冯凯招了招手。随着桌子的晃动，石膏头像也晃动了两下，冯凯下意识地以为它会掉下来摔碎。

也有几个听众站起身来，回头朝冯凯点了点头。

"哟，咱们的大功臣啊。"一名男警说道，"顾大不是给你放了两天假吗？"

冯凯看了看纷纷回过头的众人，刚才说话的那人他认识，是以前刑侦科的肖骏。冯凯曾经还和顾红星一起通过肖骏爱人小梁的关系，从公安局仓库里找到不少被遗弃的装备。除了肖骏，冯凯还认出了另一个曾经的同事秦天。当年还被称为"小肖"和"小秦"的这两位，此时也已经接近40岁了，比记忆中的样子要成熟了许多，但说话的语气倒还是一模一样。其他同事，则都是年轻人，应该是他"不在"的这几年引进的新人了。而那些冯凯比较熟悉的老同志，比如穆科长、侦查员陈秋灵、法医老马，都不在其中。冯凯估计，要么就是退休了，要么就是由于年纪大，调去了其他后勤部门，退居二线了吧，想到那几个可爱的老头儿，他心里不禁升起了一丝怀念。

还有，刚才肖骏称呼的"顾大"，应该就是顾红星了吧？算起来，顾红星也才20多岁，这么早就当了刑警大队长，看来他不在的这些年里，顾红星依旧是功劳不断啊。他们称呼自己为"凯哥"，说明自己并没有什么职务。也好，无官一身轻嘛。

"哦，放什么假啊。我们警察什么时候放过假？"冯凯笑着说。他心想，不管对哪个年代的警察来说，放假都是奢望。

"所以凯哥你这是闲不住啊。"帅气的大男孩说道，那枚酒窝在他的脸颊上格外显眼。

"你们继续聊，继续聊。"冯凯挥了挥手，做出一副不经意的模样，假装在办公室里溜达着，实际却在观察着办公室的摆设。

这间办公室，就是以前冯凯和顾红星所在的办公室，只是里面经过装修，而且所有的家具都已经置换一新，看起来要整齐多了。办公室里有四张桌子，在房间的两侧摆设着，椅子上还有用红油漆写的"一组"和"二组"。看来一中队仅有的四

个人，都要分成两组来办案，才能基本满足办案需要。

"肖队，你不知道，那场面，绝对是你没见过的。"大男孩继续侃侃而谈，"现场有一万五千人呢，都在一起跟着音乐跳舞。"

看来肖骏是一中队或者二中队的中队长。

冯凯走到大男孩坐着的那张桌子的隔壁，翻了翻桌子上的书。书的扉页，写着一个英文字母"K"，显然，这就是他的桌子了。看来，他和大男孩两个人组成了一中队二组。

"你说的那个乐队叫什么来着？"肖骏问。

"'威猛乐队'。"大男孩说，"你知道吗？票价是5块钱，但是实际上炒到了40块！"

"40块！"一名女警说，"那可是我们半个月工资！"

冯凯做出漫不经心的样子，耳朵却一直竖着听着大家聊天。看来年代果然不同了，过去了几年，工资也涨了不少。按这个女警的说法，工资已经有每个月大几十块了，比当年去警校的时候每个月二十几块要好多了。

"40块！能买二十几斤猪肉了。"肖骏惊讶道。

"能买30斤鸡蛋！"女警笑着说，"十张票就能换一台冰箱了！太可怕了！"

"小叶，我预言，以后这种叫作'演唱会'的东西会越来越多的。"大男孩说。

那个叫小叶的漂亮女警摇摇头，说："再多我也买不起票。"

"那是，那可不能跟俊亮比，他家里条件好，连'燕舞牌'收录机[①]都有。"秦天说，"是吧，俊亮，你不用买票，你直接买磁带不就可以了吗？"

"磁带也要10块钱一盘呢。"大男孩说，"不过在家里听磁带，和去现场听演唱会，那感觉可是完全不一样的。"

"有啥不一样呢？"秦天耸了耸肩膀。

这一番谈话，让冯凯激动了一下。这个叫俊亮的帅气大男孩口中所说的"威猛乐队"在北京开办的演唱会，也是国内第一场演唱会，当时一票难求，现场气氛热烈，观众情绪高涨，很多报纸都报道了这一盛况。而冯凯之所以知道这一场演唱会，是因为陶亮恰好出生在这一天。长大后，陶亮还经常听自己的父母提起。

这一天是1985年4月10日。

---

① 收录机：具有收音机和录音机功能的机器。

第一章
割喉

还有，秦天口中的"燕舞牌"收录机，冯凯也是印象深刻，在陶亮小的时候，电视里总是"燕舞牌"的广告，"燕舞，燕舞，一曲歌来一片情"的洗脑音乐，在"八〇"后中的知名度，绝不亚于"今年过节不收礼"在二十一世纪年轻人中的知名度。

"演唱会是昨天晚上？"冯凯插话问道。

"前天晚上。"俊亮说，"昨天报纸都登载了。"

看来今天是1985年4月12日。

"别说什么摇滚了，疯疯癫癫的。"肖骏笑着说，"我看啊，还是关注一下咱们的中国男足吧！上个月，咱们可是得到了亚青赛冠军！我有强烈的预感，咱们中国足球以后肯定能称霸足坛！"

"你的预感不准啊。"冯凯一边轻声吐槽，一边走到窗户边，朝窗外的大路上看去。

"嘿，怎么就疯疯癫癫了？"俊亮摸了摸自己的平头，反驳肖骏，"你看'威猛乐队'，他们留着长发，戴着蛤蟆镜，多帅啊！"

俊亮说得不错，冯凯的视野中，路边的男人们都穿着花衬衫，留着长头发，虽然还不到能扎辫子的长度，但还是让他觉得很不清爽。道路上车流不息，但主要还是自行车。这一幅景象和陶亮看的那些二十世纪八十年代的纪录片，没有两样。

"相信我，俊亮，咱们这剪短的发型才是经典，经典的，才不会被时代淘汰。"冯凯说道。

"欸，凯哥，你今天咋老气横秋的？"俊亮笑道。

"那肯定的，刚刚立了功，顾大说正在向局里打报告，说要两个专职技术员，组建技术中队。"秦天说，"那你老凯肯定就是当之无愧的技术中队长了。"

"我？技术中队？"冯凯转过身吃惊地指着自己的鼻子说，"我是个侦查员啊。"

"知道，知道，咱们都是侦查员，但这不就你一个人能干痕迹检验嘛。"肖骏说："哦，小卢，你是不是也快出师了？"

冯凯这才知道，俊亮的全名是卢俊亮。

"不行，还不行，我觉得我的长处还是医学。"卢俊亮说道。

"那可不，你可是学了5年医学的人，咱们局里第一个大学生！"秦天说。

"几年前恢复高考，以后大学生会越来越多的。"卢俊亮咧了咧嘴，酒窝更深了。

情况基本搞清楚了，现在刑警大队还没有技术中队，冯凯自己干着侦查兼痕检，当然顾红星可能也会兼职，卢俊亮是法医，接了老马的班，但看起来应该是刚刚毕业没多久，估计没什么经验。法医也要干侦查员和痕检员的事儿，所以他要么跟着冯凯，要么跟着顾红星当学徒。

"那你当初为什么不当医生啊？"那个叫小叶的女警笑着问卢俊亮，眼神也落在他的酒窝上。

"哎呀，还不是为了这一身警服嘛，多威风，是不是？医生的活儿，多没劲啊？"卢俊亮说，"不信你问问我师父，看看师娘怎么说。"

冯凯心中一喜，心想他离开的这几年，顾红星和林淑真果真修成了正果。

"对了，听说嫂子怀孕了是不？"小叶继续八卦道。

"是的，我是无意中偷听到顾大打电话，才知道的，好像都怀了4个多月了。"卢俊亮一脸神秘地小声说，"这事儿，绝对可靠。"

冯凯的心脏一阵乱跳，雯雯是处女座，9月生的，这么一算，果真是一点不差啊！再过几个月，自己就要见到顾雯雯了？他巴不得时间能过得快一些。这个梦不是会跳跃时间吗？要是直接跳到能看到顾雯雯的时候，该多好？

"咣咣咣。"一阵敲门声突然响了起来。

2

顾红星一身警服站在门口，满脸的严肃。虽然依旧年轻，但是那沉着而犀利的眼神告诉冯凯，他已经不是原来那个遇人说话就结巴的青嫩小子了。

顾红星用手指关节叩响了敞开的大门，说："上班就是聊天吗？活儿都干完了？"

这居然是顾红星说出来的话？冯凯很是惊愕。

两名女警吐了吐舌头，低着头从顾红星面前穿过，跑到对面内勤室去了；几名年轻民警也跑去了隔壁的"二中队"办公室。这间办公室里，肖骏和秦天是老资格，但也嘿嘿一笑，自觉理亏地回到了自己的办公桌前，翻阅起卷宗来。

卢俊亮说："师父，您来啦？我去给您打开水。"

一扭头，他也跑没影了。

冯凯此时可以说是思绪万千，虽然这一次的梦境和他"离开"时的1977年相隔了8年之久，但对冯凯来说，却只有一夜的距离。顾红星突然产生的威严感，让冯凯觉得他们之间不自觉地产生了隔阂，让他觉得顾红星有些遥远。

第一章
割 喉

不过，在这个梦境中的世界，顾红星是冯凯的一个重要的心理依托。就像是来到了一座陌生的城市，而这座城市里，只有一个故人。所以，即便是那种威严感让冯凯感觉很不适，但他还是热情洋溢地跑到了顾红星的身边，一手搂住了顾红星的肩膀，说："听说你给大哥放了两天假？我就不要这个假了，我想死你了！"

顾红星先是一惊，然后皱起了眉头，侧了侧肩膀，让开了一步，躲开了冯凯的搂抱。冯凯的胳膊落了空，整个身体失去了依靠，跟跄了一下。

"不放假，就工作。"顾红星简短地说，"韦星的案子，你去查了吗？"

"啊，嗯，我应该查了，回头我看看。"冯凯当然不知道自己查了没有，他尴尬地用落空的手挠了挠脑袋，含糊其词地说道。

"那最好。"顾红星看了冯凯一眼，转身走进了大队长办公室。

那个眼神，让冯凯更加不适。很显然，顾红星现在当了大队长，不再和他"大哥""小弟"这样互相称呼了。难道，一个人一旦升迁了，就一定会发生这样的变化吗？冯凯记得，在之前的梦境当中，顾红星最信赖的人，一直是他。可是，刚才的那个眼神，充满了怀疑和欲言又止。这8年来，这两个人之间究竟发生了什么呢？

想来想去，也是毫无意义的猜测。冯凯回到了自己的办公桌前，翻箱倒柜想把顾红星刚才说的那个案子找出来，看看究竟是个什么情况。

冯凯的办公桌上，除了几本侦查学和痕检学的书，还有一个文件袋，文件袋里，只装着一张纸。这是一份报警记录：1985年4月3日，一个人来到公安局报警。报警人叫韦星，是龙番煤矿的一名货车司机，平时的工作就负责拉煤。根据韦星的报警所说，之前几个月，他每次拉煤到目的地装卸的时候，都感觉到车上的煤少了一些，但毕竟拉煤量大，所以没有多少人真的对这事儿上心。这一次，韦星拉煤的路上，突然蹿出了一只小鹿，导致他一个紧急刹车。车停下后，他从倒车镜里看到有一个扎小辫子的男人跳下车跑了。他下车查看，发现车斗里有一把铁锹，是刚才那个男人仓促之间落在车上的。想来这个人之前就躲在车斗里，用铁锹把成块的煤炭铲下车，他的同伙则沿路来捡这些被铲下的煤块。

"一次可能没多少钱，但是每次都这样弄，我们厂损失了多少煤啊！"韦星这样说道。

于是，韦星就把这把铁锹带来了公安局。可距离他报警已经过了9天，案件的"卷宗"还只有这一份报警记录，也难怪顾红星要对自己用上那种眼神和语气。

不过，偷煤这种事情，不是应该叫派出所就办了吗？现在居然让堂堂市公安局刑警大队来办，而且是让冯凯这个多年前屡破大案的侦查员来亲自办？难道，过了这些年，顾红星已经不信任他冯凯了？

想到这里，冯凯心里很不是滋味，他想去找顾红星聊聊，可是想到刚才顾红星的那种眼神，他望而却步了。

算了，还是去偷煤的事发地看看再说吧。

冯凯拉开了抽屉，见里面有一把钥匙，看得出是一辆摩托车的钥匙。恰好此时卢俊亮打水归来，冯凯问道："俊亮，我的摩托车停哪儿了，你知道吗？"

"就在楼下，刚才我打水的时候看到的。"卢俊亮说，"凯哥，你去哪儿啊，带不带我？"

"带你有啥用？"冯凯想一边骑车，一边静一静，可不想带着这个话痨，于是说道，"你给我好好看看专业书，用理论来补经验的不足，知道吗？"

"知道了，嘿嘿。"卢俊亮坐了下来，翻起了一本《病理学》。

冯凯走到了楼下，见水房的旁边，果真停着一辆两轮摩托车。按理说，这个地方不应该停车，看来真的冯凯也是个不太爱守规矩的人。

冯凯骑上摩托车，慢慢启动了，心里默想着自己该走哪条路才能到报警记录里提及的那个"案发现场"，也不知道这8年来，龙番市的道路情况变化大不大。

摩托车慢慢驶出公安局大门的时候，冯凯无意中瞥见门口站着一个男孩子，大约初中生的样子。很显然，他早就看到了冯凯，似乎想上来和冯凯说话，但又不敢的样子。

"怎么了，同学？"冯凯把摩托车骑到他身边，细细打量着他。

男孩子穿着很朴素，却不失整洁，白色的衬衫、蓝色的裤子，显然是被熨烫过的。看起来，应该是个家庭条件还不错的孩子，至少父母应该很关注他。

男孩子仰起脸来，和冯凯对视了一会儿，眼神里都是犹豫和闪躲，他怯生生地说："警察叔叔，我迷路了。"

"迷路？你这么大的孩子还能迷路啊？"冯凯哑然失笑。

孩子倒是没有觉得可笑，他抬起那双纯净得一眼能望到底的眼睛看着冯凯说："我家住金村，学校来市里春游，我跟丢了。"

看到那双单纯的大眼睛里，似乎还闪动着泪光，冯凯顿时心软了，说："那你们老师也太不负责任了，走吧，我正好往城郊方向去，可以载你一程。"

第一章
割 喉

"谢谢警察叔叔。"男孩跨上了摩托车后座。

冯凯一加油门,向城郊的方向驶去。路上的车不多,摩托车骑得很快,冯凯感觉到身后的男孩似乎有些瑟瑟发抖。

"怎么了?害怕啊?没坐过摩托车?"冯凯问道。

"嗯。"男孩的声音都在发抖,不知道是不是气流的作用。

"那我骑慢点。"冯凯体谅地开始减速。

很快,摩托车驶离了熙熙攘攘的市区,进入了郊区。

"金村,是不是和龙东县交界的那个村子?路不太好走的那个?"冯凯问道,他知道自己得把这个孩子送到家,交到他父母的手中。这或许是源于他都没有意识到的责任心,一代代警察的基本品格,早已成为习惯深深刻在了他的骨子里。

不知道是没听见还是其他原因,男孩没有回答,冯凯只感觉到他颤抖得更明显了,身体似乎还在后座上扭动着。

"你怎么了?"冯凯准备转过头看看他。

冯凯的脑袋还没来得及转过去,就忽然感觉到脖子右侧一凉,感到一阵钻心的刺痛。他很是疑惑,右手松开车把手摸了摸自己的颈部,刺痛的地方,竟有大量黏稠的液体喷涌而出。

冯凯心里一惊,看了看手掌,是血!是他的血?

他另一只手紧紧攥住了刹车,摩托车前轮紧急停止了转动,整个车身向前翘了起来,背后的男孩身体紧紧压在了冯凯的身上。

一把锋利的匕首从冯凯右侧肩膀的上方向前掉落了出去。

那一刹,冯凯的脑子里翻滚过了无数种可能性,但唯一的可能就是他最不愿意相信的那种——背后的那个男孩子,用刀割了他的脖子。

"为什么?"冯凯不知道在问谁,但是他很快失去了左手单手持把的能力,摩托车的车头开始剧烈地扭动起来。

很快,随着"哗啦"一声响,摩托车倒了下来,冯凯右手紧紧按住颈部的创口,左手想抓住刚刚从地上爬起来的男孩。此时,冯凯的衣服前襟已经完全被血液浸湿了,冰凉地贴在自己的锁骨处。

不知道是被突如其来的意外惊到了,还是过度失血,本来眼疾手快的冯凯,这一抓居然抓空了。男孩跳开了一步,捡起地上的匕首,疯狂地向附近的一条小巷子奔跑过去。

冯凯想去追，但是他按住颈部伤口的手还能感受到血并没有凝住，依旧不断地从指缝中流淌出来，大滴大滴地滴落在地上，触目惊心。他知道，此时剧烈运动，只会加快血液循环，从而加快失血速度。于是他挪着步，向不远处的一个小卖部走了过去。

小卖部的老板是个年轻的姑娘，似乎听见了摩托车倒地的声音，从店里出来看情况。她刚一走出来，恰好和不远处的冯凯撞了面，当她看到满身是血的冯凯的时候，不由得失声惊呼了起来。

"快……帮我打120。"

此时的冯凯自觉说起话来都费劲，踉跄着坐到了地上。不过他心里已经不慌了，因为他想起来，这只不过是一场梦而已。

年轻姑娘本想扶住冯凯，但又害怕地退了一步。她慌慌张张地问道："啊？120、120是啥？"

冯凯的意识开始有些模糊了，他想起1986年才有120急救电话之说，即便现在有120，小卖部里也未必有电话。在失去意识前，他努力地解释道："叫……叫医生，我觉得……我觉得我还可以……抢救一下。"

在年轻姑娘带着哭腔的叫喊声中，冯凯渐渐失去了意识。

蒙眬之中，姑娘的叫喊声开始渐渐变小、渐渐模糊，似乎是姑娘在离冯凯慢慢远去。到叫喊声听不见的时候，冯凯的耳边再次响起了什么声音，像是一个女人抽泣的声音。抽泣声由远及近，逐渐增大，甚至还伴着回音，回音之中夹杂着若有若无的耳语。

冯凯强打精神，努力分辨着那耳语的声音。

"陶亮，你得挺住，不然我一个人怎么办？"

居然是顾雯雯的声音！而且她喊的是"陶亮"！

顾雯雯的声音像是有一种魔力，让陶亮顿时一惊。这一惊，让他彻底清醒了过来。不过，很快他就意识到，事情比想象中糟糕。因为此时的他仅仅是思维的清醒。就像是睡眠瘫痪症或者说是"鬼压床"的情况一样，虽然他清醒着，甚至能听见身边的声音，却丝毫动弹不得，甚至连睁开眼睛看看身边的人是不是顾雯雯都无法做到，更无法开口说话了。

怎么了这是？难道是冯凯牺牲了？所以，自己的梦境就结束了？那是不是意味

第一章
割 喉

着，我终于可以回到现实的世界里，和顾雯雯团聚了？那倒不是坏事啊！

于是陶亮继续竖起耳朵，再仔细倾听周围的声音，努力感受着自己身体的感觉。很快，他意识到一种不妙的感觉，事情好像并不是那么回事。

陶亮可以清晰地感觉到有一双大手紧紧贴在自己的胸口，有节律地按压着。不用说，是有人在给他进行心肺复苏。

虽然不是学医的，但急救知识陶亮是知道一些的。他知道，只有心跳停止、呼吸停止的情况下，才会进行心肺复苏。

慌乱中，他想要追随顾雯雯的声音，但是那耳语听起来，距离自己不知道有多远，反倒是监控仪器的嘀嘀声却真真切切近在耳边。

"打开静脉通道，肾上腺素1毫克，准备电除颤。"一个男声在陶亮的上方响起，"是并发了心梗，心源性休克，同时准备ECMO[①]。"

声音非常清晰。

他知道，虽然自己的思维现在清楚了，但是在医生看来，依旧是丧失生命体征的状态。换句话说，医生正在挽救他这个濒临死亡的人。

"陶亮，坚持住！"顾雯雯的声音再次在远方响起，却异常清晰。

陶亮尽可能地让自己冷静下来，自己现在究竟在哪里？医生们抢救的究竟是陶亮还是冯凯？顾雯雯的声音，他是绝对不会搞错的。陶亮这几年才听说过"ECMO"，冯凯那个年代，应该还没有ECMO吧？那么就是说，现在医生们抢救的，真的就是陶亮他自己？

奇了怪了，明明是冯凯遇袭了啊，为什么被抢救的是陶亮？冯凯不是陶亮梦境里的身份吗？陶亮在现实中一直昏睡着醒不过来，就算是处于昏迷状态，也不至于突然就危及生命了吧？

一种熟悉感瞬间闪过他的脑海。

陶亮突然想通了，他记得在二十世纪七十年代的梦境里，冯凯被人用绳索勒住颈部窒息的时候，自己的意识似乎也短暂地回到了陶亮的身上，而且似乎也出现了生命体征不稳定的情况。也就是说，梦境中冯凯遭遇的危险，就像是潜意识里的

[①] ECMO：人工膜肺又称ECMO（体外膜肺氧合），是一种人工心肺机，主要用于为重症心肺功能衰竭患者，其通过为患者提供持续的体外氧合与循环支持，减轻患者心肺负担，为医疗人员争取更多的救治时间。

某种警告。梦境外,陶亮的生命体征还很不稳定,如果自己在梦境中的"探险"遇到了危机,现实中的陶亮也很可能会面临生死攸关的挣扎。所以,就算是梦,他也不能轻易地让自己陷入险境,他可开不起这样的玩笑——要是命都没了,别说破案了,何谈和顾雯雯重聚,何谈和顾雯雯共度余生?

这真的是一场"要命"的梦境啊。

现在所有的希望,都放在那个年轻姑娘的身上了,希望她能找到车辆把冯凯及时送到医院。也希望医院的急诊科医生能救回冯凯的命。对了,自己的丈母娘林淑真不就是人民医院急诊科的吗?看来自己的小命就攥在丈母娘的手里了。亲爱的丈母娘,为了你女儿的幸福,你可要给力啊!别再马大哈了啊!

一种强烈的无力感让陶亮逐渐感觉到了倦意,既然现在已经进入了险境,要不干脆就听天由命好了,该睡,就睡去吧。可是,顾雯雯说让他坚持住,是不是让他不要睡去呢?陶亮强打着精神,想忍住不睡,可是那种强烈的乏力感和困意席卷了他的思维,他知道自己恐怕真的坚持不住了。

"雯雯,对不起,对不起!"陶亮在心里默念着,突然有了一种想要哭的感觉。

接着,他的意识再次模糊了起来。

3

一阵鸟叫声闯进了陶亮的耳朵,他清醒了过来。

"要死就死,总这么醒了昏迷,昏迷了又醒的,有完没完了?逗猴呢?"陶亮的心头浮起一种烦躁的冲动,试着睁了睁眼睛。

居然睁开了。

陶亮没有动,他努力地让自己更加清醒一些。

既然陶亮的生命体征和现在的这个梦境中的冯凯是紧密相连的,在梦境中,他就不能随随便便放弃生命。现在,他还不知道那个孩子为什么要杀自己。但从之前的经历来看,梦境中遇到的人,都似乎是独立的个体,他们会做出什么行动,自己很难预测。如果轻举妄动,就有可能遭遇危险。所以,他不能唐突地告诉梦境里的人,自己在做梦,也不能让身边的人对自己的身份产生怀疑。他得安安稳稳度过梦境里的日子,直到正常地醒来。此外,他要牢记自己是来梦里找线索的,这个重要任务可一定要完成。

第一章
割 喉

"呀哈，我还真是命大啊！这就活过来了？"陶亮嚅动着双唇，发出了沙哑的一句。他移动手臂在自己的肚子上捏了一下。

没有赘肉，一肚子腹肌，很显然，他还是冯凯。

他有些失望地朝床边看了看，顾红星正坐在床边，一脸担忧的表情。

"你醒了！"顾红星担忧的表情瞬间变成了喜悦。

"小弟。"冯凯下意识地叫了一句，但立马想起了在出事前顾红星那种明显带有隔阂的眼神，立即又收了声。他不知道真的冯凯在他"离开"的这几年是怎么称呼顾红星的，所以不能让顾红星感到自己的异常。

"能动吗？"顾红星似乎并没有察觉到哪里不对，而是关切地问道。

冯凯此时感觉自己身上有无穷的力气，他一个翻身就从床上跳了起来，站在床边说："我就是被割了脖子，又不是被挑了手筋、脚筋。"

顾红星的脸色在满满的担忧和瞬间的喜悦间飞快地切换，最后藏起了所有表情，又恢复了大队长的威严，皱着眉头老气横秋地说："什么年纪了，能不能不要再和毛头小子一样？把伤口挣着了，你就对不起人了。"

"对不起人？"冯凯盘腿坐到床上，说，"对不起谁？"

"一个80斤的小姑娘，硬是把你这个壮汉拖到了路边；几个司机一起帮忙把你抬到车上，送来了医院；淑真一把止血钳夹住了你那破了的静脉；公安局A型血的同事们排着队给你献血。"顾红星如数家珍，列出冯凯的诸多"救命恩人"，说，"你说，你不活过来，你对得起谁？"

"原来破了根静脉，就流了那么多血啊？我还以为是把颈动脉给干破了呢。"冯凯有些不好意思地哈哈一笑。

"幸亏伤口不深，否则伤了动脉，神仙也救不了你！"顾红星说完，又补充道，"淑真说的。"

"没事，没事，看到你能来陪护我，我还是蛮高兴的。"冯凯眯着眼睛说。

"你能不能不要这么毛毛躁躁的了，心里能不能有点数？"顾红星再次皱起了眉头，说，"你天天一个人，能不能找个人管管你，你以前不是和我说你有个叫'雯雯'的对象吗？"

"嗯，是有。"冯凯说，"不过还没出生呢。"

顾红星听冯凯这样说，自然理解为冯凯的戏谑，他摇了摇头，眼神里尽是对冯凯的失望，说："我就知道当初你是胡扯的。"

冯凯没办法对顾红星解释，于是连忙转移话题（实际上并没有转移话题），说："弟妹怀了吧？名字起了吗？欸！你别说，这个'雯雯'，是我一早给你女儿挑的好名字。顾雯雯，多好听啊。"

这显然是顾红星比较感兴趣的话题，他忘记了刚才的失望，眼睛里闪过了一丝温柔，说："这你都知道了？不过，你咋知道是女孩？"

"我当然知道！而且我还知道她9月出生，处女座。"冯凯说。

"你说什么呢？"顾红星似乎真的有些恼了。

"行了行了，以后你就懂了。"冯凯说，"欸，对了，那小孩为什么要行刺我？"

"行刺？你以为你是皇帝？"顾红星恼怒的情绪被岔开，说，"很显然，他就是要报复你。所以我就想不明白了，你天天糊里糊涂的，这个男孩子是谁，你都忘记了是吗？你为什么还要骑车带着他？"

冯凯心想，就算是认识，也是那个冯凯认识，我刚来到1985年，当然不认识他。但他铁了心不能暴露自己，于是嘴上依旧哈哈笑着说："我这不是年纪大了，记性差嘛！但我骑车带他那可真是做好人好事呢，他和我说春游的时候迷路了，让我送他回金村。"

"唉，他就是金万丰家的孩子啊！"顾红星说道。

"金万丰，啊，嗯，他儿子是吧？我见过吗？"冯凯打着马虎眼。

"是啊，我们俩一起去抓金万丰的时候，那孩子就在家里，还上来想拦着我们。"顾红星说，"哦，准确地说，不是他儿子，是他外甥。后来我还让村委会特别关注这个孩子呢。"

"我这人，脸盲，小孩子不都长得一样嘛，我哪里记得住。"冯凯说，"所以，是因为我抓了他爸爸，哦不，我抓了他舅舅，他才来报复我？"

顾红星点了点头。

"真是什么样的人教出什么样的孩子啊。"冯凯感慨道。

顾红星没有接话茬，而是沉默了。

冯凯脑海里浮现出那个男孩子纯真中带着一丝泪光的眼神，一时间也觉得十分迷惑，也沉默了。他努力地思考着各种可能性，毕竟只是个涉世未深的孩子，仅仅因为抓了他的亲人，就持刀行凶？不管怎么说，冯凯不能相信这种"性本恶"的推测，他心底隐隐产生了某种担忧，甚至是焦虑。

两人就这样沉默地对坐着，坐了很久。

第一章
割 喉

还是顾红星打破了沉默,他就像是鼓足了勇气一样,说:"你现在的样子,让我回到了几年前我们刚工作的时候。那个时候的你,就像现在这样,阳光、开朗、正直。就像你常用的一个怪词,叫什么,'正能量'。"

"难道这几年,我不这样了?"冯凯收回了思绪,笑着试探道。

顾红星没有回答这个问题,接着说:"我曾不止一次对你说过,做事情要有底线,做公安要有红线。你马马虎虎、大大咧咧的就算了,但是底线和红线是绝对不能越过的。"

"欸,你这说啥呢?"冯凯看着顾红星故作老成的模样,忍俊不禁道,"怪不得咱们大队没有教导员,我看你这么喜欢做思想政治工作,能当个政委了。"

顾红星的眼神中再次流露出那种失望的表情,说:"金万丰这个案子,局长说要给你记功。但是我的心里一直不踏实,他的供词为什么会发生一百八十度的大转弯,恐怕只有你自己心里才知道。说别的,你也听不进去,但我还是希望你能好好地思考一下这个案件侦破的全过程。我们俩刚工作的时候就吃过亏,所以我希望我们俩搭档的案件中,永远不会出现错案。"

说完,顾红星站起身来,走出了病房。

"欸,欸。"冯凯抬着手,想拦住顾红星问个明白,但最终还是把抬起的手臂放了下来。

他离开了冯凯的身体好几年,中间究竟发生了什么,冯凯有什么转变,他是不得而知的。然而这种事情他也不可能说给顾红星听,毕竟他不能让梦中人对他起了疑心。所以,还不如什么都不说,自己想办法把事情搞清楚。

想到这里,冯凯一骨碌从床上跳到了地上,拿起床头柜上的崭新制服,套在了身上。

"嚯,血染的制服,都给顾红星拿去洗干净了?果真还是那么细心。"一股熟悉的暖意在冯凯的心中升腾了起来,他快步向病区大门走去。

走到了医院门口,冯凯恰好遇见了来上白班的林淑真。他知道她此时已经怀有身孕了,但林淑真看上去依旧小巧玲珑,一点也不显怀。

"冯凯?"林淑真快步走了过来,说,"伤口还没长好呢,你去哪儿啊?"

"没事的,我会按时换药的。"冯凯摸了摸颈部的纱布,说。

"你真是作死!"林淑真恨恨地说,"小命不要了啊?"

"死不了!"冯凯挥着手,跑开了。

公安局大院里，冯凯那辆被蹭掉了漆的摩托车还停在水房的旁边，他骑上摩托车，向市看守所的方向疾驰而去。

市看守所和8年前几乎没有什么变化，冯凯和门卫的民警说明了自己想提审金万丰的来意之后，民警爽快地答应了。这倒让冯凯大吃一惊，这都八十年代了，提审嫌疑人不用手续也是可以的？

"别人来，那是需要手续的，可你是这个案子的功臣，就不需要那么麻烦了。"看守所的民警这样说道。

提审是在看守所审讯室里进行的。当年的审讯室没有现在这么多讲究，仅仅是一间非常普通的房子，唯一的不同，就是窗户上的铁栅栏和房间中央的铁质审讯椅了。

冯凯等了一会儿，就听见了走廊里传来由远及近的金属摩擦声。金万丰戴着手铐和脚镣，艰难地移动步伐，从监室走到了审讯室，在管教民警的指示下，坐到了审讯椅上。

在冯凯看来，眼前的这个金万丰和他认识的其他犯罪嫌疑人几乎没有什么不同。基本上所有的犯罪嫌疑人交代完罪行之后，就像是一只泄了气的皮球，眼神空洞，动作缓慢，无精打采。金万丰也是这样，他坐到了审讯椅上，依旧是低着头，盯着自己的脚尖，动都不动。不过，虽然满脸胡楂儿、口唇干裂，依旧能看出他是个皮肤白皙、身材瘦削的整洁男人，和冯凯之前想象中的粗壮庄稼汉的形象大相径庭。

"金万丰，抬起头来。"管教民警命令道。

金万丰机械地把头抬了起来，耷拉着眼皮，双眼依旧向下看着自己的脚尖。

"你，认识我吧？"冯凯开口了。

冯凯的声音并不大，也不严厉，但那声音就像是一道闪电击中了金万丰。金万丰迅速地抬眼看了一眼冯凯，然后立即避开了眼神。与此同时，金万丰全身就像是筛糠一样抖了起来。

"我都承认，不翻供，我都承认，不翻供。"金万丰低声重复着。

冯凯有一丝奇怪，说道："你别紧张。你把你的供述，再给我陈述一遍。"

"是。"金万丰说道，"我叫金万丰，龙番市郊区金村人，今年28岁，没有结婚。嗯，我姐姐姐夫10年前去世了，我就独自抚养他们的儿子小羽。我平时在家里务农，哪儿也不去。今年大年初七那一天，小羽去我们村附近的蔡村找同学玩，我去接他回家。在回村的路上，我偶遇了我的小学同学金苗。我和金苗小时候是邻居，小学毕业的时候，我搬家了，就和她失去了联系。后来，我们各自长大，虽然没有

第一章
割 喉

来往，但我对她一直很有好感。因为我带着小羽一起生活，所以始终没有鼓起勇气去挑明我对她的爱慕之情。后来，我陆续听说了她的情况，20岁的时候，她和别人结婚了，后来又听说她跑了，没有人知道她去哪儿了，她丈夫也没去找她。今年重逢，我不想再错过这次机会，就主动对她展开了追求。金苗和我说她要和丈夫离婚，但她还在和她丈夫谈价钱，为了防止她丈夫来纠缠她，绝对不能让我们金村的人知道她现在的住处。所以，我对自己偷偷和她来往的事情守口如瓶。后来我就一直等，一直等，等她离婚，在此期间我们之间什么都没有发生。4月6号晚上，我去她在蔡村的出租屋里，想问她什么时候能把离婚办下来。到了她家里以后，发现她的吃穿用度都很高档，她之前说这几年在广州打工，那肯定赚了不少钱，当时我就心存歹意了。当她用还在商量、还在办离婚手续的理由来敷衍我的时候，我就觉得自己肯定等不到她了，既然得不到人，那还不如搞一笔钱来用用。因为我独自抚养一个孩子，开销很大，入不敷出，所以我比较急用钱。而且我知道她不想被人知道现在的住处，想借此要挟她占到一些便宜。我们发生了纠纷，我趁她不备，用随身携带的锤头，也就是你们在现场找到的那把锤头，对准她的头，左、右两边一边打了一下，她就死了。我在她家里翻箱倒柜找了半天，也没有找到钱，只有一些零钱，没有办法，我就只能逃离现场。在逃离之前，为了毁尸灭迹，我把尸体搬到床上，然后点燃了床上的被褥。逃离现场后，我去附近的小卖部里买了一包烟，然后就回家睡觉了。后面的事情，你们都知道了。"

金万丰几乎是一口气把这么一大段供述说出来的，一点也不像其他嫌疑人"挤牙膏"式的供述。这段供述可以说很全面，但也非常机械，这让冯凯总觉得哪里有些不对。可是一时半会儿，冯凯也不知道是哪里不对头。因为供述太全面了，冯凯甚至都没有问题可以追问，所以他一时愣住了。

"报告政府，我交代完了。"金万丰的声音又低沉下去，"请问政府什么时候判我死刑？"

"你，你现在不要想那么多，就把经过再好好想想，看有没有遗漏的地方。"冯凯只能用这句兜底的训词来掩饰他不安的内心了。

"报告政府，没有了，我都说了。"金万丰依旧在微微发着抖，还是重复着最开始的那句话，"我都承认，不翻供。"

从看守所里出来，冯凯的脑子都是蒙的。他骑着摩托车回市局的路上，一直在想着金万丰供词里不合情理的地方。

嗯……金苗独自租房居住，不和她丈夫一起住，说明离婚的可能性还是挺大的。金苗对金万丰没有设防，晚上让他进了屋，说明她对他的好感还是很明显的。而金万丰并没有吸毒、赌博这些不良嗜好，就算要养孩子，也不是事发突然的需求，并不急用大笔的钱。那么，金万丰杀死金苗的行为，无异于杀鸡取卵，显得很愚蠢。这么愚蠢的人，还知道杀人之后毁尸灭迹？

金万丰和金苗的联络是完全处于地下状态的，他们怕被别人看见之后传出谣言，这也可以理解。因为这个年代，已婚女人有婚外情，哪怕只是精神出轨，都是一件很严重的事，说轻了是违反道德准则，会被身边所有的人谴责；说重了会身败名裂，甚至连累家人都抬不起头来。两个人都有对这段关系保密的充分理由，毕竟秘密一旦暴露，不仅会暴露金苗的临时住处，也会给金苗的丈夫增加谈判的砝码，不利于金苗推进的离婚事宜。所以冯凯相信，金苗和金万丰的地下情，在事发之前，应该是没有泄露的。既然没人知道他们俩私下有接触，那金万丰杀完人还有必要毁尸灭迹吗？按理说，他应该觉得警察不会怀疑到他啊。

按金万丰的供述，他当天晚上是去找金苗询问离婚的事情的，那么作为一个普通的农民，去找心上人的时候，怎么会随身带着一把锤子？

这一套供词，表面上看似乎是滴水不漏，甚至可以想象应该和现场情况很吻合。但实际上，却是漏洞百出。尤其是金万丰再次供述这一套证词的时候，那种流利和刻板的感觉，让人觉得是在背一篇课文，而不是在回忆其行为。

冯凯暂时理不出头绪，但是以一个经验丰富的侦查员的直觉来看，这套供词肯定是存在很大的问题的。

所以，究竟是这个案子的侦破工作出现了问题，还是金万丰有别的作案动机没有被深挖出来呢？

一瞬间，冯凯似乎又看见了那个男孩纯真含泪的双眼。

"不行，这案子我得再研究研究。"冯凯这样想着，眼看着市局的大门就在眼前了。

停好了车，冯凯三步并成两步跑上了二楼。

"顾大，顾大！"冯凯在走廊里呼喊着，但是并没有回音。他发现自己对顾红星的称呼，已经不知不觉发生了变化。

不一会儿，内勤室的门打开了，女警小叶从办公室里跑了出来，瞪着惊讶的大眼睛，说："凯哥！你怎么跑回来了？你不是受了重伤吗？"

"没事，这种伤救回来了就死不了了。"冯凯哈哈一笑，说，"金万丰的案子卷宗在哪里啊？"

"在我这里啊，最后整理、装订，准备移交检察院起诉了。"小叶说道，"我尽快，争取今天下午就弄完。"

"先别着急移送起诉，把卷宗拿给我看看。"冯凯说道，"这事儿，顾大同意移送起诉？"

小叶的眼神里尽是疑惑："你是说真的吗？前两天顾大让你再深挖一下，别急着移送，你还和他吵了一嘴。你现在又改主意了？"

"啊，是吗？"冯凯挠了挠脑袋，尴尬地说，"是的，我想通了，这案子有问题，我得再看看。总不能送到检察院，被他们发现问题了，那岂不是给他们检察院'送人头'嘛。"

"送人头？"

"就是被他们笑话呗。"冯凯挥挥手，说，"把卷宗给我吧。哦，对了，顾大他们人呢？"

"出现场去了。"小叶转身回到内勤室，在一堆卷宗材料里翻找着。

"现场？"冯凯说，"什么现场？"

"造纸厂，污水池里发现了一具腐败的女尸。"小叶一边说，一边把一本卷宗从卷宗堆里抽了出来，递给冯凯。

"那为什么不喊我？"冯凯接过卷宗，想了想，说，"不行，我得去看看。"

4

龙番市造纸厂位于龙番山的脚下，背靠着大山。冯凯早就知道造纸厂的位置，但是造纸厂的污水池在什么位置，他就不知道了。好在当他骑着摩托车赶到造纸厂的时候，看到局里的几辆吉普车和挎子①都停在造纸厂西边的一条窄小山路的路口。

可想而知，因为污水池在山洼里，这条通往污水池的小路，平时只有徒步或是骑三轮车才能进去，这些机动车就只能停在路口。民警都是徒步进去的。

冯凯停好摩托车，沿着小路，向山脊后面的山洼行进。山路很窄，周围的植被很是茂密，有的时候甚至需要用手扒拉开周围的灌木才能继续前行。

---

① 挎子：旁边装有挎斗的摩托车，学名为"边三轮摩托车"。

大约走了20分钟，冯凯就听见了说话声，同时也闻见了一股恶臭，冯凯知道他走到了。

拨开最后一丛灌木，眼前出现了一个占地一亩左右的水泥池子，里面有黑灰色的污水，散发出强烈的恶臭。

水池的外面站着好几名穿着绿色警服的警察，其中就有顾红星和他们一中队的人。

"欸，有案子咋不喊我呢？"冯凯笑嘻嘻地走近他们，这才看见，池子外面有一具高度腐败呈巨人观的尸体。有两名派出所民警正在脱自己身上的橡皮衣，看起来是他们俩刚刚从池子里把尸体打捞出来的。

顾红星此时正在和卢俊亮说着什么，听见冯凯的声音，诧异地回头说道："你怎么来了？你应该在医院里养伤！"

语气可能有些生硬，这让冯凯心里很不是滋味。他尴尬一笑，说："这点小伤，没事儿。我呢，你知道的，闲不住。"

"即便你要找事情做，也可以去问问韦星那偷煤的案子啊。"顾红星说，"你还是一点不变，只愿意办命案是吗？"

这一句，加深了冯凯心里隐约感受到的那种沟壑，他有些不服气地说："怎么了？我们一中队都来了，我为什么不能办？你一个领导，不应该一视同仁吗？"

这让顾红星有些着急，说："你呢？无论什么案子，你才应该一视同仁。"

"别和我说大道理。"冯凯气恼地质问道，"你就告诉我，我为什么不能参与这一起命案？"

顾红星一时涨红了脸，不知道怎么应对。第二场梦境开始之后，冯凯就没见过顾红星这种青涩稚嫩的表情了。看到这一幕，冯凯不自觉地想起了过去和顾红星朝夕相处的日子。他的气顿时消了大半，便想缓解一下气氛，说："别的案子我也会查，但是人命大于天，命案应该必破，所以我得参与。"

对于冯凯来说，"命案必破"的意识已经深入骨髓。现实中的陶亮无论在刑警部门，还是在派出所，只要辖区内出了命案，肯定都会以命案为先。

"哎呀，凯哥，你的脖子！"卢俊亮突然惊讶道。

此时，冯凯感觉到自己的脖子又有疼痛感了，原本以为是创口崩开了，可是下意识一摸，才发现这次疼的，是左边的脖子。左边的脖子没有纱布，但是冯凯的掌心感觉到了某种软软、滑滑而且Q弹的东西。

"是蚂蟥！"卢俊亮叫道。

第一章
割喉

这一句话让冯凯惊出了一身冷汗，他从小就最怕蚯蚓、蚂蟥这种软体动物了，听卢俊亮这么一说，他全身汗毛倒立，直接跳了起来，急忙伸手把颈部的蚂蟥拽住就往外拔，可是越拔越疼，疼得他龇牙咧嘴。

"别拽，越拽越紧。"卢俊亮从口袋里掏出了一袋白色粉末，倒出一点，抹在了冯凯的颈部。

不一会儿，那条有一根手指长的蚂蟥全身蜷缩，掉了下来。

看着冯凯吓得跳脚的样子，顾红星忍俊不禁，有了这个小插曲，现场的气氛顿时轻松了起来。

"蚂蟥最怕盐，被蚂蟥叮咬了，不能使劲拽，那样会把吸盘拽断留在身体里，会感染。要么就抹盐，要么就用鞋底使劲拍击。"卢俊亮一边说，一边拿出碘酒来给冯凯的脖子消毒，"我们进来之前，都知道这山里有好多山蚂蟥，啊，就是'陆生水蛭'，所以我们先在身体裸露部位抹了盐，就不怕咬了。你这冒冒失失地直接闯进来，被咬了也正常。"

"我脖子得罪谁了？又是割，又是咬的。"冯凯悻悻地说道，"还有完没完了？"

顾红星"扑哧"一声笑了出来，刚才尴尬的气氛瞬间荡然无存。顾红星说："好吧，来看看尸体。"

"看尸体就算了，但我可以给你出主意。"冯凯瞥了一眼几米开外的尸体。

一个沾满了污秽物的麻袋被摊放在地面上，旁边有一具尸体。尸体原本是被装在麻袋里的，此时已经被民警从麻袋里取了出来。麻袋是最普通的农用麻袋，在农村随处可见，没有可以辨别来源的信息。

可能尸体的气味已经被污水池的臭味掩盖了，闻不到什么特殊的气味。但是尸体高度膨胀，把身上穿着的棉布衣服撑得满满的。尸体的眼球几乎完全凸出了眼眶，口中还吐着暗紫红色的舌头。这副样子让冯凯瘆得慌，虽然他"久经沙场"，但是对这样严重腐败的尸体，还是望而却步。

"初步看，死者的颈部有一条索沟，是勒痕，她应该是被勒死的。"顾红星简单介绍说，"身上没有可以证明身份的物品，所以还需要确认尸源。小卢，你来说说你的分析。"

卢俊亮倒是不怯场，流利地回答道："师父，都是您教我的。污水池周围的植被都比较正常，没有可疑的痕迹，不像是第一现场，那么这里就应该是移尸现场。死者身上穿着睡觉时候才穿的棉布衣服，说明死者可能在睡眠的时候遇害，那么死

者的家很可能就是凶案的第一现场。把尸体运到这个偏僻的污水池里，说明凶手对这里比较熟悉，知道这里很少有人来，也知道污水池的臭气可以掩盖尸体的腐败气味。这里车辆进不来，需要徒步扛着尸体进来，藏匿尸体的过程很费劲，凶手在路上被发现的风险也很大，所以第一现场离这里应该不远。另外，这也说明凶手和死者应该熟识，才会这么大费周章隐藏尸体。"

"嗯，远抛近埋。"冯凯认可道。

"非常好。"顾红星不知道是在表扬卢俊亮的分析，还是赞同冯凯的总结，说，"只要搞清楚尸源，我觉得这案子就会很快水落石出了。小卢你接着说，法医方面你更精通。"

"法医方面，高度腐败的尸体，我这还是第一次见到。"卢俊亮挠挠脑袋说，"如果按课本上来，这个季节形成巨人观，应该至少有五天的时间了。其他的，看不出啥了。"

"那你下一步还得干啥？"顾红星此时俨然是一个严格的师父了。

"解剖尸体，看看她是生前掉进污水池的，还是死后抛尸体的，进一步确认移尸的行为。"卢俊亮说，"再看看还有没有其他损伤。"

"很好，这些事就交给你了。"顾红星欣慰地笑了笑。

冯凯心想，那个年代的法医还真是不容易，连个助手都没有，就要独立解剖这么臭的尸体。

"尸源，你去找？"顾红星抬头看着冯凯，问道。

"得嘞！这就去！"冯凯高兴得一蹦三尺高，从卢俊亮手上拿过食盐袋，在自己的手背和脸上抹起了食盐。

重新回到造纸厂门口，已经到了吃中午饭的时间。冯凯骑着摩托车，带着一名派出所的民警来到了造纸厂附近的一个村落，在村子的一个小饭店里，一人吃了一碗面条。

"我的同事已经在查这里的失踪人口了。"民警一边吃，一边说，"但我看啊，他们分析得不一定对，这个村子不大，也就百余户，这要是哪家人丢了五天，还不早就去我们派出所报案了？"

"不是他们分析的不一定对，而是你的思路没打开。"冯凯说，"如果是独居，没有家人，是不是就没人报案了？另外一种情况，如果是家人自己作案，是不是也

第一章
割 喉

不会报案？"

"那也总有邻居什么的吧？"民警说，"这个村子我了解，那些没有亲戚邻居的外乡人，也都在造纸厂上班。要是他们丢了，旷工也没人说吗？如果是家人作案，那也瞒不住啊，毕竟其他亲戚也会发现人失踪嘛。"

"首先得知道，哪些人是独居的，这是我们第一步排查的重点。"冯凯说，"尤其是你说的这些外乡人，我们要一个个去走访一下。"

"独居的女性，没有家庭的外乡人，也就五六户吧。"民警用手掌擦擦嘴，说，"走，我带你去。"

冯凯跟着民警在这个范围并不算太大的村落里穿梭着，连续走访了三户，当事人都在家里，并无异常。但是来到第四户门口的时候，冯凯发现了异常。

这是一个独门独院的小房子，院子很小，房子也很小。院落里，除了正中的一间大约20平方米的平房，就是角落里用砖头砌了半人高的半露天的厕所。

院门没有锁，冯凯和民警两人推门就走了进去。院子里很冷清，正对面的房间大门敞开着，能看见里面凌乱的床铺。

冯凯喊了几声，发现没有人应答，连忙走到房间的门口去看。

房间里的陈设也很简单，除了那张看起来有些凌乱的床铺，还有一个五斗橱、一个大衣柜、一张写字台和一个床头柜。房间的另一角是一个土灶台，灶台旁边有一张小方桌。

小方桌的上面放着几个碗碟，被一个竹篾编制的盖子盖着。冯凯掀开盖子，发现碗碟里的剩饭剩菜已经长霉了。写字台上摆着一摞各种样式的笔记本，都被翻开了，凌乱地堆在那里。

"找到了。"冯凯说，"这户的主人，很可能就是死者。"

民警也知道冯凯说得有道理，现场有翻乱的痕迹，剩饭剩菜无人收拾，这户主人肯定是在毫无防备的情况下失踪了。

"你带锁了吗？"冯凯问道。

"锁？我为什么要带锁？"民警诧异道。

冯凯指了指院门外，此时已经有村民在门口翘首往内窥探了。

"得保护现场啊。"冯凯说。

"啊，对。"民警走到写字台边，想翻动那一堆杂物，找找看有没有门锁之类的东西，却被冯凯喝止了。

"什么年代了，还没有现场保护的意识吗？"冯凯说。

民警更诧异了："什么年代？八十年代啊。我们找锁，不就是为了保护现场吗？"

冯凯意识到自己差点说漏了嘴，连忙岔开话题道："你要是把现场翻乱了，还留下了你的指纹，甚至擦去了凶手的指纹，那再锁门还有什么意义？保护现场，首先就是我们自己要注意啊。"

"哦，那怎么办？我也不知道她家的锁放在哪里。"民警无措地说道。

冯凯低头想了想，又走出了院门，看看院子的大门，发现大门上是那种比较老式的锁环。两扇门上各有一个铁质的圆环，用一把锁把两个圆环锁在一起就能达到锁门的目的了。

"走走走，我们先出去。"冯凯说，"手铐，你总带了吧。"

民警一边向外走，一边从腰间摸出一副手铐。冯凯用手铐把两个门环锁住，说："死者的情况，你了解吗？"

"只有一个基本的信息。"民警翻开户籍记录，说，"死者叫马彩云，女，50岁。25年前嫁到这个村子上的，但是不到30岁的时候，丈夫就死了，也没有孩子，就一直独居。她有一点文化，以前'人民公社'的时候，她就是大队的出纳，后来没有'人民公社'了，她也没有什么地，就在造纸厂里当出纳。"

"行了，足够了，去问问周围的住户。"

在这个年代进行调查访问，正如冯凯所想的那样，群众的配合度很高。其实不需要他们主动去问，在他们用手铐锁好院门的时候，就有几个住在附近的村民靠了过来，问道："是她家出事了？"

"你们先别问我，我先问问你们，你们最后一次见到马彩云，是什么时候？"冯凯问几个围拢过来的邻居。

邻居们立即开始七嘴八舌起来，有的说是一个礼拜前，她下班回来碰见了；有的说是几天前她还去村口买了一些蔬菜和鸡蛋；有的说恐怕得半个月前她来借自行车去镇子上的邮局。

说来说去，还确实没有村民近五天看到马彩云的。

"她还会骑自行车呢？"冯凯问道。

"会啊，她经常会去邮局，路远，都是找我们借自行车。"一名村民说。

"为啥经常去邮局？"

"那谁知道呢？她老家那边还有亲戚吧，所以可能联络频繁一些。"

第一章
割 喉

冯凯知道，在这个电话还是稀缺品的年代，写信是主要的联络方式。既然这个马彩云是有一些文化的，那她经常写信、寄信也就不足为奇了。可能出于职业的好奇心，冯凯打算去邮局看看能不能找到一些马彩云的信息。

"你去派出所，给局里打电话，让他们通知顾大带人来这里勘查现场。"冯凯说，"就说我去镇子里的邮局走访了。等他们来，你就配合他们对现场进行一次勘查，然后晚上我和他们在市局里会合。"

"知道了。"民警答道，从摩托车后座上跳了下来。

冯凯发动摩托车，向几公里之外的镇子上飞驰而去。

二十世纪八十年代，人们的主要联络方式就是写信，可想而知，当时的邮局门庭若市。冯凯一踏入这间并不大的小房子，就发现里面有不少人。有的在邮寄东西，有的在买邮票，有的高呼着"糨糊在哪里，糨糊在哪里"，真的和菜市场差不多了。

两名邮政人员忙得不可开交，让冯凯都找不到机会打岔。

一直等到太阳西斜了，邮局里的顾客才少了下来，早已经有些焦躁的冯凯连忙抓住机会，问一名邮政人员，说："我是公安局的，有一个案件要调查。"

"有介绍信吗？"

"啊？介绍信？"冯凯说，"我就是调查一个事情，要介绍信干啥？"

"没介绍信，我哪知道你是谁啊？"

冯凯在口袋里摸了摸，这个年代连个人民警察证都没有，只有这一身警服能证明身份。

"我这穿着警服，还能有假？"

"嘿，那谁知道呢？"邮政人员很是傲慢。

不管什么年代都一样，当你的工作很受欢迎、很被需要，你就容易滋生出傲慢的情绪。很少有人意识到，其实受欢迎、被需要的并不是你这个人，而是你的"这身衣服"。

难道等了一下午，就是这个结果？

冯凯有些懊恼，要是陶亮在的时候，他可能早就发火了。不过现在的他知道，什么时候都要按规矩办事，这个邮政人员也没做错什么。

在冯凯不知所措之际，突然有一个中年男人从内间走了出来，喊道："欸，这不是凯哥吗？"

冯凯不认识他。

"凯哥，是我啊！"男人说，"我住在蔡村，你还记得不？幸亏你给我们破了案，做了主啊。"

"蔡村？"冯凯想了好久，这才想起来在金万丰的供述中，好像提过这个地方。

"我们的房子都被烧了，不知道怎么办，是你破了案，政府这才给我们修来着。"男人试图激起冯凯的记忆。

"哦，我记得你，记得你，你姓……"冯凯用手指按着太阳穴。

"朱，老朱啊！"男人说，"当时我们几家受害人还请你吃饭来着。"

"是了是了，你是这里的？"

"是啊，我是这个邮政所的副所长啊。"

冯凯眼睛一亮，说："啊，那正好，我要来调查一个案件，可是你们的工作人员要我证明身份，我这身警服还不够证明吗？"

"是啊，这还不够证明吗？"朱所长板起了脸，像领导一样训斥道。

"够了，够了。"邮政工作人员也换了张脸，问道，"同志，你要调查什么？"

"哦，有个案件当事人，叫马彩云，是，是造纸厂旁边那个村子的。"冯凯说，"我想查看一下她有什么邮件，她寄出去的，或者她收到的，都给我。"

"好咧。"工作人员领命转身去了内间。

"来，喝茶。"朱所长从柜台下面拿出一个搪瓷茶缸，倒了一杯茶递给冯凯，说，"当时政府就说，案子没破，谁知道是不是意外着火？是不是监守自盗？所以政府也指望着有人能出来负责破案，一直没有给我们修房子啊。你想想，当时我那房子烧的，一半顶都没了，怎么住人啊？好在你英明神武，才三天就破案了。凶手家里没钱，政府这不就给我们赔了。"

"赔了就好，赔了就好。"冯凯打着马虎眼。

接下来的一个小时里，朱所长一直在絮絮叨叨地说着这起案件。而这起案件对现在的冯凯来说，除了金万丰那背课文似的供词，他一无所知，所以冯凯也只能敷衍着。

一个小时像是过了一天一样，在冯凯的望眼欲穿中，工作人员终于从内间拿着一个本子走了出来。

"怎么样？"冯凯连忙上前问道。

"没有邮件。没有寄的，也没有收的。"工作人员说，"但是有一些她汇出去的汇款。"

"汇款！"冯凯拍了一下脑袋，心想自己差点忽略了这一点，这个年代没有银行卡，更没有网上转账，要想资金往外地流动，就只有汇款。

"汇去哪里？"

"四川，收款人也姓马。"

"可能是马彩云的老家，给父母或者兄弟？"冯凯心里想着。

"嚯，这是个有钱人呢。"工作人员说，"基本上每个礼拜汇一次，一次50块。"

冯凯还记得卢俊亮他们好像讨论过演唱会门票什么的，这个年代的工资大概也就每个月大几十块钱，可以维持吃穿用度，但想要攒下钱就很难。她一个造纸厂的女工，每个月除了自己的家用，还能汇出去200块，肯定是不正常的。

"这个规律，持续了多久？"冯凯追问道。

"一年。"工作人员合上本子，说道。

"什么案子啊？"朱所长小心翼翼地问道，"什么人能搞这么多钱？不是做生意的吧？"

看着朱所长的表情，冯凯陷入了沉思。

燃烧的蜂鸟

迷案1985

第二章 脱皮

1

另一边，正在殡仪馆里对尸体进行解剖的卢俊亮，看到顾红星开着一辆吉普车直接停在了门口。

"顾大，我已经打开死者的喉咙了，没有污泥，说明是死后抛尸的。"卢俊亮说，"还有，尸表没有其他的损伤。我正准备把她喉咙这里缝上呢，你就来了，是算好了时间吗？"

"把照片给秦天，让他们带回去冲洗，你和我去现场一趟。"顾红星说。

"现场找到了？"卢俊亮笑着说，"我就说我凯哥是神探嘛，他一出马，分分钟搞定。"

"不要搞个人崇拜。"顾红星说，"抓紧时间缝合，上车以后我和你说下死者的背景情况。"

10分钟后，顾红星和卢俊亮坐在了赶往现场的车上。

"一个独居的中年女性，那你猜是为财还是为色？"卢俊亮听完顾红星的前期调查介绍，一边开车一边问。

"这个还得去现场看看再说。"顾红星说，"死者的衣着完整、整齐，说是为色，我觉得可能性不大。"

"那就是为财喽？"卢俊亮自言自语道，"可是我看了好多你们办过的抢劫案卷宗，感觉都不是熟人所为，而且事后毁尸灭迹也很罕见啊。"

"作案动机种类很多，远不止为财为色啊。"顾红星说，"这个不能瞎猜，要看现场情况来推断。"

按照派出所民警描述的地点，顾红星和卢俊亮驱车来到了位于造纸厂西侧的小村落，不用细找，看到村子里的围观群众，就知道现场在哪里了。此时现场的大门是关着的，院落外面什么也看不到，但还是有十几名群众在现场附近逗留，互相聊

第二章

脱皮

着马彩云的生平往事。

"公安同志来了，公安同志来了。"群众看到绿色的吉普车开了过来，自觉地让开了一条道。

卢俊亮停好车，和顾红星走到了院子门口。

"用手铐锁门，这种事儿肯定是凯哥想出来的。"卢俊亮会心一笑，掏出手铐钥匙打开了"门锁"。手铐钥匙都是通用的，这样就省得还要专门喊人来开锁。事实上，派出所民警都已经被派出去进行走访调查了。

那个时候虽然没有"命案必破"的要求，但是"人命大于天"的思想早就根深蒂固了，出了命案，警力还是会压在命案之上。

进了小院子，卢俊亮细心地转过身把院门关好，然后和顾红星一起走到了屋内。

"嘿，这一看就是劫财啊！你看这都翻乱了。"卢俊亮指着写字台，说，"最近这是怎么了，好多抢劫、盗窃的案件。"

"改革开放了，都知道钱是好东西，但有些人就是嫌劳动辛苦，不想走正道来赚钱。"顾红星戴上手套，说，"既然有严重的翻乱痕迹，那么我们的工作量就比较大了，慢慢刷，看能不能刷出指纹来。"

"我先刷这些翻乱的地方吧。"卢俊亮从勘查包里拿出毛刷和粉末，说，"希望能有什么发现，不然整个房子得刷掉多少粉末啊。"

"你就是懒，不想刷吧，刷掉的粉末又不从你工资里扣钱。"顾红星笑着说道，"赶紧的吧。"

小屋是坐北朝南的，进屋后，正对面的北墙和东墙夹角处放着一张一米二宽的钢丝行军床，床头有一个木质的床头柜。屋内的东南角是一个灶台，旁边放着一张小方桌。小屋的西北角是一个五斗橱，五斗橱上面摆着一面小圆镜和一个没有插花的花瓶。西南角是一张写字桌，写字桌上堆放着很多笔记本和书。

卢俊亮在写字台和写字台上堆着的本子上刷了起来。顾红星则先走到了床边，看了看有些凌乱的床单和被褥。红色的床单皱皱巴巴地蜷缩在床上，被褥也是被随手扔在了床尾，和屋子整体摆设的风格相比是矛盾的。

顾红星又走到了灶台边的小方桌前，和冯凯之前的动作一样，他最先掀起了用竹篾编织的饭笼。

一盘青菜、一盘土豆肉丝和半碗米饭，整齐地放在饭笼里面，没有筷子。这说明死者是吃了这顿饭，剩下了一半，准备下一顿再吃的。可是，从饭菜上发霉的情

况看,她没有机会再把剩饭剩菜吃掉了。

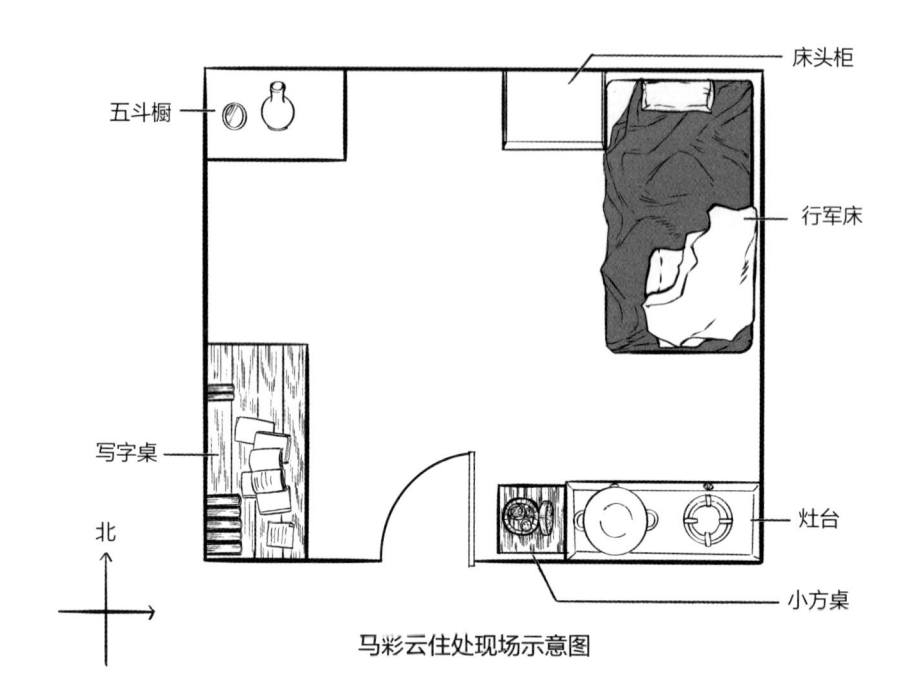

马彩云住处现场示意图

"天气不热,有可能是吃完中午饭事发的,也有可能是吃完晚饭事发的。"顾红星说,"放一夜的话,第二天早饭或者中饭都还不至于坏掉。结合凶手要杀人、移尸,应该是晚上的可能性大。"

"不管是哪一顿,这都是不正常的。"卢俊亮说道。

"有指纹吗?"

"有的,但是感觉都比较陈旧。"卢俊亮说。

"是不是死者的?"顾红星说,"死者的指纹,你捺印了吧?"

"捺印了,唉,师父,你别提了,这还真是费了不少劲。"卢俊亮说,"死者的手皮都快脱落了,想捺一套完整的指掌印还真不是一件容易的事情。"

"那还算好的,没有完全脱落。"顾红星说,"如果死者的手皮完全脱落了,你就得把她的手皮像戴手套一样戴在自己的手上再捺印。"

卢俊亮吐了吐舌头,说:"真够恶心的。"

"你要是想成为一个合格的法医,这种事儿就必须得经历。"顾红星说,"先比对一下,看看死者是不是马彩云,我们不能先入为主。"

第二章
脱皮

"哦,对。"卢俊亮说。

那个年代,还没有DNA技术,所以确定死者的身份,只有靠血型和指纹。

要做血型的对比,必须得知道死者生前的血型,而且对比的结果只能做排除,却不能认定,所以指纹才是那个年代认定死者身份的金标准。他们要在马彩云的家里找出重复的指纹,然后和死者的指纹去比对,如果一致,基本就可以确定死者的身份就是马彩云了。

"喏,这些碗碟,是指纹比较容易黏附的良好载体,还有灶台边的刷牙缸、牙刷什么的。"顾红星说,"争取把死者的十指指纹都找全,这样多出来的新鲜指纹,就有可能是嫌疑人的指纹了。"

在卢俊亮寻找指纹的时候,顾红星一直在这个不大的小屋子里转来转去。

"大衣柜里,都是整齐的衣物,没有被翻乱。"顾红星说,"凶手没有关注这个大衣柜。"

"可是从我们的工作经验看,很多人都把钱藏在大衣柜里。"卢俊亮说,"凶手没有想到吗?"

顾红星没有回答,又走到了五斗橱边,说:"五斗橱里面都是一些杂乱的生活用品,也没有翻乱。还有,床边的这个床头柜,虽然上锁了,但是这个锁头看起来很劣质啊,说不定用一根筷子都能撬开。"

"结果并没有撬开对吧?"卢俊亮说,"师父,十指指纹我都找全了,就是马彩云的,和尸体的指纹吻合。"

"这个看仔细了吧,不能错。"

"放心,绝对不错。"卢俊亮说,"不过,到目前为止,还没有发现其他人的指纹。就连陈旧的指纹都没有,看来她家里平时很少来人。"

"嗯,指纹我们可以慢慢找,但是案件性质,是不是要重新考虑一下?"顾红星问道。

"是啊,现场确实有翻乱的痕迹,但是大衣柜、床头柜这样容易藏钱的地方反而没有翻乱。"卢俊亮说,"床头柜虽然锁了,但是如果想偷钱,总要想办法撬一下吧?"

"所以呢?"

"所以,凶手不是为了钱来的,翻乱现场只是伪装。"卢俊亮说。

"嗯,这确实是一种想法。"顾红星沉思着说道。

"还有别的可能性?"卢俊亮问。

顾红星没有回答，说："既然这么多本子、书被翻动出来，为什么你没有找到翻动者的指纹？是戴了手套吗？"

"这样的可能性比较大。"卢俊亮说，"现在很多犯罪分子都知道进入现场要戴手套，如果真的是这样，这案子破案就难了。"

顾红星点了点头，继续在小屋子里转来转去。

"哎，你看看这个。"顾红星指向了床边。

这个小屋子的内墙是上了泥子[1]的，但时间长了，墙上的泥子就会脱落。为了让床边干净一些，马彩云在床边的墙壁上贴上了一层报纸。有了报纸的保护，一方面泥子不容易脱落到床上；另一方面躺在床上的时候，身体蹭到墙上也不会弄脏衣服。

墙上的报纸已经微微泛黄，看起来是贴了好长一段时间。顾红星手指指向的位置，有一部分报纸被撕掉了，露出了灰黄色的墙面泥子。

撕掉的那部分大约有两个巴掌那么大，但是因为报纸和墙面整体都是微黄色的，如果不细看，还真的发现不了。

卢俊亮走到床边，一只腿跪在床上，靠近一看，说："撕开的部分，报纸断面还是白色的，这说明是新撕开的。"

"是啊，细看之下，露出的这块墙面比别的地方明显要白一些，也说明这块报纸是刚刚撕开没多久。"顾红星说，"现场没有遗留撕下来的部分，那么很有可能就是被凶手带走了。"

"为什么要撕掉一块墙纸呢？"卢俊亮说，"难道是手上沾了血，用来擦手的？不对啊，死者是被勒死的，没有血流出来。"

"是啊，移尸也用不上这么一块纸吧？"顾红星一边观察周围的其他报纸，一边说，"这些报纸贴得都很仔细，没有翘起来的边角，那么要从中间撕下来一块就不太容易。报纸是渗透性客体[2]，要用化学方法。米，你就在这报纸旁边用茚三酮[3]显现一下，我觉得你能显现出来凶手的指纹。"

"真的吗？这么神？"卢俊亮用试剂喷在报纸上，果然出来一枚完整的手掌纹，

---

① 泥子：粉刷墙壁时为了使表面平整而涂抹的泥状物，有的地方也写作"腻子"。
② 渗透性客体：可以被水或其他流体浸润的客体。
③ 茚三酮：一种用于显现犯罪现场潜在性指纹的试剂。它能与指纹遗留物质中的氨基酸分子或氨基酸化合物发生化学反应，生成鲁赫曼紫，从而将指纹显现出来。

包括了五根手指头和手掌。

"我的天,真的不是死者的!"卢俊亮用放大镜大致看了一眼,如获珍宝,用裁纸刀把有掌纹的部分裁了下来,"师父,你咋知道这里有指纹的?"

"你想一想,一来,戴着手套想从墙纸中间抠下来一块是很难的,但是不戴手套,用指甲就可以实现了。"顾红星说,"二来,你看看你现在的姿势,因为床有一米二宽,一般人隔着床都够不着墙。你现在是一只腿跪在床上,才够得着墙。但是如果尸体在床上,就不方便跪在尸体上了吧。所以,必须一只手撑住墙,另一只手撕报纸。"

"所以,你是说,凶手戴着手套翻动完写字台,然后又脱了手套,去撕下了这一块报纸?"卢俊亮说,"那他是为了啥?"

"为了撕报纸,连手套都要摘,说明这报纸对凶手很重要啊。"顾红星说。

"那我们是不是要破案了?"卢俊亮小心翼翼地裁下一块报纸,把它放进勘查包里。

"天快黑了,先回去吧。"顾红星说,"把现场移交给派出所,继续封存。"

两个人驾车回到公安局的时候,恰好遇见了刚刚从邮局归来的冯凯,他一脸心事重重的样子。

"凯哥!你也回来了!"卢俊亮跳下车,跑到冯凯的身边,拽着他的胳膊,叽叽喳喳地把自己刚才和顾红星勘查现场的经过和发现都叙述了一遍。

因为卢俊亮介绍得很简短,有很多疑团在冯凯的脑海里涌现出来。冯凯刚准备追问,却看见林淑真正拎着一篮子菜经过公安局的门口。

"你看,师娘!"卢俊亮小声地嚷了一句,然后向林淑真走了过去,拉开她拎着的菜篮的布盖,往菜篮里看去,边看边笑:"哇,今晚吃鱼啊?"

"你们这么早就忙完了?那来我家吃饭。"林淑真笑着拍了下卢俊亮,又热情地看向冯凯说道:"冯凯,你也来,伤还没好就跑出院了,今晚一起来喝黑鱼汤,长伤口。你看你好久没来我们家吃饭了,都生分了。"

"好啊!"卢俊亮很高兴。

"案子还没眉目,就想着吃。"顾红星似乎有些不太愿意。

"好啊!"冯凯笑着应道,"我饿得肚子咕咕直叫。"

冯凯居然这么爽快地答应去自己家吃饭,这让顾红星有些意外。看到顾红星诧

异的眼神，冯凯心里也很诧异：去你家吃饭，这不是很正常的一件事吗？

林淑真见冯凯答应了下来，显得格外高兴，说："那你们忙完就赶紧回来，我现在就回去做饭。"

"好的，知道了。"顾红星看了林淑真的肚子一眼，说，"你悠着点儿。"

回到了办公室，为了赶紧忙完然后去喝鱼汤，卢俊亮迫不及待地把那一块显现出指纹的报纸拿了出来，用马蹄镜看着，说："师父，你看看，这指纹为什么这么不清晰？"

顾红星接过马蹄镜，看了一会儿，说："这我也说不清，确实，纹线不清晰，很多特征点像是被什么东西遮住了一样。按理说，这是化学方法显现，应该很清楚啊。会不会是凶手的手上沾了什么东西？"

"如果是刚刚摘了手套，手上能沾什么东西？手套会掉毛吗？"卢俊亮忧心忡忡地说，"好不容易才找到的，这么多特征点被遮住了，不知道还有没有比对价值。"

"好在你找到的是五指指纹加掌纹。"顾红星一边看一边说，"如果只是单枚指纹，就麻烦一些，拿来比对的时候，即便有特征点的地方对上了，被遮住的地方还会有很多种可能。但现在有这么多根手指，每根手指露出来的部分都对上，那剩下被遮住的地方没对上的概率就大大减少了。所以，这一枚手掌的指掌纹是有比对价值的。"

"那就行了！"卢俊亮直起身子，说，"我们喝黑鱼汤去！"

"什么就行了？我还有问题要问你们呢。"冯凯说。

"别问了，一边喝汤一边问。"卢俊亮迫不及待，一手拉着顾红星，一手拉着冯凯，向门口走去。

顾红星现在的住处并不是冯凯所住的那栋单身宿舍，而是公安局马路正对面的一片住宅区。这片住宅区相对于冯凯所住的地方，算是"豪宅"了：每套房子有60平方米，相当于现在所说的两室一厅一厨一卫的户型。

小客厅的方桌四周，围坐着顾红星夫妻俩、卢俊亮和冯凯四人，桌上的饭菜热气腾腾。

"老凯，你说你，这房子当时你和红星都有资格申请，结果你二话不说就让给了我们。结果我们这都住进来好几个月了，你也从不过来吃顿饭。今天是第一次看到这房子吧。"林淑真给冯凯盛了一碗黑鱼汤，说道。

"说那见外话。"冯凯说，"你们幸福了，我才能幸福。"

第二章

脱皮

冯凯当然指的是顾雯雯，但在顾红星听来，却是不同的。他似乎从冯凯的眼神中读到了刚刚参加工作时候的情谊，有一些感动，说："你很久不这样说话了。"

"哪样？我说话不都一直这样吗？"冯凯哈哈一笑，说，"话说回来，刚才说的，你们在现场找到指纹了？"

"嗯！何止指纹，是整个右手手掌的印痕呢！"卢俊亮一边大快朵颐，一边说道。

"哦？那太好了。"冯凯并没有表现出顾红星设想的那样开心，他对卢俊亮说，"怎么找到的？你再说一遍，刚才说得也太潦草了。"

卢俊亮使劲咽下嘴里的食物，然后把顾红星如何观察现场，如何发现撕下来的墙纸，又如何根据人体体位分析凶手必须一只手撑住墙面、另一只手撕墙纸且很有可能摘下了手套的精彩过程，给冯凯仔仔细细复述了一遍。

"可以，可以，这是现场重建啊！"冯凯呷了一口鱼汤，说道。

"现场重建，嗯，这个词儿很新鲜，但也很贴切。"顾红星说，"我们分析凶手在现场的行为过程，就是为了提取到证据。"

"所以找到指纹的主人，不就破案了吗？"卢俊亮说。

顾红星担忧地看了卢俊亮一眼，欲言又止。

"那不行，这是孤证。"冯凯说。

顾红星眼睛一亮，说："孤证？"

"是啊！这只能证明指纹的主人去现场撕了贴墙的报纸，但证明不了他杀人啊。"冯凯说，"孤证是容易出问题的，咱们得组建整个证据链。"

"孤证，证据链。"顾红星沉吟着，若有所思。

冯凯这才想起他所说的这两个词，在这个年代是很新鲜的，毕竟当时还没多少人有证据链的意识。

"啊，就是说，证据不够，还需要别的，所有证据要能组成一个闭环，把其他合理怀疑都排除掉。"冯凯连忙做了解释。

"可是以你的风格，有了指纹，找来指纹的主人，然后想办法拿到他的口供，不就行了？"顾红星盯着冯凯。

"什么叫我的风格？"冯凯反问道，他总觉得顾红星话里有话。

"金万丰的案子，不就是这样？"顾红星问。

"哎呀，吃饭呢，聊什么工作啊？"林淑真连忙打断了他们，看来她似乎也知道顾红星和冯凯的心结在哪里。

2

顾红星这么一说，倒重新激起了冯凯对金万丰一案的好奇，之前在心里产生的种种疑惑，此时又涌上心头。于是他说："你放心，金万丰的案子我会重新看的。"

"那就好。"顾红星说。

两人都沉默了。

"话说回来，老凯，你也不能总这样单着。"林淑真大咧咧地说道。

顾红星似乎在桌子下面踢了林淑真一下。

"你踢我干吗？"林淑真笑嘻嘻地白了顾红星一眼，那表情和8年前她20出头的时候一模一样。她接着说："以前我说要把丫丫①介绍给你，你还说你有对象了。"

"我是真有对象了。"冯凯有意无意瞥了一眼林淑真的肚子。

"骗人。"林淑真不依不饶，"有对象了，你这都30岁了还不结婚？而且，你也从来都没带给我们见过啊。"

"人家的私事儿，你也管。"顾红星嘟囔了一句。

这句话听在冯凯的耳朵里，有一些刺耳。

"怎么就是'人家'了？"林淑真反驳道，"咱们仨谁跟谁啊。"

林淑真说出了冯凯的心里话。

"说真的，丫丫也还单着，你看要不要我再撮合一下？"林淑真笑嘻嘻地说。

"不要不要。"冯凯连忙摆手道，"这事儿你就别操心啦。"

顾红星也觉得自己刚才说得有点不对，默默补充道："其实我们都挺关注你的生活的，可是，可是你也不愿意和我们多说。"

"不是不愿意说，啊，嗯，怎么说呢？"冯凯在脑海里搜寻着借口。

"其实呀，就算你现在不愿意找对象也没关系，但你得把这里当成自己的家。"林淑真拍了拍桌子，说，"以后没事就来吃饭，多副碗筷的事儿！"

冯凯心中感动，这份友谊对他来说并不遥远，但这几天他明明感受到了难以言说的裂痕。现在林淑真的一番话，让他重新温暖起来，好像那些罅隙都不复存在了。

---

① 编者注：丫丫，大名袁婉心，是林淑真的同事。林淑真曾经想撮合冯凯和丫丫，前情详见《燃烧的蜂鸟》。

第二章

脱皮

卢俊亮不知道他们之间的前因后果，看冯凯好像不太想深聊婚恋的话题，便干咳了两声，硬是把话题又拉回了案件，说："哦，对了，凯哥你帮着参谋一下。我们发现的这掌纹啊，有好多特征点都看不清，纹线也不清楚，就像是手上沾了什么东西一样，你说会是怎么回事？按理说，他刚摘下手套，手上不应该沾什么啊。"

"如果沾的是自己的东西呢？"林淑真也被卢俊亮的描述吸引，说。

"啥意思？"卢俊亮好奇地问。

"你也是学医的，不知道有一种毛病叫作剥脱性角质层松解症吗？"林淑真说。

"哦！是啊！师娘你这么一说，还真是像！"卢俊亮说，"就是我们日常说的手掌脱皮！有一些人的手掌会在春季的时候出现角质层脱落的现象。虽然指纹终身不变，脱了皮还会长出一样的指纹，但是在脱皮的时候，纹线自然是不清楚的！而且，没有完全脱落的皮屑还连在手掌上，就会遮盖住一些指纹特征点！"

"叫姐！"林淑真嘿嘿一笑。

"厉害，厉害！"卢俊亮说，"而且这种毛病，一般都是双手发作。我们只需要找到手掌脱皮的人就好了，这范围缩小了好多啊。"

"可证据还是有问题。"顾红星重新整理了思路，说。

"我在想，如果找到嫌疑人的话，从他家里搜查一下，说不定能找到作案工具呢？"冯凯说，"你们不是说，死者是被勒死的吗？而现场又没有找到作案工具是不是？"

"是啊，现场肯定没有绳索类工具的。"卢俊亮说，"凶手应该把绳子带走了，但即便是找到了绳子，你又怎么知道那绳子是不是勒死死者的绳子呢？又没有什么特征。"

"可以做DN……啊，是啊，是没办法。"冯凯差点说漏了嘴。

确实，在没有DNA检验的年代，破案想要证据完善就很难，因为少了个"撒手锏"。

"那我想，是不是可以从凶手的动机上入手，找一些破绽呢？"冯凯说。

"动机。"顾红星停顿了一下，盯着冯凯说，"你觉得动机是？"

两人对视了良久，几乎同时从两张嘴里迸出两个字："贪污。"

林淑真的眼神里尽是欣慰，因为在那一刻，她发现许久不见的默契在这两个男人身上再次出现了。

"贪污？这倒是个稀罕事儿啊。"卢俊亮说。

"经济发展了嘛，抢劫案不都多起来了？那贪污案自然也会越来越多，只是贪污归检察院管，所以你感觉不到。"冯凯说，"我今天去邮局，发现马彩云每个月往老家寄200块，持续了一年！你想想，马彩云一个出纳，哪儿来那么多钱？而且给人的感觉就是贪回来一笔，就往老家寄一笔，她以为这样别人就查不到她了。"

"200块！那是不少。"卢俊亮说。

"是啊，现场勘查也给了我们一些提示。"顾红星补充说，"凶手没有翻动那些经常被人用来藏钱的地方，而是翻出来好多笔记本、账本。所以凶手不是来找钱的，而是来找账本的。"

"嗯，合伙贪污，分赃不均。"冯凯说，"马彩云五六天没有去上班，都没有人报警，这说明很可能是有人在打马虎眼，帮她请假什么的。"

"所以，墙上撕去的那一块报纸，很有可能就记录着他们贪污的证据。"顾红星说，"假如都是一些日期和数字，平时别人来家里也注意不到，比起藏在本子里，写在那里反而是更安全的地方。可惜，还是被凶手发现了。"

"是了，凶手找到了'账本'，甚至激动地都把手套摘了，迫不及待地撕去报纸。"冯凯说，"最终留下了重要证据。"

"所以你说，用动机来进一步完善证据，是有什么想法吗？"顾红星问。

"既然是因为贪污勾结在一起的，那么肯定能找到诸多两人勾结的证据。"冯凯说，"只要坐实了他们合伙贪污的事实，那么从杀人动机上就得以印证了。"

"是的，现场情况也可以证实这不是为财为色，而是杀人灭口。"顾红星说。

"所以，我打算去造纸厂调查一下账目，如果有贪污事实，估计并不难查。"冯凯眯起眼睛，说道，"然后再开一个会，讲一些大道理。"

"讲大道理？"卢俊亮问。

"是啊，讲大道理。就像那天在山里被蚂蟥叮咬一样，凶手和蚂蟥一样，也许你越拉扯它，它越是不松口。但是如果你给它撒上它最害怕的盐，它自己就松口了。对了，讲大道理的时候，大家肯定会鼓掌嘛。鼓掌的时候，你小子精明，给我先根据手掌情况把嫌疑人给锁定喽。"冯凯笑着说，"然后我们把贪污的事情公布，这样嫌疑人肯定会很慌，事后也会有反常举动。有动机、有指纹、有反常举动，再加上有了合伙贪污的事实，这样的证据链，虽然和几十年后比并不算太完善，但也足够了。"

顾红星点着头，眼神里充满了欣慰，说："查账的事情，我和检察院沟通一下，

第二章
脱皮

让他们派一个人，我们这边配合的人呢，你行吗？"

"不行！"冯凯眼神里充满了恐惧，说，"从小学到大学我最怕数学。"

"你上过大学？"顾红星的语气和冯凯这次刚见他时似乎已经不一样了。

"我是说刑警学院，啊，公安部民警干校的时候。"冯凯也觉得自己和顾红星说话轻松了许多。

"那时候我们学过数学？"

"你们没学，我们学了。"

"你们侦查的，学数学干吗？"

"这不就用上了？"

顾红星半信半疑地说："没事，小叶可以帮你。"

"内勤室的小叶？"冯凯还没反应过来，"她的数学很好吗？"

"不让她帮，那你就自己算。"

"行吧，你让她来。"

在公安局和检察院的共同交涉下，造纸厂同意冯凯一行查账。不像现代有专门的审计部门，那时候大家毕竟都不是专业的，所以小叶和检察院的同志查起账来速度也比较慢。冯凯则天天在造纸厂办公室的沙发上躺着，跷着二郎腿策划着下一步的工作。

造纸厂虽然部门很繁杂，有账务的部门很多，但毕竟是有目的地查账，他们只需要专门调查马彩云做的账，这就方便多了。

"凯哥，近一年的账查完了。"小叶叫醒了昏昏欲睡的冯凯。

"有问题吗？"

"账做得很平，看起来没什么问题。"小叶说，"不过，要是细究的话，就能找出问题所在了。"

当然，不管什么年代，拿黑钱的人，从账面上是看不出来什么的。但是细心的小叶在查账的时候，发现有一个灰色地带。

负责采购造纸原材料的负责人王猛从去年开始，有了一个新业务，就是通过官方渠道回收各个政府部门废弃的报纸、材料、书籍等，用于化纸浆。这些化出来的纸浆当然也可以用作造纸的原材料。可是，从王猛拿到造纸厂开具的手续到现在，每年用于购买造纸原材料的费用并没有下降。也就是说，这些免费回收的废

纸，在账面上被当作造纸原材料冲抵了一部分费用，而这些费用，自然是进了私人的腰包。

马彩云是造纸厂里专门负责原材料收购的出纳，不通过她这一关，肯定是不行的。由此可见，这一条"贪污链"上最关键的两个节点就是负责购买原材料的王猛和负责进出账的马彩云。

"购买原材料的款项没变，多出了大量的可以化纸浆的原材料，但造纸厂总产量却没有发生变化，这实际上就是对不上账目。"检察院的同志说，"这个我们已经可以立案侦查了。"

"那也得在查完杀人案之后。"冯凯说，"这样吧，抓紧时间，让顾大协调造纸厂，我们明天就开一个'党风廉政'的宣讲会。让小卢盯紧这个王猛。"

第二天一早，龙番市造纸厂的大会堂里就座无虚席了，工厂宣布停产半天，专门召开"党风廉政"宣讲会。

宣讲会由冯凯主讲。让一个公安人员来讲反腐，怎么着都让人感觉很奇怪。好在当时人们的法治意识并不是很强，认为公检法甚至纪委都是一家，所以一个穿制服的来讲这个，并没有什么违和感。

在陶亮的年代，公安队伍的要求更加严格规范，从扫黑除恶到反腐教育整顿，这一类型的会议陶亮不说参加了上百次，也有几十次。陶亮心里早已对反腐要求倒背如流了。他说的一些"反腐教育"名词，拿到现在的这个年代很有教育意义。

冯凯从"底线思维"讲到"刀刃向内"，又从反腐理论讲到反腐的意义，举出二十世纪五六十年代的一些著名腐败案例，生动地讲述腐败分子惨痛下场的例子。整整讲了两个小时，会场里掌声不断。

当所有人都在鼓掌的时候，很少有人还会把双手揣在兜里。对毫无防备之心的王猛来说更是这样。当王猛第二次举手鼓掌的时候，一边观察的卢俊亮就清楚地确认了他果真患有"剥脱性角质层松解症"，这让卢俊亮兴奋不已，因为他们离破案不远了。如果不是冯凯事先有交代，卢俊亮恨不得现在就把腰间的手铐给他铐上。

冯凯口若悬河地讲完了理论之后，话题一转，说："现在我们有充分的证据证明，你们工厂的出纳马彩云有贪污的嫌疑。你们可能也听到传言了，她已经死了。对，她的死，就是和贪污有关！"

会场开始嘈杂起来，冯凯的余光瞥见王猛的表情发生了剧变。

"当然，现在只是怀疑，还不能定性。死者为大，你们也不要出去传了。"冯凯

第二章
脱皮

接着说。

"是被杀的不?"有人从嘈杂声中大声问了一句。

冯凯故意露出了为难的表情。

"说说呗,会都开完了,说说故事呗。"工人们起哄道。

"按理说,是不能说的。"冯凯开始了他的表演,说,"不过不要紧,我们在抛尸现场找到了鞋印,下一步,我们会对嫌疑对象的鞋子进行排查,总是能找到的。所以告诉你们也无妨。"

卢俊亮在主席台下面盯着冯凯,满脸疑惑。现场条件那么差,什么时候提取到鞋印了?为什么他不知道?难道这个对他也保密吗?

冯凯也看见了卢俊亮疑惑的眼神,朝他挤了挤眼睛。卢俊亮这才隐约感觉到了冯凯的用意。

"靠找鞋子能找到凶手吗?"工人们对贪污似乎不是很感兴趣,对命案的侦破倒是兴趣十足。

"当然有点难。不过不要紧,在杀人现场,我们发现糊在墙上的纸被撕掉了,说明凶手要找的就是这个东西,它很有可能就是贪污的犯罪证据。"冯凯一脸神秘地说,"凶手以为撕掉了就没事了?实际上,报纸上写了什么,总会渗到墙皮上,虽然我们肉眼看不见,但是我们有一种试剂,能让报纸后面的墙皮起反应,这种试剂我们从沈阳买了,过几天估计就会邮寄到了。哦,我说多了,不说了,你们就等着看破案吧。"

卢俊亮知道,冯凯这又是在胡扯了。

会议结束后,工人们议论纷纷地离开了会场。卢俊亮悄声对冯凯说:"是不是你去盯王猛,我去盯现场?"

"你小子够聪明啊。"冯凯拍了一下卢俊亮的后脑勺。

"我知道你的用意,如果王猛是凶手,他回家的第一件事恐怕就是去烧掉自己的鞋子,第二件事就是去现场刮墙皮了。"卢俊亮坏笑着说。

"这就叫作欲擒故纵。"冯凯嘿嘿地笑着说道。

按照冯凯的安排,卢俊亮和秦天两个人潜伏在现场附近。而他和顾红星一起,来到了王猛家的附近。为了不打草惊蛇,他们俩没有开车,而是骑了自行车。

一直到了深夜时分,冯凯才等到了王猛。

只见王猛一个人偷偷摸摸地抱着一个包裹,出了自己的楼洞,骑上自行车,就

往造纸厂的方向驶去。冯凯和顾红星也连忙跨上自行车，远远地跟着。

在靠近马彩云所住的村落附近，王猛停了下来，东张西望。好在冯凯眼疾手快，一早就拐进了附近的一条巷道。冯凯的视力很好，借着月光看见王猛把一包东西扔进了一口水井。

"这么黑不知道能不能拍出背影来。"顾红星拿出相机拍了一张照，说，"扔掉的估计是鞋子，还得组织打捞，打捞的时候记得也要拍照。"

"嘿，这小子。"冯凯得意扬扬地说，"如果他没有去过抛尸现场，扔鞋子干啥？他这是主动为我们的证据链完善，提供了一个很好的行为证据啊。"

"嗯，他是凶手，没问题了。"顾红星说。

扔完了包裹，王猛继续上路，方向正是马彩云的家。

此时卢俊亮和秦天早已经"布置"完了现场。马彩云家门口被拉上了一根绳索，算是现场保护带，门上的锁被去除了，看守的人成了秦天。他穿着警服，躺在门口支开的一张行军床上"呼呼大睡"。

这样的布置，果真让王猛放松了警惕。他把车停在100米远的地方，然后装作路过的群众，迕到了马彩云家的门口。在确定秦大还在打呼噜之后，他蹑手蹑脚跨过警戒带，进入了现场的小院。

当冯凯等几个人用几支手电筒同时照射到目瞪口呆的王猛身上的时候，他正跪在床上，手上拿着一张砂纸准备刮墙皮。

这样的现场捕获，让王猛失去了狡辩的机会，他完全找不到任何理由来解释他的"诡异"行为了。所以，在把王猛押回去的半个小时内，王猛就交代了自己的罪行。

和冯凯他们的调查情况一致，王猛和马彩云在一年前就开始勾结，利用废纸化纸浆的机会，贪污节省下来的原材料款。一开始，大额的钞票装在马彩云的口袋里，让她心满意足。但随着时间的推移，马彩云开始感觉到不公平。因为经过她的测算，每个月节省下来的原材料款，有1000元之多，可是分给她的，只有200元。

于是马彩云就找到了王猛，要求平均分赃。王猛则说，这事儿不只他们俩知道，还有其他人，所以为了让其他人封口，他每个月实际上是需要拿出600元来打点上下的。这个说辞，马彩云当然是不信的。

马彩云用"亲自问问领导是不是拿了打点费"来要挟王猛，但也没有奏效。几次没谈拢后，马彩云豁出去了，跟王猛说："反正我是一个外乡人，钱我也都寄走了，无据可查。如果下个月不多给我500元，我就去检察院举报你贪污，然后我可以回老家，没人找得到我。而你，贪污罪，是可以枪毙的。"

恰好在这个节骨眼上，王猛无意中看到了一本杂志，里面详细报道了1983年的一起案件，是改革开放后枪毙的第一个县委书记。这个人，就是因为贪污了6.9万元，最后被送上了断头台。

这则报道让王猛惊出了一身冷汗，他知道自己身边有一个定时炸弹，如果不把这个定时炸弹清除掉，自己随时有可能粉身碎骨。既然马彩云说过，她是个外乡人，她要是突然消失，又有谁会注意到呢？

下定主意的王猛，冒充马彩云写了一张请假条，放到了马彩云的桌子上，然后趁着夜色潜入了马彩云家里。此时的马彩云已经入睡，听见是王猛来敲门，并没有多少戒心，而是开门让他进来说话。

在马彩云家里，王猛一开始假模假样和马彩云讨价还价，让她放松了警惕，然后乘其不备用随身携带的绳索把她在床上勒死。

杀完人后，王猛戴上手套开始寻找有可能记录他犯罪证据的账本，却无意中发现马彩云在自己床头的墙纸上，写清楚了每一条分赃的记录。于是王猛毁掉了分赃记录，然后把马彩云的尸体用随身携带的麻袋装着，用自行车把尸体驮到了造纸厂污水池边。这个地方两年才清除一次淤泥，因为时常散发恶臭，所以平时根本就不会有人来。王猛知道污水池上次清除完淤泥还不到半年，等到下一次清理，尸体早就变成了白骨，谁还会知道这白骨是谁呢？

可是，若想人不知，除非己莫为。偏偏就有人到了这个罕有人去的地方。一个专门抓蚂蟥卖作中药材的"采药人"进了山，来到了污水池边，很偶然地看见池子里漂着一具尸体，于是报了案。

3

又破了一起命案，但是顾红星和冯凯都没有想象中那么高兴。

顾红星似乎又想起了冯凯那一听见命案就放弃手上其他案子的坏毛病，天天催着他去查那个什么不知所以然的偷煤案件。

而冯凯则一边敷衍着顾红星，一边认真研究起金万丰的案件来。在顾红星家里，当说到指纹是孤证，不能作为唯一定罪依据的时候，顾红星提到了金万丰的案子，当时他那种眼神，明明就是不信任的眼神。

回想起那种不信任的眼神，冯凯又一次感觉自尊心受到了打击，他给自己鼓着劲，要把金万丰的案子重新捋一遍，找到更充足的证据，让顾红星相信自己是对的。

相比于货车司机韦星报的那个偷煤案，金万丰的案卷可以说是复杂多了，也丰富多了。但是和陶亮那个年代的要求来比，这份案卷依然是过于简陋了。好在，"麻雀虽小，五脏俱全"，翻完了询问笔录、现场勘查笔录、尸体检验笔录，以及抽屉里的工作日志，冯凯又专门去套了一些卢俊亮的话，总算是把这一起案件的发案、破案过程全都搞明白了。

1985年4月6日晚上11点多，龙番市郊区一个叫作蔡村的小村庄的村镇街道上，有一间沿街的平房突然起火。这个年代，基本没有什么夜生活，晚上9点之后，街面上的行人就很少了。因此，火势起来的时候，街上一个人都没有。于是，刚开始的小火苗没能被及时发现、扑灭。当天晚上正好又在刮大风，小火苗起来之后，被风一吹，开始向现场周围蔓延。当时的房屋屋顶主要是木质结构，房屋之间也没有进行防火隔火处理，所以大火的蔓延，导致周围十余间民房遭到不同程度的损坏。也正因为火焰烧到自己家，附近的群众才发现不妙，纷纷起身寻找电话报警。

虽然110、120报警电话是1986年才正式推行的，但119火警电话在二十世纪七十年代就已经开始使用了。龙番市消防大队在接到群众电话报警后，出动了消防车，会同蔡村村委会的老式水车，一起对现场进行了灭火处理。

火势扑灭后，消防员进入现场，检查现场是否有坍塌险情，无意中发现已经烧焦的床架之上，居然有一具尸体。尸体已经被严重烧毁，表面完全炭化，尤其是尸体的双侧手掌、脚掌都已经被烧毁。尸体的左手腕上有一只黄金手镯，依旧闪着光芒。那一截烧秃了手掌的前臂，露着白森森的骨骼，还套着一只手镯，看起来很是诡异。这把进入现场的消防战士着实吓了一个趔趄。

既然是亡人火灾，顾红星第一时间就收到了局甲的指示。因为当时冯凯应该正在办理韦星报警的偷煤案，所以顾红星原本是准备带卢俊亮和二中队的同志们来参与案件侦破的。但是有了命案，冯凯是绝对耐不住寂寞的，他主动请缨参与案件侦破，理由是一切以命案为中心。顾红星拗不过他，于是带着他和卢俊亮、秦天等人参与调查。

第一件事，就是尸源认定。这件事情倒是不难。通过卢俊亮的现场尸检，可以确定死者是一名女性，身高大约160厘米，体形偏瘦。冯凯则从这一间平房的屋主处调查到了信息，这房子是租给一个年轻漂亮的女孩的，女孩叫金苗，是蔡村附近

第二章
脱皮

的金村人，不知道具体什么原因，自己出来租住。女孩的体貌特征与卢俊亮尸检得出的结论完全一致。有了怀疑对象后，冯凯去金村把金苗的父亲请来了。毕竟是自己的女儿，金苗的父亲第一眼看到尸体，就确定死者就是金苗。那只金苗一直戴着的金手镯，也进一步印证了死者的身份。

虽然死者的手掌、脚掌都已经被烧毁，提取不到尸体指纹，但顾红星还是花费了很大的力气，从尽是烟熏痕迹的烧毁房屋中，找到了大量指纹。从多枚指纹重复出现的情况来看，这些指纹都属于死者的。在金苗父亲的家里找到了一些她在过年后送过去的物品，上面也提取到了一样的指纹，更印证了这些指纹就是金苗的。这个交叉印证，也是为了防止有人冒用金苗的身份，租住这一间房屋。

顾红星还是保持着很细致的习惯，他要求卢俊亮在现场提取死者的血液，对死者的血型进行分析，确定死者是 O 型血。他又让冯凯去调取金苗小时候在学校体检时候所做的血型记录，果然也是 O 型血，用这两份证据再一次印证死者的身份。这"多此一举"的要求，给冯凯增加了工作量，让当时的冯凯对顾红星产生了不满，还专门在笔记本上写下了"迂腐"二字。

尸源已经认定，第二件事，就是金苗的死因了。她究竟是被大火烧死的，还是死后被焚尸呢？根据房东和金苗父亲的证词，金苗生前是不抽烟的，这个季节还没有到点蚊香的时候，这个出租屋没有电力设施，连电灯都没有。那么起火的最大可能性，就是照明工具，如煤油灯、蜡烛导致的意外起火。本以为是一起意外事故的结论，却被卢俊亮这个法医直接否决了。他在现场通过对死者金苗气管解剖（当时很多命案尸体的解剖，都只做关键部位的局部解剖，不像陶亮的年代，只要解剖尸体，就必须颅腔、胸腔和腹盆腔全部打开），发现其气管内干干净净，没有任何烟灰炭末。可以断定死者金苗是死亡之后，才被点火焚尸的。也就是说，这是起命案的可能性很大。

如果是命案，那金苗的真实死因是什么呢？

卢俊亮是 1984 年分配到刑警大队的法医，他来的时候，老马已经退休了。一个没有师父带的法医，只能根据自己在大学里学习到的知识，在实际工作中摸着石头过河了。涉及法医的专业问题，见多识广的顾红星也没有办法帮忙，所以，他只能自己慢慢研究。

这种被严重烧毁的尸体，卢俊亮也是第一次见。尸体的胸腹壁肌肉脱水，呈纤维状，就像是尸体被套上了一件坚硬的皮夹克，他用手术刀都很难划开。而尸体的

头颅因为被焚烧，头皮和颅骨都已经很脆了，一碰就会掉下来一块。好在卢俊亮在医学院就养成了胆大心细的习惯，每动一下尸体某个部位之前，都会对这个部位进行拍照，解剖的动作也很细致，终于，他找出了死者的死因所在。

死者金苗的左右太阳穴各有一处骨折。

太阳穴之所以能成为"死穴"，是因为太阳穴这个位置在医学上被称为"翼点"。翼点处是颅骨最薄的部位所在，而且翼点对应的颅内有一条重要的脑部血管——脑膜中动脉——经过，一旦翼点发生骨折，就容易导致脑膜中动脉破裂，引起颅内出血而死亡。

死者金苗两侧太阳穴下方的脑膜中动脉都因为骨折而导致了破裂，打开金苗的颅盖骨后，发现受热萎缩的大脑表面有大量血肿。因此，卢俊亮断定，死者金苗是被人用工具砸了左右太阳穴，导致颅内出血而死亡。

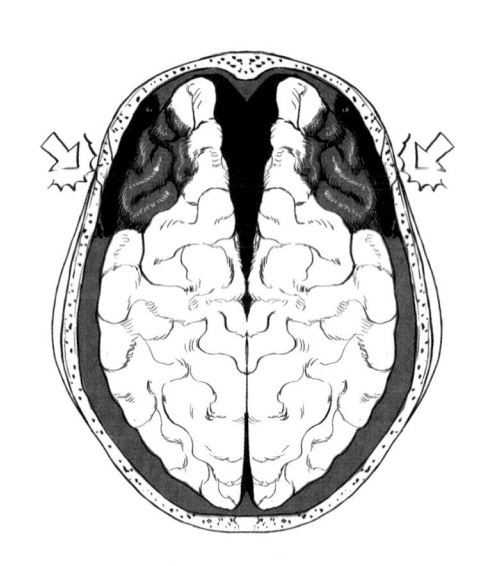

死者颅脑损伤状况示意图

基础工作已经做完，剩下来的事情，就是破案了。

现场和尸体都被严重烧毁，现场都是燃烧残留物和灰烬，这给现场勘查工作带来巨大的难度，更难指望通过现场勘查来发现直接破案的依据了。

公安局承受了前所未有的巨大压力。

二十世纪八十年代和陶亮所在的年代，是完全不一样的。陶亮所在的年代是信息化时代，社会上但凡出现一个有恶劣社会影响的案件，都有可能引起舆论上的轩

第二章
脱皮

然大波。而在信息不发达的八十年代，郊区发生一起杀人案件，周围居民也许并不会第一时间得知。但是这一起案件不同，因为火势蔓延导致周围邻居财产受损，案件的影响力就不一样了。

先是有邻居找来了市里的报社，来对此案进行采访。改革开放后，报社也开始享受时代红利，拥有越多的订阅量，就会给报社带来越多的收益。所以一家报纸报道后，当地其他媒体也蜂拥而至。

紧接着，不知道是谁散播谣言，说有一个江洋大盗，专门奸杀、抢劫年轻姑娘，然后用纵火来满足其变态心理。谣言流传的速度十分惊人，而当时警方又没有多少渠道可以辟谣，导致整个龙番市那几天都人心惶惶，独居的年轻女性纷纷去父母家、亲戚家居住。

最后，案发后第三天，也就是顾红星、冯凯他们刚刚把尸检和现场勘查的基础工作做完的时候，邻居们为了避免得不到修缮房屋的赔偿款，纷纷拉上亲戚朋友在市政府门前聚集。因此，这一起案件很快就引起了省市各级领导的重视，要求公安部门尽快破案、以安民心。

侦破众多命案的顾红星，深深感受到了这起案件的不寻常，于是要求刑警大队全员上案，务必要以最快的速度破案。也正是这个特殊原因，冯凯破案后，才会被媒体"包装"成一个英雄和功臣的模样。当然，媒体对这一起案件的侦破细节的描述，不完全是捕风捉影，那就很有可能是冯凯想当这个"英雄和功臣"，才有了这样的结果。

4月8日，做完了基础工作的刑警大队，开始全面开展侦查破案工作。从冯凯的笔记上看，他对这一起案件的认识还是很独到的，但可能是为了抢功，所以并没有在专案会议上和大家分享自己的看法。

冯凯认为，首先，这一起案件，现场虽然被烧毁，但显然没有翻乱的痕迹。很多可以卖钱的物品都还在柜子、五斗橱的抽屉里放得好好的。甚至通过顾红星的细心勘查，还从床头柜的一个笔记本夹层里，找到了一张1万元的存单。在那个年代，1万块钱可是一笔惊人的数目，而且存单没有密码，谁都可以取走。如果凶手真的是为了钱去的，这凶手实在是过于粗心了。更何况，死者那么明显的金手镯都没有拿走。

其次，虽然尸体表面都已经燃烧炭化，但是冯凯仔细观察卢俊亮拍摄回来的尸体照片后发现，尸体的腰背部、臀部，也就是紧贴床铺的位置，其实是有衣物残片的。也就是说，死者在死亡的时候，应该是衣着完好的，那么也就不太可能是性侵

案件。

最后，凶手杀完人后，还要点火烧尸体，这种行为也很不正常。按理说，凶手杀完人应该尽可能延长案件案发时间，为自己的逃跑争取时间。但这个凶手的心理明显是：毁掉现场痕迹，比延长案发时间更重要。

由此，冯凯认定，这一起案件的凶手和死者，应该是熟人关系，两人因为某种恩怨情仇而引发了杀人案。所以，冯凯的调查重点，便是金苗周围的人际关系。

可是，顺着这个思路，冯凯的调查很快就出现了"瓶颈"。因为金苗是从1980年就外出打工了，直到过年前才回到老家，在自己邻村的蔡村租住了这个房子。回来两个多月，她在金村都很少露面，金村没有一个村民知道金苗住在蔡村，包括金苗的父亲都以为她生活在城里。那就更不可能在这期间发生什么本地人之间的恩怨情仇了。

现在唯一的嫌疑人就是死者金苗的丈夫张奇了。

冯凯通过调查一个金村的村民得知，张奇欠他钱，早该还了，但张奇拖延不还，声称自己最近在和妻子金苗谈判，金苗希望可以出一笔钱来结束和张奇的关系，而张奇也指望着拿这笔钱归还赌债。金苗独自一人离家打工，又偷偷摸摸地回来，偷偷摸摸地租房子，不和村里的人打交道，甚至和张奇存在婚姻纠纷，怎么看，张奇都有最重大的嫌疑。虽然张奇指望着金苗给他钱，但是如果谈判不成，矛盾升级，激情杀人也是有可能的。

嫌疑对象浮出了水面，让冯凯兴奋不已。

他花了大半天的时间，秘密调查了死者金苗的丈夫张奇。

这个张奇，实际上就是一个酒鬼加赌鬼。他家庭条件不错，改革开放后，他父亲做生意，赚了一些钱，却被这个败家子败得差不多了。这人没有正经职业，每天喝酒赌钱、偷鸡摸狗。从人品上看，他更具备作案的条件。

可是随着调查的深入，冯凯很失望。

因为4月6日当晚，张奇在一个地下赌场里赌钱，从晚上6点一直到次日凌晨2点，都有人可以做证他没离开过赌场。

对于这个调查结论，冯凯很是不放心，他多方面调查了好几个人，甚至直接端掉赌场，抓了赌场老板，但最后得出的结论依旧是一样的：张奇当天晚上确实没有离开过赌场。张奇有充分的不在场证据。

那会不会是张奇雇凶杀人呢？

脱皮

冯凯又把时间线拉回到几天前，可是调查结果依旧令人失望。

这几天的时间里，张奇要么在家里睡觉，要么就是和自己平时交往甚密的狐朋狗友们喝酒赌钱，没有流露出任何要杀死妻子的迹象，甚至都没有提到过自己的妻子，更没有接触一些不该接触的人。

所以，张奇可能真的不是作案凶手。

但是熟人作案这一点，冯凯是坚信不移的，他觉得自己的分析判断不会错。要是错，也应该是在前期调查中出现了漏洞。

那么，金苗从外地打工回来后，真的没有再密切接触过什么人了吗？

冯凯决定换个思路再调查一下。

4

既然在金苗的老家金村没有调查出金苗回来后密切接触的人，冯凯决定去金苗所住的蔡村再碰碰运气。

经过了大量的走访调查，冯凯觉得自己的运气还是不错的。

他对那些被大火殃及的邻居进行了再一次的调查访问，效果还是很差。邻居们纷纷说自己确实没有和金苗打过任何交道，甚至都不认识她，更不知道她会和什么人交往密切。询问到后来，几乎所有的邻居都不知不觉把话题带到了房屋修缮上来。也可以理解，他们满心愁着房子没人修缮，对于案件侦破的配合度自然不会很高。

就在冯凯快要失望，准备离开蔡村的时候，他被金苗家不远处路口的小卖部的老板娘给叫住了。

小卖部的老板娘四五十岁，精明能干的样子。她说，她有印象见过一个男人经常出现在附近，不是他们蔡村的人。这两个月内，男人到她的小卖部买了三四回烟。更重要的是，起火事发的那天晚上，这个男人又到小卖部了。男人那晚没有买烟，而是买了一瓶二锅头就走了。这个男人瘦瘦高高、白白净净的，长得确实挺好看，看上去也很和善，所以老板娘才会对他有一些印象。

冯凯详细询问了事发当天的经过。原来事发当天，小卖部老板娘在晚上10点左右，见街上没人了，准备打烊，在这个时间点，男人来买酒了。当时，男人是空着双手的，什么都没带，看起来也很正常，没有什么异常的表情和动作，如果一定要说出点什么，那就是他看上去有点垂头丧气的，当时老板娘也没在意。但是在男

人离开一个多小时后，老板娘洗漱完毕，刚刚入睡，就听见外面很嘈杂，起床一看才发现村镇街道上已是一片火海。

在询问老板娘为什么之前没向警方提供线索时，老板娘说，本来她完全没把这个男人和失火联系在一起，但是听说冯凯正在调查和那个租房女密切接触的人，她就想会不会这个男人来他们村就是找那个租房女的，要不为啥总来这附近？她越想越觉得不对劲，尤其是起火当晚那个男人也来了，这时间上也太巧了。于是，老板娘想来想去觉得还是应该告知公安一声。

这个信息对冯凯来说，无疑是"山重水复疑无路，柳暗花明又一村"啊。晚上10点离开现场，11点多发生大火，这时间点也非常吻合。因为从点火到火势蔓延，也确实需要一些时间。虽然起火的时间究竟应该是半个小时还是一个小时还不好精确计算，但凭借生活经验，冯凯认为，只要火势起来得慢，一个多小时完全是有可能的。

冯凯按照老板提供的嫌疑人的体貌特征信息，找到金村的管片派出所民警一个个核对、一个个排除，符合基本条件的人不多，所以没有花多少时间，冯凯他们就筛出了二名体貌特征和年龄都比较吻合的男性。那个时候的户籍资料上还没有照片，冯凯只能挎着顾红星的相机，秘密拍摄了这三个男人的照片，然后拿给老板娘去辨认。

老板娘的眼睛很毒，一眼就认出了金万丰，也因此，金万丰浮出了水面。

拿着金万丰的资料，冯凯进一步研究，他在金万丰的学籍档案和户籍档案里都发现了重要线索：金万丰和金苗是小学同班同学，而且金万丰的前居住地和金苗家很近。但是在第一轮普遍排查的时候，冯凯曾经找到金万丰进行过一般询问，而他当时却坚定地说自己并不认识金苗。

既然说谎，必有隐情。

冯凯在获取这一信息后，先斩后奏，自作主张对金万丰采取了强制措施，把他抓回了刑警大队。一般来说，要抓人，事先得通过刑警大队长顾红星的批准。可想而知，冯凯这个举动引起了顾红星的强烈不满。经过几次审讯，金万丰依旧一口咬死说自己不认识金苗，自己和金苗没有任何关系。口供一时拿不下来，也让顾红星对冯凯的草率行动更加不满。

此时，因为媒体一直在追踪此事，不知道他们从什么渠道得知了小卖部老板娘给警方提供重要线索的事，于是对小卖部老板娘进行了采访，还在报纸上呼吁警方

第二章
脱皮

应该给予小卖部老板娘一定的奖励。

看到报纸，金苗租屋的邻居纷纷如法炮制，来公安局提供"线索"：有的说他们确实看到金万丰进出过金苗的住处；有的说当天晚上起火前，他们在家里听见了金万丰和金苗的说话声；还有人说那天晚上听见从现场传出来的不是说话声，而是吵架声，因为声音很大很激烈；甚至还有人说亲眼看见金万丰和金苗撕扯在一起……

众多"线索"，鱼龙混杂，难辨真假。但是，有了这些旁证的支撑，冯凯更加认准了金万丰就是本案的凶手，觉得金万丰只是抱着侥幸心理负隅顽抗罢了。但是在专案会上，顾红星却提出，除了口供，他们没有任何实际的物证可以指认金万丰就是凶手。

可是现场已经被烧毁了，去哪里寻找可以直接证明犯罪事实的证据，尤其是物证呢？那不就是在强人所难吗？所以冯凯的笔记本上第二次出现了"迂腐"二字。

要搁在以前，陶亮要是知道真正的冯凯如此形容顾红星，一定会拍手称快、深表认同。但是此时，他在心里却隐隐地站在了顾红星这边，于是他翻过了笔记本上的那两个字，继续认真地往下读。

按照顾红星的计划，应该把现场进行网格化分区，然后按照每个分区进行顺序编号，再根据序号顺序，逐一把各个分区内所有烧毁的灰烬都进行筛查，在灰烬里寻找一些有可能证明犯罪的物证。

顾红星的这个取证思维已经非常先进了，因为在陶亮的年代，对于疑似命案的亡人火灾现场，现场勘查员都是需要这样做的。这不仅是为了寻找物证，还能够对物证进行具体定位，有助于案件分析。顾雯雯就经常会灰头土脸地从火灾现场回家，然后一洗澡就是半个小时。

公安队伍是以服从为第一要务的，所以大队长顾红星这样提出来了，其他人也不好说什么，即便有怨言，也只能默默地去做。可现场一片凌乱，如果真的按照顾红星说的以网格式筛查，估计没有半个月都筛不完。

这时候，性急的冯凯又打起了走捷径的主意。

他和卢俊亮聊了一次，主要话题是致伤工具。卢俊亮虽然没有什么经验，但是从医学的原理上认为，死者的颅骨两侧都有骨折，虽然翼点处比较薄，但想徒手打成骨折还是有一定难度的，而且恰好两侧都有骨折，那么徒手伤的概率就不大了。

如果按照书上说的，骨折线边缘有骨质压迹就是金属钝器打击所致，那么可以肯定死者的头部损伤应该就是金属钝器打击所致。再结合小卖部老板娘的证词，金

万丰在事发当晚离开现场的时候，身上并没有带任何工具，那么说明这个工具应该是被金万丰遗留在现场了。金属钝器的种类并不多，尤其是一个年轻女性的住处，按理说应该更不多了。所以冯凯认为，无须再对现场一点点进行筛查，直接在灰烬废墟里面找能够作为凶器使用的金属钝器就行了。

但是，冯凯的提议被顾红星否决了。顾红星还是坚持筛查灰烬，因为直接找工具，感觉有一些投机的成分。

冯凯不服。所以，就在刑警大队全员都在筛查现场灰烬的时候，冯凯则在火场废墟里面翻来翻去，并没有认真投入筛查现场的工作中去。可能是有幸运之神附体吧，冯凯在现场"东一榔头，西一棒槌"的翻找过程中，居然还真的从坍塌的五斗橱框架下面找到了一把锤子。

因被没烧毁的抽屉遮挡，这把锤子没有被烧灼，也没有烟灰炭末黏附，算是一个保存得比较好的物证了。当时冯凯也没有过多寄希望于这把锤子，只是看这把锤子保存完好，于是把它用袋子装好，带回了刑警大队。

提取了物证，就要检验。顾红星拿到锤子就立即对锤柄进行了指纹显现，果然显现出了几枚指纹。通过比对，这几枚指纹还真的就是金万丰的。

现在的冯凯看到这里，心里并没有什么波澜，因为就像顾红星在他家里吃饭的时候说的一样，这是一个孤证。虽然从取证到指纹显现再到指纹比对，应该是没有什么问题，但并不能直接证明犯罪。

当时的顾红星也是这样想的，而且还有一个重要的问题，那就是死者金苗的头皮上是有伤的，而锤子上并没有血。

可当时的冯凯却欣喜若狂，他认为已经证据确凿了。顾红星不是要实际的物证吗？现场提取到金万丰用过的锤子，金万丰还狡辩说自己不认识金苗，那不是这个金万丰杀的人，还能是谁干的？

据卢俊亮说，顾红星和冯凯因此发生了剧烈的辩论。当然，这里说辩论，应该是卢俊亮美化了二人之间的争吵，隐瞒了由此产生的嫌隙。

冯凯认为，凶手在用锤子杀死人后，有可能清洗凶器。顾红星则认为既然凶手要点燃现场毁尸灭迹，何必再清洗凶器？既然清洗了，为什么只洗掉血迹，而不洗掉指纹呢？

顾红星还认为，锤子被发现的位置是在五斗橱的下面，而不是尸体下面，两者是不是有必然的联系，还有待商榷。

第二章
脱皮

冯凯很生气，他觉得已经有了铁证，顾红星何必再这样吹毛求疵？是不是非要再结合金万丰供认不讳的口供，顾红星才能服软认输？

于是冯凯拿着锤子这个铁证，再次提审了金万丰。

这一次审讯，笔录记录得很简单，看起来是主审人冯凯对金万丰的狡辩之词丝毫不信。但从只言片语中，还是能看出金万丰是如何解释这一情况的。

金万丰和金苗从小是同学，也是邻居，虽不能说是青梅竹马，但两人关系着实不错。后来随着他们小学毕业后金万丰搬家，两人关系逐渐淡化。今年过年之后，金苗从外地打工归来，两人在蔡村偶遇。偶遇之后，金万丰就知道了金苗的临时住所所在，而金苗说为了顺利离婚，必须对此住处保密。金万丰此时单身，金苗的婚姻又名存实亡，于是，他对一直心怀好感的金苗展开了追求。但一来是为了金苗能顺利离婚；二来是防止有"金苗外遇才提出离婚"的谣言，保护金苗的个人名誉，金万丰对此事一直保密。所以当警察问到了他，他为了保护"逝者的尊严名誉"，选择了撒谎，说自己不认识金苗。在和金苗秘密接触的一个多月内，金万丰帮金苗做了不少事。那把锤子是事发前几天金苗家的窗户损坏了，他带过去帮忙修理窗户用的。修好窗户后，两人聊了一会儿天，金万丰走的时候忘记带走锤子了。因此，锤子才会遗留在现场。

以现在的冯凯来看，金万丰这算是对重要物证有了一个合理的解释。但是从讯问笔录里的言辞来看，当时的冯凯是完全不信这套说辞的。他不停地强调让金万丰老实一点，不说老实话，就会从严处理。他反复强调着"坦白从宽，抗拒从严"。

不知道是"坦白从宽，抗拒从严"这句话起到了作用，还是其他的原因，在冯凯提取到锤子后的第二次审讯记录里，金万丰的供词就发生了一百八十度的大转弯。他供述自己是出于情、财纠纷等原因，一怒之下杀死了金苗并点燃了现场。

现在的冯凯仔细看完笔录后，发现一个有意思的现象。刚"穿越"到这个梦境的那天，冯凯去看守所提审金万丰，当时金万丰对自己说的，和这份供词上的表述几乎是一模一样的。虽然不至于一个字都不差，但是两次供述的吻合程度之高，让人有一种不真实的感受。

冯凯知道，自己之前产生的那些不安的直觉，都是有原因的，这一起案件，确实存在问题。金万丰给出的两个杀人动机，都禁不起推敲。如果金万丰真的存在劫财的想法，连存单和死者身上的金手镯都没有拿走，那实在是说不过去；如果金万丰只是因为感情纠纷而杀人，那也很不合理，因为金苗是真的在努力推进离婚这件

事，连家都不回去住，金万丰没有道理这么快就失去耐心，闹到要杀人的地步。

刻意地让一件事情变得合理，反而显得更加不合理了。

怪不得顾红星会在冯凯提出"孤证"这一概念后，让他重新思考金万丰的案件。利用孤证去定死一件案件，本身就是一件非常可怕的事情。而在这个孤证还存在合理解释的情况下依旧用于定案，那就是一件更加可怕的事情了。

但毕竟那是二十世纪八十年代，人们的证据意识还非常薄弱，加上检察院提前介入后，金万丰并没有更改他那套认罪证词，所以这一切看起来都很正常。

尤其是当各家媒体知道公安局已经拿到重要证据之后（很有可能是之前的冯凯为了邀功故意透露的），纷纷跟进报道，对此案的破案过程进行了一番神话般的描述。本案的主办侦查员冯凯，也就被媒体披上了神话般的外衣。

有了媒体的渲染，当时又急于宣布破案，以安民心，再加上受损房屋的主人们纷纷拿到了政府的赔偿，这件事情就一传十、十传百地在龙番市传开了。没有人关注可怜的金苗的故事，大家关注的是被夸张甚至神化的破案故事。

这也是陶亮通过梦境来到这个年代，周围所有人都喊他"功臣"的原因了。

合上案卷和笔记本，冯凯高声叫道："小叶，小叶。"

隔壁的内勤小叶一溜烟跑进了一中队办公室："怎么了，凯哥？"

"这案子不行，要重新审，你和检察院说一下，虽然他们提前介入了，但是我们自己要重新完善。完善后，再移送起诉。"冯凯扬了扬手上的案卷。

"啊？"小叶对冯凯的突然转变很是意外，说，"那，办案期限……"

"再给我几天时间就行。"冯凯说。他心想，这个年代，对办案期限的要求好像也没有那么高吧？

正经过门口的顾红星听见了这一对话，欣慰一笑，走开了。

燃烧的蜂鸟

迷案1985

第三章 头骨齿痕

1

顾红星从局长的办公室里出来，闷闷不乐。

从冯凯要求暂缓移交金万丰案件到检察院再到现在，还不足一天的时间，龙番市的一家报纸已经以醒目的标题《蔡村杀人纵火案再起波澜，本案或成疑案》再次刊载了这一起案件。虽然整篇报道中并没有更多的"内幕"，只是对原来案件的再次报道，但仅仅这一个标题就足以在龙番市民间掀起又一场波澜了。

不知道是公安局内部还是检察院内部有人把暂缓移交的信息有意或无意透露给了媒体，总之这一篇报道中最重磅、最吸引眼球的消息就是"再起波澜"，再加上"或成疑案"这种春秋笔法，引发了民众的不安，领导也承受了更多的压力。人们并不关注这起案件究竟出现了什么问题，而是认为公安办了错案，真正的"杀人狂魔"依旧逍遥法外。

可想而知，局长就是在这种情况下刚从市里回来，估计被市领导批评了，所以找顾红星谈话的时候，明显带着情绪。局长倒是没有细究暂缓移交的消息究竟是谁传出去的，但对这起案件的下一步办理，提出了更高的要求，要求刑警大队必须尽快拿出一个说法。而且说，既然引起问题的是冯凯，那么就要求冯凯别再办理这个案件了，回避一下，省得给媒体更多的说辞。

对于局长的要求，顾红星是不满的。于公，他认为冯凯是最了解这起案件的人，如果临阵换帅，自然会对案件的侦办起到负面作用；于私，他了解冯凯的为人，这时候把他撤下来，对他来说，和一个严重的处分无异。顾红星这时候开始怀念刚退休不久的老局长了，无论是专业能力还是领导艺术，尚局长都是他的榜样。而这个从外单位调任来的张局长，新官上任三把火，火都往他身上点了，烧得他心里很不是滋味。

抱怨归抱怨，局长的指示还是要执行的。只是对顾红星而言，他实在不知道该

第三章
头骨齿痕

如何对冯凯开这个口。

从局长办公室出来,顾红星正好遇见了同样被张局长约谈的郊区派出所的吕建设所长。蔡村的案件就是郊区派出所辖区内的案件,吕所长得知了报纸上的报道,此时也是焦头烂额。

"你说你们刑警大队又闹什么幺蛾子啊?"吕所长半开玩笑地说,"我们这事儿赶事儿,还得为了已定案的案子来费劲。"

"话不能这样说。"顾红星倒是很严肃,"我们执法部门,得对案件负责啊。"

"知道,知道,开玩笑,开玩笑。"吕所长说,"昨晚我们又发个案子,当事人来报的是杀人案,但我看也不像。我们正在考虑要不要请你们过去接手呢。"

"是吗?"顾红星眼珠一转,说,"行,我马上派人去看看,就跟你的车过去吧。"

"行嘞,我先进去挨训,然后就赶回去。"吕所长擦了擦额头上的汗珠,说道。

冯凯一早也看到了报纸上的报道,却完全没当回事,呵呵一笑就把报纸扔一边去了。此时,他正在仔细研究着金万丰的证词,尤其是找到锤子后的第一次证词。这一份证词是对现场锤子的合理解释,也有可能确实是真实情况。

如果真的不是金万丰干的,那么金苗又是被谁杀死的呢?虽然现在的冯凯不知道之前的冯凯究竟是一个什么样的人,但他对案件侦破的思路是完全没有问题的。下一步,又该通过什么样的手段来打破僵局呢?

想来想去,冯凯还是觉得最有希望的办法反而是顾红星的笨办法——筛查现场灰烬。

只是,他可以有重点地去筛查,比如围绕尸体,一圈一圈逐渐向外扩展。因为凶手杀完人后立即焚尸的话,凶器很有可能距离尸体比较近。

想到这里,冯凯开始动员起队友们了。他叫来了一中队、二中队的民警,开始发表"演说"。

"这案子,影响这么大,我们必须得慎重起见了。"冯凯说,"媒体既然如此挑衅我们,我们必须一举破案,才是对媒体挑衅的最好回击!"

"对!"民警们回应着。

"我们这么多人,就不相信不能把现场翻个底朝天!"冯凯继续慷慨激昂地说,"只要犯罪分子把凶器留在了现场,我们就一定找得出来。只要我们找得出来凶器,犯罪分子就跑不了!"

"你是说,继续顾大的策略,对现场进行筛查吗?"秦天问道。

"是的。"冯凯说,"现场燃烧情况比较严重,加上灭火时水枪冲刷,确实有难度,但是世上无难事,只怕有心人!考验我们公安队伍的时候到了!"

"嘿,你转变得还真快啊!"肖骏笑道。

"现场是要复勘的,还是我来带队吧。"顾红星此时走进了办公室,说,"郊区的马园镇又发生了一起命案,冯凯你和小卢一起去看一下吧。"

顾红星指了指身后灰头土脸的吕所长说:"跟吕所长的车过去,结束后他们送你们回来。"

"我?"冯凯指了指自己的鼻子,惊讶地说,"我正准备去蔡村的案件呢,反正都在你们郊区的辖区,要不我先去蔡村的案件?"

"你还是去马园镇的案件吧,我们分头行动。"顾红星斩钉截铁地说道。

"不是,蔡村这案子一直是我……"冯凯还想再争取一下。

"快去吧,都是命案,你刚说过不会厚此薄彼。"顾红星尽可能地用温和的语气说。

冯凯有些不服气,但心想自己只要尽快把马园镇的案件给破了,就可以回来办蔡村的案件了。反正都是命案,都属于郊区辖区,说明现场也不会太远,只要不让自己再去跟那个什么偷煤案,都好说。于是,冯凯屈服了,和卢俊亮一起,坐上了吕所长的吉普车。

一路上,吕所长都在抱怨张局长是如何如何责备他的,他又是如何如何冤枉的,他每天有多少多少工作,基层有多辛苦。他说他真搞不懂这个张局长,难道在张局长眼中,公认认真负责的顾大队也一无是处?功勋赫赫的刑警大队都不入法眼?吕所长的抱怨和牢骚整整持续了一路,冯凯想插空询问一下这起案件的基本情况,都找不到机会。

好在马园镇距离市区比较近,那个时候路上的汽车也很少,不堵车,等吕所长气消得差不多了,他们的吉普车也已经开到了目的地——马园镇一家私营养鸡场的旁边。

两名穿着绿色警服的民警,正在询问一个中年男人。冯凯跳下车,走到几个人的附近,静静地听着他们说话。

"你说我可倒霉,这人肯定是没有这么大力气的,只有汽车,汽车撞到了我的支撑杆上,我这棚子肯定得塌啊。你说这些小鸡,它们又不会逃跑,这不就活活砸死在里面了?"男人委屈巴巴地说道。

第三章

头骨齿痕

冯凯一听，这不太对味儿啊。

"怎么回事？"冯凯忍不住问道。

吕所长指了指养鸡场坍塌的一部分屋顶，说道："你看看这坍塌的屋顶附近，有好多血啊。"

"然后呢？"冯凯定睛朝养鸡场地面看了看。

这个养鸡场算是一个半开放式的养鸡场，位于村落的一角，比较偏僻。养鸡场的鸡舍是用砖头砌的，但是只有半人高。鸡舍上方是顶棚，顶棚由石棉瓦构成，被多根蓝色的铁质立柱支撑着，遮挡鸡舍的上方。在鸡舍的东北角，几根立柱倒塌了，由这些立柱支撑的石棉瓦顶棚自然也就坍塌了下来。石棉瓦的重量不轻，坍塌后，砸死了鸡舍里不少鸡。

从鸡舍的南侧空地，一直到坍塌的石棉瓦位置，地面上都有大量滴落状的血迹，尤其是南侧空地上，还有成片的血泊。冯凯对血迹勘查有一点经验，他看得出，流血的位置应该是在南侧的空地上，那些成趟、大滴的滴落状血迹都是朝向石棉瓦坍塌的地方的。血滴滴落到石棉瓦坍塌的位置后，就突然消失了。

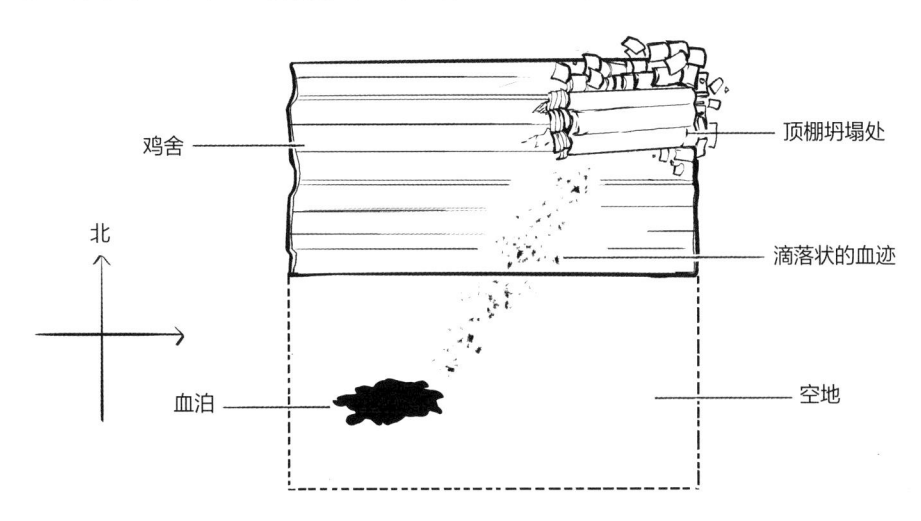

养鸡场现场示意图

"不是说是命案吗？所以，尸体呢？"冯凯疑惑地问道。

"啊？尸体？没有尸体。"中年男人应该就是养鸡场老板，他说，"哪能有尸体呢？"

"没尸体？那算什么命案？"冯凯奇怪道，"就因为这些血？"

"是啊，流这么多血，还能不是命案吗？肯定有人被杀了。"老板说，"我还听

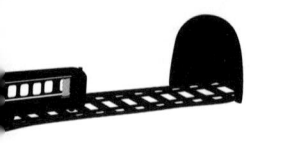

到车子响了，哦，对，尸体肯定是被车子运走了。"

冯凯顿时明白了，之所以这个老板到公安局报案说有杀人案，是为了让政府对此事引起重视。毕竟老板的养鸡场遭受了损失，他肯定害怕没人管、没人问，最后损失由他自己来承担。实际上，这是不是一起命案，还真不好说。

难道顾红星不知道这个情况吗？吕所长应该和他说了呀？那他为什么要把自己从那么重要的蔡村案件上撤下来，还用"命案"作为诱饵？按理说，在派出所调查确认是命案之前，他们是没有必要派员来接手的。说不定，这就是把自己调离蔡村案的一个借口？

结合吕所长刚才的牢骚，冯凯似乎意识到了什么。他深深感受到了自己不被信任的滋味，心情顿时抑郁了起来。

"你先别急，重新说一下案发的经过。"卢俊亮倒是依旧阳光开朗。

"你们看，那里就是我住的地方。"老板伸手指了指鸡舍西北角的一间小平房，看起来那就是老板平时居住和看守鸡舍的地方。因为鸡舍比较长，所以平房距离他们所在的坍塌点有100多米的距离，说远不远，说近也不近。

"昨天深夜，不，应该是今天凌晨3点钟左右吧，那时候我都睡熟了，突然听见呼啦一声，把我惊醒了。"老板说，"我当时睡得迷迷糊糊的，就琢磨着，这是什么声音呢？我心里一惊，不会是鸡舍塌了吧。于是，我就穿衣服起来看。在穿衣服的时候，我就隐隐约约地听到有汽车发动机的声音。等我跑到这里来一看，才发现真的是鸡舍塌了，砸死了好多小鸡。但是当时天黑啊，我也不知道什么原因塌的，直到天亮了，我才发现有好多血，我估计是有人在这里杀人，开车逃跑的时候，撞到了我的鸡舍栏杆上。你看，那栏杆上还有绿色的油漆呢！不是被车撞的，能是什么？"

"有血就是命案吗？"冯凯说，"如果是鸡血呢？"

老板愣住了，一时说不出话来。

此时的卢俊亮已经从勘查包里拿出了联苯胺试剂，做了联苯胺血痕预试验[①]以后，说："首先确定这就是血。"

然后卢俊亮又拿出了一根试纸条，在血痕阳性的溶液里蘸了一下，说："金标试剂条[②]可以确定这就是人血。"

---

① 联苯胺血痕预试验：检验痕迹是否为血痕的试验。
② 金标试剂条：书中指"人血红蛋白检测金标试剂条"，用于快速定性检测人类血液（痕）。

第三章

头骨齿痕

"那就算是人血，也有可能是交通事故啊。"冯凯说。

"是啊，说不定撞了人，把人送医院了？"民警也附和着说。

"怎么可能？我这地方这么荒，哪有人来？这里又不是大马路，更没车来了。"老板说。

冯凯一想也是，这里确实不太可能有车辆经过。在汽车并不多，且没有什么私家车的年代，把车开到没有路的现场来，确实不太正常。于是他对卢俊亮说："这里能看出足迹什么的吗？"

卢俊亮摇摇头，说："都是土地，听说今天郊区其他地方下了一场雨，但不巧这块还没下到，地还旱得挺结实的，看不出足迹。"

"好吧，那我们开始现场勘查了。"冯凯说。

说完，冯凯让民警把老板带到一边，自己和卢俊亮开始对血迹进行勘查。

卢俊亮盯着血迹，一边说，一边记："血迹有滴落状的，也有甩溅状的，而且不是一个方向，这血迹形态看起来还真的像是用利器侵害一个人形成的。血落到地上，有踩踏的痕迹，可惜地面是土地，所以也看不出鞋底花纹。这，要不要找顾大来看看？把把关？"

"找他干什么？他把我们支开，你看不出来吗？"

"支开？支开什么？"

冯凯做了个嘘声的手势，此时他发现在鸡舍的一侧墙壁下面，有三枚新鲜的烟头。

"这老板抽烟吗？"冯凯问身边的民警。

"不抽。"民警说。

冯凯点点头，仔细观察着这三枚烟头。

三枚烟头都很新鲜，和今天凌晨的事情应该有着强关联。

"要是有 DNA 就好了，很快就能破案。"冯凯一边嘀咕着，一边用一根小树枝拨弄着三枚烟头。

三枚烟头都是"阿诗玛"牌的香烟，这香烟价格不便宜，说明抽烟的人生活条件不错。突然，他眼睛一亮，记起了顾雯雯曾经给他讲过的一个案件。当时，顾雯雯利用现场烟头的不同掐灭方式，判断出现场有几个人。这个办法，似乎也完全适用这个案子。

冯凯开始把注意力放在烟头的掐灭方式上，果真发现了端倪：三枚烟头中有一

枚是扔在地上被脚踩灭的，烟头是扁的；另一枚是在墙上蹭灭的，墙上也找到了相应的烟灰痕迹；还有一枚是被用手搓灭的，烟头剩下的烟丝被搓碎了，撒在周围，过滤嘴却是完好的。

顾雯雯曾经说过，在正常情况下，每个人掐灭烟头的下意识动作都是一致的。那么，这三枚烟头，应该是三个人抽的！

"这里至少出现过三个人。"冯凯嘀咕着，看着血迹的分布。

从血迹分析来看，结合烟头掐灭情况，应该是一个人和另外两人或多人先在一起抽烟说话，然后这个人被袭击，在南边空地上发生了短暂的搏斗后，往东北侧的车辆跑去，上了车，驾车离开的时候，不小心撞倒了鸡舍顶棚的支撑柱。这一点，和老板的分析是一致的。

"你们今天有没有人来报被伤害的案子？"冯凯问在一旁抽烟的吕所长，说，"烟头别乱扔啊。"

"那必须的，现场保护我们都懂的。"吕所长说，"确实没人报案，所以我们也怀疑，伤者到底是不是死了，这是不是一起命案？"

"血迹是快速滴落的形态，由此分析，伤者应该是汽车司机，他跑上了车，而不是被抬上了车。开车后，也是仓促逃离的。"冯凯沉吟道，"这个年代，啊，不是，就说现在，现在会开车的人还真不多，不是什么人都能驾车离开的。"

"那倒是。"吕所长说。

"既然能够驾车逃离，要么车辆开到一半人死了，那你们早就会发现了。要么就是可以开到医院救助。"冯凯说，"小卢，这么多出血量，自己处理不了吧？"

"那肯定处理不了。"卢俊亮说，"和你当时的出血量差不多了，至少伤到一根大静脉。别说自己了，就是乡镇卫生院也不一定处理得了。"

冯凯下意识地撑了撑自己脖子上的纱布，说："是啊，可是如果他到了医院，为什么不报案呢？对！我们去医院看看！这里最近的医院是……"

"二院，距离这里开车6公里。"吕所长说，"要去吗？我带你们去？"

"别急，先去你们派出所，我借电话一用。"冯凯已经习惯了没有手机的生活。

很快，吕所长开车带着他们来到了派出所，冯凯拨通了林淑真她们急诊科的电话。

"急诊科吗？我找林医生。"冯凯急切地说道。

对面应答道："我是林淑真，贵姓？"

第三章
头骨齿痕

一听到这熟悉的电话开场白、熟悉的语调，冯凯情不自禁地说道："妈——啊，啊，妈妈的，我又遇见一起命案，啊，我是冯凯。"

他不得已说了一句脏话。

林淑真"扑哧"一笑，说："这是要求助于我吗？"

"是啊，你和二院急诊科的，熟悉吗？"

"当然！"

"那就好！"冯凯在电话里，安排着林淑真如此如此去做。

2

到了龙番市第二人民医院，一名男医生早已等在门口。

"我们是公安局的，林医生和你说了吧？"冯凯热情地打着招呼。

"都说了，工作我也做了。"男医生一边引着冯凯往急诊科走，一边说，"昨晚到今天早晨，急诊科一共收治了七名因为外伤入院的患者。急性大失血的，有三个人。这三个人中，有两个是被人送进来的，只有一个是自己来的。"

"受伤后自己来，这很可疑啊。他是开车来的？"冯凯朝医院大门外的空场地看去，那里零零散散停着十几辆车，说，"你先等等，我去看看外面的车。"

"是不是开车来的，那就不知道了。"医生说。

冯凯回到了医院门口，在那十几辆汽车之间走来走去。排除那几辆白色的救护车，就不剩下几辆汽车了。冯凯心想，这个年代也有这个年代的好，到了陶亮的年代，如果不知道车牌照，想找一辆汽车，那可真是大海捞针。冯凯挨个往这些车辆的窗里查看，很快就找到了一辆可疑的轻型卡车。卡车是北京二汽生产的，BJ130型号，绿色的。关键的是，从车窗往里看去，可以看到座椅上有斑斑血迹。

这个年代，一般没有私家车，这种轻型卡车都归属国营的运输公司，货车司机在当时有着很高的经济收入和社会地位，这也和现场抽"阿诗玛"牌香烟的形象相吻合。

冯凯又仔细审视了车辆的外观，车头和车斗之间的档杆上，果真有明显的擦划痕迹，还黏附有蓝色的油漆。冯凯记得，养鸡场的鸡舍顶棚支撑柱就是蓝色的。

冯凯心里有底了。既然嫌疑车辆停在这里，那么伤者很可能就在医院里了。

急诊科的医生问他："你主要关注那个自己来医院的吗？"

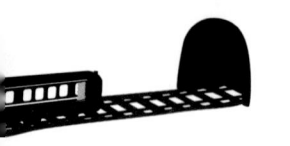

冯凯点点头，问："他的伤，是什么情况？"

医生翻了翻病历，说："刀伤。有砍的，也有刺的，所幸没有伤到重要脏器。大概凌晨4点入院的，急诊手术，扩创探查，然后就清创缝合了。"

"好的，那按照林医生和你说的去做吧。"冯凯说道。

医生引着冯凯和吕所长走到了一间病房的门口，冯凯伸手拦住想跟着医生进去的吕所长和卢俊亮，让他们和自己一起躲在门边。

病房里有三张病床，但只有一个病人，是一个30岁左右的男人，面色苍白，躺在中间的病床上，正在输着血浆。

医生走进了病房，对那男人说："何强，我帮你报警了哈。"

这句话就像是一枚炸弹，男人一反病恹恹的状态，从床上直接跳了起来。医生连忙按住他的胳膊，防止正在输血的管子被他拽断了。

"谁要你报警的！"这个叫何强的男人粗声大气地喊道。

"小心你的伤口！"医生说道，"你被捅了这么多刀，怎么能不报警？"

"你是医生，干好你的事不就行了？多管闲事干吗？"何强急火攻心地嚷道，"快点，帮我拔了管子，我要出院！"

"你现在还不能出院。"

"出不出院我自己说了算，你不拔，我就自己拔。"何强的另一只手已经在收拾他的东西了。

此时冯凯心里已经有数了，他一边走进病房，一边说："现在拔管子是来不及了，我们来了。"

何强一愣，瞬间像泄了气的皮球，不仅仅是因为他看见了三名公安，更重要的是自己想要逃避公安的行为被逮个正着。于是他干脆钻回病床的被窝里，转过脸去，不再看冯凯。

"说吧。"冯凯走到床头，盯着何强，说道。

"说什么？没什么好说的。"何强说，"我想自杀，自己捅的。"

"嚯，那你本事还挺大啊。"冯凯说，"自己还能捅到后背去？"

"我没报警，我自己的事儿，你们别多管闲事。"何强依旧嘴硬。

"什么叫多管闲事？你干的那些勾当，不会以为我们什么都不知道吧？"冯凯诈道，"现在我们是来救你一命的。你知道吗，那两个人现在到处找你，保不准今天就能找到这儿来。医院可没有什么保护你的能力。"

第三章

头骨齿痕

在旁人听来，冯凯似乎已经掌握了很多关于何强的信息，这让卢俊亮佩服不已，因为他觉得自己啥也不知道。

这句话明显有效，何强的表情从反感变成了恐惧。既然公安都已经知道有两个人在追杀自己，那他们可能真的什么都知道了。于是他压低嗓子说道："公安同志，我真的是啥也不知道，我就是帮他们跑跑车。"

"说吧，事情的来龙去脉，都复述一遍，看和我们掌握的一样不一样。"冯凯继续装模作样。

"就是我跑车的时候，干了点私活儿。"何强说，"我跑的线路，是去沿海城市拉货，一个礼拜跑一个来回。后来他们找到我，希望我顺道给他们拉一点货，给我一些佣金。真的，我就当顺道跑货赚点外快了，其他的我真的不知道。"

"拉的什么货？"

"就是洋酒、电子手表、磁带、香烟什么的，哎，都是生活用品啦。"

"这些人的身份和住处，你知道吗？"冯凯继续问道。

"身份不是很清楚，但我知道他们的仓库在哪里。"何强说。

"这个你不用跟我们说，会有人继续来问你的。"冯凯打断了何强的叙述，说，"你只需要告诉我们，他们为什么要杀你？"

"还不是钱的问题？"

"分赃不均？"

"公安同志，你可不能诬陷我，我可不是和他们分赃，我就是拿一点跑货的成本费。"何强狡辩道。

"你不用说那么多，就直接说事情，别绕弯子。"

"我比较倒霉，前两天从外地开车回来的时候，在国道上，看到一个大纸箱把路挡住了，不知道是不是哪辆货车掉下来的货，于是我就停车下来查看。结果箱子还没打开，路边就突然跳出几个蒙面人。为首的是一个扎小辫子的男人，用刀把我控制住了，然后几个男男女女就跳到我的货车上，把我顺道拉的货给抢走了。"

"也就是说，他们只抢了你'顺道'拉的生活用品，你们运输公司的官方货物，他们没动，是吗？"冯凯问。

何强点了点头，说："我们公司拉的都是建材，他们不会抢。"

冯凯陷入了沉思。

卢俊亮一直在旁边丈二和尚摸不着头脑，此时忍不住插嘴问："被抢劫啊？那

你为什么不报警？"

"我，我，我这怎么报警嘛。"何强说。

冯凯挥手打断了卢俊亮，说："所以这帮人找你要货，但你的货被抢了，于是他们让你赔钱，是这个意思吧？"

"是啊！你说这种意外情况，又不能怪我，怎么能让我赔钱呢？"何强说。

"哪一天的事情？具体位置在哪里？"冯凯掏出了笔记本。

"好像是4月13号晚上，哦，应该是14号的凌晨发生的事情。"何强翻着眼睛回忆着，说，"位置就在龙番国道360公里界碑的地方，我看到那个界碑了。"

"这帮人抢劫你，打你了吗？"冯凯问。

"那倒没有，他们人多，还拿着刀啊，棍啊什么的，我害怕啊，也不敢反抗。"何强说。

冯凯点点头，挥手带着吕所长和卢俊亮走出了病房。

"找两个人看紧他，然后把人和案子一起移交给海关吧。"冯凯对吕所长说。

"我说嘛，我看着也像是走私的。"吕所长心领神会。

"走私啊？"卢俊亮恍然大悟。

"是啊，被抢了、被捅了，都不敢报案，你说他是不是干非法勾当的？我让医生先去试一试他的态度，就是为了确定这一点。"冯凯说，"他拉的货又不是违禁品，那就只能用走私来解释了。"

"我真是跟不上你们的思维啊，你们这都是怎么推断出来的？刚才听你们对话，把我给绕得云里雾里的，你都没跟何强明说这么一回事。"卢俊亮说。

"走私也是重罪，我要是说出这个名词，得把他吓着了，那还怎么继续问？"冯凯说，"扔箱子让货车停车，然后抢劫，这让我不禁想到了'车匪路霸'啊，这种事，只有我小时候才听说过。"

"车匪路霸？"吕所长好奇地问，显然这个名词对他来说有点新鲜。

"你小时候就有了？"卢俊亮问。

"啊，你当我什么都没说。"冯凯掩饰道。

他很快又陷入了沉思。

"扎着小辫子"的男人，这个描述他似乎什么时候听到过……

这帮车匪路霸不抢国营运输公司运输的建材，只抢走私的生活用品，是因为建材不好销赃呢，还是知道这些生活用品更值钱？或者，他们本身就是抱着"黑吃

第三章
头骨齿痕

黑"的态度,有目的地来实施犯罪的?因为他们清楚,这些搞走私的人即便被抢了货物,也不敢报警?

又或者,这帮车匪路霸抢劫,只敢在天黑作案?所以他们才遇到了何强这个倒霉蛋?

在陶亮的年代,有些超载的货车司机,为了逃避处罚,会选择昼伏夜出。所以天黑后,路上什么样的车子都会有。但这个年代,国道没有路灯,一到晚上就会很黑,路况也很差,夜间行车太不安全,很少有吃"官饭"的货车司机会给自己找不自在去赶夜路的。

他们遇到何强,到底是有意选择,还是纯属巧合呢?

冯凯想着想着,忽然记起来了,"扎着小辫子的男人",不就是那个偷煤的吗?

他一直还没空去管的那个货车司机韦星报警的偷煤案,韦星说自己从后视镜里看到从他的车上跳下去的,就是一个扎着小辫子的男人。

是同一个人吗?

从偷煤到抢劫,犯罪升级得这么快?

何强的这件事情,虽然不算是命案,却牵扯出一起走私案。和命案一样,走私案也是大案要案,但走私案并不归冯凯他们刑警部门管辖。吕所长不敢怠慢,又和冯凯商量了下后续对策。对于走私案,他们已经通过一点小策略,让何强不得不招供了犯罪事实和接头人的情况。下一步,公安将会把这起案件连同何强一起,交给海关。海关缉私部门,也会顺藤摸瓜,查抄走私分销团伙的仓库,然后把盘踞在龙番的这个走私团伙一网打尽。如果条件具备,就能"拔出萝卜带出泥",破获更多的走私案件。

而何强被伤害的案件,要等海关抓获了走私分销团伙的全部成员后,再进一步办理,侦破的难度也不大,如果到时候需要公安的配合,吕所长他们派出所也足以胜任了。

但何强的车辆在国道上被抢劫的这个案件,因为当时天很黑,犯罪分子又蒙着面,何强对当时的具体情况能够描述的内容很少,提供的线索也寥寥无几,给公安的侦查带来了很大的难度。

冯凯现在担心的是,不知道这伙车匪路霸是第一次作案,还是以前就作过案。如果是第一次作案,碰巧遇上了走私货物,那还好说。如果以前就作过案,而且每次都是"黑吃黑",导致之前没有人来公安局报案,这就比较麻烦了。

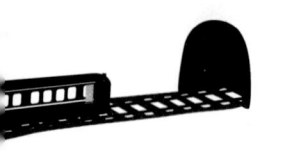

不过现在无论怎么猜测，都只是猜测，没有连环作案的充分依据，冯凯也无法通过何强的寥寥说辞来对案件进行突破。

当然，没有条件进行突破，也只是个借口。要是冯凯说真心话，那就是抢一点货物，没什么大不了的，更何况是非法的货物。他心心念念的，还是蔡村的命案，这一起案件是他负责的，不管以前是不是走错了路，现在要重新侦破，也必须由他来进行。

所以和吕所长交代好了移交的细节之后，冯凯让派出所派车把他和卢俊亮又送到了蔡村的现场。

蔡村的现场，此时正热火朝天。

顾红星带着刑警大队大部分民警，正在按照现场的分区，把灰烬清理出来，然后在屋外的院子里进行编号和筛查，每个人都干得汗流浃背。

"你怎么来了？"顾红星看到冯凯后，眼神有一些躲闪。

"你交给我的案子办完了，我不就来了吗？"冯凯说。

"这么快？"顾红星惊讶道。

"可说呢，凯哥就是神，随便几个推理和策略，就把案子的事实搞清楚了，还把走私嫌疑人给诈招供了。"卢俊亮一脸崇拜地说道，"原本以为就是一个普通的故意伤害的案件，没想到拖出来一条走私分销的线索！牛啊！"

"走私？"顾红星吃了一惊。

卢俊亮于是绘声绘色地把他所看到的全过程，都和顾红星说了一遍。

"走私，这也是大案子。"顾红星沉吟道，"不行，不能让吕所长一个人去，我也得去海关和他们说一下。如果有其他司机参与走私运输，也要考虑其他司机被抢劫后不敢报案的情况。抢劫案，可是由我们来办理的。"

"那你去吧。"冯凯卷起袖子，准备加入"筛灰"的队伍中。

顾红星刚准备离开小院，见到冯凯准备投入"战斗"的架势，又走了回来，说："你说，这个抢劫案，和韦星报案的那个偷煤案，都发生在郊区，都针对货车，那么有没有串并的可能性呢？"

冯凯心中一惊，关于"扎小辫子的男人"的细节，卢俊亮刚才并没有向顾红星汇报。虽然这一线索，并不能作为并案的充分依据，但是相近的区域内，犯罪分子又有同样的特征，确实该引起注意。顾红星现在看案子的角度，早已不是以前只关

第三章
头骨齿痕

注眼前的事情的小技术员的角度了。公安工作确实锻炼人，在不断的办案过程中，民警们都会产生一种"直觉"，这种直觉虽然说不清道不明，但又确实存在。这可能就是经验给公安民警带来的"改造"吧。现在的顾红星确实有了很大的进步，对案件也更加敏感了。

其实冯凯也注意到了串并案的问题，只是他对抢劫这种小案子不感兴趣罢了。

"能不能串并，这个，暂时还不好说。"冯凯没看顾红星，在墙根处找了一把铁锹，准备去铲灰烬。

"那你得问啊。"顾红星追着说，"问韦星、问何强，看看他们对对方的描述，有没有感觉相似的地方？我觉得，同一区域内，从事这种违法勾当的人，不会很多吧？"

"知道了，回头问。"冯凯敷衍道。

"你现在就去问。"顾红星坚持。

"你是不是就看不得我办蔡村这案子？"冯凯突然火了。因为他从顾红星的眼神里读出，顾红星这是在想方设法地把他从蔡村的现场支开。

顾红星被冯凯的突然发怒镇住了，一时不知道说什么好。他知道冯凯读出了他心中所想，尽管这种"所想"并不是他自己的意愿，而是迫于领导的施压。

"这案子我不能办吗？我问你，这案子我是不是不能办？"

冯凯的音量越发不受控制。

"不是，不是，顾大不是这个意思。"卢俊亮连忙从中调停。

"你是刑警大队的人，你就要服从指挥！公安民警以服从为第一要务！公安队伍，不能你想干什么就干什么。"顾红星定下神来，反击道，但声音不大。

"是啊，凯哥一直服从指挥的，一直服从的。"卢俊亮也不知道自己在帮谁。

"我是随心所欲吗？我没服从指挥吗？蔡村这案子不是你让我慎重复查的吗？"冯凯说，"是不是你说的？"

虽然没有明说，但顾红星确实在饭桌上表达过这样的意思。

顾红星语塞了。

"你告诉我，是谁不让我管这个案子的？"冯凯其实早就通过吕所长的牢骚，意识到了事情的原委，越说越气，"是不是因为报纸上那则报道，有领导不让我办案了？我就问你，是他大，还是法大？他有什么权力不让我办？这案子的主办人就是我，白纸黑字写着的！我没有法定回避情形，凭什么让我回避？我是最了解这个

案子的人！"

冯凯猜对了，而且说的也是实话，说到了顾红星的心里。虽然顾红星心里是站在冯凯这一边的，但他不能不考虑来自上级的压力。顾红星知道，如果他默认的话，冯凯很有可能去找张局长闹一番，于是决定还是用缓兵之计，防止矛盾升级。

顾红星说："你这么激动干吗？谁也没不让你办！好吧，那抢劫的案子你也不能赖账，那也是你的活儿！"

"我会办的。"冯凯的气消了一半，说，"但是得有条件吧！我是人不是神，人家受害人都说不清楚的事情，我去哪里调查？"

"行了，你心里有数就行。我去海关了，你跟他们一起筛吧。"顾红星说不过冯凯，也怕他继续纠缠，于是逃也似的离开了小院。

3

"哎呀，顾大也是为了工作嘛！你们关系那么好，别为这点小事儿伤了感情。"卢俊亮一边整理着灰烬，一边安慰道。

冯凯没有理卢俊亮，他知道自己这样当众朝顾红星发脾气肯定不合适，毕竟人家是大队长。但是在办案中，有些领导对民警有偏见，区别对待，这是陶亮以前遭遇过的情况，他一直对这种事抱有强烈的反感。所以，在顾红星遮遮掩掩转移话题，就是为了把他支开的时候，他就遏制不住自己内心的怒火了。

"凯哥，你说清理现场，要有着重点，那怎么才能找到着重点呢？"卢俊亮见冯凯不想聊这个话题，于是换了个话题，问道。

冯凯的心情已经渐渐平静了下来，细想了下，说道："我觉得吧，这个工具应该距离尸体不远。"

"尸体附近的灰烬是最复杂的。"卢俊亮说，"尸体附近有床、有床头柜、有大衣柜，燃烧物也最多。床还有床框，旁边的大衣柜和床头柜都被烧塌了，看上去就是一片黑色的山丘。"

"所以大家在'先易后难'，准备最后动那一块，其实是不对的。"冯凯说，"我们俩就先来啃一啃这块硬骨头。"

布置完之后，冯凯开始挥舞着铁锹，把大块大块的灰烬块铲到麻袋里，然后拿到院子里，在阳光下仔细观察起来。

第三章
头骨齿痕

清理灰烬的工作，比想象中要难，有的物品被燃烧变形，有的物品即便没有变形也因为烟灰炭末的黏附而难以辨认。所以每找到一个物品，无论大小，他们都需要仔细辨别才能知道原来是个什么东西。

就这样不知不觉中，一下午就过去了。

天色将暗的时候，冯凯他们终于把床铺附近清理得差不多了，表层已经清理完毕，床板的灰烬也都清理得差不多了，剩下来的，可能就是原来放在床下的东西了。

冯凯揉了揉酸痛的腰，给自己鼓着劲，把剩下的灰烬全部铲到了一个麻袋里。在铲的过程中，冯凯突然感觉到铁锹一沉，似乎铲到了一个很重的金属物体。在这之前，他们最多只铲到了铁质床框，没铲过什么别的金属。

尽管有灰烬的遮盖，屋内的光线又很差，冯凯看不清铲到的是什么，心里却已经有了一丝希望。

他扛着麻袋来到院内，太阳已经落到了地平线以下，光线很差，冯凯借着最后一丝光线，总算从麻袋里找到了那个他用铁锹感受到的沉重的金属物体。但他的希望顿时落空了，因为这是一个直径约40厘米的半圆形的金属物体，中央是空心的。可能是有床板的遮挡，所以基本上没有燃烧的痕迹，也没有多少烟灰痕迹，保存完好。但是这么一个连把手都没有的东西，要作为凶器实在是难以想象。这更像是某个家具的内部框架，或者是某个装饰物品的金属框架。

冯凯垂头丧气地把这个金属物品放进麻袋里，说："这里光线太差了，看来今天是找不到了，我们把这个带回去看看吧，也算是死马当成活马医了。"

大家来的时候，是开着局里的面包车一起来的，此时大家又灰头土脸地一起回去。因为早就有了心理预期，所以虽然大家都没有找到什么很有价值、很像凶器的工具，但也不至于垂头丧气。

回到公安局后，大家把从现场里捡回来的"破烂"都陈列在会议桌上，等着顾红星来"检阅"。

顾红星此时已经从海关回来，正在研究着何强的供述。见大家都回来了，他便也来到会议室，逐一查看大家捡回来的"破烂"。

"这是一个螺丝刀。"

"螺丝刀不太可能砸人，捅人还差不多。"

"这是五斗橱抽屉的铁框，没烧之前也拿不下来啊。"

"这些个碎片应该是煤油灯碎裂的残骸,可以点火但不可以当凶器,因为太轻了。"

"这什么啊,板凳腿你都往回捡?"

大家在会议室里七嘴八舌地议论着,夹杂着数落别人的笑声,气氛倒是很活跃。可是,从这些"破烂"来看,确实没有能作为工具的东西。

最后,大家的注意力都集中到了冯凯捡回来的半圆形铁质框架上。

"这个东西看起来不轻啊,是什么框架吗?"秦天问。

"不对啊!这是个捕兽夹!"不知道是谁说了一句。

经这么一提醒,大家越看越像。

仔细看上去,这个东西确实是两片半圆形的铁质框架折叠而成的,中间还有类似于弹簧、机簧一样的东西。半圆形的一角,也有个机簧一样的铁片。最关键的是,折叠在一起的半圆弧,实际上是锯齿状的。如果把这两片半圆展开,成为一个圆形,确实像是传说中捕兽夹的样子。只不过,在城市里的年轻人,谁还真的见过捕兽夹呢?

"有想法,捕兽夹!"冯凯沉吟着,从抽屉里拿出一副手套戴上,然后用力想把两片半圆铁质框架给掰开,但它却纹丝不动。

"捕兽夹不是这样打开的。"一名二中队的民警走了过来,也学着冯凯戴上手套,然后用一只脚踩住了半圆一角的机簧,两只手轻轻一掰,随着"咔嗒"一声脆响,半圆形的铁质框架,变成了一个铁质圆环,边缘有锯齿的铁质圆环。

"还真的是个捕兽夹!"卢俊亮惊呼道。

"这玩意儿不多见啊。"二中队的民警说,"我舅舅以前是猎人,家里有这个。也是小时候看到过,现在还真是稀罕物件。"

冯凯拎起一个板凳,用板凳腿摁了一下圆环中央的机簧,捕兽夹"啪"的一声合拢,把板凳腿牢牢地夹住了。冯凯学着别人的模样,踩住了另一个机簧,很轻松地又把捕兽夹撑开了。

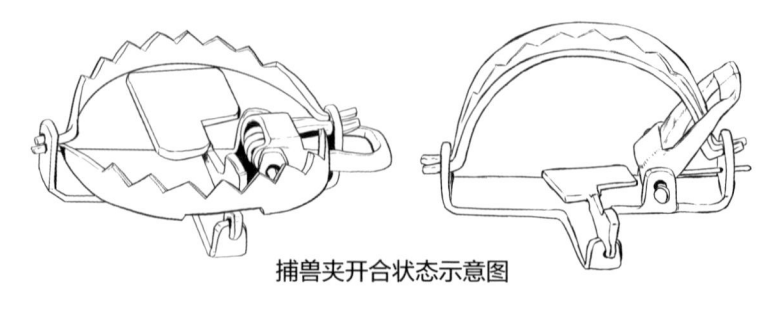

捕兽夹开合状态示意图

第三章
头骨齿痕

"年轻女子的家中，怎么会有这个东西？会不会是凶手带来的？难道凶手是个猎人？"卢俊亮说。

"傻不傻，杀人带这么个麻烦物件儿？"冯凯说。

"你们调查过房东没有？"顾红星问道。

大家一起看向冯凯。

在看案卷的时候，冯凯还真没注意这个房东，只记得案卷里确实有房东的资料，因为房东在案发时有明确的不在场证据，所以也没有对他进行深入调查。

冯凯连忙从抽屉里拿出案卷，翻到了房东的那一页。

"我叫林东，祖上是龙番山里打猎的，小时候跟父亲移民建镇，迁到了蔡村，家里有自己的田，现在主要是务农。因为要照顾后来搬到林村的父母，所以自己在蔡村的房屋就不住了，租给别人住。屋内的东西都是我的，租客什么都不用带。"

"拎包入住啊。"冯凯说，"看起来，这个捕兽夹是林东家的，一直放在床底下。"

"对。"顾红星说，"你们找到它时，也在床底下是吧？"

冯凯见顾红星并没有因为中午的争吵而和他产生龃龉，于是也就翻篇儿了，说："是的，被床板盖住了，床板烧毁了，但这个保存得还可以。"

卢俊亮蹲在会议桌旁，近距离盯着捕兽夹上的锯齿，说："虽然生锈得很厉害，但总感觉有问题。"

说完，卢俊亮又打开了他的勘查包，像上午在鸡舍门口那样，取出了联苯胺试剂。

"有血！"卢俊亮做了联苯胺试验，结果是阳性！

这一发现，让所有人都兴奋不已。

"这又锈又有灰的东西上面，能找到指纹吗？"冯凯兴奋地问道。

"现在还不到找指纹这一步。"顾红星倒是很镇定，"今天大家都回家休息，明天再说。"

"为什么？"冯凯看大家陆陆续续离开办公室，心急地问。

"因为咱们还不能确定这是不是作案工具。"顾红星说，"用一个捕兽夹来杀人，是不是有点匪夷所思？"

"那这上面的血？"冯凯问。

"捕兽夹在床铺底下，如果死者头部出了大量的血，血液有可能会渗到床板下面。"顾红星解释道，"我们首先要解决的，是死者头部的损伤，有没有可能是这个捕兽夹砸的。"

"这个……"卢俊亮为难起来,"死者头皮烧毁程度比较严重,而且现在尸体经过解剖更看不出来了,只能看照片。要不,我们去请教一下师娘?她在急诊科,见过的外伤多。"

"她怀着孕呢!"冯凯想要阻止。

"可以,你们俩顺便到我家吃饭。"顾红星表面上是公事公办,实际上是希望缓解两人刚吵过一架的尴尬。

再次坐到顾红星家的小客厅里,这次林淑真成了主角。

这个年代,都是黑白胶卷拍出的照片,最大也只能放大到六寸,像二十一世纪那样在电脑上随意放大缩小照片更是想都不用想了。捧着这几张黑白照片,林淑真在饭桌前聚精会神地看了半个多小时。

"我真佩服你们学医的,边吃饭边看尸体。"冯凯说。

林淑真像没听见冯凯说的一样,说:"你们看,两个关键点。第一点,从烧焦的头皮上,能不能感觉到颞部的创口是一段一段的?"

"照片上看,真的是这样啊!我解剖的时候,咋就没看出来?"卢俊亮讶然地说。

冯凯不情愿地凑过头去看了看,可能是因为黑白照片反而凸显了创口的颜色,可以看出死者的两侧颞部创口确实是不连续的,有两到三段 3 厘米左右的创口,沿着一条直线排列,就像是马路上的"虚线"一样。

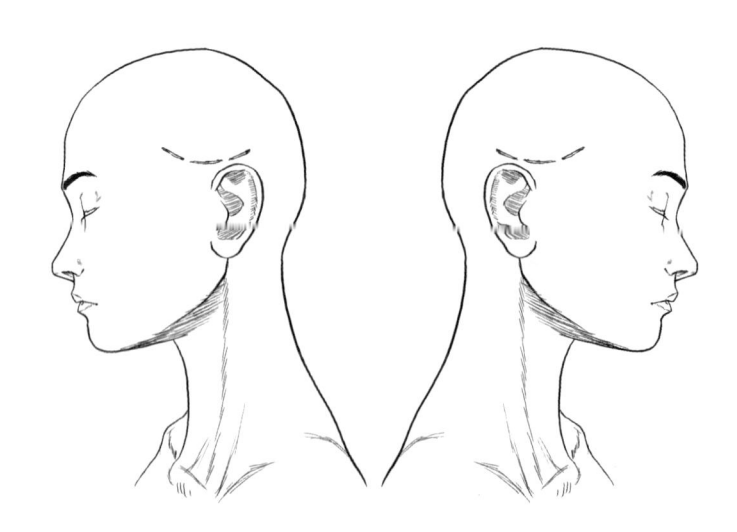

颞部创口特征示意图

第三章

头骨齿痕

"尸体毕竟被火烧过，如果不代入工具去思考，这个创口的特征不容易引起注意。"林淑真说，"但是代入了捕兽夹，我就觉得特别贴切。你想想，捕兽夹是锯齿状的轮边，如果夹在脑袋上，锯齿的部分就会在头皮形成创口，根据脑袋的宽度，能有几个锯齿夹在脑袋上，就会有几个创口，且创口呈虚线状排列。"

"是了，是了！越说越像！"卢俊亮兴奋道，"师娘你真厉害。"

"叫姐。"林淑真白了卢俊亮一眼，说，"第二点，死者的颅骨骨折是双侧太阳穴。你想想啊，一般用工具打人，谁会一边打一下？而如果是夹子夹的，那就是对称的啊！"

"对对对！是对称的！"卢俊亮更加兴奋了，"因为翼点比较薄，所以是在这里骨折的。我的天哪，师娘你是学临床的，你是怎么懂得法医学里的'致伤工具推断'的？我也是学临床的，我从教材里面，就根本学不到致伤工具应该怎么推断。"

"说了多少遍了，叫姐！"林淑真嗔怒道，"我不知道什么致伤工具推断不推断的，我只知道，当你伤看得多了，又知道这些伤是什么东西形成的，你就慢慢地懂了原理。万变不离其宗，鸡下的肯定是鸡蛋，绝对下不出鸭蛋来。"

"捕兽夹的力度，可以导致颅骨骨折吗？"顾红星没顾林淑真不恰当的比喻，认真地追问道。

"这我就没经验了。"林淑真嘿嘿一笑。

"我试了，这个夹子，力道还是挺大的。"冯凯说，"不管怎么说，损伤形态是符合捕兽夹形成的，而且捕兽夹上还有血，那我们就得高度怀疑这个捕兽夹是作案工具。"

"嗯。"顾红星点点头，说，"但是，用一个捕兽夹杀人，实在是想不通啊。"

"你说把捕兽夹抡起来砸人脑袋，这确实不太合常理。"冯凯说，"但现在说了，是夹的啊！夹的！也许凶手先把捕兽夹支撑开，然后把金苗的脑袋按到中间机簧上，这就可以了啊！"

"那凶手必须知道金苗家有这个东西，而且还有机会事先把捕兽夹支撑开。"顾红星说，"杀完人后，还要取下捕兽夹。这个东西，如果没用过，恐怕不知道怎么弄开吧？"

"所以，还是得怀疑房东？"卢俊亮问。

"房东没有作案时间，这个查实了的。"冯凯说，"我认为，假如有一个人经常去金苗家里玩，就有可能看到这个捕兽夹。毕竟是个稀罕玩意儿，包括金苗在内，

看到它的人，应该都会忍不住玩一玩吧？只要玩过，就应该知道它打开和关闭的机关原理。"

"嗯，是一个和金苗熟悉的人。"顾红星说，"这和之前的推断是一样的。"

"问题，就剩下证据了。"冯凯说，"如果有了甄别的依据，我觉得是能把这个人给挖出来的。"

"捕兽夹部分有生锈，部分有烟熏，但大部分铁质是光滑的。现在寄希望在光滑的铁质表面，能够找到指纹，用金银粉刷刷看，如果有新鲜的指纹，应该是能刷出来的。如果这样能找到，是效果最好的指纹。"顾红星说，"烟熏的部分，也要用放大镜慢慢看，烟熏就相当于我们对指纹的'熏显'了，如果有新鲜的指纹，可能这些烟熏痕迹就能把指纹给直接显现出来。"

冯凯突然想到顾红星曾经自创"木柴熏显法"，就是点燃一根木柴，然后用燃烧的烟雾熏载体，让燃烧的细小颗粒黏附在指纹上，把指纹显现出来。不过这种办法，是要掌握好火候的，不知道现场这种"自然"烟熏能不能达到效果。

"那些生锈的部分，就比较麻烦了，但这种铁质锈痕就像是铁质上多了一层细密的覆盖物，如果手指用力按下去，有可能把这层覆盖物按照指纹的纹路抠出一个形状。这个形状，有可能就是指纹的原始形状，也可以试着用放大镜找找看，看能不能看出指纹特征点。"顾红星说，"总之，我觉得有提取到指纹的希望。不过，这得需要一个光线充足的环境，夜间办公室的电灯光线不行。所以，明天再看吧，今晚吃完饭，都先回去休息。"

"对，你们累一天了，先把肚子吃饱，然后好好睡一觉。"林淑真一边给冯凯盛饭，一边说，"身体是革命的本钱！对了，上次和你说介绍对象的事情，你到底怎么想的啊？"

"我……"冯凯语塞。

"哦，对了，在熏显指纹之前，先做一下捕兽夹锯齿上的血型，我记得金苗是O型血吧，首先得确定那是金苗的血，才有意义啊。"顾红星打断了林淑真。

"知道，知道，会做的。"卢俊亮说完，往嘴里塞了一口豆角。

"又来了，你啊，总是这么迂腐。"冯凯居然不自觉地用了笔记本里的形容词。

这一看似挑衅的话语让卢俊亮很紧张，他想说几句无关痛痒的话缓解一下，无奈嘴里尽是食物。

没想到顾红星不以为意，他只是淡淡地说了一句："凡事，谨慎一点总没错。"

4

　　说是休息，可对这个案件心心念念的冯凯其实完全无法安睡，他辗转反侧了一整夜，心里想着各种可能性。如果捕兽夹上找不到指纹，依旧没有甄别的依据，他们对现场的筛查还要继续，而少了这件可以直接证明犯罪的证据，再想在其他地方找到证据更难了。如果捕兽夹上找到了指纹，会不会是金万丰的指纹？如果不是金万丰的指纹，就说明冯凯之前办的案子错了。他不怕承担错误带来的后果，甚至还有点期待这个结果。毕竟，这样就可以让一直悬在他心头的那块石头彻底落地。如果真的找到了指纹，那么他们就能破案了吗？从之前冯凯的调查走访笔录和笔记来看，和金苗有关系的人，基本都调查过，也采集回来了一些指纹，真凶的指纹就在这里面了吗？

　　怀着忐忑的心情，冯凯终于熬到了天亮。

　　来到公安局的时候，顾红星已经在办公室里等他了。

　　"袭击何强的人都抓住了，但这案子恐怕很有深挖的余地。"顾红星开门见山地说，"走私分销团伙之间，关系错综复杂，市政府决定由海关牵头，我们刑侦部门参与，把盘踞在龙番市地下的走私分销团伙一网打尽。"

　　冯凯听出了顾红星话里有话，头皮一紧，一股怒火从胸中涌起，他皱起眉头，咬着牙想要争辩。

　　顾红星摆摆手，打断了即将发作的冯凯，说："你不要着急，听我把话说完。我知道，你呢，一来不愿意放弃跟踪蔡村的案件，二来也不愿意办理走私案件，更不愿意给人家打下手。"

　　"你知道就好。"冯凯就像是被针戳破的气球，口气软了下来。

　　"所以，走私案件我自己去跟，你继续跟蔡村的案件。"顾红星淡淡地说道。

　　"那，那行。"冯凯没想到顾红星突然变得这么善解人意了。

　　顾红星站起身来，想要继续说几句什么，但又忍住了话头，没说话，转身离去。走到一中队办公室门口，顾红星又转过头来，说："小卢已经做完了血型，确实是金苗的 O 型血，现在就寄希望于指纹检验了。"

　　"指纹，你不去亲自找？"冯凯问。

　　"海关那边急着要召开联席会。"顾红星顿了一下，说，"而且，不能总把小卢

当成长不大的孩子，应该历练历练了。"

看着顾红星转身离去的挺拔身影，冯凯心里五味杂陈。他突然觉得顾红星有那么一点可爱，又有那么一点让人感动。他可以猜到，因为媒体的压力，张局长肯定对冯凯办案提出了非议，此时让冯凯继续侦办此案，顾红星势必要顶着巨大压力的。

也许在陶亮的年代，老丈人顾红星也同样承受了很多压力，只是从陶亮的角度，只能看到他的迂腐和不近人情罢了。

那一刻，冯凯开始有些读懂顾红星了。

千言万语不如临门一脚，冯凯知道，此时必须拿出实质性进展，才能不辜负顾红星所做的一切。

"小卢呢！小卢在哪里？"冯凯在办公室里叫了起来。

不知道什么时候起，他已经跟着顾红星喊卢俊亮"小卢"了。曾经的"小顾"和"小冯"已经变成了"老顾"和"老凯"，而"小卢"又何尝不是沿着同样的道路在前进呢？

"在南边的房间，那里光线好。"秦天正在整理一套卷宗，说道。

冯凯连忙来到了位于大楼南侧的一件空置的办公室。卢俊亮果真在里面，双手戴着手套，脸上戴着口罩，正在摆弄着手上的那个捕兽夹。桌上摆了一堆仪器设备。

捕兽夹被重新撑成一个圆形，有一部分被金黄色的铜粉所覆盖了。

"怎么样？"冯凯问。

卢俊亮摆摆手，说："等一下，再给我半个小时。"

冯凯点点头，不再吱声，坐到一边的椅子上，默默地等着。

冯凯来到这个年代后，对卢俊亮的感受就是阳光、开朗、随和、帅气。此时看着他皱紧眉头、专心致志地工作，冯凯觉得顾红星说得真不错。只有独立历练，才能激励一个公安民警的迅速成长。

还有，卢俊亮认真工作的样子，是真的帅。

卢俊亮摆弄着捕兽夹，一会儿刷一些金粉，一会儿又用照相机咔嚓咔嚓拍上几张，整整忙活了快一个小时，才重重地叹了口气。

"怎么？找不到指纹？"冯凯担忧地问道。

"凯哥，我这是如释重负地叹气，你听不出来吗？"卢俊亮又恢复了阳光开朗大男孩的样子。

"有收获？谁的指纹？新鲜吗？"冯凯连珠炮似的追问道。

第三章
头骨齿痕

"我找到了好多指纹呢,都是新鲜的。"卢俊亮说,"不过,是谁的,得等我把照片洗出来,再慢慢看。"

"那你快去洗,快去洗。"冯凯一把拽起卢俊亮,拉着他往暗室走,说,"哦,对了,你去洗照片,我得先去找指纹卡。金万丰的指纹卡、现场提取到的金苗的指纹,还有那些接受过调查的人的指纹,我都拿过来一起看。"

两个人忙活了一上午,先是把卢俊亮从捕兽夹上拍下来的指纹照片洗出来,然后用马蹄镜一个个看,筛选出可以用的二十多张指纹照片,再把这二十多张指纹照片和冯凯找来的几百张指纹照片和指纹卡进行比对。

到中午饭的时候,两个人梳理了一下战果:有两个好消息和一个坏消息。

第一个好消息是:可以确定的是这个捕兽夹上提取到的指纹,有一多半的指纹和在金苗所住的现场里的生活用品上提取到的指纹是一致的。也就是说,这一多半的指纹,就是金苗的指纹。既然捕兽夹上有死者的血液和死者的新鲜指纹,那么进一步确定这个捕兽夹就是杀人工具。

第二个好消息是:捕兽夹上提取到的剩下的指纹,不是金苗的。可想而知,这指纹很有可能就是凶手的,他们拥有了甄别犯罪分子的依据,破案有了希望。

但坏消息是:嫌疑指纹,排除了包括金万丰在内所有接受过调查的人。也就是说,之前冯凯办的是错案,金万丰不是犯罪分子。而且,冯凯调查的方向可能有误,因为所有有嫌疑的人,都一同排除了。

活儿干完了,卢俊亮很是担忧地说:"金万丰的嫌疑排除了,不知道媒体又会怎么报道。凯哥,你说这金万丰为什么之前要招供啊?"

冯凯倒是松了一口气。

他看了看卢俊亮,心里有猜测,但不能说出来,于是岔开话题说:"不管怎么说,得先把无辜的人给放了。还有,得去和顾大汇报一下。现在,我们有抓手[①]了,抓获真凶,也不会太远。"

"那倒是。"卢俊亮可能获得了前所未有的成就感,心情也就很好。

两人去食堂吃了饭,然后拿着这一次提取到的指纹照片和用来比对的指纹照片、指纹卡,一起骑摩托车去了海关。为了确认他们得到的结果,冯凯主张让顾红星把个关。

---

① 抓手:破案的依据和方法,或是可以直接甄别犯罪嫌疑人的重要物证。

顾红星已经进入了海关组建的专案组，但还是抽出时间，帮冯凯他们看完了所有的指纹，得出的结论，和他们的一致。

"太好了，我们没有冤枉一个好人，也不会放过一个坏人。"顾红星看完指纹后，也很兴奋，说，"唯一担心的是，暴风雨可能又要来临了。"

冯凯抬眼看了看顾红星，看到他一脸担忧的表情。冯凯知道顾红星指的是什么，这么一个被舆论高度关注的案件，目前的结果居然是一个错案，他也能想象得到，接下来铺天盖地的指责、质疑和讽刺该有多严重了。

可是冯凯一点也不怕。一来，他觉得自己已经逐渐培养出有错就认、知错就改的性格了。二来，他毕竟是在陶亮的年代遭受过网暴的人，和信息化时代的网暴相比，这个信息不发达的年代，被报纸骂几句，实在只能算是小儿科了。

"暴风雨，又不是我一个人受着。"冯凯坦然一笑，说道。

"我在这边专案组，局长找不到我。"顾红星认真地说，"就算叫我回去训一顿，也不至于天天找我。"

"那这也好办，从明天开始呢，我去郊区派出所办公，不，我连住都住在郊区派出所。反正我孤家寡人一个，又没有牵挂。"冯凯半开玩笑地说道。

顾红星眼睛一亮，说："你还别说，这还真是个好办法。"

"你也同意？"冯凯说，"那得了，我一会儿就去办释放金万丰的手续，然后亲自送他回家。我今天就住进郊区派出所，接下来的时间，我就耗在金村和蔡村了。现在我们有了嫌疑指纹，我就不相信找不出这个人来。"

"好，就这么办。"顾红星说。

"那我岂不是好久都见不到你？"卢俊亮有点恋恋不舍。

"你不能去，你是大队唯一一个搞技术的，你可走不开。"顾红星直接打消了卢俊亮还没说出口的想法。

冯凯拿着释放金万丰的手续，骑着摩托车第二次来到了看守所。和冯凯设想的情景完全不同，被释放的金万丰没有怨气冲天，反倒感激涕零。

虽然办错案这件事情，并不是现在的这个冯凯做的，但他还是满怀愧疚地朝金万丰敬了一个礼。冯凯想想，还不够，毕竟让人家冤屈地坐了十几天牢，他又认真地给金万丰鞠了一个躬，说："因为我的工作失误，让你受冤屈了，我郑重地向你道歉，希望你可以原谅我。"

冯凯的举动倒是让金万丰不知所措了，他连忙扶起冯凯说："你千万别这样，

第三章
头骨齿痕

其实我挺钦佩你的,大丈夫能屈能伸。"

"我对不起的,不仅仅是你,还有你的儿子,哦,是外甥,对吧?"冯凯说。

金万丰一惊,说:"小羽怎么了?"

冯凯想了想,把这个小名叫小羽的孩子"行刺"他的经过,一五一十地和金万丰说了。说得金万丰鼻涕眼泪一大把。冯凯一说完,金万丰"扑通"一声就给冯凯跪下了,说:"小羽是个好孩子,品学兼优,这是他被逼急了,您大人有大量,放过他吧。"

冯凯连忙把金万丰扶了起来,说:"这事儿的起因是我,我当然不会追究他。之前他们要把小羽送到少管所,但是被我拦住了。现在小羽好好的,在家里等你呢,这些天,都是村委会的干部们照顾的,照顾得很好,你放心。"

金万丰半信半疑地盯着冯凯。

冯凯说:"不过,你回去也要好好教育。不管遇见什么事情,应该用法律手段去解决,不能走这种极端的路子,害人害己啊。"

"你放心,你放心,我保证他以后绝对不会干出任何极端的事情来。"金万丰见冯凯不像是说假话,赶紧说道。

"走吧,我送你回去,别拒绝,正好想和你聊聊呢。"冯凯跨上了摩托车,朝金万丰挥了挥手,说道。

金万丰不知道是福是祸,犹豫着没敢上车。

"怎么着?嫌我这两轮车寒酸了?"冯凯哈哈一笑,拍了拍自己的车后座。

"没有,没有,不敢,不敢。"金万丰连忙跨上了摩托车,抓住冯凯后腰的衣服。

冯凯踩上油门,摩托车飞驰了起来,他感觉抓住他腰间衣服的金万丰的双手在微微颤抖,就像那时候的小羽一样。他感受到了金万丰内心的波动,为了缓和气氛,便试图用轻松的语气说道:"我原谅了小羽,也希望你能原谅我。人嘛,有的时候走火入魔,莫名其妙地会犯错,回过神来,才发现自己伤害到了别人,这种滋味,我也很不好受。"

"走,走火入魔?"这个词金万丰很陌生。

"就是对结局过于偏执,最后使用了错误的方法。"冯凯解释道。

金万丰沉默了,他在思考冯凯的话。无意间一瞥,看到了冯凯脖颈处新鲜愈合的疤痕,虽然不甚明显,却也触目惊心。受过伤害的冯凯并没有"吃一堑长一智",反而毫无保留地把自己的后背和脖子暴露给了金万丰,这明明是信任的表现。

想到这里，金万丰心里有一些触动。

"我，其实，不，不怎么记得你说的那些'走火入魔'的事情了。"他轻声说。

这是金万丰能想得到的最柔和、最委婉的原谅冯凯的话语了。

"谢谢你，金万丰。"冯凯由衷地说，他的声音被气流冲击到金万丰的耳朵里，变得振奋起来，"这样，我们就可以放下嫌隙，并肩破案了。"

听到"破案"两个字，金万丰脑海里顿时浮现出金苗的身影和那场令人绝望的大火，他不禁心生酸楚，问道："可是，我能为破案做些什么呢？"

"告诉我实话。"冯凯停顿了一下，说，"呃，也许之前你说过什么，但是我那时候没信，现在，我是百分之百信任你。"

金万丰低语道："确实，我之前也说了假话。但那时候，我说我不认识金苗，真的是为了维护金苗的名誉，不想让她死……死了之后还被人说闲话。当然，我承认我也有私心，我怕别人骂我，说我破坏别人家庭，我就算满身是口，也说不清楚了。"

"是啊，正因为你当时说了假话，所以在警察的眼里，你就有嫌疑了。"冯凯解释道，"对了，那把锤子呢？你的锤子遗留在现场是怎么回事？"

"是几天前，金苗说她那出租房的窗子坏了，我就带了工具去帮忙修理。"金万丰说，"后来我走的时候，落在她家里了。"

"嗯，孤证。"冯凯自言自语道，"孤证不能成为证据，因为有很多种巧合都可以形成这样的孤证。"

金万丰没听懂，也就没答话。

"那，事发当天，你去金苗家里，有发现什么疑点吗？"冯凯问。

"这些天，我一直在思考，那天晚上真的是有疑点的。"金万丰说，"事发当天，小羽睡得早，我闲着没事，突然有些想见金苗，于是就去蔡村找她。和以前一样，我怕被人看见，故意绕了远路。到了蔡村，我就不紧张了，因为在这里，几乎没有人认识我和金苗。来到了金苗的住处，我敲响了金苗的门，可是，过了好久，金苗才开门。我想进门和她说话，她却说自己已经睡下了，拦在门口，不让我进屋。我当时感觉很奇怪，因为她穿的衣服并不是已经睡下的样子。而且，我们以前见面，为了避免被人看到，也都是选的比较晚的时间，所以我知道她平时也不会睡得这么早。因为走路走得有点累，我问她能不能让我进去坐一会儿再走，可她说，家里太乱了，不方便，让我明天再来。现在想想，金苗的表情很紧张，遮遮掩掩、支支吾吾的，很明显是不太正常的情况。"

第三章
头骨齿痕

"什么情况下，金苗会如此反常呢？"冯凯追问。

"是啊，我当时唯一的想法，就是她和她丈夫复合了，或者，她有了新的心上人。"金万丰说，"反正我觉得当时屋子里，肯定是有其他人的。"

"你觉得这个'其他人'，除了她丈夫，还会有谁？你和她处这么久，就没有发现其他什么疑点或者可疑的人吗？"冯凯问。

"没有，真没有。"金万丰说，"这两天我想了很久，都没想到什么可疑的人。但那天晚上，我兴致勃勃地来找她，却吃了个闭门羹，难免胡思乱想。一个人过于在意另一个人，当另一个人出现反常情况时，这个人总会往最坏的结果猜测。我当时想得多了，就钻牛角尖了，于是来到蔡村村口的小卖部，买了一瓶二锅头，想要回家买醉。"

"所以我就按照这一条线索，把你抓了。"冯凯哈哈一笑。

听到"抓"这个字眼，金万丰还是打了个寒战，但意识到冯凯并没有恶意，现在的他和之前真的很不一样，给人一种亲切、坦诚的感觉。

"是啊，在你抓我之前，金苗的案件已经传遍了金村，知道她死了，我痛心疾首。我觉得那天晚上金苗的家里肯定有问题，如果我坚持进屋，说不定就能救她一命。于是我万分后悔，想着自己不如跟着金苗一起去算了。如果不是小羽还需要照顾，我可能真的就选择了轻生。可是，这种撕心裂肺的痛苦，我不能表达出来。我不能让已经失去生命的金苗，又失去名誉，所以只能自己默默隐忍。"金万丰有一些哽咽，说，"后来，我对你说了假话，你也因此怀疑我。虽然我想过把事情解释清楚，但最后还是放弃了。当时我万念俱灰，只求一死，想和金苗在另一个世界相会。"

"对不住了。"冯凯在帮另一个冯凯道歉。

冯凯语气里的诚恳，彻底让金万丰放下了心防。

他轻声却坚定地说："过去的就过去了。我愿意竭尽所能，帮你破案，为金苗报仇！"

摩托车呼啸的风声中，冯凯用力地点了点头。

不管是之前的冯凯，还是现在的他，都一致认为，杀死金苗的，应该是金苗的熟人，关系不一般，杀人动机更像是情感纠纷，而不是侵财。今天金万丰对细节的描述，更加让冯凯坚定了这个想法。

既然金万丰都敏感地感觉到金苗可能另有情人，那么这种可能性就非常大了。

金万丰突访金苗家，却被挡在门外，很明显地说明屋子里有人。当时已经晚上10点多了，算上起火需要的时间，那么说明金万丰离开后不久，就案发了。如果再有其他人来，可能性实在不大。当时待在屋内的人，一定就是凶手，就是这个屋内的人，杀死了金苗，并且点燃了现场。

那么，屋内的人，为什么要杀死金苗呢？金万丰的深夜突然来访，会不会就是杀人的导火索呢？如果真的是这样，因为情感纠纷而杀人的可能性就进一步加大了。

还没有离婚的金苗，居然同时在交往两个地下男友？如果真的是这么一个水性杨花的女子，为什么又那么注重自己的名誉呢？或者说，金苗让金万丰隐藏他们的关系，保护名誉只是一个借口？实际上，金苗是为了避免自己的多位男友相互碰面？

这种猜测的可能性是很大的。

就在那一刻，冯凯确定了自己下一步的调查方案。

一方面，他会继续从金村和蔡村的村民入手，逐一进行调查，逐一采集指纹。另一方面，他觉得中国人口这么多，大家又对情感八卦这么感兴趣，那么只要金苗接触了某个男人，就一定会被别人发现。只要有人看见，就会像小卖部老板娘那样，信息终究会反馈到他这里。也就是说，即便金苗接触的这个人不是金村和蔡村的，哪怕是金苗打工地的，村民们也一定会有所发现。

也是就在那一刻，冯凯感受到了破案的曙光。

燃烧的蜂鸟

迷案1985

第四章

『大仙儿』横死

1

接下来的时间里,冯凯果然吃住在了郊区派出所,他上班的内容,就是在蔡村、金村以及金夏镇附近的其他村子里转悠。

在这期间,冯凯和金万丰的接触十分密切。其实冯凯知道,如果金苗真的脚踏两条船,那么全世界最不可能知道凶手是谁的,就是金万丰了。但是,金万丰又是那个会全心全意帮助他破案的人。因为经常去找金万丰,冯凯和小羽也一笑泯恩仇,两个人也同样成了好朋友。

在金万丰的帮助下,冯凯基本梳理出金村1000户人口的关系脉络图,按照和金苗远近亲疏的关系,做了逐个调查的计划表单。冯凯又在金万丰的引荐下,认识了金村的村支书,又在村支书的引荐下,认识了蔡村的村支书,把蔡村800多户也都梳理了出来。

梳理名单的工作巨细无遗,冯凯只觉得自己在没日没夜地忙,几乎感受不到时间的流逝。等他意识到的时候,不知不觉已经过了半个月。

在这期间,冯凯和顾红星通了一次电话,顾红星问他是不是消极怠工,故意不愿意回局里,害怕面对局长。而冯凯则说,想当年他们能逐个排查3000份指纹卡,为什么现在他就不能排查1000多个人呢?你顾红星不是说过慢工出细活、耐心是制胜的关键吗?又说得顾红星哑口无言。

当然,在这半个月的时间里,冯凯也不只是做了梳理名单的工作,他也了解了很多看起来和本案无关的信息。

比如金万丰。

金万丰虽然是一个农民,却有高中学历,在那个年代,这已经算是高学历了。9年前,他还在读高中的时候,家里出事了。姐夫是唐山人,姐姐姐夫在回家走亲戚的时候,遭遇了当年的唐山大地震,双双罹难。他们的孩子小羽,当时跟着金万

第四章
"大仙儿"横死

丰的父母在龙番，躲过了一劫。事发后，金万丰的母亲因为悲伤过度，短短半年之内就去世了。而在金万丰高中毕业，准备出去打拼的时候，他的父亲也因为操劳过度而去世了。这么一来，小羽就无依无靠了。在这种时候，金万丰有两种选择：一是把小羽送到福利院；二是自己扛下生活的重担。于是，他放弃了就业的机会，回到金村继续耕种他家祖传的田地，独自抚养起了小羽。

听到金万丰说这些，冯凯的思绪不自觉地回到了公安部民警干校的生活。那是9年前的梦境了。冯凯和顾红星两个20岁出头的小伙子夫公安部民警干校学习，一个学侦查、一个学痕检。那时候的顾红星是那么青涩和怯懦，完完全全是一个没长大的孩子模样。在学校里，他们一起生活、学习，冯凯像大哥哥一样保护、关心着顾红星，两人建立了深厚的革命友情。在学校的时候，他们经历了唐山大地震带来的强烈震感，平时羞涩的顾红星在紧要关头拉着冯凯救出了仍在宿舍里的客座教员，让冯凯刮目相看。现在重新提到了唐山大地震，过往的点点滴滴涌上冯凯的心头，他甚至有些思念起顾红星来。他也在庆幸，金万丰这么有责任、有担当、有良知的一个汉子，没有因为自己的过失而成了冤魂。由此可见，执法人员一定要谨慎有加，绝对不能容忍失误。因为一个失误或者偏差，改变的可能不只是一个人的人生。

又如金苗。

金苗的故事，冯凯都是从金万丰这里获知的。而金万丰对金苗的了解，也是过年之后，他和金苗接触多了，从她口里得知的。毕竟在这次重逢之前，他们已经有好多年没有见面了。

金万丰虽然比金苗大了3岁，但因为金万丰上学晚，所以两人读的是同一届，又因为住得近，从小就相伴上学、放学，小时候关系是很密切的。后来，两人小学毕业，金万丰搬家，虽然还在一个村子，但相隔较远。金万丰在家人的帮助下继续上学，而金苗因为要帮家里干活，小学一毕业就辍学了——毕竟国家的九年制义务教育是1986年才开始的。距离远了，走的路也不一样，两人从此就没有了太多的交集。

在金万丰的印象中，金苗是个特别爱读书的女孩子，小学在班里，她的成绩一直都是名列前茅的。所以，在她放弃升初中的时候，班主任还扼腕叹息过。不过，金苗自己是怎么想的，金万丰并不知道，她缄口不提这件事，金万丰也问不出口。毕竟，金苗的妈妈身体一直不太好，自金万丰有印象起，她就常年卧床，很少出门。金苗从小就是一个懂事的孩子，有时候，金万丰同她一起放学回家，自告奋勇

地帮她喂喂鸡、择择菜什么的，干着干着就发现，自己和金苗压根就没法比。金苗明明比他矮一个头，手脚却跟大人一样麻利，这家务活儿，一看就不是一天能练出来的。

金苗辍学后，虽然他们没怎么见过面，但是金万丰总能从亲戚、邻居那里听得到夸奖金苗的语句，有要自己家孩子学学金苗的，也有羡慕谁家以后能娶金苗这样的贤妻良母的。"善良、孝顺、能吃苦"，大家这么讨论金苗的时候，不知为什么，金万丰心里总是泛起一丝难以言表的滋味。

到了金苗20岁的时候，也就是5年前，金万丰突然听说她要结婚了。她的对象，是金村出了名的纨绔子弟张奇。

张奇不是本村人，他的父亲曾经是龙番市一个国营招待所的厨师。改革开放后，张奇父亲辞去了工作，举家搬来了金村，开了一家小餐馆，还做一些炒货生意。所以，改革开放刚两年，张奇家里就挣得盆满钵满，有了一些积蓄。可是，张奇本人却是一个十足的酒鬼、赌鬼，人品极差。

当时，金万丰很难受。

他知道，金苗的婚事肯定是父母包办的。虽然新中国成立后反对包办婚姻，但是刻在骨子里的封建思想依旧在影响着中国人。金苗的父亲和张奇的父亲是老相识，加上金苗的父亲可能觉得张奇家"未来可期"，于是强行把金苗嫁给了张奇。

金万丰什么也做不了。那时候他刚刚经历亲人的陆续离世，独自抚育小羽也还没多久，没有勇气，更没有立场去阻止这桩婚事。他只能默默地期望张奇能好好对待金苗，不要辜负这样一个让人心疼的姑娘。

而从金苗自己的描述来看，金苗当时也曾对这段婚姻抱有幻想。

虽然她一开始也极力反对这门亲事，但她父亲苦口婆心地劝她接受，甚至拉来她的母亲帮忙劝说。金苗家家境不好，母亲的病一直没有机会得到很好的治疗。而以张奇家的条件，只要金苗嫁过去，这些看病买药的事情就都是小事。金苗到底还是听从了家里的安排。她想，张奇说不定也没有大家说的那么不堪。如果她能劝说张奇改掉喝酒和赌博的坏习惯，两个人好好过日子……可惜，结婚后，这些都成了痴心妄想。

金苗提到张奇时，满脸都是痛苦的神色。这场婚姻并没有挽救金苗母亲的健康，婚后不久，她母亲就过世了。张奇对岳母的死无动于衷，甚至不准金苗花太多时间守灵，而要她赶紧回去给自己做饭。受尽屈辱的金苗终于下定决心，选择了离

第四章
"大仙儿"横死

家出走。

当时的金苗只有一点点钱，但她还是想尽办法来到了广州。具体是怎么去的，金苗没有细说。但是当时广州正好有了"三来一补"的需求。所谓的"三来一补"就是指当时沿海省份手工业飞速发展，"来料加工""来件装配""来样加工"和"补偿贸易"对手工业者的需求量激增。大量农民赶往广东，参加手工业工作获取报酬，当时称之为"孔雀东南飞"。金苗赶上了这一趟风潮，到一家服装企业成了一名手工业者。

虽然收入也不能算特别高，但是金苗打工的收入和在家务农已不可同日而语。在广州的金苗没结交朋友，甚至除了单位同事都不认识任何外人。她只顾自己疯狂赚钱，享受着不被骚扰、不被侮辱的自食其力的生活。

但是外乡终究是外乡，生活习惯、人际关系都不那么容易适应，所以金苗在攒了一部分钱之后，回到了家乡，也机缘巧合偶遇了金万丰。金苗说，去年，张奇的父亲因病去世，张奇并没有因此振作，反而变本加厉、坐吃山空。她不可能和张奇复合，所以她一边劝说自己的父亲，一边和张奇谈判，希望能通过一个合适的价码，给自己"赎身"。只要有钱可以拿，作为赌鬼加酒鬼的张奇并不会在意一个老婆。只是，要达成一个双方共同认可的数字，还需要一个过程。金苗也想好了，等她安顿下来，她就用打工攒下的钱开个小卖部，踏踏实实过日子。

也可能是情人眼里出西施，在金万丰的描述里，金苗不仅是金村最漂亮的姑娘，而且是善解人意、温柔体贴、勤劳勇敢、聪明伶俐、孝顺父母，集传统美德于一身又让人心疼得想照顾她的"女神"。

金万丰坦言自己重逢后的第一个念头，就是不想再错过机会，想要追求金苗，甚至幻想着自己和金苗，再带上小羽，一起幸福地过日子。他知道自己的行为看上去是有些冲动，但他并不是一时兴起，而是真的不想让金苗再吃苦了。从两人的相处来看，至少金苗是不反感他的，但因为名誉问题，金苗才仍和他保持着距离。也就是说，直至今日，他和金苗之间的那层窗户纸还没有捅破。

只可惜，红颜薄命，才25岁的金苗就这样莫名其妙地丢掉了性命。

每次说到金苗，金万丰都会痛哭流涕，这让冯凯有些话实在是说不出口。比如说，冯凯就很想问问他，在他心里，金苗如此完美，为什么他还会怀疑金苗在家里藏了男人呢？

最终冯凯还是忍住了，没有在金万丰的伤口上撒盐。

冯凯知道，金万丰已经把他了解的情况全盘托出，再追问，也翻不出新的嫌疑对象了。他觉得，自己应该很快就能破获这一起案件。至于杀死金苗的人是谁？他和金苗有什么关系？金苗是不是真的那么完美？到了那个时候，一切都会迎刃而解了。

在这半个月的时间里，冯凯也忍不住会去村委会翻翻报纸，想看看舆论对此事的评价。他知道这是在给自己找不自在，但他就是控制不住。

和他预想的结果一样，金万丰被释放的消息一传出去，立即引起了轩然大波。当地所有报纸的头版头条都刊登了这则消息，对公安部门进行了指责，对金万丰表示了同情，更是对这一起案件能否侦破表达了担忧。有一些小报纸，更是直指冯凯，含沙射影地把冯凯塑造成了一个十恶不赦的恶警。甚至还有记者来到了金村，找到金万丰要对他进行采访。可是金万丰都毫不犹豫地拒绝了。

没看这些的时候，冯凯心里还是很忐忑的。但真的看到了这些报道，尤其是看到了那些充满恶意的攻击之后，冯凯反而释然了。

"是啊，他们说得没有错，我确实办了错案，虽然严格意义上说，不是我办的。"冯凯自嘲地说道，"但是，如果这案子不破，这就是我欠下的账了。"

没有想到的是，这次的舆情来得快，去得也快。半个月后，冯凯再去村委会翻阅报纸的时候就发现，没有一家报纸再提这件事情了。受损的邻居们早就拿到了赔偿，只要他们不去掀起风浪，实际上并没有多少人是真正关心金苗的冤情有没有昭雪。

既然没人关注，媒体自然也就不再感兴趣了。

但是冯凯知道，对他而言，这笔账如果还不上，即便现在马上就能回到陶亮的年代，和心心念念的顾雯雯团聚，他心里的坎儿也是过不去的。

现在，他已经用半个月的时间梳理完了名单，接下去就得用点"笨办法"了。因为笨办法有时候真能奏效，何况眼前确实也无捷径可走了，那他冯凯就要好好学习一下顾红星，用"愚公移山"的精神来把凶手从人群中揪出来！

于是，冯凯开始了"愚公移山"。

金村很大，纵深有20公里，冯凯开始每天靠步行的方式来走家串户，因为他觉得自己如果骑个摩托车，总有一点高高在上的感觉，那么群众的配合度也就会差很多。只有真正地走在田野里、聊在街巷中，才能从群众中获取破案的有用信息。

也正是通过这一段时间的走家串户，冯凯才真正意识到了"从群众中来，到群

第四章
"大仙儿"横死

众中去"的真谛。这是陶亮在派出所干社区民警的时候都没有过的体会。可能，这就是警察这个职业的"初衷"所在吧。

这一段时间，可真不短，又持续了一个半月。冯凯经常自嘲，如果这个年代有手机，恐怕他每天都有三四万步的步行量。步行了四十多天，他真的是把金村、蔡村的每一寸土地都用自己的脚步丈量了。虽然冯凯偶尔想起自己是在梦境之中，但那种疲劳确实是真真切切可以感受到的。

冯凯的"愚公移山"，结果并不尽如人意。至此，冯凯在郊区派出所已经住了整整两个月。梦境的模糊感、工作的重复感，压得他有些喘不过气来，重新恢复清醒的时候，都已经到了6月下旬，天气已经很炎热了，而他还是一无所获。当然，也不能说完全一无所获，但案件的侦破工作，至少是没有突破性的进展。

在这期间，冯凯访问了2000人，采集了近1000份指纹。可他"愚公移山"大计的两步战术，几乎都石沉大海。

一方面，冯凯自认为自己和当地群众已经非常熟络了，他们对冯凯肯定是有啥说啥，但是，和2000个人聊下来，他却没有打听到关于金苗的任何一点不正常的现象。和金万丰说的一样，金苗这个人在大家的眼中，就是那种特别善良、踏实、孝顺的好孩子，但具体她近期和谁有过接触，就没有什么人能提供线索了。

另一方面，冯凯一反自己懒惰的习性，每天采集回来的指纹，一回到宿舍就立即进行比对。可惜，冯凯用各种借口从各个村的村民那里采集回来的将近1000份指纹中，没有任何一份指纹能和现场嫌疑工具上的指纹对得上号。

他已经把现场附近都翻得底朝天了，依旧没有突破。看来，只有往金苗外出打工的这5年努力努力了。会不会有这样的极端巧合，金苗接触的人恰恰是打工时候认识的，而他们在蔡村的交往，恰好就没有被任何一个人看见呢？

金苗是去广州打工的，在那个信息不发达的年代，协查一个案件非常难，只能在电话里叙述案情，表达诉求。可是，因为电话传达的不准确性，很难保证协查的有效性。更何况这是要调查和金苗可能有感情纠纷的人，调查量太大，不亲自去办是很难完成的。金万丰也说过，金苗自述在打工期间，没交什么朋友，这也就很难获得线索。所以，在广州找到案件侦破的突破口也是镜中花、水中月，冯凯想去广州进行长时间调查，也不可能得到领导的支持，毕竟长期出差的差旅费可不是一笔小数目。再说了，即便真的去了广州，就一定能找出指纹的主人吗？在大城市里找人，怕是比在这两个村子里找要难上百倍吧！冯凯也只能暂且把这个想法放下。

既然案件调查无果，而且社会上早已不再议论这起案件了，冯凯准备收拾行囊，打道回府。

好在有关键的指纹证据，冯凯倒不担心这起案件最终成为悬案。即便是人海茫茫，也总有拨云见日的时候吧！唉，只可惜，这个二十世纪八十年代，连指纹比对都得靠肉眼，更不用说什么指纹库、DNA技术了。如果放在陶亮的年代，这种提取到关键物证的案件，怕是早就侦破了吧。

"有现代科技支撑，真好。"冯凯由衷地感慨了一句。

也恰在这个时候，顾红星又打来了电话。

在这两个月中，顾红星和冯凯一直保持着不那么紧密的电话联系。顾红星知道冯凯每天都铩羽而归，而冯凯也知道顾红星那边是战果累累。据说，由海关牵头的缉私专案组，不仅抓获了伤害何强的凶手，还挖出了这个走私分销团伙的全部成员，更是找到了更多的走私分销团伙的线索，并且正在逐一侦办。

"我从这边专案组退出来了，后面的工作已经成定式了，不需要我了。"顾红星在电话里说道，"你今晚就回来吧，明天我们可能要一起去看一个案件。"

"命案吗？"冯凯问道。

"还不知道，但是是现发案件，领导比较重视。"顾红星说道。

冯凯知道，不像陶亮那个年代，命案是必须侦破的。一起命案没有侦破，就一定会死磕到底。别说是两个月前的案子了，二十年前的命案积案，警方也不会放弃追查。这几年来，悬案告破的捷报也不断传来，顾雯雯一直在忙的，不也是九十年代的悬案吗？可是现在这个二十世纪八十年代，命案侦破率远远没有陶亮那个年代高。所以，领导对没有侦破的命案，并不像陶亮那个年代那么时刻重视。蔡村案件过去了这么久，民众已经淡忘了此事，媒体也已经淡忘了此事，领导自然会更重视现发的案件，而不那么重视两个月前的积案了。

"那行吧，我这边暂时也进入了僵局，再翻也翻不出什么浪花了。"冯凯说，"我一会儿就收拾收拾，回去。"

"不要垂头丧气的，要往前看，前面需要我们做的事情还很多。"顾红星说道。

冯凯心里笑了，现在的顾红星还真的有领导的样子，居然安慰起他来了。想当初，他们在公安部民警干校的时候，顾红星又是个什么样子。

第四章
"大仙儿"横死

2

第二天一早，冯凯回到了一中队办公室，和许久未见的顾红星"久别重逢"了。

"别来无恙啊。"顾红星看了一眼冯凯，说，"就是晒黑了点。"

"你还是那么白。"冯凯心里暗暗觉得好笑，不知道为什么，这两人久别重逢的开场白居然是评价肤色。

"城南有一个人死了，我们得去看看。"顾红星说。

"是怀疑命案？"冯凯问。

顾红星不置可否，说："不管是不是命案，从领导的角度看，是一起很有意义的案件。走吧，我们车上说。"

1985 年，全国部分城市开始推行强制火葬，龙番市也是其中之一。强制火葬有很重要的意义：首先，强制火葬对于破旧立新、移风易俗有着重要的意义；其次，强制火葬相对经济，也比较卫生和方便，还可以节省资源，节约棺木和土地，有利于环境保护。只不过，尸体如果是土葬，公安机关一旦发现存在问题，还可以开棺验尸，而如果火葬，万一存在隐形命案，则难有证据可寻了。因此，在推行强制火葬试点工作的同时，公安机关也在探索对非正常死亡事件火葬前审核的办法。而现在沿用的"火化证明"的办法，在当时就被提出，而龙番市也是试点城市之一。

年初开始推行强制火葬之后，上级部门对此事高度重视、稳步推行、大力宣传，虽然受到了一定的阻力，但现在到了六七月份，民众对强制火葬已经有了一定的意识，也初步了解了火葬的好处。

昨天下午，龙番市城南镇的一对母子，到医院求助，说家里的男主人在自己的住处昏迷了。医院派出了救护车赶到事发地点，发现这名男子仰卧在地面上，身体僵硬。他不是昏迷，而是早已死亡了。

医生简单检查了男子身体后，并没有发现任何损伤。男子的头边有一堆呕吐物，怀疑是该男子因病引发的猝死，又或是屋内烧水的炉子内的木柴燃烧不充分，导致一氧化碳中毒。于是，救护车把尸体直接拉到了火葬场。

火葬场的工作人员在接尸体的时候，听医生说死者在死亡前有呕吐，有可能是疾病，也有可能是中毒，就问医生，如果是投毒杀人怎么办呢？医生之前觉得现场环境很平静，完全没有往这方面想，听火葬场工作人员这么一说，也觉得很后怕，于是和

死者家属说，他不能开具死亡证明，必须找派出所开具准许火化证明才可以。

于是，死者家属找到了辖区派出所。派出所以前也没有遇见过这种情况，一个在自己家里死亡的人，究竟是怎么死的，派出所也解决不了，便打电话向市局刑警大队求助。

顾红星此时已经从海关的专案组回来了，接到求助后，就向张局长进行了汇报。张局长非常重视这一事件，他认为，如果这一起事件真的是命案，那就给强制火葬提供了更加充分的支持，更利于推行。所以张局长要求顾红星认真对待这一事件，务必查清死者的死因。

"嘻，我猜一氧化碳中毒的可能性大。"冯凯听完之后，大失所望，说，"我以前见过很多在自己家里烧炉子结果中毒的，都有呕吐物。"

"嗯，一氧化碳中毒，确实有可能导致呕吐。"卢俊亮说。

冯凯这才想到车上还有个法医，自己实在是关公面前耍大刀了。他干咳了两声，说："不过，这么热的天，还在住处烧炉子？这得好好查查看。"

"那怎么了？农村人家烧水烧饭不烧炉子用什么？"卢俊亮问。

冯凯这才想起，在这个年代，确实有很多在自己屋子里烧炉子的，他小的时候，爷爷家就是这样。在陶亮的年代，家家都通天然气，不仅方便生活，更提高了安全性。

"死者是个什么人啊？"冯凯问。

"是个医生。"顾红星说。

"可别侮辱我们医生！"卢俊亮叫起来道，"他就是个'大仙儿'！"

"大仙儿？"冯凯问。

"是啊，就是收钱帮人家看病的，不过不走正道，是利用封建迷信来骗钱的那种所谓的'医生'！"卢俊亮说。

卢俊亮虽然是个公安，但是他很维护医生的形象。

"嗯，严格意义上说，确实就是个'大仙儿'。"顾红星说，"但他早年间当过'赤脚医生'[①]，也算是懂一点医。"

"干什么的先放放，发案过程是什么样的呢？"冯凯好奇地问道。

"死者叫葛和平，今年52岁，平时就是以利用封建迷信来给周边村民看病为生。

---

① 赤脚医生：二十世纪六七十年代，农村里又务农又行医的医务工作人员。

第四章
"大仙儿"横死

自己一个人租了房子,住在城南镇上,可能是方便赚钱吧。"顾红星说,"他的老婆叫程翠华,50岁,带着他们唯一的儿子、23岁的葛明亮,在老家村子里务农。昨天下午5点钟,葛明亮骑着自行车去镇子里找葛和平,是想找他要点钱花的,结果一进门就发现葛和平躺在地面上,怎么喊都叫不醒。葛明亮赶紧骑车回去载了母亲一起来看,随后去了医院求助。"

"没啦?"冯凯见顾红星掐住了话头,问道。

"没了。"顾红星认真地回答,"你还想知道什么,得自己大查。"

说话间,吉普车已经开到了城南镇的集镇上。在集镇角落的一间平房旁边,停着一辆绿色的吉普车,冯凯知道,那是派出所的车,那么,那间平房应该就是现场了。

三个人下了车,进入平房所在的小院子。这是一个独门独院的住处,和造纸厂那起案件的现场一样,麻雀虽小,但"五脏俱全"。不同的是,这个小院子的四周墙壁上,都挂满了"锦旗"。和陶亮那个年代正儿八经的锦旗不一样,这些所谓的锦旗,实际上就是用毛笔在彩色的布料上写上诸如"妙手回春""华佗再世"之类的吹捧或者感谢的话语。这些嫌贵不愿意去医院花钱看病的村民,自然也不可能花钱去制作锦旗。这些自制的"锦旗",什么颜色的都有,大小、形状也各不相同,挂在一起,随风飘扬,给人一种彩旗飘飘的感觉。

冯凯突然笑了起来,他见卢俊亮和顾红星一脸疑惑地看着自己,于是解释道:"我想起以前在一个宠物医生那里看到的锦旗,写的是'妙手回春、救我狗命'。哈哈哈。"

卢俊亮和顾红星显然理解不了他的故事,卢俊亮问道:"宠物医生是什么?"

"哦,就是兽医、兽医。"冯凯说。

卢俊亮还是不能理解冯凯的笑话,摇摇头说:"这些江湖郎中,就喜欢搞这些虚假宣传。我估计啊,好多锦旗都是他自己做的。"

"我就不明白了,为什么那么多人会相信他的封建迷信呢?"冯凯说,"他真的能治好病?"

"其实啊,人的心理作用很重要。有些不严重的小病,就是因为患者特别担心,反而会感觉到越来越重。"卢俊亮说。

"嗯,这个我懂,焦虑症嘛。"冯凯说。

"焦虑症？有这病名？"卢俊亮问。

冯凯连忙说："没有吗？好吧，你按意思理解就行，你接着说。"

"好多村民的封建迷信思想已经根深蒂固了，所以他们宁可信这些'大仙儿'，也不信医生。每次到'大仙儿'这里，看着'大仙儿'一通操作，他们心里就得到了安慰。"卢俊亮说，"紧张的精神因为被安慰而缓解，小病的症状也就缓解了，所以他们更加坚信'大仙儿'是有用的。"

"这个昨天我也问了淑真，她说最可怕的'大仙儿'，就是这些懂一点医的。"顾红星说，"有一些病，看起来很严重，其实是有特效药的。这些'大仙儿'把特效药放在食物里，给患者吃下，就会立竿见影。那在患者看来，不就是神医了嘛。"

"对对对，师娘说得对，特效药有时候就成了'大仙儿'神化自己的道具。"卢俊亮说。

"叫姐。"冯凯和顾红星异口同声地说道。

三个人一同走进了屋内，屋里很平静，没有任何打斗的痕迹。屋子的一角放着一个烧水的小圆炉，炉子上面放着一个水壶，里面的水已经冷却，炉子里面的木炭已经熄灭。

小屋子里面也都挂满了"锦旗"，床边有一扇窗户，是关闭着的，而且连窗帘都是拉好的。

"死亡时间，你问了医生吗？"顾红星问。

卢俊亮点点头，说："医生说，他们下午6点钟赶到的时候，尸体还有温度，要不母子二人不会以为他还活着。死者大关节硬了，但还不是很强硬。如果这样推算死亡时间的话，应该就是昨天中午时候死的。"

"大中午的，窗帘拉这么严实？"顾红星问道。

"这是啥？"冯凯戴好了手套，从有些凌乱的被褥下面，扯出来一条红色的平角内裤。虽然是手工缝制的，但是从大小来看，应该是一个女人的内裤（葛和平死亡现场示意图见第103页）。

"哦，我知道为什么窗帘拉这么严实了。"卢俊亮神秘一笑。

"这年头，有人穿红色的内裤？"冯凯印象中，这时候的衣物还都很朴素。

"本命年呗。"卢俊亮说。

冯凯点点头，看来本命年穿红内裤是"传统"。

"如果这条内裤不是他老婆程翠华的，那么就说明有奸情，有奸情的话，我们

第四章
"大仙儿"横死

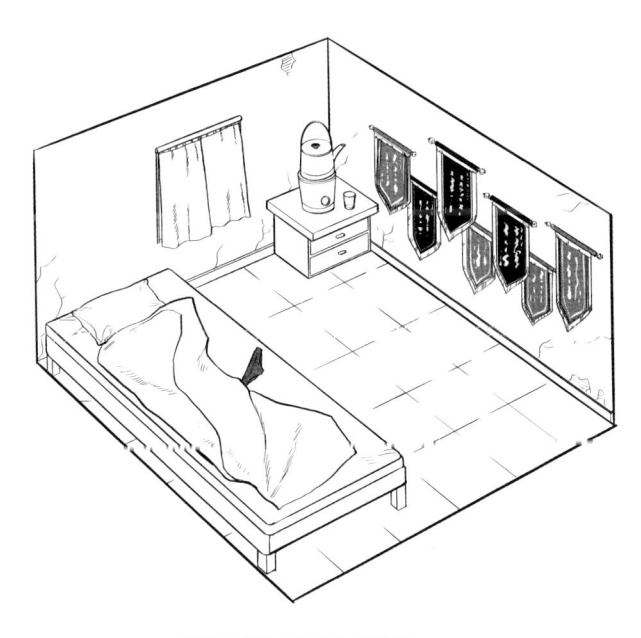

葛和平死亡现场示意图

还是要慎重一点了,至少是有动机的。"顾红星说。

"程翠华50岁啊,不是本命年,而且她中午不是和她儿子在老家务农吗?"卢俊亮说。他对顾红星的案情介绍记得还挺清楚。

"但是从现场来看,过于平静了。"冯凯说,"不像是一个命案现场,而且,尸体上不是说没有伤吗?"

"除了这些呕吐物,确实没有任何异常。"卢俊亮指了指地面上的呕吐物说,"我得提取一些回去。"

说完,卢俊亮从包里拿出一个瓶子,用门口捡的一根树枝,把呕吐物往瓶子里面扒拉。

"就是佩服你们法医,什么恶心活儿都能干。"冯凯有些恶心,走开去看小屋里的陈设。

屋内的家具都上了锁,没有被撬开的痕迹,没有上锁的地方,也没有被翻动的痕迹。就连床板底下一个装药的纸箱子,都没有被挪动的痕迹。

纸箱子里装着一些药片和胶囊,外包装都被扔掉了,这些应该就是葛和平用来忽悠村民、治疗各种疾病的特效药了。

"所以，案件的关键还是在死因。"顾红星说，"所以，我们得优先尸检，如果真的有什么问题，再过来细细进行现场勘查。老凯，你是跟我们去尸检，还是留在这里调查？"

经过几次争执，顾红星对冯凯说话，尽可能用的都是商量的语气，这让冯凯很是受用，他说："你们先去尸检，我呢，在这里先把红内裤的主人找出来，说不定案件就有突破了。欸，对了，小卢，我听说有一种死法叫作'马上风'，就是在干那种事的时候突然死了，是真的吗？"

"自古以来就有这种说法，就连《洗冤集录》里还有一节叫'男子作过死'呢。"卢俊亮说，"实际上，就是心血管或者脑血管有问题，在那啥的时候因为情绪激动导致猝死。"

"这种，能看出来吗？"冯凯问，"是不是要做那个什么'病理'？"

"这你都懂！凯哥厉害啊！"卢俊亮说，"不过没必要，绝大多数会导致猝死的疾病，从器官的大体形状上都能看出来。只要做个系统解剖，就能知道了。"

"不，医生说的是，他们来到现场的时候，死者虽是光着膀子，但也穿着裤子的。"顾红星说，"应该不是你说的那个什么'男子作过死'。"

"在那啥之前，也有可能因为情绪激动引发猝死的。"卢俊亮争辩道。

"说那么多没用，你们赶紧去尸检吧。解剖完了，不就什么都知道了吗？"冯凯说，"我来想想办法，看怎么才能找到内裤的主人。"

冯凯又开始用脚步丈量土地。

不过这一次，需要调查的范围不大，行走的距离也不需要太远。这虽然是镇子上不起眼的角落，但毕竟还是在集镇上，和村落相比，人多眼杂。对侦查员来说，越是人多眼杂的地方，越容易获得线索。因此，冯凯打定主意，从葛和平住处的附近开始调查，重点是最后一个从他家里离开的人。

大家已经听说了他们的"恩人"不知道为啥就突然死了，镇上少了个妙手回春的"神医"，街坊们大多是扼腕叹息。坊间流传的版本，是"大仙儿"用了太多"神仙"的力量，所以就要用自己的性命偿还了。而葛和平的真实死因，并没有人关注。

最后一个离开葛和平家的人是谁，众说纷纭。讨论的范围逐渐缩小到了昨天上午8点到11点去葛和平家看病的人。因为有一个邻居反映，在昨天11点的时候，葛和平家的院门就已经关闭了。按照葛和平的规矩，他开门就迎客，关门就是这

第四章
"大仙儿"横死

天都不接待病人了。于是,冯凯按照街坊们提供的信息,捋出了一个时间表。这个葛和平的生意还真是不错,上午两个多小时,患者络绎不绝,几乎是一个接一个。这就带来了一个好处,只要找到一个人,就能带出后面来看病的一长串。冯凯就这样,从一个人入手,一直调查出了最后一个离开的患者。

这位患者大约是昨天上午11点离开葛和平家的,他说走的时候,后面已经没有人排队了,但当时葛和平并没有说要关门谢客。他走出几十米后,回头看了一眼,发现葛和平正在关门,门里还站着一个女人,看不清样貌,从身材上看,有点像镇子上开杂货店的潘丽。这位患者知道,潘丽经常去找葛和平看病,说是身上经常会起风团,一去看病立马就好。

线索终于出现了。

虽然不是学医的,但是冯凯知道这位村民所说的"风团",实际上就是过敏、免疫力减弱导致的荨麻疹。发作的时候,会非常痒,而且不能抓,越抓越多。陶亮有的时候就会犯这个毛病,医生会开一点氯雷他定,吃了就能明显改善。冯凯不知道这个年代有没有氯雷他定,但至少抗过敏的特效药肯定是有的。这也是葛和平为什么每次都能"妙手回春"了。

最后一个出现在现场的女人,她应该至少能知道点什么吧。

这样想着,冯凯步行来到了杂货店。潘丽夫妻俩正在店里忙活着,男的看上去憨厚老实,女的看上去也温柔恬静。

"潘丽。"冯凯走到门口。他的一身制服,让潘丽微微发起抖来。冯凯一见,心里似乎有底了。

"我是派出所的,你的户籍资料有点问题,能不能配合我回去修改一下呢?"冯凯继续问道。

"户籍资料?"潘丽的丈夫问道,"公安同志,您面生啊。"

"是啊,我刚从市局调过来。"冯凯嘿嘿一笑,说,"我们现在在完善户籍资料,所以还请你媳妇配合一下。"

"那你去吧,快去快回啊,今天忙得很。"潘丽丈夫说道。

潘丽此时似乎也放松了下来,她乖乖地跟着冯凯离开。

"潘丽,对吧,我姓冯。你今年是36岁?"冯凯说,"属牛的?"

"嗯。"潘丽身材娇小,此时双手搓着衣角,跟在冯凯的身后。说老实话,都说这个年代的人还不懂得保养,但这个36岁的潘丽,看起来最多30出头,身材匀称,

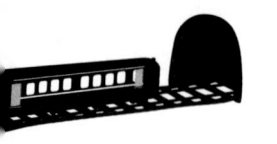

长相也不错。

怪不得镇子上的"红人"葛和平会看上她。

"我带你出来,你知道是什么用意吧?根本就没有什么修改户籍的事儿。"冯凯带着潘丽走到了一个角落里,左右看看没人,于是说道。

潘丽一惊,低着头看着自己的衣角,全身又开始瑟瑟发抖。

"你和葛和平,就是看病那么简单?"冯凯问。

潘丽猛地抬起头来,双眼尽是泪水,说:"公安同志,我说,我都说,但是千万别和我丈夫说。"

3

"这个我知道,所以才会带你出来。"冯凯摆出一副很轻松的样子,说,"我们就是例行公事,对你们之间的关系,我们其实并不感兴趣。"

"他是在帮我治病。"潘丽说,"我有个老毛病,身上总是起风团,葛医生说我是阴气太重,所以才会在皮肤上鼓出来。治疗方法就是先吃一粒玉米粒,然后再用他的阳气来,来……"

冯凯挥手打断了潘丽,他知道这个老浑蛋做了什么,恨得牙痒痒。

但他还得咬着牙继续问:"你们有,多少次了?"

"我去看病,也就五六次,不过,有两三次他都不,不太行。"潘丽低着头,恨不得钻进地缝里,说,"但是,不管他行不行,每次都很有效果,风团很快就消了。"

不太行还老想着这样干,真是个老浑蛋。冯凯这样想着,语重心长地说:"大姐,他给你吃的玉米粒里藏着药呢!你不用他的阳气,也一样能好!"

潘丽又吃了一惊,抬起头来,半信半疑地看着冯凯。

"你这叫荨麻疹,你哪怕去一趟医院,也不会被骗。"冯凯说,"这都什么年代了,以后能不能不要搞封建迷信了!"

潘丽的眼神里先是闪过了一丝仇恨,紧接着又是万分的懊悔。

冯凯的直觉告诉他,这个潘丽说的都是实话,问核心问题的时机来了。于是他说:"你的东西丢在现场了,所以我才能找到你。"

潘丽低着头,双颊通红。

"这个东西呢,我现在还不能还给你,你得自己编个理由过你丈夫那关。"冯凯

第四章
"大仙儿"横死

说,"现在可以说一说,昨天的具体情况了吧。"

"没关系,我自已再做一条就行。"潘丽的声音小得像蚊子哼,"昨天中午,还像以前那样,我去治风团,他就让我脱了裤子,趴在床上。他每次都会在那里请神,这次也一样,但突然不知道为什么,他就倒地上了,在那里不断地抽抽,就和抽筋一样,还在吐。我当时吓坏了,连忙套上裤子去看他,可是他已经没气儿了。真的,我连碰都没碰他一下,他就那样自己倒了。"

潘丽的眼神里尽是恐惧,回忆着她不愿回忆的经过。

"倒地的过程,你不知道?"

"我当时趴在床上的,看不到。"

"那你呢,你有没有头晕、恶心的症状?"冯凯知道,如果是一氧化碳中毒,一来不会那么快出现症状;二来同屋的其他人也应该有中毒的症状。

潘丽摇了摇头,说:"我当时吓坏了,就赶紧跑了,好像没人看到我。后来听他们说,是葛医生麻烦'神仙'麻烦多了,报应来了,我心里这才舒服点。"

"行了,你回去吧。"冯凯说,"放心,这些事情,我会帮你保密,你要想起来什么,可以去派出所,打电话给刑警大队说。"

潘丽点了点头。

"记得,以后再起风团,去医院,开点药就好,不贵。"冯凯说。

另一边,顾红星和卢俊亮开着车来到了火葬场。为了响应国家强制推行火葬的政策,现在的火葬场已经有储存尸体的冰柜了。葛和平的尸体就存在冰柜里。

一大早,顾红星已经来了电话,让火葬场的工作人员把尸体拖出来解冻。此时,尸体已经完全解冻,可以进行解剖了。

这个年代,大多数情况下,对尸体的解剖都是局部解剖,就是哪里有伤解剖哪里,哪里是关键部位就解剖哪里。这已经成了那个年代的工作定式。比如金苗的尸体,卢俊亮就只解剖了头部和气管。局部解剖,卢俊亮一个人就可以完成。但对于死因无法推测的尸体,是需要进行系统解剖的,那卢俊亮一个人就不容易完成了。他需要一个助手。作为刑警大队长的顾红星是技术出身,所以那些别人不愿意干的事情,只有他去做了。

卢俊亮工作时间不长,经验不够丰富,而且解剖手法也不熟练。很多情况下,都是顾红星提示他,他才会去解剖某个地方。

打开死者的颅腔，没有损伤也没有出血；打开死者的胸腹腔，各个脏器都在自己该在的位置，同样没有损伤和出血；尸体上有急死征象[①]，并没有任何可以导致机械性窒息的损伤；各个脏器的大小和内部结构都正常，看不出有什么能够致命的器质性疾病。

忙活了两个小时，卢俊亮还是不知道死者是怎么死的。

"真的不用找淑真去联系一下医院病理科，做个病理？"顾红星问。

"那是实在没办法的时候，才做的。"卢俊亮说，"现在还剩下一种死因，那就是中毒了。"

"真的是一氧化碳中毒吗？"顾红星问。

"一氧化碳中毒，尸体的尸斑是樱桃红色。但是这个尸体，看起来不明显啊。"卢俊亮拿出一个大号注射器，扎进死者心脏，提取着心血，说："我多取一点心血，回去检验看看，这个倒是很好确定和排除。"

"还要提什么呢？"顾红星问。

"嗯，看看胃内容物吧。"卢俊亮又剪开了死者的胃壁，里面有一些糊状的东西，他说，"死者胃里有东西，消化成食糜状了，看起来应该是早饭，如果他是7点钟吃早饭，那么死亡时间就应该是11点左右。我来提取一点胃内容物。"

说完，卢俊亮又用一个瓶子，装了一些糊状的胃内容物。

"好吧，回去检验吧。"顾红星见外面的太阳已经升到了顶空，时候已经不早了，说道。

冯凯坐公交车回到公安局的时候，顾红星正和卢俊亮忙活着。

卢俊亮指了指桌上的饭盒，说："我从食堂给你打的，应该还没凉，赶紧吃吧。"

冯凯捧起饭盒，走到卢俊亮身边，见他正摆弄着一个烧杯，烧杯里面有一些暗红色的豆腐块状的东西，烧杯的下面还有个酒精灯，卢俊亮正把烧杯放在酒精灯上烤着。

"死因确定了吗？"冯凯问。

"没有。"

"没有？解剖了还没确定？"

[①] 急死征象：死亡过程非常短的尸体上出现的征象。

第四章
"大仙儿"横死

"谁说解剖尸体就一定能确定死因啊，凯哥？"卢俊亮说，"反正外伤、窒息和疾病都可以排除了，现在只剩下中毒了。"

说完，卢俊亮把自己和顾红星一起解剖的过程复述了一遍。

"对啊，肯定就是中毒死亡啊。这我都知道。"冯凯说，"你上仪器检测一下，不就知道结果了？"

"上仪器？上什么仪器？"卢俊亮一脸茫然。

冯凯猛地想起，顾雯雯和他说过，他们局里的理化室第一台叫什么气相色谱仪什么的，是全省最早购置的，但那也是二十世纪九十年代的事情了。

"那，那怎么知道是什么东西中毒啊？"冯凯迷茫了。这个年代，连毒物检验都没有有效的仪器设备支持，命案侦破工作还真是不容易。

"毒物分析啊。"卢俊亮说，"首先得根据尸体的征象，来分析死者有可能是什么东西中毒的，再有针对性地进行毒物分析。啊，就是化学试验。每一种毒物，都有相应的化学试验能检出的。"

"首先得推测是什么中毒才行，太难。"冯凯扒拉了一口饭，说，"那你们这是在干什么？"

"烧血。"卢俊亮说，"提取死者的心血，放在火上这样烧，如果是一氧化碳中毒，就会呈现砖红色的改变。这就是检测一氧化碳中毒的方法喽。喏，这个烧杯里就是死者的血，怎么烧都是暗红色的，肯定不是一氧化碳中毒了。"

冯凯的心中，有种叹为观止的感觉，看来前辈们真的是可敬，在没有先进设备的情况下，能摸索出那么多种检验中毒的方法。

"那你觉得是什么中毒呢？"冯凯问。

"就是不知道啊，完全没有方向。"卢俊亮说，"农村最常见的就是亚硝酸盐中毒，口唇青紫，尸体没有。要么就是有机磷中毒，是能闻出农药味的。可是我在解剖的时候，仔细闻了，什么味都没有。"

冯凯一阵恶心，看了看手中的饭盒，把它扔到了一边。

"不仅没有气味，也没有明显的特殊尸体现象，所以我现在很迷茫。"卢俊亮灭了酒精灯，说道。

"哦，对了，我找到内裤的主人了。"冯凯说。

"是吗？怎么回事？"顾红星的眼睛一亮，问道。

冯凯于是把自己如何调查、如何梳理，又怎么抓住一个"线头"，最后沿着线

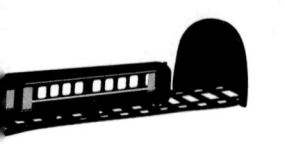

索把潘丽找出来的过程说了一遍。

"这个老浑蛋,不仅骗财,而且骗色,死了活该。"冯凯说道。

"越是这样,就越有命案的可能性啊。"顾红星沉吟道。

"对了,潘丽是怎么描述葛和平的死亡过程的?"卢俊亮问,"要知道,分析毒物的可能性,不仅要根据尸体现象,也要根据死亡过程。可能知道了死亡过程,就大概知道了毒物检验的方向。"

冯凯想了想,说:"好像就说抽筋和呕吐,没说别的。哦,说是突然倒地。你说,这种突然倒地,又抽又吐的,不是中毒是什么?"

"太棒了!"卢俊亮兴奋地跳了起来。

"棒啥?"冯凯一脸茫然。

"一般在死亡之前出现明显抽搐症状的毒药,主要就是有机磷、氰化物、毒鼠强和氟乙酰胺。"卢俊亮像是在自言自语,说,"有机磷肯定排除,因为有机磷味道重,而且尸体有瞳孔缩小成针尖状的典型症状,这些葛和平都没有。氰化物用普鲁士蓝法,氟乙酰胺用纳氏试剂反应,这两个试剂我都有。我这就去做。"

说完,卢俊亮一溜烟地跑了。

"他是在念经吗?"冯凯问道。

"他是在说各种毒物的检测方法,所以我们大队的这个大学生,是个宝啊。"顾红星说。

"是啊,那么多叽里咕噜像绕口令一样的东西,他那个小脑袋瓜是怎么记住的?"冯凯感慨道。他看了看扔在一边的饭盒,又拿回来吃了起来。

过了一会儿,卢俊亮垂头丧气地回来了。

"怎么了?都不是?"顾红星问道。

卢俊亮点点头,说:"都不是,现在只剩下毒鼠强了。"

"那不就是毒鼠强中毒嘛。"冯凯说,"毒鼠强中毒,大多是投毒,无色无味啊。"

"是的,但现在还没有对人体内检材进行毒鼠强分析的化学方法。"卢俊亮说。

"啊?那咋办?"冯凯问。

"你能不能帮我逮一只老鼠?要活的。"卢俊亮说。

接下来的两个小时,顾红星等三人的任务就是逮老鼠。

那个年代,老鼠作为"四害"之一,还是很常见的,但是要逮一只活着的老

第四章 "大仙儿"横死

鼠,还真不是那么容易。

在公安局门卫大爷的帮助下,他们想尽办法,总算逮来了一只活老鼠。

冯凯戴着纱布手套,紧紧地抓着老鼠,问:"下一步怎么办?"

卢俊亮没说话,从包里取出那一瓶糊状的物质,从里面挑出一点,塞进了老鼠的嘴里。

"这是啥?"冯凯好奇地问。

"死者的胃内容物。"卢俊亮说,"好了,你把它放在纸盒里吧。"

冯凯又是一阵恶心,差点把中午饭都给吐了出来,连忙把老鼠扔进了纸盒里。

老鼠先是在纸盒里到处乱窜了一会儿,突然开始强直起来,四肢尽力地想要伸展开来,还带着微微的抽搐。

"得了,确实是毒鼠强中毒。"卢俊亮说,"症状明显。"

"这就是传说中的动物实验啊。"冯凯点点头,说道,"顺道灭'四害'了。"

"毒鼠强的毒性是氰化钾的100倍,12毫克就能弄死一个人。"卢俊亮说,"看来,这说不定还真的是一起投毒杀人案呢!这葛和平作恶多端,要是被哪个女人的丈夫知道这些事儿,真的是有可能杀人的。"

"冯凯,冯凯!"二楼的走廊上,秦天正在叫着冯凯。

"怎么了?"

"城南派出所打来电话,说一个姓潘的女的找你。"秦天喊道。

"哎哟。"冯凯连忙拔腿向楼上跑去。

"喂。"冯凯拿起电话筒,说道。

"我是潘丽。"电话那头传来熟悉的女声,"冯同志,我今天下午突然想到一点事情,就来打电话告诉你。"

"你说。"冯凯打开了笔记本。

"我记得有一次我和他那个的时候,他说,他隔壁的邻居,一个叫宋国的,和他关系很差,曾经扬言要杀了他。"潘丽说。

"为了什么呢?"

"说是宋国的儿子有点精神病,葛医生给他开了药,结果没效果。"潘丽说,"葛医生说,拉肚子可以治精神病,所以他开的是泻药。结果这个宋国钱花了,儿子拉了几天肚子拉得脱水都送去医院抢救了,精神病还没治好。所以宋国就怀恨在心

了，曾经和别人说过，要杀死葛医生，后来不知道怎的就传到葛医生耳朵里了。"

"他是干什么的？"

"和我家一样，卖杂货的。"

"卖老鼠药吗？"

"老鼠药？应该卖吧，我家也有的卖。"

挂断了电话，冯凯欣喜若狂。一个有作案动机，又能接触到老鼠药的人，更重要的是，他的家和葛和平一墙之隔，想要投毒易如反掌。

顾红星听完了冯凯的讲述，思考了一会儿，说："这样吧，让城南派出所今晚就把宋国叫过去问话，先试探一下。我现在就去申请秘密搜查的手续，领导对这起案件很重视，肯定能批。"

4

天完全黑了的时候，顾红星一行再次来到了城南镇。

宋国已经被喊入派出所谈话了，此时有一名派出所的民警正在宋国的住处等着顾红星他们。

"你们接触了宋国，感觉怎么样？"冯凯和派出所民警一照面，就问道。在冯凯的心里，他认为公安民警的直觉是非常有用的，面对犯罪嫌疑人，几个回合，是不是这个人干的，心里就基本有数了。毕竟如果杀了人的人，面对警察，想要一如常态，是需要非常强大的心理素质的，而有这样心理素质的人并不多。

"感觉不像。"民警说，"我们告诉他要搜查他家，他还把自己家的钥匙给了我们。"

说完，民警用钥匙打开了大门，带顾红星走进了屋内。

屋内的摆设还算整齐，卢俊亮一眼就看见了放在货架底层的一个大塑料袋，塑料袋上用醒目的大字写着："老鼠药"。

"也许，是他已经把后续工作处理好了？"顾红星猜测着。

"是啊，老鼠药有很多种，看看这一袋是不是毒鼠强就行了。"卢俊亮说。

"又要逮老鼠吗？"冯凯一惊，问道。

"不用，我带了试剂。"卢俊亮说。

"你不是说毒鼠强没有试剂可以做吗？我们费了那么大力气去逮了一只老鼠！"冯凯说。

第四章

"大仙儿"横死

"毒鼠强进入人体后，含量会很小，提取到的人体检材是没法用试剂做的。"卢俊亮一边打开勘查包，拿出瓶瓶罐罐，一边说，"如果直接检测毒鼠强，那就有化学方法了。"

"哦，是这么回事。"冯凯说，"宋国应该知道自己家里有这么一包老鼠药，还敢把钥匙就这样交出来，如果真的是他干的，确实不太正常。"

卢俊亮没有回答冯凯，自己一边默念着实验的程序，一边操作着："提取液挥干，加30%硫酸溶解，80℃水浴10分钟，冷却，加蒸馏水1ml，加2%变色酸0.1ml，摇匀，加浓硫酸1ml，摇匀，沸水浴15分钟。好，等着吧。"

看着那沸腾的烧杯，冯凯有一种回到了高中上化学课的感觉。

15分钟到了，试管里的溶液变成了紫红色。

"确定了，淡黄色是没有，紫红色就是毒鼠强。"卢俊亮说，"是不是可以采取强制措施了？"

顾红星没有说话，他抬眼看了看冯凯，发现冯凯也在低头皱眉思索着，并没有像他意料中那样吵吵着要拘人。

此时冯凯的脑子里，不自觉地浮现出了金万丰的面孔。

"孤证。"冯凯说，"不，准确说，孤证都不能算。"

顾红星心里一阵欣慰，说："哦？你说说看。"

"第一，我刚才说了，如果是他干的，最起码要把毒鼠强藏一藏吧。不仅不藏，还写那么大的字，就放在那里，还把钥匙给了我们。"

"应该是怕他患有精神病的儿子误食，才写得这么醒目吧。"顾红星说道。

"第二，如果是投毒，最常见的是在水里、饭里投毒。"冯凯说，"而且刚才我们都看到那只老鼠了，这毒药毒性这么强，应该是迅速就能导致中毒死亡。那么，就应该是在葛和平准备实施诱奸潘丽的动作之前服下的。这事儿之前，葛和平会吃什么、喝什么吗？可惜潘丽没有看见。但有一点可以肯定，这东西是放在屋内的，宋国应该没有机会投毒。"

"是啊，如果是他装神弄鬼前必须假模假样吃喝的东西，他一上午看了那么多病人，早应该中毒死了。"卢俊亮说。

"第三，我调查了那么多人，一个接着一个去看病，这期间，并没有人提到宋国来过。"冯凯说，"而且葛和平既然已经和宋国结下了梁子，葛和平心里清楚。难道宋国来了他家，葛和平还不留个心眼吗？第四，虽然毒鼠强还没有被禁……"

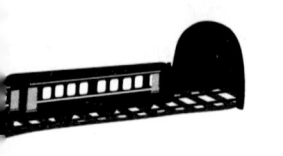

卢俊亮好奇地插话道:"被禁?"

"啊,我是说,毒鼠强这么剧毒,早晚会被国家禁掉的。"冯凯赶紧掩饰道。

"很多人家杀老鼠都用这个。"民警说,"禁掉了,怎么杀老鼠?"

"总会有替代品的吧?"冯凯转移话题说,"总之这种经常能见到的鼠药,不能作为孤证。我觉得一个证据有作用,必须是普查后的结果。如果我们怀疑谁,在他家发现了毒药,就认定是他,肯定是不科学的。如果镇子上所有人家都查了,只有他家有毒药,那才有证明力。但显然,不可能只有他家有毒鼠强。"

"你能这样想,我非常高兴。"顾红星看着冯凯,把后面一句"看来金万丰的案件促进了你的成长"生生咽了回去。

"只是,现在感觉这个案子有点棘手了。"冯凯挠了挠后脑勺,说,"我们怎么去找线索呢?继续找那些可能和葛和平有过节的?不找不知道,一找怕是会很多啊。"

"这一趟,我们也不白来。"顾红星说,"在路上的时候,我就已经想好了,连夜对葛和平家进行勘查。白天的时候,我们急着查死因,还没有细致勘查呢。如果他是在那事之前吃了什么或者喝了什么,是不是能在现场发现一些端倪呢?"

"对哦!"冯凯说,"我不记得桌子上是不是有碗碟、水杯什么的,走走走,我们去看看。"

见冯凯从一个审慎的侦查员突然又变成了毛糙小伙子,顾红星不禁哑然失笑。

几个人打着手电筒进入了葛和平家里,好在他们只是要在现场找一些遗留的物品,如果是找指纹的话,就只有等明天天亮以后才来了。

转变了勘查的方向,关注到的物品也就不一样了。他们先是在炉子附近的小饭桌上,对饭菜进行了检验。虽然饭桌上有剩饭剩菜,但饭菜都是用碗扣住的,显然没有近期被食用的迹象,可以排除。在床对面的写字台上,还有一个水杯,里面有半杯水。

卢俊亮认为,这水里很可能有问题。于是他又搬出了他的瓶瓶罐罐,花了半个小时的时间,把水的成分检验了一遍。和上次不一样,这一次试管里的试剂呈现的是淡黄色。于是,这半杯水也被排除了。

在现场看来看去,再没有什么是可以用来吃喝,或者是用来装吃喝的容器了。

最后没办法,冯凯只能按照潘丽说的那样,模拟自己是葛和平,在诱奸之前,站在床边、潘丽的身后。

"站在这里,能拿出什么吃呢?"冯凯对现场进行重建。

第四章
"大仙儿"横死

此时冯凯的身边，是一个床头柜。说是床头柜，不如说是一个橱子，因为它比一般的床头柜要大两倍。床头柜上面很凌乱，堆放着一些杂物。

"这上面会不会有什么？"冯凯问。

顾红星打着手电筒，细细地整理着上面的杂物，有道士用的符纸、有桃木剑、有龟壳，还有一些乱七八糟的东西。但引起顾红星注意的，是一张纸。

"你看这是什么？"顾红星戴着手套，拿着纸给冯凯看。

这是一张彩色的纸，像是印刷的，上面画着一个红白相间的胶囊，下面有两行大字"一粒小小药丸，还你男人雄风"。大字的下面还有一行小字"龙番药厂男子性药试用装"。

"这是个广告啊。"冯凯说，"卖性药的。"

"龙番有药厂？"卢俊亮率先问道。

"不对。"顾红星用手套蹭了一下纸，又看看手套，说，"这不是印刷品，这是手绘的。"

"手绘，那得绘多少张？"卢俊亮说，"还不得累死？"

"而且试用装，总得说清楚要是用得好的话，去哪里买吧？"顾红星说，"哪有这样只给试用装，不告诉购买途径的广告？"

冯凯张大了嘴巴，立起一根手指，说："我记得潘丽说，葛和平诱奸她，有几次都不行！"

"明白了。"冯凯和顾红星异口同声地说道。

"凶手知道葛和平那方面不行，所以自己手绘了一张假广告，然后把毒鼠强装在胶囊里。"顾红星说，"凶手设置了一个毒药陷阱。他知道葛和平很可能会被这个假广告诱惑，试吃这个药。"

"这种投毒手段，高明啊。"卢俊亮说完，突然想起来什么似的，说，"我有死者的胃内容物，你们给我打灯，我来看看。如果是刚吃下去就死，很可能还找得到痕迹。"

"又来？"冯凯顿时不饿了。

在顾红星和冯凯两只手电筒的照射下，卢俊亮把葛和平的胃内容物倒在了一张白纸上，然后从现场拿了一根筷子，把那些糊状的胃内容物慢慢摊开，在里面寻找着。

冯凯扭过头去不看，但依旧有令人作呕的气味钻进他的鼻孔里，让他不自觉地干呕了起来。

"这个，这个。"顾红星倒是习惯了这种场面，他用手指指着糊状胃内容物，说道。

卢俊亮从勘查包里拿出一把止血钳，夹住了顾红星所指的地方，夹起来一个直径只有一两毫米的小碎片，拿到眼前仔细观察着。

"是了！是胶囊碎片！红色的！和手绘图画上的一样！"卢俊亮兴奋地喊道。

"我还以为你要尝尝呢。"冯凯嫌弃地说道。

"我们推断的，可能就是案件的事实。"顾红星说，"问题是，这个胶囊，是谁给葛和平的？"

"我觉得吧，如果有人拿着一张广告和一个胶囊给葛和平，是不是有点奇怪？"冯凯说，"而且，凶手肯定是和葛和平有过节的人，这葛和平心里能没数？还敢随便吃这个来路不明的'性药'？"

"是啊，如果是直接给，没必要这么麻烦，趁他不注意，扔剩饭里就行。"顾红星说。

"你说，这种纸质广告，一般怎么发放？"冯凯说，"在街上撒传单吗？"

"撒广告传单？我都没见过。"卢俊亮说。

"我觉得应该是邮寄的。"顾红星拿起广告纸，说，"你们看，有明显的折痕，应该和信封的大小差不多。"

"对，邮寄的隐蔽性高，而且也给人感觉更可信。"冯凯认同道。

"如果是邮寄的，那就有点麻烦了。"顾红星说，"怎么找寄件人呢？我倒是有信心从这张纸上做出凶手的指纹，但这又不和蔡村案件一样，有指纹，却不知道去哪里找了吗？"

"是啊，现场找遍了，也没找到信封啊。"卢俊亮说。

"我觉得有办法。"冯凯说，"我在邮局有熟人，虽然他不是这一片的，但是他们在一个系统内应该都熟悉。我可以让他想办法看看，这种信件在邮局会不会有登记？"

"也好！"顾红星说，"今晚我们就住在城南，明天一早就开展工作。"

他们没有等到第二天早上。

当天晚上回去，顾红星就和卢俊亮一起，用勘查包里的茚三酮试剂，对广告纸进行了指纹显现。纸张质量不错，显现的效果也很好。顾红星和卢俊亮在纸张上找到了十余枚指纹。除了四枚是死者葛和平的，剩下的，应该就是凶手的指纹了。

有了指纹，几个人才能放心去睡觉，因为他们已经有了破案的抓手。

第四章
"大仙儿"横死

第二天一早，冯凯就用电话联系了之前在造纸厂污水池女尸案认识的那位邮政所姓朱的所长，在他的引荐下，冯凯找到了城南镇邮政所的所长，并在邮件登记簿上找了起来。很快，筛查完毕。葛和平的信件不多，半年之内，只有三封信。除了两封是他哥哥从龙东县寄过来的，剩下的那一封就非常可疑了。

这封信是事发前一周寄过来的，收件地址写得很详细，收件人是葛和平。但是寄件人和寄件地址都没有填写，唯一可以识别邮寄地址的，就是寄件地的邮戳了。

当时邮政所在登记的时候，也就只按照邮戳誊写了寄件地：广州。

"就是这个了！"顾红星说，"可是，广州那么大，怎么排查指纹呢？"

此时冯凯正在想别的事情，被顾红星用手臂戳了戳，才反应过来，说："啊？哦！不用排查，这个很简单。"

说完，冯凯叫来了城南派出所所长，说："赵所长，你们户籍警，对你们辖区的人口，尤其是镇子上的人口熟悉吧？"

"很熟悉。"

"那就好，能不能请他给我们找一下，镇子上有多少人去广州打工呢？"冯凯说，"据我所知，现在好像挺流行去广东做手工业的。"

"不多。"所长说，"我们这里啊，出去的人少，流动进来的人也少。可能是因为我们这里交通不发达，消息闭塞吧。"

"那好查了。"

"你们等等，我来找户籍警。"

不一会儿，户籍警抱着一大摞户籍档案走进了派出所会议室。

在顾红星、冯凯和卢俊亮的注视下，户籍警开始逐一排查镇子上的户口。因为他对镇子上居民的情况很熟悉，所以排查得也非常快。

大约一个小时之后就排查完毕了。

"喏，就这两个人。"户籍警把两张户籍单递给了顾红星。

"王奎，男，23岁，3年前就去广州了，家里除了父母，没有其他人了。"顾红星默念着，"这个地址距离葛和平家挺远的，这个不像。"

"那不就这一个了嘛。"冯凯说，"赵林，男，32岁，关键你看，是高中文化！这事儿，没点儿文化基础干不出来。"

"这个赵林结婚了是吧？"顾红星问。

"是的，结婚5年了。"民警说，"有一个儿子，今年4岁。他老婆孩子跟着他

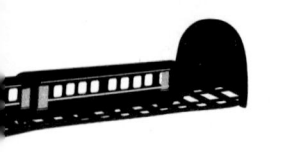

父母在镇子上生活。"

"高度怀疑,他老婆和潘丽的情况一样!"冯凯说,"能不能调查一下,他老婆是不是也到葛和平那里看过病?"

"走,我们去问问看。"顾红星说道。

一行人来到了赵林家里,为了不惊动他们家人,顾红星他们找到了赵林家的邻居打听。这一问,就问出了名堂。

据赵林的邻居反映,赵林一家人都不太喜欢和周围的人交往,性格都比较古怪。3年前,赵林被以前的高中同学带着,南下广州打工了,家里的农活基本都是两个老人和妻子在做。对于这一点,村民们也颇有微词,毕竟丢下父母、妻子,总让人觉得不孝。

半年前,赵林的妻子突然不明原因地发起高烧,这种症状用老百姓迷信的话说,就是中邪了。中邪了,自然第一个想到要找"葛医生"。于是,在邻居的推荐下,赵林的妻子去找了葛和平。

赵林的妻子回来的时候,烧已经退了,却哭哭啼啼的,她和自己的公婆说,那个葛医生要脱她的裤子,被她挣脱跑出来了。公婆当时义愤填膺,就去找葛和平要说法,葛和平当然是矢口否认,说自己就是碰了赵林妻子一下,她误以为自己要干什么而已。

大家都认为葛医生这种"活神仙",不食人间烟火,怎么可能会贪图美色呢?都认为赵林妻子小题大做、自作多情了。

这事儿过去也就过去了,若不是公安同志来问,大家也都忘却了。

问到赵林最近的行踪时,村民们都可以证实,赵林今年过年的时候没有回来,但是一个月前回来了一次,在家待了3天就又回广州了。

一切都对上了,自己的妻子被侵犯,周围没有人相信,那赵林自然要帮老婆出这口恶气了。

"现在就差指纹了。"在赵林家附近的角落里,顾红星说道,"有动机、地点符合、有学历支持,如果指纹也对得上的话,这案子就铁板钉钉了。"

"是个完整的证据链条。"卢俊亮学着冯凯的口气说。

"真的不想去抓他。"冯凯说,"我要是他,也得干死这个老不正经的。这个老不正经的,是死有余辜。"

顾红星担忧地看着冯凯。

第四章 "大仙儿"横死

冯凯转脸看了看顾红星,说:"得,得,别这样看着我,我就是说说气话。我知道,我们只管办案,量刑是法官的事儿。"

"你知道就好。"顾红星说。

"没事儿,指纹的事儿,交给我吧,我去弄。"冯凯说道。

燃烧的蜂鸟

迷案1985

第五章 | 湖滨旅社

1

冯凯打定主意,要"化装搜证"。

八三式警服已经有了短袖夏装,不像以前的蓝白制服的年代,即便是大夏天也要穿个长袖。但此时的冯凯穿着短袖制服,里面只穿了个背心,总不能穿着背心去人家家里吧?这会儿也不像陶亮的年代,什么地方都能随时买到更换的衣服。

穿着警服怎么"化装"呢?

"对了,你这包里,是不是有白大褂?"冯凯记得卢俊亮尸检的时候,都是穿着件短袖的白大褂。

"是啊。"卢俊亮打开勘查包,翻出一件皱巴巴的白大褂来。

"洗了没?"冯凯问。

"当然,洗得可干净了!"卢俊亮说。

冯凯脱下警服,穿上白大褂,说:"你看我像医生吗?"

"不太像。"卢俊亮打量了一下冯凯,说道。

"快去吧。"顾红星无奈地催促道。

"那我去了。"冯凯说,"我先去买一袋水果。"

不管什么年代,穿着白大褂走在街上,总让人感觉怪怪的。冯凯倒是不以为意,拎着一袋苹果,白大褂像是穿风衣一样敞着怀,自认为很是潇洒地走到了赵林家的门口。

老夫妻此时正坐在门口择菜,见冯凯走了过来,一脸疑惑。

"叔叔阿姨好,我是赵林的高中同学,现在在镇卫生院上班。我姓冯。"冯凯说道。

"哦,有什么事吗?"老头问道。

"我这还在上班,有个问题解决不了,后来想起来赵林上个月回来的时候,在看一本书，那本书里就能解决，所以我来借一下，他应该没有带走吧？"冯凯说道。

冯凯的策略都是建立在赵林有比较高的学历之上，他推测，这时候的高中生，应该会有看书的习惯。

他准确地说出了赵林回家的时间，这让老夫妻瞬间放下了警惕。

"他看书了？"老头问老太。

老太说："好像看了，要不去他房间找找？"

村民们是戴着有色眼镜看人的，因为这对老夫妻根本不像他们说的那样性格古怪。虽然话不多，但老太还是很热情地带着冯凯来到了院内东侧赵林的小屋。

屋里没人，估计赵林的妻子带着孩子下地干活儿了。冯凯环视了小屋一圈，庆幸自己的策略是正确的，因为这间小屋里有其他农民家里没有的书柜。书柜里的书不多，但足以让冯凯找到指纹证据了。

"估计是这本。"老太指了指书架里一本平放在其他书上面的书，说，"之前我都给他整理整齐了，这孩子，就是不讲究，乱甩乱放。"

说完就要去拿那本书。

"欸，我拿就行。"冯凯制止了老太的动作，用一张报纸垫着，拿起了那本书，说，"这是他看的？"

"是啊，我和老伴也不认识字啊。"

"那你儿媳妇呢？"

"她小学文化，从来也没见她看过书啊。"

"那就好，那就好。"冯凯说。

"你看你，拿书就拿书，还带东西。"老头从门口走进来，客气道。

"一点心意。"冯凯说完，抱着用报纸包裹起来的书，走出了赵林家。

走到家门口，老太说："对了冯医生，我想问问，我儿媳妇有的时候会发烧，怎么办啊？"

"退烧很容易，吃个药就行，但主要得查一下发烧是什么原因。"冯凯庆幸自己还是有一点医学常识的，"不要病急乱投医，下次再烧，得去卫生院看，知道吗？"

"去卫生院花钱啊，找你能便宜吗？"

"呃。"冯凯顿时语塞了，说，"我明天就调到市里去了，你不要怕花钱，赵林不是在外面赚钱嘛。"

老太低下头盘算着，冯凯则逃也似的离开了他们家的门口。

"拿回来啦？你真厉害！"卢俊亮说。

冯凯的心情很差，说："多好的一家人，被一个老浑蛋给毁了。"

顾红星了解冯凯疾恶如仇的性格，自然也知道冯凯心里想着什么，想安慰他几句，却又没有说出口，默默地跟在冯凯的后面，回到了城南镇派出所。

在派出所里，顾红星和卢俊亮再次用茚三酮对书本上的指纹进行了显现。和他们推测的一样，书本上的指纹和广告纸上的指纹，认定同一。

案件的真相已经浮出水面，冯凯却一点也高兴不起来。受冯凯的影响，顾红星和卢俊亮也是垂头丧气的。

"接下来，就是抓人了。"顾红星说。

"去广州吗？"冯凯的精神为之一振，说道。

"是的。"

"我和你一起去。"冯凯说完，连忙又补充道，"蔡村的案子，我查了那么多人，都没线索，现在唯一的可能，就是金苗在广州的熟人干的了。"

"我知道你是为了这个。"顾红星说，"但是和局长汇报的时候，不要提蔡村的案子。我估计，他都快忘记了。"

顾红星这是同意了。

冯凯一扫之前的阴霾，精神抖擞地说："那太好了！我们什么时候出发？"

"等汇报完，开完介绍信，再买火车票，怎么也得明天才能出发吧？"

"坐火车去啊？绿皮火车的速度，怎么也得20多个小时吧？"冯凯惊讶道。

"不然怎么去？"顾红星说，"再骑着挎子去？"

顾红星一语把冯凯拉回了8年前，他们俩去上海买边三轮摩托车，硬是一路骑回来的。路上他们风餐露宿、灰头土脸，却充满了欢乐。①

冯凯情不自禁地笑了起来，说："我还以为坐飞机去呢。"

"你咋不坐火箭去呢。"卢俊亮哈哈一笑，说道，"去年咱们第一颗科学实验卫星都被火箭送上天了，估计送你去广州不难吧。"

"难不成你没听说过'民航'吗？"

"民航是有，但票都买不到。再说了，你觉得领导会让你们坐飞机？"卢俊亮说，"想坐飞机，去当空军啊。"

---

① 编者注：这段故事可参见《燃烧的蜂鸟》第九章。

第五章
湖滨旅社

"现在我们的战斗机是歼几了?"

"歼8,空中'美男子'!"

"咱们强大起来了!"冯凯心潮澎湃,"等你们看到歼20的时候,更自豪!"

"那得等多少年啊,哈哈。"卢俊亮说。

"很快,都看得到。"

"上个月,中央宣布裁军100万呢。"顾红星说。

"那是,我们现在要和平与发展。"卢俊亮说,"香港回归的法案都签署了。"

三个人一边松快地聊着天,一边开车向市区驶去。

第二天中午,顾红星和冯凯就坐在了开往广州的火车上。

本来卢俊亮也想去,但被顾红星拒绝了。因为三个人住招待所得开两间房,去的费用就高很多,而且有广州当地警方和乘警的协助,两个人足以把一个人犯安全带回龙番了。

一路上,顾红星都抱着卢俊亮从捕兽夹上拍下来的指纹照片,记忆着指纹上的特征点。而冯凯,上了车就呼呼大睡,算是把这迷迷糊糊两个月里消耗的精力都从这20多个小时的睡眠里给弥补回来了。

26个小时后,两人终于抵达广州站。

广州果真是大城市,是改革开放的前沿阵地,一到广州站,顾红星和冯凯就被熙熙攘攘的人群震惊了。他们感觉把全龙番的人都集中起来,大概也就这么多人吧。

广州市公安局很周到,派了一个民警开着吉普车来车站接他们。冯凯在上学的时候,侦查学的老师就总说:"我们公安啊,关系是第一生产力。"

确实,在信息不发达的当年,各地公安机关就始终秉持着"全国公安是一家"的精神,这才能顺畅地跨区域办案。

"我是刑警支队一大队的副大队长,我姓石。"来接他们的警官自我介绍道。

"感谢,感谢石大队。"顾红星和石大队互相敬了个礼,热情地握手,"我是龙番市公安局刑警大队大队长顾红星,这是冯凯。"

冯凯也和石大队敬礼、握手。

"你们也是个省会城市,怎么还是大队啊?"石大队带他们上了吉普车,边发动车辆,边用夹杂着粤语的普通话说。

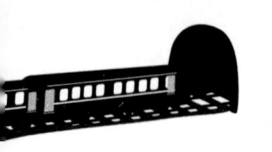

"我听说，我们就快要提级、更名了。"顾红星回答道。

"恭喜你，顾支队。"冯凯小声说道。

顾红星耸了耸肩膀，表示他对这个无所谓。

"广州发展得真好，改革开放就是好啊。"冯凯透过车窗，看着窗外的高楼，说道，"几十年后，会更好。"

"是的，会更好。"石大队附和道。

"那个人，怎么样？"顾红星坐在车上问道。

他们来之前，就已经把赵林的具体情况，发传真给了广州市局。在他们坐火车的时候，广州市局就已经安排调查和寻找了。

"我们这边现在的暂住制度也在不断完善，所以没费什么力气，都摸清楚了。"石大队说，"这个人现在在电器工厂里面做工。据调查，他平时话不多，为人和善，而且，身体啊，柔柔弱弱的。我们的人已经布控了，24小时盯着他，就等你们的手续到呢。我觉得，抓捕工作会进行得很顺利。"

"唉，和善的人也会犯罪。"冯凯感慨了一句。

"是吧？"石大队笑了笑，说，"人嘛，总有多面性，说一套做一套的人多的是。"

"那倒不是。"冯凯说，"这人，有点可惜了。"

石大队也没追问，因为案件和他没有关系，他们只是配合抓捕而已。

"我们这次来，还有一个别的案子。"顾红星说，"也是一起命案。受害者曾经在你们广州打过工，现在怀疑凶手是她在打工的时候认识的，所以希望你们能配合我们做一些调查。"

"这没问题，你们和我们的领导说，反正你们这次的行动，我全程陪同。"石大队说，"只是，你们能够提供的资料有多少，这很关键。我们广州常住人口540多万，流动人口一直在逐年攀升。总人口数很多，如果资料不全，想找个人很难。"

"没事儿，我们试试。"顾红星说，"主要这个受害人是1980年就到你们广州了。去年才开始推行身份证，所以我怀疑她连身份证都没有办。"

"只要她在广州使用的是自己的真实姓名和籍贯，还是有希望找到的。"石大队说。

说话间，吉普车已经开进了广州市公安局的大院。

在石大队的带领下，顾红星和冯凯来到了刑警支队长的办公室。支队长姓廖，身材高大魁梧，和石大队一样热情好客。

第五章
湖滨旅社

双方寒暄后,顾红星就拿出了介绍信和协查函。

廖支队认真检查了介绍信和协查函之后,说:"在工厂车间里动手的话,影响太大,我的意思是,等他们下班以后,这个赵林回到了宿舍,咱们再动手,你看怎么样?"

"没问题,也不急于这一时。"顾红星说道。

"你们打头阵,还是我们的人打头阵?"廖支队问。

"我来。"冯凯说道。

实际上,冯凯是担心当地警方认为这是个命案嫌疑人,动手的时候就会比较粗鲁。他还是陶亮的时候,就有这种根深蒂固的想法。本来使出五分力就能控制住嫌疑人,如果对方是命案逃犯,就得使出十分力。其实这也是对自己的一种保护吧。毕竟亡命之徒,是没有什么干不出来的。

"行,那等到下班时间,我们动手。"廖支队说道。

可能有了"命案逃犯"的帽子,广州市局对赵林的抓捕行动布置得十分周密。刑警支队一大队和辖区派出所各派出了五名干警。有的负责封锁工厂通道,有的负责周围警戒,有的则实施抓捕。

在下班铃声响起的时候,12名警察,穿着便服,都已经各自抵达了抓捕行动的指定位置。

冯凯知道,搞这么大阵仗,有点不必要了。不选择正面硬刚,而是用投毒陷阱的方式来杀人,足以说明赵林并不是一个会狂怒暴躁的人,而是一个心思很深的人。这样的人,在被捕的时候,是不会做出过多挣扎的。因为被抓的这一刻,他自己早就预料到了。

"目标已进入宿舍。"对讲机响了起来。

"动手。"作为抓捕行动总指挥的石大队下达了抓捕命令。

"等会儿,我先进去,你们再进去。"冯凯拿着石大队的对讲机说了一句,然后大摇大摆地向工厂宿舍里走去。

走到了宿舍楼二楼赵林的宿舍门口,冯凯阻止了准备踹门进入的刑警,而是敲了敲门。

冯凯身边的刑警很紧张,因为冯凯的这个动作,会让警觉性比常人高很多的命案逃犯跳窗逃走。虽然窗外也有刑警,但是逃犯从二楼跳下去,万一没跳好,摔死了,他们都是要负责任的。

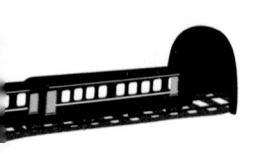

冯凯见他们紧张的表情，不禁觉得好笑，他摇了摇手，示意他们不要紧张。

不一会儿，宿舍门开了，穿着背心、短裤的赵林站在门口。

见到门外的三四个彪形大汉，其中两个人手里还握着手枪，赵林并没有惊讶或者恐惧。

"等一下，我穿个衣服。"他很平静地放下手里的茶缸，在床边拿了一件短袖衬衫和一条长裤穿上，然后回到了宿舍门口，举起了自己的双手。这个情景，和冯凯设想的一模一样。这种设想来自他丰富的抓捕经验和平常对人的心理分析。

一名刑警收起手枪，从腰间摸出手铐，铐在了赵林的手腕上。

冯凯此时已经脱下了自己的短袖衬衫，把衣服裹在赵林的手腕上，目的是遮挡手铐。虽然赵林被几个彪形大汉夹着走出了厂区，谁都能看出是怎么回事，但冯凯依旧觉得，遮挡住手铐，是对赵林尊严的维护。

抓捕行动就这样平淡无奇地结束了。

被捕后的赵林接受了顾红星和冯凯的突击审讯。他完全没有抵赖，一五一十地把自己回老家后如何得知妻子被骚扰，如何怀恨在心，如何设计毒药陷阱，如何购买毒鼠强并用消炎药的胶囊包裹毒鼠强寄给葛和平都交代得一清二楚。

赵林说，自己的妻子对外人羞于说出事情的经过，和他却说得很详细。葛和平用对待潘丽一样的说辞和方法，骗赵林妻子脱掉了裤子。当时赵林的妻子和其他村民一样，都把葛和平当成"神仙"一样看待，认为在医生、"神仙"面前裸露，没什么不好意思的，都是为了治病嘛。可是当葛和平脱掉裤子发现自己不行，正在想方设法让自己行的时候，赵林的妻子才意识到葛和平想干什么，于是挣扎逃脱。

这个细节，成为赵林设计毒药陷阱的关键。

冯凯是怀着同情的心理审讯赵林的，他知道赵林这一举动，虽然让更多的人不再被骗，但他用的方法是错误的。这个错误的方法，最终毁掉了他，也毁掉了他的家。

总算结束了这个令人心痛的审讯，因为顾红星和冯凯有其他工作要做，赵林只能被暂时羁押在广州市看守所。送去看守所的时候，冯凯还反复叮嘱看守所的同行，对赵林好一点。

叮嘱过后，冯凯放下心来，开始全心全意地和顾红星一起调查金苗的案子。

第五章
湖滨旅社

2

在石大队的建议下，顾红星和冯凯先来到了刑警支队技术大队。技术大队就相当于陶亮那个年代的刑事科学技术研究所，主要是承担法医、痕检、理化等刑事技术工作职责。

顾红星就像当年去沈阳一样——刘姥姥又进了大观园。广州市公安局技术大队有几十名民警，比他们整个刑警大队的人都多，而且仪器设备先进，还有各专业专门的实验室。有很多仪器，顾红星别说见了，连听都没听说过。

顾红星觉得，这一趟还真是不虚此行，不管能不能找到金苗的线索，都值了。因为他学到了先进城市的刑事技术经验，可以带回去慢慢培训，慢慢争取更多的技术设备。等到他们龙番市的刑事技术也发展到广州市这样的水平，那支撑破案的作用就不可同日而语了。人家广州的案件侦破率高，是有其高的道理的。

顾红星进了"大观园"，就不愿意出去了，整整一上午都泡在技术大队里，看看他们的指纹卡是怎么建档的，又看看他们有哪些先进的仪器、能够解决案件中的哪些问题，再看看物证保管是怎么规范化的。见顾红星总是不走，冯凯急得像热锅上的蚂蚁一样，在技术大队的走廊里踱来踱去，自言自语地说："迂腐，真是迂腐。"

"以后会有更新的技术，比如指纹都可以用电脑比对。"技术大队长一边向顾红星介绍，一边陪着他走出了实验室。

"电脑？电脑也能比对指纹？"顾红星惊掉了下巴。

"是啊，听说现在北京正在研发呢。"技术大队长说，"我们也很期待，也在探索。"

"那比我们用马蹄镜一张张看，要快得多了吧？"

"那是肯定的。"技术大队长哈哈一笑。

"哦，对了，这个是我们这个案件的受害人金苗的指纹。"顾红星从口袋里掏出几张照片，递给了技术大队长，说，"不知道有没有可能通过她的指纹，找到她在广州的行踪？"

冯凯松了一口气，这个迂腐的家伙，终于结束了参观"大观园"的旅程，开始切入正题了。

"哟，这个还是挺难的。"技术大队长实话实说，"我们这里指纹卡虽然建档了，但是库存有限，而且还不能自动比对，得靠人工来进行，所以，这工作量就有点

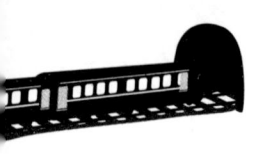

大了。"

"这个，我知道。"顾红星不意外，本身他也是死马当成活马医的。

"但是，我们可以和一些案件现场发现的指纹或者和曾经接受打击处理的人的指纹进行比对，这个工作量就不大了。"技术大队长说。

顾红星想了想，觉得和案件现场、前科人员指纹比对，意义其实并不大。他们不是来串并案件的，而是来寻找一个人的行踪的。金苗是受害者，又不是连环作案人。但是做了工作，总比不做工作好，于是顾红星说："那就麻烦你们了！"

走出了技术大队，冯凯有些气恼地问："你是来破案的，还是来考察的？"

"破案加考察。"顾红星不动声色。

"我们的时间本来就宝贵，你还浪费了整整一上午！"冯凯说。

"怎么是浪费？学习的时间绝对不会浪费。"顾红星说。

"好吧，好吧，你爱学习，你说，下一步咋办？"冯凯问。

等在楼梯口的石大队此时迎了上来，说："怎么样？我们这里，还行吧？"

"我算是见了世面啊。"顾红星笑着说，"对了，石大队，下一步，我们从哪里开始排查呢？我听说你们这里好多工厂都向各地招收手工业者，说是'三来一补'。不知道招收的时候，会登记身份信息吗？"

"去年才开始推行身份证，在此之前，恐怕没有登记身份信息的习惯。"石大队说。

"那不完蛋了嘛。"冯凯有些丧气，"金苗应该是八〇年就来广州了。"

"也还是有希望的。"石大队介绍道，"这个月，公安部不是颁布了《关于城镇暂住人口管理的暂行规定》吗，你知道吧？"

"啊，啊。"顾红星打着马虎眼。其实他不知道，一来这个规定刚刚下发；二来主要执行的部门是公安机关的治安部门，他们刑警部门就没有那么快得到消息。

"实际上，在这个《暂行规定》下发之前，有很多对暂住人口的管理工作，我们广州就已经在探索和实施了。"石大队说，"据我了解，'三来一补'刚开始，各区的派出所就要求辖区内的工厂在招收非本地人员的时候，到派出所登记暂住信息。当然，要求也没那么严格。能查得到的前提是，你们说的这个金苗是用自己的真实信息来登记的。"

"那概率还是很大的。"冯凯燃起了希望。因为金苗是来打工的，又不是来干坏事的，没有道理用个假身份。

第五章
湖滨旅社

"但是这些信息,一般不会汇总到治安支队去,都是存留在各个派出所。"石大队说,"所以我们接下来,跑几家派出所,查一查档案。实际上,辖区内工厂多的,也就那么几家派出所,查起来应该很快。"

整个下午,石大队开着他的吉普车,带着顾红星和冯凯奔波在广州市工厂密集的地区之间,重复着同样的动作:进派出所,寒暄,等内勤抱出暂住档案,飞快地翻阅。那时候暂住信息上,还不需要贴照片,所以也没有办法根据长相来识别身份。唯一能用以识别身份的,就是姓名和籍贯了。

好在金苗来打工,报的是真名。

跑到第四家派出所的时候,他们终于找到了金苗的暂住档案。从档案上来看,是一家鞋厂的老板来办理的暂住手续。冯凯他们,终于抓住了线索的线头。

"这家鞋厂不远吧?没倒闭吧?能找到他们老板吧?"冯凯连环炮似的问石大队。

石大队笑了笑,说:"这个,我们得去了才知道。"

在冯凯的催促下,石大队开车火速前往目的地,半个小时后,他们到了一家鞋厂的大门外。鞋厂的园区挺大,不仅有砖瓦的厂房,从外面看上去还有整洁的宿舍楼。厂房内的机器声热火朝天,厂区最高建筑的房顶上鞋厂的招牌也很醒目。

"没倒闭就好。"冯凯心里想着。金苗在今年过年前突然回乡,肯定是有原因的,要么就是所在的工厂倒闭了,要么就是她自己认为攒够了钱。冯凯一度特别担心是前者,因为那样的话,就真的断掉了所有调查她的线索了。

鞋厂的曹老板是一个50多岁的女人,珠光宝气的,但并不令人厌恶,她很热情地在鞋厂会议室里接待了石大队一行。

"我们鞋厂一直都是按照派出所的规章制度进行的,这么多年了,我们厂子就没给公安惹过一点麻烦。"曹老板说道。

"你别误会。"石大队说,"我们就是来找人的。"

曹老板松了口气。

"金苗,您有印象吗?"顾红星问道。

"金苗,哎哟,我这厂子几百号人,我真的不一定对得上号。"曹老板皱着眉头思考着。

"就是今年过年前后,辞去工作不做的。"冯凯提示道,"她的暂住信息还是您去派出所登记的。"

"那没有。"曹老板说,"我这儿待遇不错,工作也不累,至少一年都没有人离

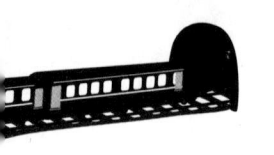

职了。"

"啊?"冯凯愣住了。

"就是这个人。"顾红星从贴身的钱包里,拿出一张一寸的照片。

冯凯探过头去见是金苗的证件照,不知道是她什么时候拍摄的,也不知道顾红星是从哪里弄来的。冯凯小声说道:"你把人家的照片放在钱包里,不怕林医生吃醋啊?"

顾红星瞪了一眼冯凯,说:"她是受害者!"

曹老板接过照片,眯着眼睛看了一会儿,说:"啊,这孩子我有印象。"

"是吗?"冯凯兴奋了起来。

"但是,她都走了好几年了。"曹老板说。

"哦,你是说她在几年前就辞职了?"顾红星问。

曹老板点点头,说:"这孩子啊,我为什么有印象呢,是因为她长得漂亮,条子也正[1]。当初她来我们厂应聘的时候,我还开玩笑说,她应该去演电影,来当工人浪费了。"

"是八〇年来的吗?"冯凯问。

"哦,那我记不清了,你们不是看到暂住档案了吗?我记得是她被我们聘用的第二天,我就去派出所办了手续。"

"嗯,档案显示,就是金苗从家离开后的第三天。"顾红星说,"她一来到广州,应该就应聘到你们厂了。"

"是啊,那手工技能,都是我嘱咐我们资历最老、手艺最好的老师傅教她的。"

"她有和其他人一起来应聘吗?"冯凯问。

"没有,我记得她就是一个人。"曹老板说,"我们厂宿舍紧张,我看她孤身一人,无亲无故的,就给她安排在宿舍住了。"

"她住你们厂的?"

"那是当然,不然我为什么去给她办暂住手续啊?"

"你能想起来,她是什么时候离职的吗?"

"那我记不太清了。"曹老板说,"好像干了一年多吧。"

"一年多。"冯凯沉吟道,"那她在你们厂,工资有多少?"

---

[1] 条子正:方言,形容身材好。

第五章
湖滨旅社

"我们厂子，是干得多，就拿得多。"曹老板说，"这孩子特别勤奋，每天加班，所以我估摸着，怎么着一个月也能拿到100块吧。"

"就100块？"冯凯说。

曹老板诧异地盯着冯凯说："100块还不多啊？你一个月拿多少？"

"那是，比我高，比我高。"冯凯说，"我的意思是说，她要是有1万块钱存款，得赚多少年啊？"

"'万元户'啊？那当个工人恐怕不太可能。"曹老板说，"我们这里赚得多，消费也高啊。"

顾红星和冯凯同时陷入了沉思。

"在你们厂工作的一年多里，她和谁接触的比较多？"冯凯仍不放弃，追问道。

"那我就不知道了，我是老板，不可能每个员工都关心到啊。"曹老板说，"哦，对了，当年我记得她是和我的秘书一起住的，我叫她来问问。"

不一会儿，一个20多岁的小姑娘走进了会议室。

"金苗你还记得吧？"冯凯问道，"你还记得她是什么时候离职的吗？"

"我记得。"小姑娘说，"八二年的大年三十。当时我还准备请假回老家的，在收拾东西，她也回来收拾东西，我印象很深。"

"那你知道，她去哪儿了吗？"

"不知道，她人不错，但她不怎么和我们聊私事儿。那一年多她除了加班就是加班，连周日放假都加班。"小姑娘说，"不仅勤奋，而且节俭，甚至都不出去买东西，就只在厂区小卖部买一点生活用品。"

"也就是说，她没有任何预兆就辞职了？"

"能有什么预兆呢？"小姑娘说，"我们每天也就是等她加班回来后才见到一面，她也只会说说工作上的事儿。"

"她和你们厂子里的谁，有过比较深的交往呢？"

"没有，交往都不深。我们住一个宿舍，我就知道她是龙番人，家里什么情况我都不知道。"小姑娘突然想起来什么，说，"哦，她好像有个同乡，女的，经常来找她，但她们都在厂子外面见面，所以我没见过，也不知道是什么样的人。她说是和她一起来打工的小姐妹，但不在我们厂。"

"她有同行的人？"顾红星看着冯凯。

冯凯摇摇头，坚定地说："这个问题我在金村调查过很多次，她肯定是一个人

走的。"

"这就不好查了。"石大队说,"首先这个小姐妹不一定做过暂住登记,其次即便是做了,没有姓名,光知道籍贯,得找出多少人来啊?来广州打工的,大多是这个年纪的小姑娘。"

"是啊,我知道。"顾红星点点头,朝小姑娘和曹老板伸过手去,说,"但这个信息很重要,谢谢你们。"

"欸,对了,老板,你是商界的人,我就想问问,像金苗这样的普通女孩,没学历、没手艺,在广州做什么,能在3年的时间内赚到1万块?"冯凯问道。

"那你问问石大队啊。"曹老板挤了挤眼睛,用意味深长的表情结束了他们的谈话。

"她是什么意思?"见曹老板走出了会议室,顾红星问石大队。

"卖淫。"冯凯和石大队异口同声。

顾红星很诧异冯凯怎么知道这么多,毕竟在这个年代,龙番市这种"工作岗位"还是不多见的。于是顾红星用惊异的眼神盯着冯凯。

"我是猜的。"冯凯连忙解释道。

"这里是改革开放的前沿阵地,很多商人,包括港澳的商人都来我们这里做生意。"石大队解释道,"商人有钱,独在他乡又寂寞,所以会有这个方面的需求。有需求,就有人铤而走险。有些龟公,就会搜罗一些急需用钱的小姑娘,组织从事这方面的服务。"

"龟公?"顾红星第一次听到这个词儿。

"就是拉皮条的。"冯凯解释道。

"金苗会干这事儿?"顾红星的表情很是失望,看来金苗在他心目中的人设崩塌了。

"不排除这种可能。"石大队说,"刚才曹老板也说了,做个工人不可能几年内攒到1万块钱。要是去做小生意,她连本钱都没有。所以,她唯一可以拿得出来的本钱就是姿色了。再加上刚才那个小姑娘说,金苗唯一接触比较多的,是她的一个同乡小姐妹。这个小姐妹是干啥的,不好说吧?如果这个小姐妹是卖淫的,金苗很难不被拉下水。"

"有道理。"顾红星点头认可。这些年的公安工作让他知道,一个人要是发生变化,外界环境是很重要的因素,和她走得比较近的人是最重要的因素。

第五章
湖滨旅社

"是啊，她过分有钱了。她肯定赚了不止1万块。"冯凯说，"她的吃穿用度，还有那个金镯子就值不少钱吧？"

"所以，听你们刚才说这个金苗有1万块，即便曹老板不说，我也怀疑她是做这个了。"石大队说，"经济高速发展，难免也会藏污纳垢。"

"八二年过年辞职，八五年过年回家，这期间能挣到这么多钱吗，如果她是去卖淫的话？"冯凯问道，"我对价格这个，也不太了解。"

石大队默算了一下，说："恐怕要'生意'非常好才行。"

"这就有点麻烦了。"顾红星说，"那我们去哪里找她的线索？"

"确实有点麻烦。"石大队说，"从事这个职业，就不可能去派出所登记了。而且她们这些人会用一些'花名'，不会用自己的真名。即便是她们的同行，互相都不了解彼此的情况。"

"那就是说，线索断了？"顾红星失望地说道。

"也不一定，可以试一试。"石大队说，"我们对组织卖淫这一块，一直是重拳打击的，每年都会抓获不少龟公和小姐。哦，现在'小姐'这个词儿在我们这儿已经沦为妓女的代名词了。这些龟公和小姐，我们都有备案。因此，一来，你们不是有金苗的照片嘛，我可以通过治安口的同事去找几个线人，问一问这些龟公和小姐有没有认识金苗的；二来，这些小姐被治安处罚的时候，都留有指纹，你不是已经把金苗的指纹给技术大队了吗？如果金苗曾经被处罚过，他们肯定是能比对出来的。"

顾红星这时候才恍然大悟，技术大队长明明知道金苗是受害人，还要比对前科人员的指纹，其用意在这里。

"那太好了！"顾红星重新燃起了希望，说，"我们这案子，就指望你们了！"

"别客气。"石大队笑着说，"也别高兴得太早，一寸照片不清楚，这些被处罚过的人又很狡猾，能不能提供上来信息，很难说。"

3

石大队开着车带着顾红星和冯凯跑了一趟治安支队。治安支队的同行也很热情，立即安排他们的民警把照片翻拍、打印后，送到各个派出所。要求各个派出所接到照片后立即落实，让现在在押的涉及组织或参加卖淫活动的龟公、小姐、嫖客全部参与照片的辨认。除此之外，还要求派出所民警务必联络自己的线人，广撒

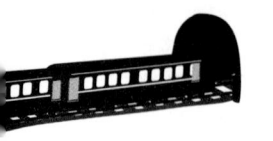

网，让更多和卖淫活动有关的人员，参与辨认。

这一项工作说起来容易，做起来还是很难的。顾红星和冯凯随着石大队，一忙就是一整个下午。等到全部安排妥当，已经是晚上7点多钟了。

顾红星知道，这是一项长期的工作，没有个三五天是不可能有结果的。所以他已经决定了，等到技术大队指纹比对结束，他就和冯凯打道回府。如果这边发现什么线索，可以电话通知他们，如果真的发现了很重要的且电话里表述不清的线索，他们再来就是了。顾红星是公安局的一个部门领导，他不可能出差很多天不回去。

石大队请他们两个人吃了广东特色的肠粉，就在他们快要吃完的时候，石大队所开的警车的车载电台响了起来。

"技术大队呼叫石大队。"

石大队隔着车窗听见了声音，连忙跑到车边，拉开车门。

"他们这个挺好的，随时可以找到人。"顾红星羡慕地说。毕竟龙番市公安局目前只有对讲机，也只有在执行任务的时候才会用到。

"以后会有更方便的。"冯凯嚼着肠粉，说道，"说不定以后每个人一部无线电话，还很小巧，可以随身携带。"

顾红星知道冯凯又开始天马行空了，白了他一眼，然后竖起耳朵听石大队的车载电台。倒不是顾红星好奇心重，只是他听见的是"技术大队"四个字。案件能不能有实质性突破，目前指望的，就是技术大队。

"收到，我在西华路吃饭。"石大队用车载电台回复道。

"好的，你们先吃，吃完了来技术大队一趟。"电台里的声音说道，"我们这边有点发现，可以配合龙番那个案子。"

顾红星一惊，感觉全身毛孔都收紧了。

"这么快，你们辛苦了。"石大队回复道，"你们稍等，我们吃完就回来。"

冯凯倒是没有顾红星那样惊喜，他估摸着，这个金苗说不定就是以前卖淫被逮到过，留下过指纹。如果是这样，她甚至都不会报出自己的真实姓名和身份。最好的结果，也就是能找出以前她卖淫时候的龟公。那时候龟公才懒得管这些小姐的真实身份，只要跟着他们干就行了，甚至连身世背景也不会调查，所以从龟公那里估计也不一定能问出什么有价值的线索。除非那个龟公就是杀死金苗的人，否则案件还是很难获得进展。可是，一个组织卖淫的人，怎么会跨越1000多公里去杀死一个已经不干了的卖淫女呢？听起来很是荒谬。

第五章

湖滨旅社

还是细细品味一下肠粉,比较实际。冯凯这样想着。

而顾红星则早就没有了品尝美味的心思,他不停地催促着冯凯,总算是等到冯凯细嚼慢咽地把肠粉吃完,三个人跳上车,向市局驶去。

"哎呀,这都晚上8点钟了,你们也经常这样加班啊?"冯凯用牙签剔着牙,舒服地靠在后排,问道。

"加班这种事,很正常。"石大队说,"要是有哪一天不加班就好了。"

"做梦吧。"冯凯笑,"不管什么时代,不管什么地方,加班、值班、备勤就是公安的标配。不加班了,那就不是中国公安了。"

"也不知道你是在发牢骚,还是在夸赞。"石大队一边开着车,一边笑着说。

"我是在吐槽啊。"冯凯说,"命案多的时候,忙不过来;命案少的时候,还得忙命案积案,反正不会有闲着的时候。"

"'吐槽'是什么意思?你们的方言吗?"石大队转头问副驾驶上的顾红星。

此时顾红星哪还有心思闲聊,说道:"谁知道什么意思,他总是会创造一些新词儿,你习惯了就好。"

"欸,你之前说到了港澳商人,他们不是喜欢去深圳吗?也来你们广州?"冯凯继续闲聊。

"是啊,深圳现在发展得确实很好,七九年之前,那里就是一个小镇子,现在你看看,完全不一样了,去年小平同志还来视察的。深圳的发展,港商的力量是不可或缺的。"石大队说,"不过广州毕竟是省会嘛,所以他们少不了会过来。"

"那些嫖客,主要是港澳商人?"顾红星问。

"那倒不是。"石大队说,"嫖客什么人都有,有本地做生意的,也有外地来做生意的。总之,有些人兜里的钱变多了,他们的心啊,也就跟着野了。"

"都来大城市尝个鲜。"冯凯说,"抓到了也只是罚款、拘留。"

说话间,他们已经驱车来到了刑警支队。

刑警支队会议室里,坐着好几个人,都穿着制服。白色的墙壁上,还被幻灯机投影了一张照片。看起来,这阵势不是简单通报个排查结果的阵势。

"怎么了这是?"石大队同样也很好奇。

顾红星更是紧张,他看了看投在墙面上的幻灯片,是一个旅社的大门。他知道,这应该是一组现场照片的第一张,技术大队的同行此时已经准备好了幻灯片,等着他们呢。

"要不，先听我把这个案子讲一下吧。"技术大队长说，"石大队，这个案子你应该知道，是你们探组主办的案件。"

"嗯，了解。"石大队饶有兴趣地坐到了椅子上。

顾红星知道，既然技术大队长没有开门见山，就说明他们肯定有新的发现，所以也就耐下性子，认真地听技术大队长讲下去。

"其实今天，我们整个下午的时间都是在比对金苗的指纹和曾经被打击处理过的卖淫女的指纹。"技术大队长果真之前就有怀疑，"却无功而返。可是，万万没有想到，我们尝试着对最近的几起未破命案的现场指纹进行比对，却有了发现。"

"哦？"冯凯情不自禁地低呼了一声，这个结果也是他万万没有想到的。

幻灯片里呈现的案件，被广州市局称为"1985.1.28"命案。也就是说，这一起命案的发案时间是今年1月28日，农历腊八节。

当天，位于广州市城郊的一个叫作"湖滨旅社"的老板，从旅社打电话报警，称有一名住客在房间里死亡。辖区派出所迅速出警，赶到了现场。先期处警的民警来到了304号房的中心现场，没有进入现场就发现尸体周围有疑似喷溅状血迹，于是立即对现场开展了保护。

刑警支队重案大队（也就是石大队所在一大队）和技术大队接到派出所的求助电话后，也都派员赶往现场，对现场进行勘查。

经过现场勘查，确定在湖滨旅社304号房内倒地的一名男子已经死亡，根据尸体温度下降的情况和尸斑、尸僵形成的情况，法医推断死者的死亡时间是1985年1月28日凌晨2点左右。

因为1984年全国已经开始推行身份证制度，虽然当时还没有住旅馆要身份证登记的要求，旅社也确实没有登记住客信息，但好在这名死者办理过身份证，还随身携带。死者的身份很快就明确了下来，黄启生，男，39岁，广州本地人。

在掌握了案件的基本信息后，案件侦查工作全面铺开，主要分几条战线开展：一是技术大队组织法医、痕检技术人员，对现场进行全面勘查；二是重案大队对黄启生的背景资料进行全面调查；三是派出所对湖滨旅社的老板、前台、服务员、住客进行全面走访。

经过一系列艰难的调查和勘查工作，各路信息在刑警支队专案组这里汇总。

首先是重案大队的信息：黄启生已婚，育有一子和一女，妻子和子女都在农村生活，只有他一个人独居在广州。在广州，黄启生购买了一套商品房居住，虽然面

第五章
湖滨旅社

积不大，但也可以看出他是有一定的资金实力的。1979年，广州才有了第一个商品房项目，在这个年代，"商品房"还算是一个时髦的词汇。

围绕黄启生赚钱渠道的调查，重案大队也是花了很多心思。黄启生自己开了一个小卖部，但仅仅靠开小卖部是不可能赚到这么多钱的，所以警方围绕小卖部的电话号码和通话记录进行了调查。发现这个黄启生每天要打出和接听很多电话，有一些电话是警方掌握的销赃前科人员的电话。由此可见，这个黄启生也是做违法买卖的，估计是作为联络人，对一些盗抢、贪污、走私的"黑货"，进行联络销赃。而他就从中拿一些销赃的提成，从而"致富"。

这一调查结果，让重案大队非常担忧，因为黄启生每天接触的，都是一些犯罪人员，甚至都是一些亡命之徒。常在河边走，哪有不湿鞋，万一他要是得罪了哪帮黑道上的人，被报复、被灭口都是有可能的。而这些犯罪人员反侦查意识强烈，作案手法都很老到，那破起案来就比较困难了。

但技术大队反馈的信息，倒是让重案大队放下了担忧。

技术大队对现场进行勘查、对尸体进行检验后，主要为专案组提供了五大信息。

一是尸体的具体情况。在现场，法医初步推断出死者的死亡时间后，对尸体进行了解剖检验。令人意外的是，死者的直接死因，居然是脑内的血管畸形。这种血管畸形是先天性的，一旦破裂，就会造成颅内出血，从而危及生命。不过，死者这种程度的脑血管畸形，一般情况下是不会自发破裂的，即便是情绪激动、醉酒等情况，也很难破裂。导致它破裂最有可能的原因，就是头部的外伤导致脑震荡。因为头部受到打击，脑组织在颅骨内发生震荡，就比较容易引起脑内的畸形血管破裂、出血而致命了。死者的头皮上，有十几处或是三角形，或是星芒状的小创口，这些创口也导致了遗留在现场的量并不多的喷溅状血迹。这些小创口深达颅骨，位于死者的顶部、颞部和枕部，很显然，这不是一次形成的，也不是自己可以形成的，而应该是被他人袭击所致的。虽然创口比较多，且深达颅骨，但并没有导致颅骨骨折，就连骨质凹痕都没有形成。根据这一点，法医对于致伤工具的推断是：易于挥动的、有棱角的、质量不是很大的非金属钝器。

二是重要的物证信息。根据法医的推断，现场勘查员对现场进行了全面的清理，寻找可疑的致伤工具。最终确认丢弃在茶几之下的一个玻璃烟灰缸就是凶器。这个烟灰缸有一定的厚度，整个烟灰缸有一两斤的重量，最关键的，是现场勘查员在烟灰缸的外侧一角上，发现了血迹，经过血型检验，和A型血的黄启生一致。找

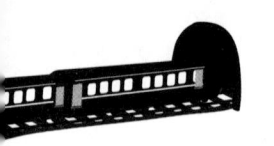

到了嫌疑凶器后,现场勘查员就着手对烟灰缸进行指纹显现。玻璃是存留指纹的良好载体,所以他们并没有花费太大力气,就在烟灰缸上找到了特征点非常清晰的诸多指纹。其中,右手中指、环指、小指的三指指纹加上右手拇指的指纹,都是汗液指纹,且是新鲜指纹。而右手食指、中指、环指、小指的四指连指指纹,是潜血指纹。这两套指纹来自两个不同的人,指位一样,特征点却完全不同。这个重要的物证信息,增强了专案组破案的信心,他们同时掌握了两名犯罪嫌疑人的指纹,就有了最好的破案抓手。据此,专案组进行了推测,本案是两个人作案。

三是鞋印信息。现场旅馆的地面上,铺设的是地毯,由于地毯很难清洗,所以现场的地毯是比较脏的。想在肮脏的地毯上找到足迹,几乎是不可能的事情。但现场勘查员并没有放弃,他们在尸体附近的地毯上,进行了网格化的搜索,果然找到了鞋印信息。死者头部有十几处创口,虽然创口都很小,但也造成了一部分的出血。血液滴落在地毯上,形成了小型的血泊,在小型血泊之中,发现了很小一部分的鞋底花纹的印记。勘查员对这些花纹进行了提取研究,确认这些鞋底花纹片段来自两种不同的鞋子。而且可以排除死者所穿的皮鞋,也可以排除现场旅社给客人提供的塑料拖鞋。勘查员们拿着这些鞋底花纹片段,到市场上进行了调查走访,最后确定两双鞋子,都是市面上销量较好的廉价女式高跟鞋。这个年代,穿高跟鞋的人本就不多,穿高跟鞋的男人更是罕见,所以专案组推测,本案的两名凶手,都是女性。这个推测得到了法医的支持,因为法医认为,烟灰缸有一定的重量,是个可以致命的钝器,如果是一个强壮的男人挥动烟灰缸砸死者的脑袋,很有可能导致颅骨骨折。但死者的颅骨没有骨折,说明挥动烟灰缸的力量有限,那么是老人、女人、小孩的可能性就大。这一结论,也就排除了"仙人跳[①]"的可能性。

四是现场遗留物品信息。现场勘查员对现场遗留的物品进行了梳理,除了黄启生自己的随身物品,没有找到属于其他人的物品。但是,黄启生所携带的手拎式皮包里有个皮质钱包,钱包里除了黄启生的身份证件,就没有其他物品了。按理说,这个没有电子支付的年代,出来住旅社,多多少少得带一点钞票。这一疑点引起了现场勘查员的注意,他们对死者的钱包进行了指纹熏显,除了黄启生本人的指纹,还发现了不属于他的左手拇指指纹、右手拇指和环指指纹。而右手环指指纹,和烟灰缸上的潜血指纹认定同一。专案组由此推断,这一起案件是因财而引发的杀

---

① 仙人跳:一种利用猎艳心理,给人设计圈套,骗人钱财的行为。

人案，比如盗窃和抢劫。而且钱包上的潜血反应是阴性的，这说明凶手应该是先偷钱，再杀人。

五是死者的衣着信息。法医在尸体检验之前，对尸体进行了衣着检验，发现黄启生全身只穿了一条平角内裤，而且平角内裤是反穿的。

可以说，这五大信息，基本把案件的原貌呈现在了专案组的面前。

4

派出所对旅社住客、工作人员的调查访问，一开始是陷入了困境，因为大家来住店，都是为了来这里办事，行色匆匆，谁也没有心思注意其他人有什么反常迹象。

但是在掌握了技术大队提供的五条信息之后，他们有针对性地进行了访问，果然找到了一条信息：旅社的前台是一个小姑娘，是她在1月27日下午给黄启生办理的入住手续。当时，黄启生是一个人入住的，所以小姑娘也没有过多注意。到晚上10点左右，小姑娘已经靠在椅子上睡着了，蒙眬之中，她感觉有人进旅社门，抬起惺忪的睡眼看了看，没看清是什么人，但可以确定是一个男人带着两个女人从楼梯走了上去。

如果不是派出所民警有针对性的询问，这个小姑娘本身也没把这条线索当成疑点告知警察。

另外，重案大队在技术大队提供信息后，也进行了有针对性的调查，发现了两条线索：一是黄启生的朋友反映，他以前有过招妓的行为，但从来没有被公安抓到过；二是从储蓄所调查的信息反映，黄启生1月27日上午从储蓄所提取了5000元现金，用途不明。

一男二女、开房、丢钱、高跟鞋、内裤反穿，这些词语汇在一起，专案组也就基本搞清楚事情的原貌了：黄启生在1月27日当天先独自开了一间房间，到晚上10点，招了两名卖淫女陪侍，进入了房间。深夜时分，两名卖淫女从其包中偷出5000元左右的现金（考虑到可能有消费，但不会消费太多），准备离开，被全身赤裸的黄启生发现。他慌忙穿上内裤，上前想挽救损失，但被两名卖淫女先后拿同一凶器（烟灰缸）打击头部，导致颅内畸形动脉破裂而死亡。事发后，两名卖淫女携带现金逃离现场。

"一切都是那么清晰！可见刑事技术的重要性啊。"顾红星感叹道，"唯一想不

通的，就是为什么会有两个女的？"

冯凯无奈地捂住了额头。

"一男两女，我们这边以前也抓到过相似的。"石大队哈哈一笑，说道。

"是吗？"顾红星一惊，说道，"我知道这些指纹里，就有金苗的指纹，那么另外一个人的身份你们清楚吗？"

"别急，接下来听我说吧，我更了解。"石大队接过了话头。

因为掌握了案件的全貌，又有甄别犯罪分子的抓手，侦查部门就开展了多方位的排查工作。

首先，侦查部门就像帮助顾红星他们排查指纹一样，把这几枚指纹和所有因为卖淫、盗窃而被打击处理过的人的指纹进行了比对。这一项工作的工作量不小，但是他们发动了各分局的现场勘查技术人员一同进行，所以进展得很快，结果是没有比对上。

最容易的破案路径没能走通，这让专案组觉得很可惜。不过他们没有放弃希望，他们决定从黄启生的背景调查入手。

黄启生平时谈生意、做生意，说白了主要就是靠那一台小卖部的电话。而一个凡事都喜欢用电话的人，会形成一个思维定式。也就是说，他这次招妓，很可能就是利用电话联系了卖淫女或者龟公，约好时间、地点来进行的。

所以侦查部门调取了黄启生在事发前几天的全部通话记录，逐一进行核对，排查。那个时候，不像二十一世纪，每个人一部手机，手机号码和人是对应的。那个年代的电话不多，一个电话号码却可以覆盖很多用户。比如一个胡同里住着十几户人家，而这些人家公用的电话，就放在胡同口；又如一个工厂宿舍门卫的电话，就可以覆盖整栋宿舍楼。

这就给排查带来了一些麻烦。

经过了海量的人员排查，最终侦查员把目标锁定在一个无业男青年吴俊身上。他住在一个胡同里，在事发前一天，也就是1月27日上午，黄启生主动拨通了胡同口的电话，找了这个吴俊。两个人在电话里说了什么，胡同门卫大爷不知道，因为这个吴俊打电话的时候，一般都会背着人，小声说话。

第五章
湖滨旅社

之所以怀疑这个吴俊，是因为他从事盗窃、抢夺[①]等诸多违法行为，被治安处罚过很多次。曾经有一次，一名卖淫女在卖淫的时候被抓了现行，同时被抓获的，还有在门口把风的吴俊。也就是说，虽然不是很确凿，但有迹象显示这个吴俊可能在某个组织卖淫团伙里供职。

可惜的是，这个吴俊是个不知道多少次"进宫"的"老油条"了。所以这次被警方叫来问话，态度非常嚣张。他说自己和黄启生联系，是因为他从黄启生那里买了一条烟，当时没货，后来进货了，黄启生就给他打电话去拿，可他还没去拿呢，黄启生就出事了。这一说辞，可以说是天衣无缝，而且警方其实没有掌握任何证据。

接下来的时间，石大队派出他们探组的两名民警，24小时跟踪吴俊。因为如果凶手真的是吴俊带的卖淫女，那么出了这事情之后，有可能会联系吴俊，请求吴俊帮助她们逃脱。但不知道是吴俊太狡猾发现了跟踪民警，还是这两个卖淫女压根儿就没再找过吴俊，总之吴俊这条线索还是石沉大海了。

当地警方没有放弃侦查，集合刑警支队、分局刑警大队和辖区派出所的警力，派出专门人员不仅对指纹、电话联系人进行了更深一步的排查，还分出两组人针对黄启生生前接触的人员以及案发现场附近的人员进行了调查访问。

黄启生干的毕竟是违法的勾当，所以对他生前接触人员的调查遇到了巨大的阻力，可以说步步维艰，但公安部门不畏困难、层层解除阻碍，调查了大量人员，还顺势打掉了四五个销赃的团伙。可是，一直没有找出这个黄启生是联系什么人来招妓的。

针对案发现场附近人员的调查就更难了。案发现场位于市区和郊区的接合部，鱼龙混杂，什么人都有，尤其是从事卖淫活动的"龟公""小姐"不计其数。而且黄启生是晚上10点带人进入旅社，卖淫女是凌晨时分离开旅社的，这种时候大部分人都在家里睡觉，要想在现场周围找出目击者，可谓大海捞针。

公安部门甚至还找出了很多"线人"，希望能从他们这里打听到一些传言。毕竟是闹出人命的大事，如果有人知情，说了出来，那么在这些人的"圈内"肯定会有所反映。

[①] 抢夺：抢夺罪和抢劫罪不同。其一，抢夺罪具体表现为乘人不备，夺取他人财物，是以不对他人人身使用暴力或者胁迫的方法为前提的。如使用了暴力或者胁迫的方法，夺取他人的财物，则构成抢劫罪。其二，抢夺公私财物数额较大的，或者情节严重（如导致他人重伤、导致他人自杀）的，才构成犯罪。数额不大，或者没有其他严重情节的，不构成犯罪。

然而，上述的工作做得很全面、细致，却没有取得任何成果。

两名犯罪嫌疑人就像人间蒸发了一样，完全消失了。

经过了一个多月的努力，这起案件依然没有取得实质性进展，也只能暂且搁置了。

"所以，烟灰缸上的哪个指纹是金苗的？"听到这里，顾红星又忍不住问道，"是汗液指纹呢，还是潜血指纹？"

"我们的技术员今天下午是拿着你们提供的照片，和从事卖淫的前科人员的指纹卡进行比对的。"技术大队长说，"你们知道，这工作量很大，不可能一下午就完成。但是我们的技术员在比对的时候，开玩笑说，怎么湖滨旅社的案子，又要来一遍吗？玩笑话一说，给大家都提了个醒，一名对湖滨旅社案件现场指纹比较熟悉的技术员就拿过你们提供的指纹照片来看，这一看就觉得不对劲，于是赶紧调出现场指纹来比对，一比对，就比对上了。哦，金苗的指纹是汗液指纹。"

"为什么烟灰缸上既有汗液指纹，又有潜血指纹？"冯凯问。

"从原理上说，汗液指纹是手上没有沾血，而潜血指纹是手上沾血了。"技术大队长说，"这个指纹现象可以说明行凶的先后顺序。我们分析，金苗应该是先动手的那个，另一个卖淫女从金苗手里拿过烟灰缸继续砸的时候，手上沾了血。金苗行凶的时候，死者还没有流血，所以手上没沾血，而另一个人行凶的时候，造成了大量流血，也就是说，死者头上的十几处创口应该都是另一个人形成的。另一个人，应该是个心狠手辣的女人。"

"看来另一个卖淫女的身份仍然是个谜。"顾红星说，"鞋厂的秘书说，金苗在鞋厂的时候，就有一个同乡小姐妹总是去找她。我们都怀疑是不是这个小姐妹拉金苗下的水。那么，另一个嫌疑人，会不会就是这个同乡小姐妹呢？唉，即便是，也不好查，因为鞋厂的人都没见过她长啥样。"

"是不是同乡小姐妹，这个确实无法推断。"技术大队长说，"既然是给客人提供服务，很有可能是由这个客人直接来点小姐，不一定是卖淫女自由组合。"

技术大队长一边说着，一边翻动着幻灯片。说到这里的时候，恰好幻灯片上是一张潜血指纹被显现出来之后的特写，因为放大了很多倍，所以纹线和特征点从幻灯片里都可以看得一清二楚。

"你们这个幻灯片好清楚啊。"冯凯说道。

"等会儿。"顾红星阻止了技术大队长继续翻动幻灯片，从口袋里又拿出了几张

第五章
湖滨旅社

照片,说,"这是我们那起案件犯罪嫌疑人的指纹照片,因为我觉得嫌疑人不一定是广州的,所以之前没拿出来给你们,但你们看,它是不是和这个潜血指纹很像?"

这一说,激动的不只是冯凯,技术大队长也兴奋了起来,他连忙接过了顾红星手里的照片,皱着眉头仔细看了起来。

"右手环指的最清楚,简直一模一样。"技术大队长说,"对!就是她!就是她!"

"啊?你是说,烟灰缸上同时出现的两个人的指纹,在捕兽夹上又同时出现了?"冯凯这才反应过来。

顾红星肯定地点了点头。

"那就没话说了,这案子就更清晰了。"冯凯恍然大悟,主动开始还原案件过程,"金苗和她的同乡小姐妹——我们暂时用小A来称呼她——一起来到广州打工。金苗在鞋厂里做工,小A去卖淫。经过一年多,金苗发现鞋厂工资并不高,在小A的反复劝说下,也加入了卖淫的队伍。今年1月27日,她们接到了这一单生意,两个人同时服务黄启生。在服务结束后,金苗和小A被黄启生包里的大量现金所诱惑,想要偷走现金,却被黄启生发现了,两人杀死了黄启生,携带现金逃离现场,于今年过年之前返回了我们龙番。金苗在龙番租住了一个房子,准备和丈夫离婚,然后洗白自己的身份,用1万元赃款开个小卖部谋生。唉,这个金苗怎么就把路走歪了呢,和我们之前了解到的人设不一样啊。"

"人设是什么?"石大队问。

"啊,就是人物性格、行事作风。"冯凯解释道,"金苗村子里的人都说,她是个善良、孝顺又能吃苦的女人。"

"这很正常,人都有很多面嘛。确实有很多从事卖淫的卖淫女回到家乡后,洗白了自己,没有人能看出她以前做过这样的营生。"石大队说,"欸,你说的'洗白'这个词儿还真恰当。"

"金苗回去后,应该和这个同乡小姐妹、卖淫姐妹花小A还保持着联系。"冯凯说,"4月6日那天晚上,她们俩又见面了,但不知道是因为分赃不均,又或是为了洗白身份,还是因为别的什么事情,小A杀死了金苗,点燃了犯罪现场。毕竟金苗葬身火海,就没人知道小A以前干过什么事、犯过什么罪了。"

"是的,我们一开始的分析,都是正确的,这是一起因为纠纷或者隐秘关系而引起的杀人。"顾红星说,"不然没有办法解释凶手为什么不带走现场的存单和金苗手上的金手镯了。"

"因为小A对钱不感兴趣啊，她卖淫时间更长，下手更狠辣，她可能比金苗还有钱！"冯凯说。

"没有想到杀死金苗的，居然是一个女人。"顾红星说，"捕兽夹，她操纵得动吗？"

"没问题。"冯凯说，"只要知道机簧的所在，小孩子都能操作。"

"嗯，这两个案子，有一些相似点，至少作案手法和袭击部位相似。"顾红星说，"很有可能是你说的这个什么小，小A，杀过一个人后，知道打头部是最容易杀死人的方法，所以她选择了用捕兽夹来夹金苗的头部。"

"是啊，只是她不知道，黄启生实际上是脑动脉畸形死亡的。"技术大队长说，"如果黄启生没有这个病，也许就是昏迷一阵就好了，或许连昏迷都不会。"

"没有想到，我们两地警方合作，居然把两起案件都推进了这么大一步。"石大队兴奋道，"如果我们有什么办法来找出这个小A的身份，一破就是两起命案啊。"

"所以，有什么办法吗？"冯凯追问道。

"这，我们暂时还没什么好办法。"石大队说，"案发后，我们真的做了非常多的工作，没有任何线索能指向这个小A。"

"我也做了很多工作。"冯凯说，"我可以负责任地说，这个小姐妹，不是金苗的同乡小姐妹。她们村，甚至她们镇子，我都查好多遍了，没有这样的人。"

"如果我们不搞清楚小A的身份，那么这一步重大突破也就没有什么意义了。"技术大队长叹道。

冯凯给嫌疑人起的代号，居然这么好用，大家都情不自禁地用了起来。

"别急，我们捋一捋。"冯凯说，"先不管小A是不是我们龙番人，既然金苗是独自一人离家出门的，那么她是通过什么方式认识这个小A的呢？大家能不能猜一下？总不会是网友吧。"

"网友？捕鱼的？"顾红星努力地把这个词和捕兽夹联系在一起。

"你别打岔。"冯凯说，"我的意思是说，总不能隔空认识对吧？既然我可以排除两个人一起从龙番出发的情况，那么她们究竟是在火车上认识的，还是到了广州市才认识的？"

"嗯，这是一个思路。"石大队说，"只可惜，她们1980年就来广州了，现在就算去调查火车上的乘警，他们也不可能有什么印象了啊。"

"是啊……对了，我在想，她们来了，又没钱，又没认识的人，肯定急着找工作对吧。"冯凯说，"不知道这个金苗，是通过什么途径去鞋厂应聘的呢？"

燃烧的蜂鸟

迷案1985

第六章 | 废窑洞

1

按照冯凯的思路，石大队带着冯凯和顾红星第二次造访了鞋厂。这一次，曹老板就没有那么热情了。这也可以理解，谁家企业愿意公安总是来访呢？

"我真的把知道的全说了啊，长官。"曹老板说道。

"不是长官，就是小兵。"冯凯谦虚且嬉皮笑脸地说道，"我们就是想来试试，看您还记不记得，她是怎么来你们这里应聘的。当时有人陪着她吗？"

"5年了！"曹老板说，"你看我这年纪，像能记得住5年前事情的样子吗？"

"您这年纪怎么了？"冯凯把二十一世纪的那套油腻操作搬运了过来，说，"咱俩应该差不多吧？您今年30？"

什么年代的人都愿意听这种话，曹老板那僵硬的脸上顿时有了笑容，说："你别瞎说。但我真的是不记得了。"

"那您的秘书……"

"我也不记得了，太久了。"小姑娘在一边说道。

"有一个事儿我就是想不明白。"冯凯说，"你们厂子距离火车站那么远，金苗从外地过来人生地不熟，又没有出租车，她是怎么找到你们厂子的呢？"

"哦，那这个我可以给你答疑解惑。"曹老板说，"来我们广州打工的人名嘛，我们距离火车站远的厂子也希望能有个便捷的招工途径，所以我们这附近的几个厂子啊，就会雇一个人，到火车站举牌子。"

"举牌子？"冯凯燃起了希望。

"是啊，就是找一个面包车司机，去火车站举一个'招工'的牌子。"曹老板说，"这样，每趟火车来了之后，就会有人去问他在招什么工作。他则根据打工人的特点、诉求来决定把他们送去哪个厂子。不过送去哪个厂子都有佣金的啦。"

"哦，原来是这样操作的。"冯凯说，"比如体格壮的，可能就送去建筑队了，而女孩子,就送来你们鞋厂?"

"差不多是这个意思啦。"

"那你说,当年举牌子的人,会不会对金苗有印象呢?"冯凯说,"毕竟是个美女啊。"

"5年啦……"

"知道,知道。"冯凯打断了曹老板的抱怨,说,"我们也就是试试。"

按照曹老板的回忆,当年她们厂子是和一个叫赵仨的人达成合约的。这个赵仨实际上也不是什么司机,他只是有一辆小破面包车而已。赵仨的职业实际是"黄牛",就是在春运期间,倒卖火车票的。他每年的主要收入,就集中在春运那几个月,运气好的,就可以赚到全年的吃喝用度。而非春运期间,火车票比较好买,他就没了收入来源,于是和这些较为偏远的工厂达成一个中介协议,帮他们从火车站招工,从中获取一定的佣金。

好在5年过去了,这个赵仨依旧在干着他的老本行,石大队他们通过车站派出所,很容易就找到了他。

赵仨是被派出所民警喊到车站派出所来问话的。刚进派出所所长办公室,看到这么几位警察的时候,赵仨的眼神里闪过了一丝惊慌,但很快就平静了下来。

"赵仨对吧,今天找你来,就是了解个情况。"冯凯说道。

"好的,好的,我积极配合。"赵仨点头哈腰地说道。

"这个姑娘认识吗?"顾红星从口袋里掏出一张一寸照片,递给了赵仨。

赵仨看了一眼,就斩钉截铁地回答道:"不认识。"

"别急着回答。"冯凯说,"给你一点提示,5年前,就是1980年,你拉了她去曹老板的鞋厂打工。"

"5年前啊!"赵仨说,"我这几年给她的厂子拉了不下20个人!这我哪记得?"

"所以让你仔细回忆一下啊。"冯凯说,"再给你一点提示,和她一起的,还有一个姑娘,长得也不错。你一个大男人,总不能对两个美女一点印象都没有吧?"

"5年前……"赵仨沉吟着、回忆着,突然,他的眼神里又闪过了一丝惊慌,然后他便把照片还给顾红星说,"我真不记得了。"

顾红星接过照片,把照片揣进兜里,满脸的失望。

但赵仨的两次惊慌,都没有逃过冯凯的眼睛。

"又没有美颜,照片那么好认。而且你拉去鞋厂的人也不多,我还真不信你不

记得。"冯凯说。

"美颜？"赵仨问道。

"你别管那么多。"冯凯说，"非要我点明你把那个姑娘送哪儿去了吗？我现在问的是这个去鞋厂的姑娘，和你无关。但我要是查起另一个姑娘，怕是和你脱不了干系吧？"

赵仨露出了明显的惊慌表情，内心很是挣扎。

石大队和顾红星倒是没反应过来，有些莫名其妙。

"怎么样？"冯凯指了指石大队腰间的手铐，说，"你还想不起来吗？"

赵仨又挣扎了一会儿，才吞吞吐吐地说："报告政府，我真的，知道的不多啊。"

"知道多少说多少。"

"就是那一次，我在火车站拉人，结果这两个姑娘就来了，问我哪里招工。"赵仨说，"当时和我有约的厂子有七八个，我就一个个说给她们听，后来你照片上这个姑娘就选择了鞋厂。"

"怕是你还给她们推荐了更赚钱的'厂子'吧？"冯凯冷笑着说。

"没有，没有，领导，你看我这就是一跑腿的，对各家厂了一视同仁，我赚点钱也不容易。"赵仨明显想岔开话题。

"那你好好想想，她们俩坐在车上的时候，有没有聊过什么？或者和你聊过什么？"冯凯追问道。

"好多年了，我真的记不清了。"赵仨说，"有一点印象就是，两个人一直在感叹城市很大，楼很高什么的。"

"她们没聊她们家乡的事情？"

赵仨翻着眼睛想了好久，摇了摇头，然后又说："家乡的事儿？没有吧。这么久了，而且我也没偷听她们讲话啊！"

冯凯指了指石大队腰间的手铐，赵仨吓得一哆嗦，连忙说："哦，就在我们开过爱群大厦的时候，照片上的姑娘说，'这栋楼好高，有十好几层吧？看起来像是一本书'。来这里打工的人很少会看书，我还是第一次听到有人这么形容这栋楼，感觉还挺有文化的，于是就留心听了一下。另一个姑娘就说，和我们老家的什么塔还是什么灯差不多高了。"

"什么塔？什么灯？"冯凯连忙问道。

赵仨又想了好一会儿，说："这我真记不住啊！"

第六章
废窑洞

"会不会是龙东灯塔?"顾红星灵光一现,问。

"对对,好像是这个名字。"赵仁说,"她们俩好像还叽叽喳喳说了好久这个塔。"

"那个姑娘长什么样?有没有什么特征?"

"没这个漂亮,但也不错。这,这要怎么形容呢?"赵仁说,"大眼睛,长头发,小嘴,个子和照片上这姑娘差不多,嗯,胖瘦也差不多。"

"你这说了跟没说一样!你再想想,还有什么要说的?"

"真没了,领导,真没了,她没什么让人一眼就能认出来的特征。"赵仁估计是用脑过度,作着揖央求着。

"那你回去吧。"冯凯有些失落。

赵仁溜走之后,石大队说:"模拟画像有没有帮助?"

冯凯揉着太阳穴,说:"毕竟5年了,记忆肯定模糊。记一些关键片段是有可能的,但记人具体的长相就很难了。毕竟只有一面之缘,画得不好可能还会产生误导。"

"你是咋知道这个赵仁可能是个龟公的?"石大队问。

"那不明显的吗?"冯凯说,"两个姑娘如果谁有当地的亲戚朋友,都不会去找赵仁。既然是人生地不熟地来这里,一个去了鞋厂,一个上了赵仁的车却没去鞋厂,那她不和金苗一起,还能去哪里?这说明啊,金苗一开始是真准备打工的,而那个女的不是。主要是这个赵仁表情有变化,提到这俩姑娘,他害怕,说明他肯定没干好事。"

"有害怕?"顾红星问。

"这需要情商,才能看出来。"冯凯怼了顾红星一句。

"情商?"顾红星没听懂,也不再计较,接着说,"龙东灯塔是我们龙番市下辖龙东县的一个标志性建筑物。现在可以大致推断,这个人是龙东人。龙东没有火车站,要来广州必须去龙番市坐火车,所以她们俩很有可能是在火车上或者火车站认识的。这是个好进展。只可惜,龙东县人口也很多,找一个出去打工不和家里联系的人,大海捞针啊。"

"还是得知道一些具体的个体特征,才有希望找到。"冯凯说,"但也有好处,至少知道个体特征之后,我们只需要去龙东县找就行,不用全国开花了。"

"石大队,治安支队来电话,让你过去一下。"派出所一名民警在屋外喊道。

"治安支队?"顾红星来了精神,"这是有什么好消息吗?"

在顾红星的催促下，石大队驱车带着他俩来到了治安支队。

之前治安支队已经盼咐各个大队、派出所，针对金苗的照片进行摸底排查，看能不能找出线索。很显然，已经有线索浮出了水面。

"你看，今年年初那案子发了之后，想通过指纹来找信息，是一点也找不到。"支队长笑嘻嘻地说，"有了照片就不一样了，一天时间，就有线索了。"

"快说吧，别卖关子了。"石大队问。

"一个线人提供的情报。"支队长说，"这个线人说，他以前和一个港商在一起吃饭，那个港商就是带着这个女的，说是他'马子'。啊，就是带有侮辱性的女朋友的意思。而且这个港商特别喜欢显摆，当着饭局上所有人的面，说给这个女朋友送过一个金镯子。"

"金镯子！"顾红星几乎跳了起来，说，"金苗死的时候就是戴着金镯子！"

"活着的时候也戴。"冯凯说。

顾红星白了冯凯一眼。

"那看来，这个线人提供的是有效信息。"支队长不动声色，说，"他说，这个女的，叫'万万'。"

"花名。"石大队解释道。

"万万？和金万丰有关系吗？"冯凯说，"难不成，这两个人是互相暗恋了这么多年？今年的重逢邂逅，也是金苗自己刻意安排的？"

"也不一定吧？"支队长说，"我也问了这个线人，为什么她叫万万，他说这个人和另一个姑娘走得很近，那个姑娘的花名叫'千千'。千千万万，我们这边喜欢图个好彩头嘛，所以可能是这个原因。"

"不管什么原因，这个小A，也就是千千的身份，是不是就比较好查了？"冯凯兴奋地说道。

"摸了一圈，没有摸上来。"支队长说，"认识的人不多。你们懂的，干这一行的女的，就算是有人认识，也不会老老实实地说自己认识啊。"

"那就用计谋。"冯凯说，"比如说认识的话，可以给予立功表现。"

"接触这行当的人，都是些'老油条'了。"支队长说，"哪那么容易上当？"

"嗯……知道花名似乎也没什么用。"顾红星低声说道。

"别急，现在针对这个千千，我们对前科人员进行新一轮的调查。"支队长说，"等明天，估计能给你们一个回复了。"

152

第六章
废窑洞

这一夜，睡在一个标准间里的冯凯和顾红星互相都没有怎么说话。顾红星在思考如何从今天白天获取的这些信息里找出一个线头，最终拽出凶手。而冯凯则一直念念叨叨："佛祖保佑，上帝保佑，菩萨保佑……"

一夜无话，第二天一早，支队长果然兑现了他的诺言。

通过一夜的调查，广州警方确实找出了几个曾经嫖宿过千千的人，和几个认识千千的卖淫女。但是没有找到自称嫖宿过万万的人，也找不到认识万万的卖淫女。这些人都说已经大半年没见过千千了，她应该是"从良"了。

根据这几个人的口述，治安支队找到了刑警支队，邀请了模拟画像的专家，用铅笔手绘了一张千千的相貌图。

模拟画像是近两年才开始慢慢时兴起来的刑事技术，广州市局也算是率先开展了。模拟画像就是画像师通过人的口供、描述，在自己脑海里先形成一个人物的肖像，再用素描的方式呈现在纸上。模拟画像技术开展之后，在很多案件上都发挥了重要作用。尤其是在没有监控的年代里，模拟画像能给人更加具象的印象。但模拟画像也有它的局限性：因为画像的基础是当事人的口头描述，那么当事人对被画像人的认知程度、当事人的记忆力和描述力，直接影响了画像的可靠性。

而支队长拿来的这张模拟画像，可靠性就比较强了，因为它来自多名人员的口述，尤其有几个人还和千千有过数面之缘。这些人都认为画得比较像，那就是真的像了。

"把这个张贴到龙东县的大街小巷，我就不相信找不出这个人来。"冯凯看着手中栩栩如生的画像，心里已经有了九成的把握能够破案了。

"找出身份来，还涉及找人。"顾红星则没有那么乐观，"中国这么大，她能跑到广州，就能跑到更远，或者更偏僻的城市，要找到她还是很难的。"

冯凯一想也是，现在这个年代，还没有监控，还没有全国联网追捕逃犯的条件。不像陶亮那个年代，只要知道了身份，逃到天涯海角，也能给抓回来。

"等你们搞清楚了身份，可以申请通缉令啊。"石大队提醒道。

"啊？公安部A级、B级通缉令？"冯凯惊讶道，"是不是叫这个名字？"

冯凯惊讶，是因为他明明记得这样的通缉令是2000年才开始有的。

"什么级，我不知道啊。"石大队说，"但毕竟是跨省作案，知道身份就能像

153

'二王①'那样，对她进行悬赏通缉了呀。"

"这是一个好办法。"顾红星说，"人民战争的汪洋大海，她是逃不掉的。"

"那我们是不是应该抓紧时间回去了？"冯凯摩拳擦掌。

"别急，还有一个信息，虽然不一定有用。"石大队说。

"什么信息？"冯凯问，"只要是信息，就一定派得上用场。破案，不就是不断地用信息缩小范围，最后指向凶手嘛。"

"支队长说，他们找到了以前处理过的一个嫖客。"石大队说，"这个嫖客，对千千印象很深刻，据他说，千千的胸口，有一个文身。"

"胸口？"冯凯说，"那能看到的人不多吧？恐怕不一定能成为排查条件。"

"是啊，我也是这样认为的。"石大队说，"但这个嫖客说，她的那个文身很有特点，问她是什么，她不说。"

"怎么个有特点法呢？"

"他说，看起来，像一个洋葱，又像一头大蒜。"

"洋葱？大蒜？"顾红星拍了拍脑袋，说，"啊，应该是一个水仙花苗吧！"

"你咋知道？"冯凯吃惊地看向顾红星。

"你忘了吗？四年前我们在龙东县侦办的一起案件，涉及一个非法迷信组织，他们的成员就喜欢在身上文水仙花苗啊。"顾红星的双眼里闪着欣喜的光芒。

"啊？是吗？哦，好像是的。"冯凯装模作样地回忆着。

"这个搞封建迷信的组织首脑，被判了12年，现在恐怕还在龙东监狱里吧？"顾红星说。

"你是说，拿着画像，让组织首脑去辨认？"冯凯说。

"是啊！"顾红星已经归心似箭了，说，"这个组织据说是七十年代初成立的，1981年被捣毁，而千千1980年就来了广州。据说这个组织进去了就不容易出来，那么她应该是偷跑出来的，这样的话，他们的首脑有可能还记得她！"

"好嘛，你看我说得对不？"冯凯得意扬扬地对石大队说，"只要是信息，就一定对破案有用！你看你这信息，基本上直接指向凶手了呀！"

---

① "二王"：即"东北二王"，指王宗坊、王宗玮兄弟二人，是1983年公安部在全国通缉追捕的持枪杀人犯，他们制造了当时震惊全国的大案"东北二王特大杀人案"，是自新中国成立以来第一起全国性质的大案。1983年9月18日，在江西军警的配合下，"二王"被击毙。

第六章
废窑洞

2

虽然千千可能涉嫌"1985.1.28"命案，但是毕竟目前只知道她大致的特征，而不知道具体身份。所以石大队在和他们市局领导汇报后，决定暂时不派员赶赴龙东县开展工作。一来是因为警力着实紧张；二来是他们也相信像冯凯、顾红星这样优秀的龙番市公安局侦查员可以轻松胜任抓捕千千的工作。

石大队他们答应，只要顾红星他们一确认千千的具体真实身份，就会向省厅汇报，两个省厅会同时向公安部申请悬赏，对千千进行抓捕。

千千是个"社会女孩"，即便她有一定的资金，也绝对不可能到一个鸟不拉屎的偏远山村去生活，最大的可能，她还是躲在某一座城市的角落里，享受着她这些年积攒下来的财富。

因此，只要通缉令一发布，再附上千千的近照，那么很快就会有各种各样的线索，引导警方找到她。1983年，连那么狡猾、专挑没人地方钻的"二王"都没能逃脱人民战争的汪洋大海，千千也一定难逃法网。

顾红星和冯凯信心满满地乘坐最近时间的一班火车，打道回府。

26个小时之后，火车抵达了龙番站。

事先接到电报的卢俊亮已经驾着刑警大队的吉普车，在火车站的站台等候。顾红星和冯凯一下火车，便钻进吉普车，向龙东监狱风驰电掣般驶去。

精明能干的卢俊亮在去火车站接顾红星、冯凯之前，就已经先行赶去了龙东监狱，办理好了会见手续。所以在他们进入监狱的时候，这个名叫杨振河的封建迷信犯罪组织首脑就已经坐在会见室里等着他们了。

"杨振河，坐了4年牢了，改造得怎么样了？"冯凯盯着对面那颗锃亮的脑袋，问道。

"报告政府，我已经充分认识到自己的错误，保证绝不再犯。"杨振河回答道。

"现在我给你一个立功的机会，想不想要啊？"冯凯问道。

杨振河眼睛一亮，说："报告政府，想要！"

顾红星从口袋里掏出那一张模拟画像，说："你的会员，还记得她吗？"

"那叫教众，不叫会员。"冯凯提醒道。他总觉得会员和VIP有点什么关系。

杨振河眯起眼睛盯着画像看了半天，说："报告政府，我觉得像是林家的二丫头。"

"说详细点。"冯凯心中狂喜,拿出了纸和笔。

"哦,我们村林大友,他老婆叫穆瑞,他们大女儿叫林靓靓,二女儿叫林倩倩。他们全家都信我这个,我这个,'神'。"杨振河说,"报告政府,我现在自己也不信这个了,我现在是无产阶级无神论者。"

"倩倩,千千。"冯凯满意地点着头,他知道龙番这边的乡音,倩倩和千千的读音是一样的。广东那边的人以为"千千万万"是个好彩头,说不定也只是一个误会。

"行了,如果查实,算你立功。"站在一旁的管教说,"杨振河,听口令,起立,向右转,齐步走。"

顾红星和冯凯与管教说了一堆感谢的话,给龙东县公安局打了个电话,就直接向杨振河所住的下湾村驶去。

在龙东县公安局同志的配合下,顾红星他们对林大友全家进行了调查。可以确定的是,这个林倩倩确实是在1980年不明原因离开了龙番,从此一去不复返。而且林倩倩离开的季节和金苗去广州打工的季节一致。因为他们平时根本不关心林倩倩,而且这事儿旷日持久,所以她具体离开的日期,都没人记得。

但是根据林大友给顾红星他们提供的林倩倩的多张生活照片,坚定了顾红星的信心。因为林倩倩的长相,和模拟画像相似度非常高。

"这三张照片,一张是一寸照片,可以清晰看出五官轮廓;一张是全身照,能看出身材体态;还有一张是彩色照,我天,这个年代有彩照的还真不多,我看这家条件一般,林倩倩还真是舍得花钱哦。"冯凯满意地嘀嘀咕咕,抬起头对龙东县局的刑警大队长黄谦说道:"黄大队,把这三张照片,扫描一下,啊不,翻拍一下,一起寄给省厅,申请一下悬赏通缉,另外,也寄一份给广州市局,让他们一并申请悬赏通缉。"

"还有林倩倩的基本资料,要一并上报。"顾红星提醒道。

"我看,一个礼拜,最多两个礼拜,就能知道她的藏身之所了!"冯凯信心满满地说。

"对了,你们这事儿,我负责办妥,但我这边有个案子,还请你们给我们指导一下。"黄大队说,"请神不如撞神,既然来我们这儿一趟,怎么着也得给你们找点差事做做啊。"

"杨振河都说了我们是无产阶级无神论者,你看你这觉悟,还不如一个劳改犯。"冯凯哈哈一笑,说,"说吧,什么案子?"

第六章
废窑洞

"煤窑里面发现一具女尸。"黄大队说,"衣着整齐,看起来不像是流浪汉。"

"走吧,那就去看看。"冯凯挥了挥手,说道。

卢俊亮开着车载着两人,跟在黄大队的吉普车后面,向龙东县城东面进发。龙东县产煤,而且矿层比较浅,所以这里没有什么大型的煤矿,基本都是一些十几米、几十米深的小煤窑。而开采这些煤窑的,并不是专业的煤矿矿工,而是农闲兼作的农民。具体方法就是用垂直或者斜坡的方式挖掘通道进入有煤的地层,先排出地下有毒气体,再派人进去挖掘煤炭,最后用小推车推出来。

事发的现场,就是一个20多米深的小煤窑,采用了斜坡挖掘进入的方式。由于这个小煤窑已经开采多年,此时已经是废弃的状态。在这一片小煤窑间负责巡逻的一个大爷,在今天一早巡逻的时候发现,这个废弃的小煤窑的窑口,有一个铺盖卷。出于好奇,大爷就打着矿灯,顺着小煤窑的斜坡向下去探查了一下。没走多远,就发现不远处有一具俯卧着的人体,于是报了警。

派出所民警抵达后,进入小煤窑,确定这个30多岁的女子已经死亡,随即向刑警大队请求支援。冯凯和顾红星抵达的时候,尸体已经被民警抬出了煤窑,摆放在煤窑窑口的空地上。

"你要不要和我进去看看?"顾红星蹲在煤窑的窑口,见地面有大量的鞋印,于是问道。

冯凯看了看地面,地面是土质的,因为前一阵子下了雨,土质比较松软,一脚踩下去,就会陷进去两三厘米的那种。冯凯心想,这样的地面,可想而知里面会有多少足迹了,估计顾红星这"愚公移山"的傻劲又得上来,于是说:"我还是先去看看这人的身份吧,身份更重要。"

"那也行,我们三个就分工一下。"顾红星说道,"小卢,你配合他们法医先看看尸体。这个尸体上有伤吗?"

一名年轻的法医向前迈出一步,说:"报告领导,死者颈部和身上都有伤,而且从尸体上看,窒息征象很明显,应该是被掐颈导致死亡的。"

"扼死不能自己形成,所以这是一起命案。"卢俊亮总结道。

"老凯你们去查一下死者是谁吧,也许尸源查清楚了,案件也就查清楚了。"顾红星说完又转脸问黄大队:"你们现在有几个技术员?"

"两个,喏,就他们俩,都是年轻人。"

"走吧，我们一起进去，把所有的鞋印都提取下来。立体足迹，用石膏取模。"顾红星朝两名技术员招了招手。

"所有的？"技术员们面露难色。

"对。"顾红星一边换着胶靴，一边斩钉截铁地说道。

冯凯心想还真是被自己猜中了，这家伙傻劲真的又上来了。不过也可以理解，在这种环境下的现场，想要留下什么指纹是不可能的，也只有鞋印是最好的辨别依据了。为了防止顾红星拉壮丁，他连忙来到了黄大队面前，问："一点辨别身份的依据都没有吗？"

"我已经安排派出所在附近几个村庄进行人员排查了，看有没有失踪人口。"黄大队说，"死者的衣服都是裁缝做的，身上也没有随身物品，这个铺盖卷不知道是不是她的，也没有什么特征。你说，既然不像是流浪汉，谁出来还带铺盖卷啊？我们这里又不是打工者的聚集地。"

"这不是还有鞋子吗？"冯凯指了指尸体的脚，说，"这鞋子总不像是做的吧？我和你说啊，再过几十年，侦查员也逃脱不了上街在商店里找鞋子的命运。"

说完，冯凯蹲在尸体边，仔细看了几眼鞋了，像是要把那样子刻在脑海里一样，然后又站起来，说："远抛近埋，藏窑洞里，肯定就是附近的人，我们去镇子上走走，说不定就能找到鞋子的来源了。"

黄大队带着冯凯和几名侦查员离开了现场，而顾红星头也不回地带着技术员们从窑口向窑内逐步进行勘查。他们对每一个鞋印都灌注了石膏，等候着石膏凝结成硬块，从而把固定在泥土里的鞋底花纹完整地保存下来。

从窑口一直到尸体所在的区域，直线距离有50多米，其间可以看见的足迹有200多个。而灌注石膏远没有倒开水那样简单，需要仔细倾注，不能倒太多让石膏溢出，也不能倒太少，导致鞋印没被提取全。

光这样慢慢地注入石膏，顾红星就整整花了一个下午的时间。

两名技术员跟着他腰酸背痛地灌注完了所有的鞋印，窑口的石膏已经硬了，又要从窑口开始采集鞋印。如果不是顾红星的级别高，估计这俩人早就开始抱怨了。

但顾红星并不觉得辛苦，他一边采集着鞋印，一边研究着鞋底花纹，等看完一遍200多个石膏模型，天也都黑了。

"怎么样？尸体解剖完了？"顾红星此时才察觉到自己的腰已十分酸痛。

当时火葬场里都没有尸体解剖的地方，大部分地方的法医都是在现场附近找个

第六章
废窑洞

僻静的所在进行解剖。这一片小煤窑平时周围也没人,是一个尸体解剖的好地方。

"结束了。"卢俊亮一边脱着手套,一边说,"死者身上没有找到什么有特征性的疤痕、胎记或者文身,通过我们这边寻找尸源,恐怕不行了。我们目前只知道是AB型血。"

"知道血型也没用,大部分老百姓并不知道自己什么血型。"顾红星说,"尸源的事情,得相信冯凯,他总是有办法的。"

"嗯。"卢俊亮说,"尸体的尸斑还没有完全固定下来,尸僵强硬,应该是昨天上午死亡的。死亡原因嘛,和我们分析的差不多,应该是被人扼死的。"

"卡脖子是吧?"顾红星有些不习惯卢俊亮的专有名词。

"嗯。你看,她的锁骨上缘有暗紫色的掐痕。"卢俊亮指着尸体的颈部,说,"我们也解剖了她的喉咙,整个喉头都是水肿的。"

"水肿?"顾红星问,"就像是被打肿那样?"

"那倒是不一样。"卢俊亮说,"有些扼颈的动作,会刺激到喉头,导致喉头充血、水肿,最后堵塞呼吸道,从而窒息死亡。尸体的窒息征象也是很明显的,有指甲的青紫、口唇的紫绀,还有心血也是不凝的。反正机械性窒息死亡是没有问题的。"

顾红星有些半懂不懂,说:"掐死,不都是舌骨骨折吗?"

"这我们都仔细看了,死者的舌骨和甲状软骨都没有骨折。"卢俊亮说,"也不是所有扼死都会导致这两块骨头骨折的,要看力量和位置。"

顾红星点点头,问:"身上还有什么其他伤吗?"

"没了,约束伤都没有。"卢俊亮说,"哦,也有,但都是一些陈旧的擦伤疤痕,或是已经快好了的皮下出血,还不少呢!"

"不少?"顾红星走近一看,果然,尸体上有一些陈旧的疤痕,和一些已经成黄绿色的挫伤痕迹,甚至还有一些圆形的疤痕,顾红星知道,那是烟头烫伤的痕迹。

"这会不会是虐待啊?"顾红星猜测道。

"嗯,我也觉得是。"卢俊亮说,"感觉这个掐颈的动作,不是为了掐死她,如果是虐待,倒也是有可能的。只是力气没把控好,失误了。"

"那就好办了。"顾红星微微一笑,说,"尸源查清,案子不也就破了吗?"

"是啊,虐待都是身边的人所为。"卢俊亮说,"死者身上没有抵抗伤,我们也分析应该就是熟人作案。一开始我们猜测,没有抵抗伤会不会是因为凶手乘其不备作案,但如果凶手经常虐待她的话,那她就是习惯性不敢反抗罢了。"

"没关系,有了这个推断,加上我们有全部足迹,我觉得这个案子,应该不难破。"顾红星看了看正在把200多个石膏鞋底模型往一个不知道从哪里弄来的大竹筐里堆放的两名技术员,说,"这活儿我来干就行了,你们俩有新的任务。"

两个技术人员浑身一颤。

"不复杂。"顾红星说,"当天到达现场的,有报警人、派出所民警和帮忙抬尸体出窑洞的人。这几个人,你们全部都要找到,然后把他们今天穿的鞋子,都给借来。哦,对了,小卢,尸体的鞋子你也给装在袋子里,我要带走。"

卢俊亮点了点头,开始装鞋子。他知道,顾红星这是要把进出过现场的所有鞋子的鞋印从这200多个足迹里排除掉,剩下的,就是犯罪嫌疑人所留的鞋印了。

"尸检,还有什么发现吗?"顾红星问道。

"针对个体特征,我们分析死者应该是在35岁左右,生育过。"卢俊亮说,"还有就是,死者的胃内容物是充盈的,应该是末次进餐后两小时之内死亡的。吃的食物是稀饭和咸菜,结合她死亡的时间,我们认为这一顿应该是早饭。"

"你说,死者是死后被抛尸到这里,还是在这里被杀害的呢?"顾红星突然更换了话题。

"啊?这,这我还没想过。"卢俊亮左右看了看,说,"这里确实是个杀人的好场所,毕竟没人嘛。"

"你看看死者的鞋底,有很多泥。"顾红星说,"这些泥巴和现场的泥巴色泽、松软度是一样的,而且现场有死者的鞋底花纹。"

"哦,我明白了,你是说,死者是以直立行走的状态进入现场的。"卢俊亮说,"所以这不是抛尸现场!如果是抛尸现场,尸体脚上的鞋子就不会沾染到现场的泥巴了!"

"对。"顾红星说,"可是,死者为什么会跟着凶手走到这里来呢?"

"也许是骗来的呗。"卢俊亮一边收拾着解剖器械,一边说,"总之啊,肯定是熟人作案,这没跑了。现在就指望着凯哥突破尸源问题,从而破案喽!"

3

顾红星他们乘车回到龙东县公安局的时候,公安局小楼里灯火通明。

顾红星和卢俊亮抱着一个装满了石膏模型的大竹筐,看起来就像是刚刚从果园

第六章

废窑洞

摘完果子回来的果农。他们费劲地把竹筐放到了刑警大队的办公室，整条路上都没有遇见一个人。

"人呢？人都哪儿去了？"顾红星一边走，一边往位于地下室的审讯室走去，他似乎听见有声音从那里传来。

"顾大，我们回来了！"两名技术员骑着一辆摩托车，拎着一大袋鞋子，驶进了公安局大院。

"你们人队长呢？"顾红星问。

"不知道啊。"技术员回答道，"刚才一离开现场，我们就直接去找鞋子了。"

"应该在那里吧。"顾红星指了指地下室，走了过去，敲了敲门。

过了一会儿，一名侦查员来开门。

"黄大队，在里面吗？"顾红星伸头向里面看去。

侦查员下意识地用身体挡住了顾红星的视线，说："在的，在的，在审讯。"

"审讯？"顾红星一惊，说，"你是说，这案子，已经破了？"

"那必须的，尸源查清了，案子就直接破了。"侦查员说。

"那冯凯呢？"

"冯凯和我们一名侦查员，去凶手家里找他孩子谈话去了。"侦查员说。见顾红星有了疑惑的表情，连忙又补充了一句，说，"您放心，冯凯先去接了孩子的老师，一起去问话的。询问未成年人，会有成年人在场的，这个我们都懂。"

"好，破案就好。"顾红星虽然知道这是一件好事，但总觉得有些不踏实，说，"我进去看看，旁听。"

"别。"侦查员居然拒绝了顾红星，说，"审讯刚开始，您要是进去，打断了他的情绪，怕是又要多花一些心思了。"

顾红星本身也不是强人所难的人，见侦查员这样说，自己毕竟只是上级公安机关的人，不是案件的主办主体，所以也不好多说什么。他想着那一大箩筐的石膏足迹，心想要把这些足迹都搞清楚，还是得花不少时间的，于是转身离开了。

回到了龙东县刑警大队办公室，本该休息的顾红星没忍住自己的好奇心，便开始翻动箩筐里面的石膏模型。他小声对自己说："不管案情是什么样的，一会儿冯凯回来就能全部搞清楚了。还是得把证据搞扎实，才能帮助破案。"

"哦，对了，小李，小李在吗？"顾红星高声喊起技术员的名字。

年轻的技术员小李已经累了一天，正准备洗漱，听见顾红星又在呼唤，难免有

些不耐烦:"在,在。"

"小李,你还得辛苦一趟。"顾红星说,"把那嫌疑人的鞋子给我拿来。"

卢俊亮默默地陪在顾红星的身边,虽然他蹲在地上解剖了一下午尸体,此时也是腰酸背痛,但他仍在坚持,他总不能让顾红星独自在这里清理足迹。

"你不休息吗?"顾红星问。

"没事,不累,这足迹,怎么弄?"卢俊亮问道。

"来,我们首先要分门别类。"顾红星一边忙活,一边念叨着,说,"先搞清楚这些进入现场人员的足迹,把这些花纹牢牢记在心里。然后再把这些石膏模型,根据鞋底花纹来分类,哪些是报案人的,哪些是民警的,哪些是搬运尸体的人的。要注意看啊,有一些鞋子的鞋底花纹非常相似,只有细微差别,一定要仔细辨别。"

"这活儿简单。"卢俊亮说,"我跟你说,上学的时候,我成绩最好的就是几何了,对这种形状类的东西,我最敏感了,保证给你分得好好的。"

"那行,你就负责分类。"顾红星说,"我就负责来看花纹的细致特征。"

"啊?除了分类,还要看特征啊?"

"一会儿再仔细教你。"

两个人一边说着,一边干了起来。不一会儿,整个办公室的地面,都被石膏模型给铺满了。

"报警人的,一号派出所民警的,二号抬尸体的……"卢俊亮一边看着石膏模型的底面花纹,一边默念着把石膏模型归类。

"总算是归完啦。"卢俊亮把最后一个石膏模型放在"二号派出所民警"的鞋子旁边,直起腰说,"欸,不对啊,怎么所有的石膏模型都找到鞋子主人了?"

正蹲在石膏堆边观察花纹形态的顾红星,闻讯也回过头来看。果然,技术人员提取回来的七双鞋子后面,除了犯罪嫌疑人的鞋子旁边没有石膏模型,其他鞋子边都摆了不少石膏模型,却没有一个石膏模型是独立于这七双鞋子之外的。

如果"独立"出来的石膏模型多,倒还好办,但这一个都没有,就实在是有些说不通了。顾红星没有说话,而是继续蹲下来研究着石膏模型。

就在此时,刑警大队办公室的大门被一把推开,冯凯大摇大摆地走了进来,差点踩到一个石膏模型。

"你小心点。"顾红星责怪道。

"哎哟!我的天,你这是在干啥呢?"冯凯见一地的石膏模型,说,"看出啥了

第六章
废窑洞

没?我们这边,案件已经基本上破了。"

随后,冯凯先复述了自己的工作。

黄大队和冯凯离开现场之后,就到镇子上去找哪里有卖死者脚上穿的那种球鞋的。没有想到的是,进展比想象中要迅速得多。他们找到了镇子上的鞋店,进去刚描述了几句球鞋的样子,鞋店老板却直接打断他们说:"波浪纹,白色的,有蓝斜杠,鞋跟磨损严重,还挺脏的。你们究竟是要找人还是要找鞋?"

这一个开场白,整得冯凯都不知道怎么回答了。

后来才知道,鞋店老板总是对别人穿的鞋子比较在意。所以,当冯凯刚开始描述的时候,鞋店老板就立即想起了自己经历的往事。大约半年前,鞋店老板在进货归来的时候,在村口偶遇了一幕:东方村里的一个女精神病人叫汪兰花,和她的丈夫在村口的一个岔路口拉扯着。当时是冬天,汪兰花却只穿着一双布球鞋,让鞋店老板都觉得很冷。他当时想,这家人这么穷吗?厚一点的棉布鞋总买得起吧?谁在这个季节穿这么薄的鞋子啊?因此,这双鞋子就给鞋店老板留下了深刻的印象。

据鞋店老板仔细描述,当时应该是汪兰花的丈夫冯川想把汪兰花丢在路口,自己骑车离开,但是汪兰花死死拽着冯川的自行车载物架不松手,因此两人发生了拉扯。

冯凯一听,顿时产生了浓厚的兴趣,遗弃啊,说不准就预示着杀人的动机。得到这一情报后,黄大队和冯凯立即赶去了辖区派出所,了解这一家庭的情况。

汪兰花,今年37岁,是一个间歇性精神分裂症的患者。据辖区民警的记录,这个汪兰花大概是在生育一子之后,就逐渐出现了精神病的症状,主要表现是发病的时候打砸家中的物品,在家中撒泼耍赖,但似乎还没有对邻居和其他村民产生过不良影响。不发病的时候,和正常人无异。她的丈夫冯川,今年40岁,务农。两人有一个儿子,冯致富,今年12岁,是东方村小学五年级的学生。

对冯川以前是否存在虐待、遗弃汪兰花的行为,辖区派出所民警表示并不了解,他们也从来没有因为这些事情接到过报警。

从派出所获知的信息有限,冯凯决定亲自去冯川家里一探究竟。

冯凯和黄大队抵达冯川家里的时候,冯川正在给孩子准备晚饭,在他们问到汪兰花的去向的时候,冯川表示自己并不知道妻子去哪里了。冯凯在冯川家里溜了一圈,见墙壁上挂着一个相框,里面有一张发黄的结婚照。当时的结婚照,就是新郎新娘坐在一起的半身照,和现在的结婚证照片差不多。虽然照片是黑白的,但也足以让冯凯确定死者就是汪兰花了。

冯凯给黄大队使了个眼色，黄大队一挥手，两名民警就直接掐住了冯川，而另一名派出所的女民警直接把冯致富带离了现场。

在冯川的家里，冯凯和黄大队对冯川进行了突击审讯。虽然他的眼神里尽是惊慌失措的神情，却非常嘴硬，坚持说自己的妻子早上就不见了，自己并不知道她去了哪里。既然审不下来，黄大队就让民警把冯川先行押回刑警大队。

冯凯和黄大队分头对冯川家的周围邻居进行了调查访问，得到的反馈是一致的：冯川经常家暴汪兰花，有的时候打得很惨，周围邻居都能听见江兰花杀猪般的叫喊声。但是当时的人们认为这是别人的家务事，自然不好插手，于是也没有人去多管闲事。冯凯想到了林淑真总是想给他"拉郎配"的袁婉心，那个温和而文静的姑娘，她也曾遭遇过家暴，也曾陷入过绝望。

但她活下来了，而汪兰花却死了。

冯凯还问到了一个有价值的线索：冯川曾经多次骑自行车载汪兰花去比较远的地方，意图丢弃汪兰花。这和鞋店老板反映的情况是一致的。

由此，冯凯和黄大队把调查情况汇总后，一合计，大致推导出本案的基本情况了：因为汪兰花有精神病，所以冯川经常以"遏制病情发作"为借口，殴打汪兰花，并且因为嫌弃她，总是想把她遗弃。于是在昨天早饭后，冯川带着汪兰花去了小煤窑附近，准备在窑口把她丢弃，但汪兰花像往常一样缠住冯川不放，冯川于是在拉扯中掐住汪兰花的脖子，导致她死亡。

有了推断，就有了方向，但冯凯和黄大队两个人的侦办思路还是出现了分歧。黄大队认为当务之急，是要拿下冯川本人的口供，而冯凯则认为应该尽可能多地寻找旁证，组成口供的证据链。比如他们的孩子冯致富此时放假在家，很有可能知情。因此，才有了两人分头行动的决定。

"你们呢？你们有什么发现吗？"说完这些，冯凯咕咚咕咚灌下去一大杯水，问道。

卢俊亮立即把自己和顾红星的工作也复述了一遍，尤其是强调了尸体解剖所得出的结论。

"嗯，虐待，这和我们之前的调查结果是一样的。"冯凯说，"我这次去找冯致富问话，也获得了一些信息。这孩子，对我们还是很抵触的，一开始在派出所什么都不说。还好，我有办法让他开口。"

顾红星一边看着石膏模型，一边听着冯凯说话，他知道冯凯的鬼点子多，也不

第六章
废窑洞

好奇他是用了什么办法让孩子开口的。

"这孩子说,他爸爸确实经常打他妈妈。"冯凯接着说,"而且还说,他爸爸曾经好几次把妈妈带出去,然后自己回来了。但是那几次,没隔几个小时,顶多隔一个晚上,他妈妈就自己回来了。你说,这不是遗弃是什么?这一次,他甚至连铺盖卷都带上了,所以才去了那么远的小煤窑。"

"昨天上午发生了什么,孩子可说了?"顾红星蹲在地上,头也没回就问道。

"孩子说自己8点钟醒来的时候,妈妈就不在家了。"冯凯说,"但他爸爸在家,他爸爸说不知道他妈妈去哪里了,可能出去溜达了。根据调查,汪兰花是在产后才开始出现精神病症状的。发病后,她基本上什么家务活或者农活都不干,都是冯川一个人承担的。这么重的负担,自然也就容易产生杀人的动机了。"

"这就没了?"卢俊亮觉得这信息有点少。

"这孩子还说,冯川在两天前的晚上,也就是大前天晚上,还打了汪兰花。"冯凯说,"其他就没什么了。这个口供,也印证了冯川虐待、遗弃汪兰花的事实。"

"杀人的证据没有啊。"顾红星说。

"这我知道。"冯凯说,"这不是指望你呢吗?不过现场条件确实差,如果你们找不到证据,那就得看看口供的情况了。不行了,刚坐完火车就办案,我这腰受不了了,我得去睡觉了,你们不睡?"

"一会儿就睡。"顾红星依旧拿着放大镜看石膏模型,说,"明早再说吧。"

第二天一早,冯凯重新回到刑警大队办公室的时候,发现顾红星一夜没睡。

"出差回来就这样干,你小命不要了啊?"冯凯关心地问道。

"听说冯川交代了?"顾红星说。

"不知道啊,走,去他们大队长办公室看看?"

"8点钟说要通报专案组审讯的情况,还有10分钟,等会儿我们去看看吧。"顾红星一脸凝重,一点也看不出破案的喜悦。

"那你们鞋印勘查的结果怎么样啊?"冯凯好奇地看向依旧在摆弄那一箩筐石膏模型的顾红星。

"一会儿再说吧。"顾红星把手上的石膏模型放进箩筐里,重重地叹了口气。

上午8点钟,专案通报会准时开始,龙东县公安局局长亲自参加。

"无论从动机上,还是从之前的反常行为来看,什么人会杀死一个间歇性精神病患者呢?只有她丈夫冯川!"黄大队胸有成竹地说,"昨天晚上的连夜突审,他

165

已经交代了自己的罪行。说自己像往常一样，准备把汪兰花带走遗弃，但未曾想汪兰花一直抵抗，情急之中，他就掐死了她。"

"嗯，以前的虐待、遗弃行为，不仅他的邻居可以证明，他自己的儿子冯致富也可以证明。"冯凯晃了晃手中的询问笔录，说道。

"有口供了啊，那好。"局长说，"你们认为，现在可以结案了吗？"

"我认为可以了。"黄大队说，"我们会把他主动招供和汪兰花平时精神病发作时的状态写清楚，估计也不会被判死刑。"

顾红星心里清楚，黄大队应该是用"免死"作为诱惑，让冯川最终招供的，此时黄大队正在兑现自己的诺言。

"新的《刑诉法》《刑法》要求越来越严格了，仅仅是口供定案，单薄了一点。"冯凯插话道，"目前似乎没有什么可以证明犯罪的证据。"

"可是现场条件你们都看到了，没那么容易留下证据吧？"黄大队说，"总不能没有痕迹，就不定案吧？言辞证据也是证据，只要能解释、印证，就可以结案了吧。"

冯凯没有说话，用求助的眼神看向了顾红星。

顾红星翻了翻自己面前的笔记本，说："对，不是所有的案件，都能获得物证的。"

冯凯大吃一惊，这家伙居然站到了黄大队一边。

看了一眼面露满意神色的黄大队，顾红星接着说："不过，如果我们获取的现场物证，和你们的调查结果相左，那就不得不重新审视这个案件了。"

"相左？"黄大队吃了一惊，说，"什么意思？"

"如果抛开你们的调查结果，我们现场勘查的结论就是……"顾红星停顿了一下，说道，"这一起案件，没有犯罪嫌疑人。"

4

在全场侦查员惊愕的表情中，顾红星开始叙述他的勘查结果了："我们对现场所有肉眼可见的立体足迹都进行了提取，一共提取了218枚足迹，其中还有一些是多个足迹夹杂在一起的。通过对这些足迹的逐个排查，可以肯定的是，所有的足迹都来自死者、报案人、派出所警民警和搬运尸体的工人。冯川所穿鞋子的足迹，并没有出现在这218枚足迹之内。"

"哦，这个简单。"黄大队说，"这个冯川很有可能穿的是别的鞋子啊！我们可

/// 第六章
废窑洞

以去把他家的鞋子全部找出来给你看。不过那也不一定能找到,因为冯川有可能把作案时候的鞋子给丢弃、毁坏啊。"

"你没听懂我的意思。"顾红星说,"现场不仅是没有冯川的鞋子,而且是没有任何嫌疑人的鞋子。除了合理出现在现场的那些人,就没有其他人再出现在现场了。所以我才说,这一起案件,没有犯罪嫌疑人。"

黄大队和侦查员们都愣住了,一时半会儿没有想明白。

冯凯也是大吃一惊,他反应快一些,说:"也就是说,所有人出现在现场,都应该留下足迹,但是除了那些事后进入现场的人,现场就只有死者的足迹?"

顾红星点了点头。

"那就邪门了,凶手总不能是飘进去的吧?"冯凯说。

"咱们不能讨论不科学的东西。"黄大队像是想明白了什么,说,"会不会是凶手穿着死者的鞋子进入了现场,杀完人之后把鞋子又套在了死者的脚上?"

"那他怎么逃离现场呢?"顾红星反问道,"现场也同样没有发现赤足迹或者袜印啊。"

"会不会是报案人、搬运工这样的人作案,然后他们又假模假样进去干活儿?贼喊捉贼?"冯凯自言自语道。

"那绝对不可能。"黄大队说,"贼喊捉贼这种事儿我们见得多,所以对报案人、进入现场的人,我们都会做背景调查。这些人都是没有作案时间的,可以果断排除。"

"那会是什么情况?"冯凯揉着太阳穴,说道,"会不会是垫着木板进去,走的时候,再把木板撤了?"

虽然听起来有些匪夷所思,但是冯凯知道,陶亮那个年代的现场勘查员为了不破坏现场痕迹,进入现场都是需要垫一个叫作"现场勘查踏板"的东西的。

"那木板也会有痕迹啊。"顾红星说。

"我说的,是那种踏板,上面一层木板,下面有四个脚,和板凳差不多,但是接触地面的面积很小,你们不一定发现。"冯凯的脑海里,都是现场勘查踏板的模样(勘查踏板示意图见第 168 页)。

"你觉得杀人会这么费劲吗?"顾红星冷笑道。

"也是,不太可能。"冯凯自己否决了自己的想法。

"哦,我知道了!"黄大队拍了一下桌子,说,"其实这种情况也很好解释。那就是冯川穿的鞋子花纹,和派出所民警、搬运尸体的工人,甚至和死者的是一模一

167

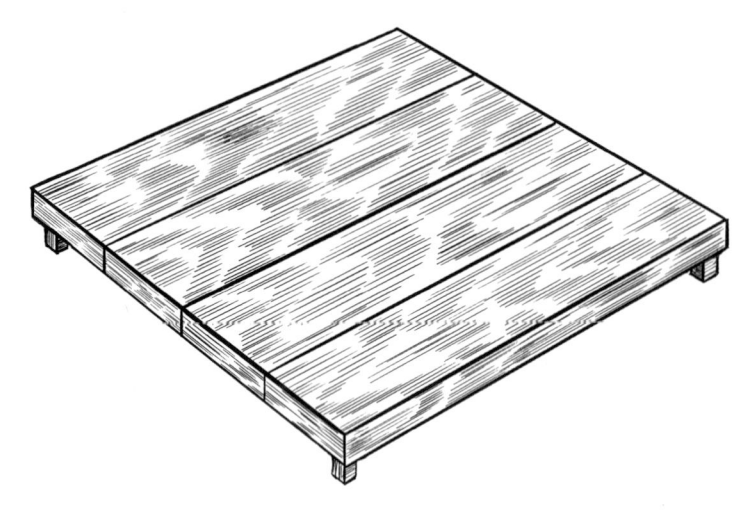

勘查踏板示意图

样的。所以我们就会把他的鞋子误以为是这些人的鞋子。实际上，鞋子的种类也不多，穿一样的鞋了很正常，你们看，我和局长的鞋子就是一样的，连入小都一样。"

"是，确实有这种可能性。"顾红星说，"但是，你们知道为什么在泥土里发现立体足迹之后，要用石膏来灌模吗？而不是简单地用照相机照下来鞋底花纹就可以了？"

黄大队摇了摇头。

顾红星说："因为我们每个人走路的姿势不同，造成的鞋底磨损位置、程度就不同。如果是拍照固定，那么这些磨损痕迹是很难辨别的。但如果是立体的石膏模型，就可以把磨损痕迹完完全全地保存下来。这就是石膏模型的最大优势了。可是，根据我昨天一晚上的观察，每一种类型的鞋底花纹，其磨损痕迹都是相同的，所以我认为他们都来自同一双鞋子。不存在不同的人穿同一类型鞋子的可能性。"

"照你这么说，凶手还真的会飞了？"黄大队往后一仰，难以置信地说，"我们宁愿相信你们的勘查有误，也不可能相信那些不科学的东西。"

"我也没说有不科学的现象发生。"顾红星反驳道，"一切我们认为不科学的东西，都一定有科学的方式可以解释。只是我们现在一叶障目了。"

"也就是说，现在这案子还不能结案？"一旁一直默不作声的局长发话了。

"我觉得可以。"黄大队说，"办案子，我们就要抓大放小。有很多情况是我们意想不到的，不能因为这些意外而否定大的方向。"

第六章
废窑洞

"我反对。"冯凯站在了顾红星一边,说,"现在确实有我们对案件的认知所不能解释的现象,案件当然不能结案。对于这样的现象,你们没有考虑如何去破解它,而是强行用已有的'答案'来解释疑点。这叫作'有罪推定',你把一切解释都建立在了冯川就是凶手的基础上。"

"他已经招供了,认为他就是凶手有错吗?"

"有错。"冯凯说,"法律的精神是'无罪推定',就是所谓的'疑罪从无',指的是只要有疑点,哪怕有口供,也是认定无罪的。因为我们对待每一个嫌疑人,内心出发点都应该是他无罪,而不是有罪。"

顾红星一脸震惊,冯凯说的这个精神,是他之前从来都没有思考过的。现在这么一听,有一种醍醐灌顶的感受。

"有疑点就无罪?按你这样说,所有的案件都没法干了。"黄大队显然是不接受这一观点的。

"慢慢地,等科学技术发展起来,还是有法干的。"冯凯神秘一笑。

"扯远了。"局长说,"现在对你们提出的疑点,得有一个合理的解释啊。"

"是的,这就是我们下一步要去做的事情了。"顾红星说,"我现在唯一想到的突破口就是……死因。"

卢俊亮一惊,陷入了沉思。

"死因有问题?"局长问。

"没问题。"县局的法医回答说。

"不,我觉得我们还是回市里一趟。"卢俊亮说,"给我们半天的时间吧。"

"为啥要回市里?"一坐上吉普车,冯凯就忍不住问道。

"请教师娘啊。"卢俊亮说,"师父一句话点醒了我。"

"哪句话?点醒你什么了?死因真的有问题?"冯凯吃了一惊,问道。

"你别着急问我。"卢俊亮一边开车一边说,"这都是医学问题,我在这里一时半会儿和你说不清楚。"

"不错啊,大学生就是大学生,基础就是比卫生员转行干法医的扎实不少。"冯凯说,"一句话就能点醒你。"

卢俊亮没有回答,此时他心事重重。可以理解,如果是死因或者死亡方式判断有误的话,那么他们法医就要承担对这个案子走了这么大一圈弯路的所有责任。

龙东县城和龙番市很近，吉普车很快就驶进了龙番市第二人民医院的大院。

三个人火急火燎地赶到医院来，吓了林淑真一跳，她慌忙问："怎么了这是？有谁受伤了吗？"

说完还绕着顾红星看了一圈。

"没有，师娘，就是有一个案子想向您请教一下。"卢俊亮说。

"叫姐。"林淑真放下心来，扶着肚子坐回了自己的办公桌前，说道，"这回又是怎么回事？"

"你说，什么情况下，人的喉头会水肿？"卢俊亮问道。

"喉头水肿？"林淑真想了想，说，"感冒啊。"

"不是。"卢俊亮说，"是水肿得很厉害，可以堵塞呼吸道的那种。"

"那么严重啊？"林淑真说，"那我第一反应肯定是过敏。"

"过敏？"卢俊亮一副恍然大悟的表情，说，"这我是万万没有想到的！外伤不会导致吗？"

"外伤一般会导致出血。"林淑真说，"没有出血，单纯水肿的话，过敏的可能性大。"

"那你说，过敏原会是什么呢？"卢俊亮说。

"这可就不好说了，有的人虾子过敏，有的人花粉过敏，每个人都不一样啊。"林淑真说，"这个要靠观察。"

"什么东西过敏，医院检测不出来吗？"冯凯问道。

"好像还没有什么好办法吧？"

冯凯点了点头，心想在陶亮的年代，查过敏原已经是很普及的技术了，没想到这个时候还做不到。

"稀饭咸菜总不至于过敏。"卢俊亮说，"那煤窑里，可能有过敏原吗？"

"当然有可能，比如粉尘，又如瓦斯，都有可能导致过敏。"林淑真说。

卢俊亮双手抱头蹲到了地上，好一会儿才抬起头来对顾红星说："师父，我可能搞错案了。"

"别急，怎么说？"顾红星问道。

"是你的一句话点醒了我。"卢俊亮说，"我们之前认为汪兰花是被扼死的，原因是她的颈部皮肤有皮下出血，喉头有水肿。但是我现在仔细想想，位置不对啊！她颈部的皮下出血是在锁骨上缘，而喉头水肿是在喉结的位置。"

170

第六章
废窑洞

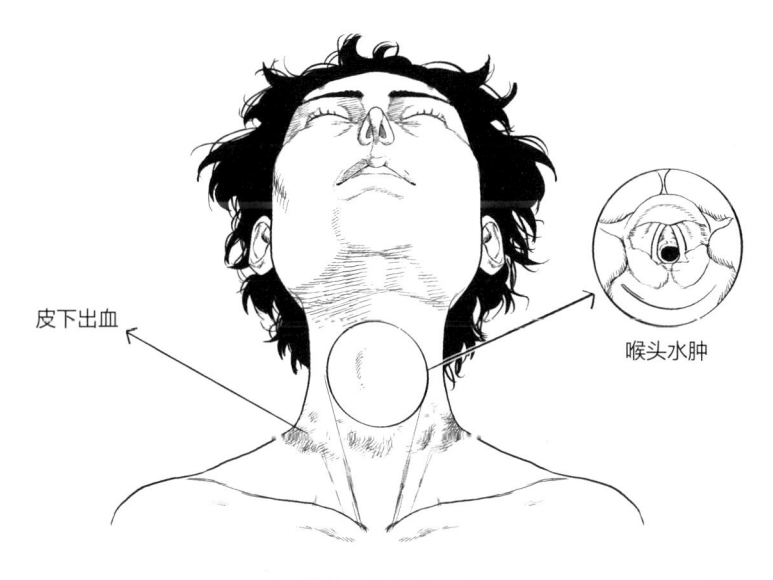

皮下出血

喉头水肿

汪兰花颈部损伤示意图

"那位置是对不上，差了好几厘米呢。"林淑真插嘴道。

"位置。"顾红星沉吟道，"你们法医看损伤的位置，就像我们痕检要看物证的位置。我们不能跳出现场来单独看某一样物证，必须要结合物证在现场的特定位置，才有推断的价值。"

"是的。"卢俊亮说，"还有就是，我回头想想，死者颈部的皮下出血呈青紫色，应该是损伤后两天的颜色。"

"皮下出血先是红色，慢慢变成青紫色，最后是绿色、黄色。因为身体在吸收皮下出血的过程中，会形成含铁血黄素，而随着含铁血黄素的含量增加，皮肤的颜色也会不断改变。"林淑真孜孜不倦地进行着科普。

"如果是颈部掐痕导致的死亡，不应该是青紫色的，而应该是红色的。"卢俊亮说。

"不错，虽然你没有老师教，但你可以在实践中发现问题，并结合理论进行思考。"顾红星说，"这就是进步，这就是成长。哪怕是跌跌撞撞，只要成长了，就是好事。"

"你们说了这么一大圈，原来这不是一起案件啊？"冯凯说，"不是案件是好事儿啊，小卢你也别担心，虽然冯川被抓了，但没抓错，他虐待妻子、企图遗弃妻子这些事儿是查实的，也够判刑的。"

"但险些判了他死刑啊。"卢俊亮仍然自责。

"那黄大队他们也有责任。"冯凯小声说道。

"有个问题。"顾红星说,"我们现在说死者不是被掐死的,而是误入煤窑过敏死的,依旧没有证据啊。黄大队他们是不会采信的。"

"是不是过敏,现在真的一点检测手段也没有吗?"冯凯说。在他的印象里,顾雯雯曾经办过过敏死亡的案例,还做了什么检测,但都是些英文字母,冯凯记不住。

"你等等。"林淑真打开了自己的柜子,在里面找了起来。找了许久,她拿出一本杂志,说:"这是龙番大学的学报,我记得里面好像有一篇关于引进一个什么技术的论文,就是针对过敏的,我有点印象。"

林淑真翻了一会儿,指着一篇论文的题目说:"喏,找到了,就是这个!龙番大学陶若愚教授写的,1966年日本一对科学家夫妇发现了一种叫作 IgE[①] 的东西,通过对 IgE 的检测,可以明确患者是否存在过敏的情况。陶教授他们也在做这方面的研究。很简单,抽一管子尸体的血就可以。"

这个英文名词,冯凯听起来很耳熟。

但比起这个,他对自己听到的另一个名词更感震撼,甚至僵在了原地动弹不得。

因为陶若愚,就是陶亮的父亲。

"好事儿啊,请龙东县局的法医马上去办,把血送到龙番大学去,我们在大学里等他们。"顾红星布置完工作,又拍了拍卢俊亮的肩膀,说,"别灰心,谁没有办过错案呢?以前我和冯凯就抓错过人,但这也是成长的一部分啊。是吧,老凯?"

冯凯被顾红星喊回了魂,说:"啊,对,是,是的。这个陶教授……不是医学教授吧?"

"你认识他?"林淑真惊讶地说,"他确实挺有名的,年轻才俊,和你们差不多岁数,就是副教授了,组织研究了很多课题,主要方向是生物学。不过医学和生物学也有交叉嘛,我们龙番没有医科大,他组织研究这个课题,对我们龙番的医学界肯定是好事啦。"

"不算认识,不算认识,久仰大名而已。"冯凯挠了挠脑袋。

"那走吧,我们先去找到陶教授再说。"顾红星说道。

---

① IgE:免疫球蛋白 E。

第六章
废窑洞

怀着忐忑的心情，冯凯跟着顾红星来到了龙番大学生物系。

年轻时候的父亲会是什么样子呢？

坐在实验室长廊尽头，玻璃门外的冯凯紧张地搓着双手，想着。

自己这不是在做梦吗？而且这不是一个"悬疑刑侦类"的梦吗？这种梦里，父亲都能出场？难不成是他走错片场了？

很快，走廊的另一头响起了脚步声。冯凯紧张地站了起来，向远处眺望着。

可能是背光的原因，无论冯凯的心里有多着急，却依旧只能看到远处一个挺拔的身影，看不清面庞。冯凯使劲揉了揉眼睛，却依旧看不清。

冯凯情不自禁地向玻璃门内走去，却被顾红星一把拉住："你干什么？'闲人免进'看不见吗？"

"我又不是闲人。"冯凯委屈地嘟囔道。

好一会儿，逐渐走近的陶若愚，面庞终于清晰了起来。浓眉大眼，鼻梁高挺，而且额头居然被刘海遮着。在陶亮儿时的记忆中，父亲明明是个秃顶。不过这五官是那么熟悉，熟悉到刻骨铭心。细细看去，现在的陶若愚眼角并没有皱纹，眼袋也没有那么突出，满脸的胶原蛋白。原来父亲也有这么意气风发的时候啊。

"你们好，公安同志！"

熟悉的声音，比陶亮记忆中更为洪亮。

冯凯的眼睛湿润了，他能感觉到自己微微发抖的小腿，能感到有一股暖流从心脏的位置直冲大脑。他想回应陶教授的问候，可是那几个字卡在喉咙里，始终没能蹦出来。

出于长期从事公安工作的原因，顾红星现在的交际能力大大提升，和几年前见到陌生人就结巴的样子已经不可同日而语了。陶若愚教授的热情，让顾红星倍感亲切，两人便站在实验室的玻璃门外交谈起来。顾红星流畅地介绍完案件的基本情况，又好奇地询问IgE检验的基本原理，而陶若愚也毫不保留地把自己的研究课题尽可能用通俗易懂的话表达了出来。

陶若愚和顾红星两人相谈甚欢，反倒是冯凯这个话痨，在一旁站了半天，却一句话也冒不出来。

"这个检测我们还在研究阶段，但保证结果95%的准确率，是没有问题的。"陶教授总结道，"等他们送过来，我们马上着手安排，两个小时的事情。"

感谢过后，顾红星才察觉到冯凯的不对劲，于是笑着对冯凯说："你今天这是

怎么了？看到学者，就不会说话了是吗？"

冯凯终于回过了神，尴尬地清了清嗓子，说："陶教授，你家儿子刚出生不久吧？"

明明是在聊工作，突然被冯凯拉到了生活的话题上，陶教授和顾红星都有点猝不及防。顾红星心里想，冯凯明明不认识陶教授，怎么会知道人家的家事？估计又是在抖机灵。于是他狠狠地瞪了冯凯一眼。

"哎呀，看来公安真是什么都知道啊。"陶教授尴尬地笑了笑，说，"您调查得不错，我那犬子刚刚出生二个月。"

"你那不是犬子，怎么能是犬子呢！那句话叫什么来着，虎父无犬子。"冯凯似乎找到了用平辈口气和自己父亲交流的节奏，甚至还蛮自豪自己这句听起来像是恭维，实际上是自吹自擂的话语。

"你查人家？"顾红星拽了拽冯凯的衣角，从牙缝里挤出了几个字。

冯凯顾不上理会顾红星，嬉皮笑脸地说："这样，我们家顾大队的女儿呢，再过两三个月也要出生了。我看你们聊得这么投机，要不你们来个指腹为婚怎么样？"

"你说什么呢！"顾红星瞪大了眼睛，喝止了正在发神经的冯凯。

陶若愚也是大吃一惊，他用推眼镜的动作来掩饰自己的尴尬，笑着说："冯队言重了，现在是新中国、新社会了。我是新中国的知识分子，不是老学究了。老祖宗的那一套，我们肯定不搞了。"

冯凯明明知道自己是在做梦，突然做出这个提议，完全出于他内心的冲动。他觉得，就算是在梦里，要是这事儿真能成了也是蛮好玩的。假如自己真的要在梦里过一辈子的话，至少可以省去梦里的陶亮去追顾雯雯了，直接青梅竹马，岂不妙哉？至少，自己无法企及的团聚，如果能在另一个自己身上实现，不也少了一些遗憾吗？

说话间，龙东县公安局的法医也驱车赶到了，拿着一管从汪兰花尸体上抽取的血液。陶教授接过血液，逃也似的离开了会见室，去实验室里做实验了。

"你今天发什么神经？"顾红星看着陶教授小跑的背影，问道。

"为你们俩着想而已。"

"你怎么就知道我生的是女儿？"

"怎么？你还重男轻女啊？"

"哪儿跟哪儿啊？我就想要个女儿，但我都不知道是女儿，你怎么知道？"

"猜的呗，50%的概率嘛。"

第六章 废窑洞

"那你也太冒昧了吧！第一次和人家陶教授见面，你就要指腹为婚？"

"开个玩笑，开个玩笑嘛。"

"有你这么开玩笑的吗？你看人家都怕和我们坐在这儿聊天了。"

"也挺好，逼着他亲自去检测，我放心。"

"原来你的鬼心思在这里！"顾红星恍然大悟，"我说你今天这么反常，原来你是害怕他安排手下人去做，怕做出个错误的结果啊？"

冯凯没再接话，默默地想念着他的顾雯雯。

燃烧的蜂鸟

迷案1985

第七章
被划掉的天气

1

从实验室里走出来的陶若愚，面对这两人，依旧是一脸尴尬的表情。

"根据我们两次检测的结果，应该是可以确定的，这人就是过敏。"陶若愚说，"她血液里的 IgE 指标，是正常人的 50 多倍。"

冯凯和顾红星都深深叹了一口气，只有卢俊亮一脸懊悔。

"那他是什么过敏，这个查得出来吗？"顾红星问。

"查过敏原，针对活人是可以的，但是针对已经死的人，怕是永远也没办法了。"陶若愚说。

"至少有了这个报告，案件可以拨乱反正了。"顾红星接过报告，看着那一堆陌生的英文字母，说。

"希望帮得到你们。"陶若愚礼貌地笑着说。

"那必须的。"冯凯点头，又不死心地问，"欸，对了，你爱人是不是也在你的团队啊？我能见见她吗？"

陶若愚吓了一跳，他警惕地看了看冯凯，又看了看顾红星。

顾红星被冯凯这句话气得要死，更让他不能理解的是，冯凯居然是一脸真诚而期盼的表情，完全不像是以前出鬼点子时候的狡黠。他扯了一把冯凯，说："走，我们去龙东。"

"真的，我就见一面，就见一面。"冯凯说。

"你真是莫名其妙！"顾红星傻了眼，不知道该用什么词来形容此时的心情。

"真的，我没有恶意，就是见一面而已。"冯凯继续死皮赖脸。

"这，她在休产假啊。"陶若愚见无法用沉默蒙混过关，只能尴尬地回答道。

"您别理他，他平时就这样疯疯癫癫的。"顾红星一边用力拉着冯凯往门口移动，一边和陶若愚解释道。

第七章
被划掉的天气

"没事，没事。"陶若愚如蒙大赦，连忙拉开会议室的门，做了个"请"的手势。

出了龙番大学，顾红星责备地问冯凯："你又怎么了？又有什么鬼点子？"

"没有。"冯凯已经没有了刚才的亢奋，像是泄了气的皮球一样坐在吉普车后座上，低着头，说，"就是单纯想见见他老婆。"

"你脑子坏掉了？"顾红星说。

冯凯不再吱声。

来到了龙东县局，顾红星把事情的经过和黄大队又说了一遍。黄大队愣了好久，才问道："这个玩意儿，真的能证明她是过敏死？"

"可以证明。"卢俊亮说。

"我干公安干了大半辈子了，也从来没有见过什么过敏死的。"黄大队难以置信，"过敏不就是痒痒吗？"

"过敏死确实比较少见，而且恕我直言，大家以前可能见过，但是都没注意，也不掌握这方面的知识。"卢俊亮说。

"你不是最喜欢讲科学了吗，黄大队。"冯凯已从失落的情绪里走了出来，他晃了晃手上的检测报告，说，"这就是科学，最前沿的科学。"

"那我们也没抓错人，你看啊，冯川经常殴打自己的妻子，还把她带到了小煤窑附近想要遗弃。虽然汪兰花最后的死亡，经过你们判断，是她丢弃铺盖卷之后误入煤窑，吸入煤窑内的粉尘或者有害气体而过敏死亡的，但冯川对汪兰花虐待、遗弃的行为，也都是犯罪。"黄大队开始给自己找羁押冯川的理由了。

"没说你抓错人。"顾红星说，"他犯过的罪，就要追究，但是他没做过的事情，我们也不能冤枉他。"

"这就是法律精神。"冯凯补充道。

"行了，我知道该怎么做了。"黄大队说，"哦，对了，你们申请的悬赏通缉令已经写好了，估计几天内上级会批准，会在各家报刊上登载、在电视上播报，也会在路口张贴。"

"我来看看是怎么写的。"冯凯见黄大队拿着一张电报纸，便接过来看。

这张悬赏通报是广州市局写的，大致内容是这样：林倩倩，女，24岁，在广州市和龙番市分别犯案，目前在逃。如有群众提供林倩倩的线索，奖励100元；如果线索能直接协助抓获林倩倩的，奖励300元。通报上还有三张林倩倩的照片。电报纸是黑白色的，但听说这些悬赏令印刷出来后，会是彩色的。有了色彩，会帮助群

众更好地发现林倩倩的行踪。

"这个钱谁出啊？"冯凯问道，"他们广州落款在前面，是不是悬赏应该由他们出？"

"这个重要吗？"顾红星觉得冯凯今天很不对劲。

"不重要，我就是八卦，问问。"冯凯嘿嘿一笑。

"八卦？"卢俊亮问，"《易经》啊？"

"说了你也不太懂。"冯凯说，"这个举报电话，还是把我们的电话放在前面吧，毕竟我们是发现的人，而且林倩倩也是我们龙番人。"

"行，这个我沟通一下。"黄大队说。

回到了龙番市局，顾红星和冯凯也算是心里放下了一块大石头，只有卢俊亮似乎是受了刺激，每天不停地看书，像是想用更多的知识来冲淡自己内心的负罪感。

顾红星害怕年轻人受了打击，会走歪路，所以基本上每天早上都会给卢俊亮加油打气，这也让卢俊亮的情绪慢慢开始好转。

而冯凯则酷似一块"望夫石"，天天就守候在刑警大队的那一台电话机前面，一有电话第一时间就会接起来，然后再失望地放下。

这段时间，命案没有再发生，但是抢劫、入室盗窃等恶性案件倒是一直也没有停过。遇到这些案子，冯凯是能不去则不去，能推诿就推诿，目的就是为了能在电话机前面多守一会儿。顾红星为此很是担心，想要找他谈谈，但每次看到他那副钻牛角尖的表情，又不知道该如何开口。这个冯凯，油盐不进，已经不是一天两天了。

还是像前一段时间一样，那种时间的蒙眬感再次袭来，梦境中的时间，转眼间就过去了一个多月。时间来到了1985年的8月底，天气还是燥热了起来。在这期间，龙番市公安局刑警大队正式升格为龙番市公安局刑警支队，支队长顾红星享受副处级待遇。

职级上升了，压力也更大。这一个多月，顾红星不知道在忙些什么，天天忙得脚后跟打后脑勺，所以也就没有更多的精力去管那块"望夫石"究竟有没有思想的变化了。

说来也奇怪，这一个多月的时间里，冯凯只接到两个电话是和追捕林倩倩有关的，但是冯凯联络了打电话人所在地的公安机关，经过查证，都是无效信息。这和冯凯想象的完全不一样，他以为会响个不停的电话，却一直沉默在办公桌上。冯凯也曾不甘心，多次打电话给广州市局，可得到的答复是一样的，他们留下的报警电话，也从来没有为林倩倩而响起过。

第七章

被划掉的天气

"这就奇怪了，不是说人民战争的海洋吗？怎么就一点信息都没有呢？"冯凯无数遍问自己，"照片那么清晰，辨识度也还挺高的，人民群众不可能认不出她啊！难道一个大活人就真的可以凭空消失、人间蒸发？"

他当然不会相信这些。

之前他认为林倩倩这个爱打扮、喜欢高调的女人，不可能停止使用自己的身体赚钱，也不可能到一个鸟不拉屎的山疙瘩里面躲着。这种人，是需要繁华社会带给她利益，同时满足她的欲望的。所以，她一定是在哪个城市里，绝对不会去人迹罕至的地方。

可是，悬赏令一直没动静，是人民群众对这起案件毫无兴趣吗？还是说，林倩倩整容了，没人认得出来？不可能，在这个年代，虽然外科手术已经在蓬勃发展了，但还不至于到到处都可以进行医学整容的地步。那她究竟是用什么方式来隐藏自己的行踪呢？

冯凯想不明白。

但是，时间确实是可以抹平一切的利器。一个多月的时间，足以消磨掉冯凯的大部分热情了。此时的他，已经不会距离电话机那么近了，也不会电话铃一响，就像摸了电门一样地跳起来。

但冯凯的心，依旧挂念着凶手林倩倩。

终于，在8月底的一天清早，顾红星满脸阴沉地走进了办公室。

"又发了一起案件，你还不去吗？"顾红星冷冷地问道。

"命案吗？"冯凯趴在自己的办公桌上，无精打采地问道。

"不是。"

"那你们办一下不就得了。"冯凯伸了个懒腰。

"几个月前，我让你查的韦星报警的偷煤案件，你最终还是没查对吗？"顾红星问。

冯凯想了想，这个名字在自己的印象里都模糊了。确实，这件小事，他早就抛到了脑后。冯凯说："怎么了？又被偷了？派出所办一下就行了嘛。"

"这次的事情大了。"顾红星说，"我先告诉你，事情很大，然后再问你，去不去？"

冯凯觉得顾红星今天说话的语气很是奇怪，他似乎嗅出了一些"威胁"的味道，于是转脸看着顾红星的脸问："怎么了这是？"

之所以这样问，是因为冯凯看见了顾红星一张黑沉的脸。这副表情，和他"白

面书生"的形象相当不符合。

"去不去？"顾红星盯着冯凯，问道。

"去就去呗，好好说话。"冯凯又伸了个懒腰，站起身来，拍了拍顾红星的肩膀。

顾红星躲开了。

"什么事儿啊？这么严重？"冯凯下楼的时候，一路问着顾红星，可顾红星就像是没听见一样，完全不搭理他。

跟着顾红星的古普车，冯凯他们来到了距离金夏镇大约10公里之外的一处僻静地方。这一处地方，除了周围一望无际的庄稼地，就只有一条显眼的双向四车道的大马路了。

在当时，双向四车道就算是很宽的路了，一般都是省道的配置。

"这是龙番国道啊。"冯凯坐在副驾驶上朝马路看去，他看见在距离他大约500米的地方停着几辆吉普车和摩托车，说，"那就是现场了吗？这回不偷煤啦？抢劫？"

顾红星依旧不说话，开着吉普车从乡村土路拐上了国道，车辆顿时停止了颠簸。

随着距离的拉进，冯凯慢慢地可以看到远处被吉普车围着的现场的情景。

黑黢黢的一团，显然，是一个火灾现场。在那些警用吉普车的一侧，还有一辆崭新的解放牌消防车，更是印证了这一点。

"这儿怎么会发生火灾？又没房子。"冯凯依旧在猜测着，"这火灾，和蔡村那火灾，有什么联系吗？"

顾红星还是不说话。

吉普车很快驶近了现场，冯凯这时候可以看出，那被警用吉普车围着的现场中央，是一辆已经被烧成空架子的货车。

"哟，这是车被烧了啊。"冯凯一边说着，一边跳下吉普车，进入了现场中央。这时候，他发现一个男人浑身漆黑而且湿漉漉地坐在路边的石墩上。

"怎么回事啊？你今天这是哑巴了？"冯凯见顾红星一直不说话，有些烦躁。

"顾支队来啦？"一名民警拿着笔记本走了过来，说道。

"你把情况和他说一下。"顾红星指了指冯凯，说道。

"哦，凯哥啊。"民警说，"就是今天凌晨的时候，附近的村民远远看到这里有火光，就报警了。消防的同志过来灭火后，才发现这个人就在着火车辆旁边的灌木丛里。"

"他怎么这副样子？"冯凯问。

第七章

被划掉的天气

"先是被大火熏得够呛,差不多晕过去了,后来消防同志到了之后,没看见他,又被浇了一身水。"民警同情地看了一眼男人,说,"真够倒霉的。还好消防同志来得快,不然得给活活熏死。"

"为什么不跑?"

"他是这辆车的司机,被捆住了手脚,绑在距离车辆10米远的灌木丛里。"民警说,"还好风是反方向吹的,不然引燃了灌木,他早就没命了。"

"究竟是怎么一回事?"冯凯知道这一起案件不容小觑,是差一点就酿成命案的案子。更何况,在这个年代,一辆卡车值不少钱,直接烧毁,也是公家一笔巨大的财产损失。

"他是龙番市货运公司的驾驶员舒少平,昨天从浙江拉一车日用品回来,在这个位置,看到一棵倒下的大树把路堵上了。"民警指了指路边的一棵脸盆粗的断树,说,"就是那棵,我们到的时候,已经又挪到了路边。"

"车匪路霸。"冯凯沉吟道。

"嗯,这个词儿很贴切,应该就是专门拦路抢劫的人。"民警说,"舒少平下来想把树挪开,结果从路边灌木丛里跳出十几个蒙面的歹徒,用西瓜刀、钢叉,把他控制住了。"

"西瓜刀,钢叉。"冯凯沉吟着说。

"这伙人上车之后,在车斗里翻找了一会儿,把几箱比较值钱的酒给搬走了,还对舒少平搜了身,抢走了十几块钱,然后把路中间的大树给搬开了。"民警说,"舒少平以为他们只是抢酒抢钱,不会害命,还在暗自庆幸,准备发动车辆赶紧离开的时候,这伙人就又不知道从哪里回来了。"

"重新返回来烧车?"冯凯吃了一惊。

"是的。"民警说,"这帮人又把舒少平拖下车,捆绑了起来,绑在附近的一棵树上,然后用一个桶和一根塑料管子,从卡车的油箱里吸出一些汽油,浇泼在车上,点燃了。然后,现场就是咱们看到的这副模样了。"

"奇了怪了,一开始确定是走了?"冯凯说,"这伙人和舒少平有交流吗?"

"没有交流,就是说一些'不许动''劫财不劫命'之类的威胁的话。"民警说,"虽然只有只言片语,但舒少平也能听出他们是龙番本地人。"

"我是说,他们为什么走了,还要回来烧车?"冯凯说。

民警摇了摇头,看了看还在一边瑟瑟发抖的舒少平。舒少平显然也听到了他们

的对话，连忙也摇了摇头，表示对这伙人异常行为的不解。

"你再想想，是不是你咒骂他们被他们听见了？回来报复？"冯凯走到舒少平身边，蹲下来问他。

"没有，我哪敢？"舒少平的声音都是哑的，"我当时就想着赶紧走，损失了几箱酒，大不了背个处分。当时他们那么多人，气势汹汹的，我怎么也不敢嘴欠啊。"

"那就奇怪了。"冯凯说。

"当时他们在吸烟的时候，领头的一个扎小辫的男人，还在那里喊着'动作快点，全烧掉，什么都不能留下'。"舒少平补充道。

冯凯的心里一惊。

这个时候，顾红星终于开口了，说："怎么样，这一段，你有没有印象了？"

冯凯当然有印象。

扎小辫的男人。

"走私案中，有好几起'黑吃黑'的案件，其中一起，也就是你自己去破的那一起被伤害后不敢报警的案子，当事人是不是也提供了'扎小辫男人'的细节线索？"顾红星拽着冯凯的衣服，把他拉到了十几米之外，问道。

弄了半天，冯凯才知道顾红星是因为这件事生气了。他冯凯一直以来都对车匪路霸的案件很不上心，无论顾红星怎么劝他去办理一下，哪怕调查一下、威慑一下都可以。但一心扎在蔡村案件里的冯凯，对这种"看大不大、看小不小"的抢劫案，一直没有真正放在心上。现在案件做大了，差点捅出了大娄子，顾红星自然是不高兴的。

冯凯想了想，觉得自己在这种时候，不能再做任何隐瞒了，于是说道："其实，最早那个偷煤的案子，韦星也供述说，有一个扎小辫的男人。"

顾红星瞪大了眼睛，半天说不出话来。顾红星吃惊、愤怒的表情，让冯凯也有些无地自容，下意识地在顾红星的面前低下了头。

"也就是说，你早就掌握了可能串并案件的线索？"顾红星的音量有些控制不住。

"那也不至于。"冯凯说，"毕竟是偷煤案嘛，损失又小，我就没重视。至于扎不扎小辫，那我更不能当成串并依据了。你想想，现在的男青年，都时兴留到肩膀的长发，谁都能把头发一束，变成小辫子啊。"

顾红星已经气得涨红了脸，说不出话来。

"别生气了。"冯凯不以为然地说，"这种小案子，我回头给你破了不就好了吗？

第七章
被划掉的天气

又没有出人命，你急什么。"

"你！"顾红星看了看远处正在翘首看他们俩的民警，压住了怒火，说，"你要是能破，为什么不早破？公家损失了一辆大货车和一整车货物，这司机以后说不定精神上都会出问题，这些都是小事？只有出人命了才是大事？！"

"放心，别急，我给你破了就是了。"冯凯拍了拍顾红星的肩膀，逃也似的回到了中心现场。

2

这些年来，在顾红星这批人的带动下，领导们充分体会到了刑事技术的重要性。所以在过去的几年里，省厅已经组织了两次全省"痕迹检验培训班"，在全省培养了上百名痕迹检验技术员。这个培训班通常只有3个月的时间，从基层民警中选拔出一批细致、耐心的同志，尤其是那些对刑事技术有兴趣的同志，进行3个月集中培训，掌握痕迹检验的最基本技巧。

当然，和顾红星一样，这些同志培训结束后，回到各自所在的区分局，不仅仅要承担辖区内的一些小案件，比如盗窃等案件的现场勘查工作，还要继续做原来就承担的刑事侦查的工作。准确地说，他们还是侦查员，只能在工作有余力的时候，再投入现场勘查工作。所以，这一批技术员，实际上是兼职的痕检员，缺乏足够的经验，也缺乏对这一专业更加深入的认识，遇见大的案件，还是需要顾红星亲自出马。

此时，两名分局的技术员正钻进已经烧成架子的货车车厢里，开展现场勘查。

冯凯走到车尾，对两名技术员说："你们在找什么呢？"

这个问题倒是难住了两人，他们愣一下，说："不找什么，就是看看有没有什么意外发现。"

"那你们这样找是没用的，到处都是黑乎乎的，能找到什么啊？"冯凯扶着车位的架子，说，"得向你们顾老师学习，一点一点筛。"

技术员脸上现出了为难的神色。

顾红星走了过来，脸上似乎还有余怒，说："这个案子不用，当事人还在，可以完整叙述过程。痕迹物证，在烧毁的汽车里，是不可能找到的。"

冯凯此时是有意躲着顾红星，连忙说道："那你们还找个啥，要找那些犯罪分子碰过，但没有被火烧的地方呀，比如，嗯，比如那截拦路用的断木。"

说完，冯凯便闪到了车头前方路边的断木旁，说："舒少平不是说了吗，他们是用脚踹的方式挪开断木的，说不定，说不定，哎哟我去，这不是鞋印吗？"

这真是意外发现，断木上赫然有一个十分清晰的泥巴鞋底印。

新的发现，让顾红星怒气全消，他连忙跑到了断木边，看着断木上那块树皮脱落的地方。树木粗糙的树皮是很难留下清晰的鞋印的，但这一块脱落了树皮的区域，恰好留下了一枚足迹。

"泥土加层足迹[①]。"顾红星沉吟道。

"这，怎么没花纹？"冯凯抬起自己的脚底看了看，又看了看鞋印，区别很大。

"鞋底没花纹，自然鞋印也就没花纹。"顾红星白了一眼冯凯，心想你又发昏了？

冯凯见顾红星的怒气消了，连忙嬉皮笑脸地说道："我就是问为什么鞋底没花纹嘛。"

"依我看，这是农民自己做的布鞋。"顾红星说，"这些密集的小点，就是穿线的线孔。"

"我知道，我小时候我奶奶就会纳鞋底。"冯凯说。

"会的人多了，淑真也会，我也会。"顾红星说，"这有什么稀奇的。"

"我觉得现在都改革开放了，城里人大多数都是买鞋子穿了吧。"

"是的。"顾红星点头说，"这样看，这些劫匪，应该白天是农民，晚上是劫匪。藏在农民之中，人海茫茫，不好找啊。"

"鞋印没特征？"冯凯问，"这磨损特征不是挺明显的嘛。"

"是很明显。"顾红星拿出相机，拍了几张照片，说，"磨损这么严重，可以判断这帮人的主要出行方式应该就是行走，没有交通工具。可是，这种布鞋到处都是，不像去商店里找成品鞋子那么简单。不过，如果你找得出鞋子，我就能做比对。"

"那成，我来想想，这案子该怎么办才好。"冯凯说。

"串并案。"顾红星说，"对于多次、多地作案的案件，只有利用串并案，才能获得更多的信息。"

"突然想起当年那个偷咸肉的案件了。"冯凯笑着说道。

顾红星瞥了一眼冯凯，说："是不是要从韦星开始？"

[①] 加层足迹：鞋底黏附的某些物质（如灰尘、泥土、血迹等），经过踩踏而转移到地面上，看上去像是在地面上加了一层鞋印形状的黏附物，这样的足迹便被称为加层足迹。

第七章

被划掉的天气

"我跟你说，当时不是我不去调查，我是准备去找韦星的时候，被人家割了脖子而已。"冯凯解释道。

"我开车带你去找韦星，然后送你去海关，我打好招呼，你可以通过海关获取更多'黑吃黑'案件的资料。"顾红星说。

"你这是监督我，赶鸭子上架吗？"冯凯哈哈笑道。

其实，顾红星要亲自开车送冯凯，真实目的是想在车上和他聊聊。

一上车，顾红星就说："我们很久没有推心置腹地聊过了吧？"

"在你家吃饭那次，不算？"

"我是说，我们这样单独地掏心窝子。"

"那你先掏。"

顾红星沉默了一会儿，说："8年前的那场山火，是我们关系的转折点。"

"哦？"冯凯说，"那次不是挺顺利、挺和谐的吗？"

顾红星没理睬冯凯，目视前方，喃喃地说道："从我们在火车上相识，到那场山火，有一年多的时间吧……可以这么说，如果没有你，我可能没有今天。"

"不至于，不至于。"冯凯仍是嬉皮笑脸地客套道。

顾红星并没有在开玩笑。他转头看了冯凯一眼，冯凯连忙收敛了自己的笑容。

顾红星接着说："你不知道，那一年多时间对我的意义。从小到大，我不太会和人打交道，对自己一直都很没自信。我从来没想过自己能当上公安，也不知道自己能不能做好公安工作。在火车上的时候，是我最紧张，也最迷茫的时候。如果没有遇到你，我不知道自己是不是还能这么坚定地走在这条道路上。所以，那时候我叫你'大哥'，真的是发自肺腑的。在你的陪伴和支持下，我才慢慢建立起了信心。说句实话，在我心里，你是我的战友，更是我的家人。"

顾红星真诚的话语，激起了冯凯的回忆。他有些感动，想要给顾红星一个拥抱，但毕竟还在车上，他强行控制住了自己。

"可是那场山火之后，你却像突然变了一个人。"顾红星叹一口气，接着说，"我们刚开始当公安的时候，都难免有点自己的小问题，就像我胆小，不敢开口，你喜欢走捷径，不在乎细节，可是在那一年多的时间里，我们并肩作战，都在不断成长和改变。我看着你一天天变得更好，却没想到，山火之后，你就变了。你对我开始疏远，不再主动找我，甚至也不太愿意搭理我，工作上也变得不再积极，反而和老

187

陈他们那样每天都是牢骚满腹。当我遇见困难，想找你这个大哥一起商量解决的办法的时候，我以为只要能再次并肩作战，我们就可以回到从前那样——可是，你回应我的，却是漠不关心的拒绝和敷衍。

"后来我慢慢地知道，你不想让我喊你大哥了，但我却找不到原因。你知道我那时候是什么感受吗？那一两年的时间里，我战战兢兢，就像是一个人行走在黑夜的独木桥上，没人搀扶、没人帮助，凡事只能靠我自己去摸索、去克服。这些年，我经历了很多案件，也经历了很多次的迷茫和无助。你知道吗？好多次，我一个人深夜窝在办公室比对指纹的时候，我都有过那么一丝幻觉，好像房间的门随时会被推开，你会骂骂咧咧地闯进来，陪我一起挑灯夜战。可是，清醒过来，你的桌子始终是空着的。你我已经形同陌路，我已没有了依靠。"

这番话，说得冯凯心里五味杂陈，他早已没有了调侃的心情。

尽管此时的顾红星，已经离那些孤独的夜晚很远，但那些只言片语中的悲伤，让冯凯感同身受。他能感受到，即便在梦境的世界里，人的感情也都是真实的。但他确实没有想到，自己热情洋溢的"上线"和猝不及防的"下线"，会给顾红星带来如此大的精神打击。难怪来到1985年的时候，顾红星在听到"大哥"两个字时，会有那么大的反应。

"好在，还有淑真。"提到妻子的名字，顾红星的语气终于松快了一些，"在那段我最难熬的日子里，她陪伴着我、开导着我，让我一次次跨过心理的阴影，放平了自己的心态。我强迫自己去冷静地面对所有案件，去冷静地处理我们的关系。我强迫自己强大起来、稳重起来。我强迫自己无论如何，也要独自渡过这条黑暗的独木桥。后来，我挺过来了，还被提拔成了队长。我想，你当时应该很不高兴吧。你开始跟着大家称呼我'顾大'，但我知道你内心很不服气。你总是反驳我的意见，拒绝办理我希望你办理的案件，你只会在命案上花心思，急功近利。你总是认为我在打压你、限制你，你甚至还会触碰纪律的红线。我尝试和你沟通，但你从来没给我这样的机会。我从失落到努力，又从努力到失望——我默默盼望着你能认识到自己的问题，不能知法犯法，最后葬送了自己。"

"你说的是，刑讯逼供？"

听到这儿，冯凯鼓足了勇气，问出了一直避而不谈的四个字。

顾红星顿了一下，接着说："我知道你会否认，毕竟我也没有证据。"

"我……"冯凯一时接不上话来。

第七章

被划掉的天气

顾红星默默说道:"今天,之所以能和你说这么多,是因为在这几个月里,我有一种奇怪的感觉。好像就是从你被小羽'刺杀'的那天起,从前的你又回来了。开始我不敢确认,害怕那是我的幻觉。但每次你执着于你说的'证据链'的时候,我心里不知道有多喜悦,甚至有时候,对你'大哥'的称呼都要脱口而出了。这几个月我很欣慰,我每天睡眠都会好很多,就是因为我看到你变回来了。但同时,我也很害怕,害怕不知道哪一天你又会变回去。所以今天这番话,我在肚子里练习了好久。我真是没想到,过了这么多年,我还像当年那么紧张不安,患得患失——既怕错过能够交心的机会,又怕再次失去你这个兄弟。"

这番话,着实戳到了冯凯内心最柔软的地方。

顾红星的真诚引导着冯凯,让他设身处地地理解了顾红星面对的巨大压力,理解了他一路走来的心路历程。就在此时,冯凯内心里的陶亮,似乎已经和自己的岳父一笑泯恩仇了。

感动之余,一丝伤感掠过冯凯的心头。

他理解顾红星的不安,毕竟,他也不知道自己何时会再次跳出梦境,"离开"顾红星。他不敢贸然说出真相,但也不敢轻易许诺。如果现在给顾红星大的希望,是不是同样就会给他带来更大的失望呢?

于是冯凯叹了一口气,说道:"我把你当兄弟,是真的,我这些年干的那些浑蛋的事情,也是真的。我很抱歉。我们当公安这些年,看过那么多的案子,金钱也好,欲望也罢,人一辈子总是在没完没了地经历各种诱惑和考验。我多希望说自己永远不会变,但谁知道呢……如果真的有那么一天,我没有经受住考验,又变成了一个浑蛋……我希望,你不要对我仁慈。"

顾红星有些意外,一时没有说话。

"近朱者赤,近墨者黑。大家都这么说。有时候,感情太深,就会看不清真相。朋友之间也是要有边界感的,不能被感情蒙蔽了双眼。"

"边界感。"顾红星低声重复道。

"是的,边界感!"冯凯说,"我知道你是一个重感情的人。但曾经并肩作战的人,也可能会变成另一个人。近朱者取朱者赤,近墨者去墨者黑,你要是真把我当朋友,下次我再有一点知法犯法的苗头,你就狠狠地惩治我,不给我继续堕落的机会!"

说这番话的时候,冯凯的脑海里,想到的是金万丰。他也同样担心,如果自己再次下线,这个刚刚对自己建立起信任的年轻人,是否也会像曾经的顾红星一样变

得心寒。

顾红星虽然不知道这些隐情，却也郑重地点了点头。

"唉。"说完这些，冯凯也不免有些唏嘘，"我还记得，你以前说过蜂鸟的故事，在世界还是一片漆黑混沌的时候，蜂鸟怀着一腔热血，披荆斩棘，把光明带到了人间。但后来呢？世界上已经有光了，我们还需要蜂鸟吗？"

车内又沉默了。

良久，顾红星深吸了一口气，说道："怎么会不需要呢。就像你说的那样，人有七情六欲，永远都在经受考验。我们的心，也不总是那么强大的。有朱，就有墨；有光，就有暗。守住一分光，就能抵住一分暗。就像我们现在办的这些案子，你看到没有，其实并没有什么小案子，所有的小案子，只要我们不予打击，都会变成大案子。如果我们对小案子也能做到及时打击，那么就会减少很多大案子。"

冯凯点点头，说："你说得没错。蜂鸟就在那儿一直守着光明与黑暗的边界线呢。它要是松懈了，黑暗就得占上风，光明也就失守了。"

冯凯的心里很是佩服顾红星，他的思想真的很靠前，实际上到了陶亮的年代，公安的很多工作都已经从"打"字变成了"防"字和"控"字。把工作做在前面，防患于未然，才是治世之道。陶亮身处那样的环境，曾经还不太能理解，而现在算是感同身受了。

"人民群众的事，无小事。"顾红星说。

"人民群众的事，无小事。"冯凯重复了一遍。

两个人像是对着彼此发出了誓言。

"这么一想，我最近确实有点乱了阵脚。"冯凯挠挠头说，"心里老急着把蔡村案子给结了，其他什么都不管了。"

"可说呢，你在办公室里等电话的一个多月时间，也没有获得有价值的线索吧？"顾红星也直言不讳起来，"接电话，可以让内勤小叶来做，这本来也是她的工作。等到真正发现了有价值的线索，你再上也不迟啊。"

"嗯。不过你说也奇怪，都说人民战争的汪洋大海，怎么就找不出一个林倩倩呢？"冯凯心里始终有点纳闷。

"这件事，需要从长计议。"顾红星说，"眼下你能不能全身心投入这个小案子里呢？"

"那肯定的，我给你承诺过。"冯凯说，"这帮车匪路霸，我肯定得给他们揪出来。"

/// 第七章

被划掉的天气

"那就好,不过不能蛮干。"顾红星说,"有线索,我们多沟通。毕竟,这伙人有攻守同盟、互相掩护,不是那么好查,更不是那么好抓的。"

"欸,知道啦!"

开车的距离其实并不算远,聊着聊着,两人便到了韦星所在的煤炭运输公司。

两人说明来意之后,韦星瞪大了眼睛:"我是4月报的案,现在已经快9月了!这就是你们的效率?"

显然,话语中带着不少怨气。

"主要是因为我们最近啊……"冯凯准备解释几句。

顾红星则直接打断他说:"我们之前没有重视,是我们的错。"

他的主动认错,让韦星的怨气打消了不少。韦星说:"你们让我描述那个扎小辫男人的样貌,我是一点印象都没有了。当时我是通过后视镜看到的,本来就看不太清楚,身高、体态都不敢确定。但是,我记得当时他们留了一把铁锹在我车上,我交到派出所了。"

"哦,好像是有印象,当时的报警记录也是这么写的。"冯凯眼睛一亮,对顾红星说:"顾支队,你比较忙,不用送我了,我现在自己去派出所找铁锹,然后去海关。"

冯凯本以为去派出所找个东西可以速战速决,未曾想现实情况却不那么乐观。

时隔数月,派出所实在是想不起来那把铁锹在哪里。好在所长说了,凡是他们觉得用不上又不能丢的东西,一般都堆在仓库里。

派出所有个大仓库,里面放着各种各样的东西,有的是坏掉的警用摩托车,有的是查缴回来的找不到失主的赃物,还有自行车、电视机,甚至桌椅板凳、锅碗瓢盆,可谓应有尽有。

仓库里的东西,大多是有一定的价值,要么就是造型独特,否则也不会引起小偷的注意。而冯凯要找的铁锹,则是一种既没有价值,也不引人注意的东西。不引人注意的东西,放到了一堆引人注意的东西中,要找到也不是不可能,就是难了些。

杂物众多,又摆设无序,冯凯花了半天的时间在里面翻寻。他一边回忆自己和顾红星在火葬场杂物间里找物证的往昔,一边终于在一架板车的下面,拖出了一把铁锹。让冯凯惊喜的是,铁锹的木柄居然被人用报纸包裹了起来,防止它和其他物品一样被灰尘盖满。

"这是谁干的？"冯凯指着锹柄问所长。

"可能是接警的民警做的吧，我们派出所已经有要求了，凡是物证，都要装在盒子里，装不下的，都裹起来。"所长说，"顾支队来给我们讲过课。"

冯凯的心里不停地为顾红星竖大拇指。他不仅自己有物证保护意识，还让所有的民警，甚至所有的民众都树立起了物证保护的意识，这才是真正有用的啊。

"对了，你们辖区的新警，都是怎么认路的？"冯凯突然问道。

这个年代没有导航，乡村小路错综复杂，他一直很好奇，为什么辖区民警都能对自己的辖区地形了如指掌。

"我们有地图啊，不过不是我们派出所的，是我们郊区分局辖区的地图。"所长说，"你需要吗？我给你一份？"

"好啊，好啊。"冯凯说道。

拿着铁锹和地图，冯凯让派出所派出一辆摩托车，把他送回了市局。

卢俊亮此时正在为一起强奸案件做精斑血型，见冯凯回来了，说："今天看师父回来之后，脸色好了很多，你们俩是不是和好了？"

"你别总和好和好的，我和他又不是小夫妻闹别扭。"冯凯白了一眼卢俊亮，把铁锹丢给他，说，"几个月前的物证，保护得很好，找指纹没问题吧？"

"我试试吧。"卢俊亮说，"二中队刚破了一起强奸案，血型吻合，不能排除。"

冯凯知道，在没有 DNA 检验技术的年代里，血型检验是一个很重要的物证比对手段。如果嫌疑人的血型和现场提取的嫌疑血型没比对上，是可以对嫌疑人进行排除的，但如果嫌疑人的血型和现场提取的嫌疑血型比对上了，却不能直接认定嫌疑人就是在现场留下血迹的人的。血型检验可以证"否"，却不能证"是"，这就是卢俊亮说的"不能排除"的意思。所以，血型检验的证明效力是很有限的。而当下的技术只能从血液样本里检测血型作为甄别依据，确实是时代所限。于是他说："我倒是给你一个建议。咱们支队不是正在筹备搞一个技术大队吗？等人手多了，地方宽裕了，一定要搞一个房间，专门作为保存物证用，就叫物证室。"

"物证室？"卢俊亮说，"听起来不错。分门别类，找起来好找对吧？"

冯凯说："那是一个作用，无论什么陈年旧案，你都能找出当年的物证。有些人在法庭上翻供，有些人在监狱里申诉，要是复核，都能找出物证。还有一个关键的作用，就是你现在看起来没用的物证，随着技术的发展，以后可能就非常有用了。"

"技术怎么发展？用新的办法看指纹？"卢俊亮好奇地问。

第七章
被划掉的天气

"除了指纹，还有其他的。"冯凯说，"比如你现在做的血型，只能排除，不能认定。以后假如可以像检验指纹一样，检验人体的细胞，说不定准确率比指纹还高呢，说不定数据比指纹更简洁呢。那时候，这些目前还没用的物证，说不定就成为破案的突破口了。"

"保存物证，等待新技术的出现，这还真是有意思。"卢俊亮听得一脸憧憬，但又忧心地问道，"不过，科学技术能发展那么快吗？要是等到这项技术出来了，犯罪分子都已经老死了，那还有啥用啊。"

"不会，很快就会出来的，相信我。"冯凯笑着说。

"不对啊，如果有了技术大队，也是你当大队长，你和我说这些干什么？"卢俊亮笑着说。

冯凯愣了一下，说："反正你记住我说的话，一定要提议把物证室建设起来，规范使用，将来肯定能用上。我这个人呢，靠不住，说不准哪天就不在了。"

说出这样的话，是因为冯凯还没有从"掏心窝子"的过程里走出来。不过听在卢俊亮的耳朵里，却不是那个意思。

"呸呸呸，别说晦气话。"卢俊亮赶紧说道，"咱干公安的，不兴说晦气话。"

"这个铁锹，你认真做啊。"冯凯连忙岔开话题，说，"我可是给顾支队立下过军令状的。"

说完，冯凯骑上自己的摩托车，去了海关的办公楼。

可能是因为顾红星之前给海关打过了招呼，所以海关缉私部门的负责人很热情地接待了冯凯。

从负责人的口中得知，这一起轰动全省的缉私大案，目前已经降下了帷幕。海关和公安精密配合，捣毁了位于龙番市的走私窝点10余个，销赃窝点50余个，抓获犯罪嫌疑人200多名，缴获走私货物数万件。

这200多名犯罪嫌疑人中，就有20多名国营运输公司的司机。这些司机也是受到了走私成员的蛊惑，为了牟取私利，承担了走私运输的主要渠道。而这20多名国营运输公司的司机，有5名供述自己曾经被抢劫过，但损失都不算很大，大多是自认倒霉，掏钱赔上了本。只有何强，因为拉的都是烟酒，而且每次拉的货物最多，所以损失最为惨重，远远超出了他自己的赔偿能力。

"也正是因为他赔不起，恰好又遇见你这个火眼金睛的公安，这一起走私大案

193

才被我们发现了线头，顺藤摸瓜，彻底给他们捣毁了。"负责人说道。

缉私部门显然是为了给冯凯节省时间，提前做了不少准备工作。在冯凯在仓库里找铁锹的工夫，他们已经对案件中所有有关抢劫的内容，都在卷宗里找了出来，还专门去了一家招商引资的大企业，借用他们的复印机给复印了一份。要知道，在这个年代，复印机可是一个稀罕物件，只有进口的，没有国产的，拥有复印机的单位也是凤毛麟角。而要使用别人的复印机复印几十页纸的材料，估计得让海关的负责人亲自出面才行。

他们充足的准备工作，让冯凯十分感动。不过他也知道，除了顾红星提前打过招呼，还因为他冯凯就是这一起走私大案得以侦破的起始点。所以，海关的同志才会在繁忙的工作中，还找出专门的人为他周到服务。

那一刻，就像是几年前他们押解盗窃团伙回到市里的情景一样[1]，冯凯又感受到了自己刚刚入警时的那种荣耀。

拿着一沓复印材料，冯凯不知道说什么好。现在是万事俱备，只欠东风了。这股东风，就是冯凯能不能从这些材料里，找出指向车匪路霸团伙的线索。一旦抓住了线索，冯凯相信自己是可以破案的。

真诚道谢之后，夜幕已经降临，冯凯骑上自己的摩托车，披星戴月，向市局驶去。

3

刑警支队里静悄悄的，顾红星不知道忙什么别的案件去了，只有暗室的门缝里透出红色的光芒。可想而知，卢俊亮应该是在锹柄上找到了指纹，拍过了照片，正在冲洗中。

冯凯知道，现在已经是1985年了，社会各界对指纹的认知度已经很高了，想再用几年前那种忽悠每个人按手印的方法，是不可能成功的了。既然没有获取"指纹库"的可能，那么即便有了指纹，也不能直接破案。想要破案，还是得从调查情况入手，找出这伙车匪路霸最有可能藏身的位置。

"偷咸肉的案子，就是这样锁定范围的。"冯凯这样告诉自己。他还记得几年

---

[1] 编者注：这段故事可参见《燃烧的蜂鸟》第六章。

第七章

被划掉的天气

前,很多被偷的群众来公安局门口聚集,顾红星不厌其烦地一个个登记住址,最后在地图上画出了犯罪分子所在的范围。

这就是陶亮那个年代流行的"犯罪地图学"的雏形了,他目前计划着的办法,就是照葫芦画瓢,再试试这个方法。

冯凯拿出了一张纸,把自己获得的所有信息,逐一列了出来。

4月3日,在龙番市郊区龙番发电厂附近的乡村道路上,发生了韦星报警的偷煤案。

4月9日凌晨,在龙番市郊区辖区内,716县道22公里界碑附近(此处距离龙番国道岔口10公里),发生了一起抢劫走私货物的案件,受害人方良运损失一箱牛仔裤、蛤蟆镜等生活用品,方良运本人垫付货款,未报警。

4月11日凌晨,在龙番市郊区辖区内,龙南省道20公里界碑附近(此处距离龙番国道岔口20公里),发生了一起抢劫走私货物的案件,受害人廖山损失一箱洋酒,廖山本人垫付货款,未报警。

4月14日凌晨,在龙番市郊区辖区内,龙番国道360公里界碑附近,发生了一起抢劫走私货物的案件,受害人何强损失多箱生活用品,未报警,但因为后续的纠纷被警方发现。

4月17日晚,在龙番市郊区辖区内,一条水泥乡村小路上(此处距离龙番国道岔口12公里),发生了一起抢劫走私货物的案件,受害人张建军损失两箱走私的磁带,张建军本人垫付货款,未报警。

4月29日凌晨,在龙番市郊区辖区内,717县道73公里界碑附近(此处距离龙番国道岔口5公里),发生了一起抢劫走私货物的案件,受害人鲍志强损失多箱洋酒、生活用品等货物,涉及数额较大,鲍志强在犹豫是否报警的时候,海关已查到此事。

8月28日凌晨,在龙番市郊区辖区内,龙番国道351公里界碑附近,发生了抢劫烧车的案件。受害人舒少平,损失了几箱烟酒,还差点被烧死。

以上匪徒作案,都是蒙面进行的。

从海关提供的资料看,因为走私团伙内部体系繁杂,他们在顺藤摸瓜逐一排查的时候,消耗了一些时间。直到7月上旬,才把所有的线索都落实完毕。是否还有未被查到的涉走私的人员,或是未被端掉的销赃窝点,从目前的资料看,还不能确定。因此,4月29日后,是否还有其他受害人,也不能完全确定。

按照目前掌握的7起案件的情况，冯凯在从派出所拿来的郊区地图上逐一标记出了事发地点。也正因为如此，冯凯才轻松地搞清楚了案发地都在龙番国道附近的这一明显规律。

"犯罪分子是以龙番国道为中轴线，在周围的道路上实施作案的。"冯凯自言自语道。

"就这么点线索？"卢俊亮不知道什么时候来到了冯凯的身后，问道。

冯凯回头看了看卢俊亮，说："怎么？指纹找到了？"

"找到了。"卢俊亮说，"虽然铁锹被保护得很好，但是毕竟过去了这么久，所以效果不是很理想。一共应该有几十枚指纹的痕迹，但实际上能够进行特征点分辨的，只有两枚指纹，一枚是右手拇指，一枚是右手中指。"

"足够了。"冯凯说，"反正也不指望通过指纹找出匪徒，只要能够作为证据证明他们的罪行就行了。"

"所以，你还在这里划范围？"卢俊亮饶有兴趣地盯着地图。

冯凯拿铅笔，沿着标示出来的作案点画了一个圆，说："划范围就能看出一个非常明显的规律。沿着龙番国道，在方圆40公里的范围内，多点犯案，说明了一个问题。"

"什么问题？"

"现在没有什么私家车，这些人也没有别的交通工具，只能靠脚走路，所以移动范围有限。"冯凯侃侃而谈，"由此可以推断，匪徒就是这直径40公里的圆圈里的某个村落的村民。哦，忘了告诉你，抢劫烧车案现场发现的足迹是布鞋的，可以判断出匪徒是白日耕作、夜间抢劫的农民。"

"私家车是什么意思？"卢俊亮一脸茫然。

"这个不重要，你就说我说得有没有道理？"冯凯岔开了话题。

"有道理。"卢俊亮说，"不过，有个问题，你画的这个圆圈里，是郊区村民的聚集区，这么大范围，你数数，最起码有20多个村落，涉及一两万人，请问你要怎么找？"

"呃。"冯凯语塞了，说，"别急，这只是第一步嘛，接下来，我们还要研究其他的规律。"

卢俊亮等着冯凯继续发表他的观点，冯凯却仿佛卡住了。

沉默良久，冯凯才接着说："现在我也有一点想不明白，为什么这些人4月密

第七章

被划掉的天气

集作案，然后就没动静了？过了4个月，才再次现身？"

"关键是这些数据准不准。"卢俊亮说，"是全部的数据吗？"

"那倒不是。"冯凯被卢俊亮点了一下，似乎想明白了什么，说，"之前我们潜意识认为匪徒是黑吃黑，但如果他们连普通货车也抢劫的话，就说不准了，因为我只是从海关获取了数据。也不对，如果老百姓的合法货物被抢劫，他们应该会报警才对。"

"那报警了，信息却没有传到你这里呢？"卢俊亮问。

冯凯猛地抬起头，盯着卢俊亮。他意识到，自己有点想当然了。在陶亮的年代，因为有指挥中心这一重要的职能单位，老百姓平时报警都不需要去派出所，而是直接拨打110，所以所有的报警信息都会在指挥中心汇总。但这个没有110的年代，群众都是通过拨打派出所电话，或是到派出所现场报警的，信息自然没有那么容易汇总。

"如果他们都到派出所报警，郊区分局或者市局能知道吗？"冯凯问。

"如果派出所重视的话，会通知郊区分局刑警大队去现场，如果刑警大队重视的话，才会通知我们过去协助勘查。"卢俊亮说，"如果这些案子没有伤人，只是抢劫，尤其是抢劫的数额不大的话，我们市局可能掌握不了情况，不过，郊区分局可能会掌握一部分情况。"

"明白了！"冯凯说，"5月之前，参与走私的货车还比较多，又都在夜间行驶，所以被抢劫的概率大。5月之后，海关已经深入打击走私团伙了，参与走私的货车数量明显减少，夜间行驶的车辆自然也就明显减少。即便普通百姓驾驶货车在夜间行驶，被抢劫了，如果数额不大，郊区分局都不一定能掌握情况，更不用说我们了。"

"所以，你明天要去郊区分局，召集他们分局所辖的5个在你画的事发地范围内的派出所开会，看能不能找到匪徒抢劫普通百姓的案件。"卢俊亮提示道。

"5个派出所对吗？"冯凯兴奋了起来，说，"就这样办，你给他们局长打电话，明天一早我就去。"

卢俊亮点了点头，转身到内勤室打电话去了。

冯凯坐在凳子上，心中充满了对未知事物的好奇，他期待自己明天能获得更多的线索。同时，他也在看着4月的这些日期，想从这些日期里找到一些规律。可是，这些日子，既不是固定的周几，也不是等差数列，一时间，他好像并没有得出什么结论。

可能是因为等了一个多月的电话，他的身体已经习惯了松散的状态，所以这次经历了高强度的思考后，冯凯忽然觉得困意难挡。卢俊亮电话还没有打回来，他就已经趴在桌面上睡着了。

顾雯雯曾经跟陶亮说过，她最喜欢在睡前思考那些还没侦破的案件了。她有一套理论，说人在半梦半醒之间，是灵感最强烈的时候，所以不能浪费睡前的时光。陶亮以前总是嗔怪她，满脑子案子，都没给自己留一点空间。但不知道为什么，在进入梦乡之前，想到顾雯雯说过的这些话，冯凯的心里莫名有点甜丝丝的。

他感觉自己半梦半醒，飘飘忽忽的，一时不知道自己是谁。他的脑海里回旋着顾雯雯的笑容，回旋着地图上的国道，回旋着好多乱七八糟的东西。一时间，他似乎看到了电光闪动，又似乎看到了大雨瓢泼。

冯凯醒来的时候，已经是第二天早上了。

他发现自己仍然趴在办公桌上，只是肩膀上多了一件绿色的警服。冯凯把警服拿了下来，一股温暖感涌上心头。在陶亮的年代，这么关心他的，只会是顾雯雯。他内心里感谢着卢俊亮给他带来的温暖，起身向楼下走去。

跨上摩托车的冯凯，已经想好了今天首先要去的地方，不是郊区分局，而是市气象局。

这次他只是去调取气象资料，因此即便没有介绍信，光凭这一身警服就足以顺利地完成任务了。气象局的工作人员非常热情地帮助冯凯把4月至8月的气象资料，全部调了出来。

看完这份详尽的气象资料，困扰冯凯的难题也就全部解开了。

4月15日，龙番市郊区下了一场大雨，18日至26日都是连阴雨。对照了作案时间表，冯凯便知道，这帮车匪路霸选择作案时间时，特意避开了阴雨天。道理很简单，一是这帮匪徒劫车，是需要在某个地点进行埋伏的，有可能一等就是一整夜，如果下着雨，在天气还不暖和的季节，就会非常受罪。二是这帮匪徒外出抢劫和搬运货物回村，都是靠步行的，如果遇上下雨天，或是下雨后不久，土地泥泞，行走会很不方便。三是为了减少被发现的可能性，他们不太可能点燃火把照明。即便有手电筒，照明能力也很有限，所以他们可能更倾向于晴天有月光的晚上动手。

这很有可能就是匪徒们作案的规律了。

可是，接下去的5月至7月，虽然包含了龙番市的梅雨季节，雨天不少，但也有一些大晴天，为什么他们就没有作案呢？难道这帮匪徒机警地发现走私车辆在这

第七章
被划掉的天气

几个月里陡然变少了吗？还是因为普通老百姓的货车被抢劫后，报警资料没有被任何一个民警重视过，所以没上报？冯凯还是想不明白，所以他还是得按照原计划去郊区分局，把事情弄个清楚。

来到了郊区分局，分局分管刑侦的副局长和所辖区五个派出所的所长都已经等候在局里了。因为卢俊亮在电话里表述得非常明白，大家都已经有了准备。

分局刑警大队和派出所在今年4月到8月所有的报警记录里，寻找可能是车匪路霸作案的案件线索，还真的有所发现。

4月7日凌晨3点左右，在金夏镇的乡村公路上，一名叫赵光强的货车司机停在路边短暂休息，结果被一伙人拉开车门，实施抢劫。但这些人要的是赵光强身上的现金，对货车里拉的货物毫无兴趣。这一伙人蒙面，为首的是一个扎小辫的男人。赵光强身上的15元现金被抢劫后，他立即开车逃离了。天亮后，他到了金夏镇派出所报警，但当时因为蔡村案件刚发生，所有警力全部压在了命案之上，这起案件受理后，就没有下文了。

5月10日晚11：30左右，在龙番国道355公里界碑附近，一辆货车被拦路抢劫。司机缪富因为去会老同学，耽误了返程的时间，所以只能通宵赶路。货车被拦下时，从路边冲出一帮蒙面歹徒，直接到货仓里搜索。可是缪富这一趟拉的是木料，所以并没有带什么值钱的东西。结果蒙面歹徒说他们是寻仇的，找错了人，并未对缪富进行搜身就离开了。缪富实际上很后怕，因为他身上带着300多块钱的货款。缪富到事发地派出所报案，因为未造成后果，派出所未上报。

5月20日凌晨1点左右，一辆货车被路面的纸箱拦路，但当时司机正在打瞌睡，于是从纸箱上压了过去。感受到颠簸后司机瞬间清醒，但因为害怕撞到了人，并没有停车。回家后，司机越想越怕，去派出所"自首"。派出所带着司机去事发地查看，没有发现任何痕迹，事发地派出所也没查到交通事故或非正常死亡的报警，于是不了了之，但事发地派出所做了登记。

8月15日晚12点左右，司机黄三友因为家中老人急病，连夜驾车赶回龙番。途中，他的货车被断木拦路，停车后被一群蒙面歹徒劫持。歹徒上车查看后，发现是空车回来的，就对黄三友进行了搜身。好在黄三友出发前把货款存进了银行，所以歹徒只在他身上搜获了30多元钱。此事报案后，分局刑警大队对货车进行了勘查，因为没有找到任何可疑指纹，所以未向市局汇报。

另外，在调查访问过程中，有三个派出所的民警都发现，4月至5月，在有报

案记录的当夜，都有非走私货物车辆被路面上的阻碍物逼停，也都有蒙面人冲进车厢查看。但他们发现并没有走私货物的时候，都以"寻仇，找错人"为借口离开。实际上，有的货车里也有便于搬运的较为值钱的物品，但歹徒没有对这些合法货物实施抢劫。

"从气象资料看，所有的作案时间，都是天气晴朗的时候。只要是下雨或者刚刚下过雨的夜晚，都没有作案。"冯凯对照着气象资料，说道，"唯一不能理解的是，从5月下旬到7月底，这两个月的时间，是没有任何报案的，调查访问也没发现有问题。我在想，是不是梅雨季节，雨天较多的缘故？"

"你是城里长大的吧？"郊区分局的梁局长哈哈一笑，问道。

冯凯有些诧异，为什么梁局长会突然岔开话题，于是茫然地点了点头。

"确实，这两个月是我们龙番雨水偏多的季节，一直要持续到8月。"梁局长说，"不过，还有个重要的因素，这两个月，是双抢的季节啊。"

冯凯恍然大悟。

梁局长接着说："所以我问你是不是城里长大的，四体不勤、五谷不分啊。5月下旬开始，农民们要开始抢收小麦，然后抢时间播种玉米。"

"理解了。"冯凯说，"之前我们就定论，这帮匪徒，白天是农民，晚上干抢劫。当农忙的时节到来，他们白天干活就很累了，不可能晚上还步行几十公里来进行抢劫。"

"就是这个原因。"梁局长说，"不过，我想知道，接下去你有什么办法吗？"

4

冯凯没有回答梁局长的问题，而是埋头思考着。

好一会儿，冯凯才说："这帮车匪路霸大致的犯罪发展过程，我现在算是搞明白了。你们看，4月3日是一个关键的日子，这一天之前，他们的模式是安排人先偷爬到煤车上，把整块煤炭扔下车，然后其他人沿路去捡，是最原始的盗窃状态。但4月3日这天，他们被司机韦星看见了。4月7日，他们可能觉得反正都会被发现，风险都一样，那就不如干收益更大的活儿，于是变盗为抢，抢劫了停靠在路边的货车司机赵光强的钱。抢了一次后，他们又转变了作案手法，开始在路上放置障碍物，逼停货车。有意思的是，他们似乎是从这一次开始，发现了载有走私物品的

第七章

被划掉的天气

货车大多在夜间行车的规律。即便拦到了正常货车，他们也不做抢劫，而是立即放行。他们知道，抢了正常的货车，人家会报警，而抢了走私货车，没人会报警。也就是说，他们突然变聪明了。中间因为农忙，他们休息了两个月，但双抢季节结束后，他们的手段变得更恶劣了，不仅抢了司机舒少平的钱，还烧了他的车。我觉得，很有可能是他们习惯了获利，不能适应赚不到'外快'的生活。也许，他们在双抢季节就看到了报纸或者电视上关于打击走私案件的报道，知道自己没法'黑吃黑'了。但他们依旧不愿意罢手，于是决定连正常车辆也要抢。"

"是的，他们作案这么久，我们警方没有做出任何反应，这就助长了他们的嚣张气焰。"梁局长说，"他们很可能认为警方对这种没有伤人的抢劫案件，只会袖手旁观。"

"所以，他们就肆无忌惮地作案了。"冯凯说完，不自觉地低下了头。

顾红星说得不错，群众的事无小事，对于警方来说，破大案并不是多大的本事，最大的本事是把犯罪扼杀在萌芽中。

"问题是，这帮人作案很谨慎。"梁局长说，"能够勘查的地方，我们都勘查了，除了你在断木上找到的鞋印，怕是没有其他任何甄别的依据了。"

"还有'扎小辫'这个特征。"冯凯说，"虽然不是所有的报案记录都提到了'扎小辫'，但有一半的报案人都注意到为首的是一个扎小辫的男人，而且我们也有这个扎小辫男人的指纹。"

"有指纹，怕也不好排查吧？"梁局长说，"你自己都说了，这片区域涉及一两万人，我们总不能把所有头发偏长的男人都取指纹，现在80%的村民发型都是差不多偏长的。再说了，他也有可能通过各种方法来逃避提取指纹。"

"但他们有作案规律啊！"冯凯眼睛一亮，说，"8月上旬一直下雨，8月15日他们就作案了，然后又是一个礼拜的雨天，雨后晴了几天，8月28日地面干燥后，他们又作案了。我看天气预报，接下来的几天都是大晴天，那么他们很有可能连续作案。"

"你是说，我们伪装成货车司机，实施诱捕？"梁局长问。

冯凯的脑海里浮现出几年前顾红星为了抓捕那个夜间划女性脸的变态匪徒，而打扮成的女性模样，不禁莞尔。

"这事儿，我觉得需要更加稳妥一点。"冯凯说，"毕竟涉及几十公里范围的广大区域，而且对方人也比较多。"

"是啊,如果分几组去诱捕,我们的警力肯定是不够的。"梁局长说。

"那就申请武警部门的协助!"冯凯说道。

冯凯仔细回忆了一下,如果他没记错的话,1983年武警部队应该就正式成立了。

"申请武警部队的支持,我们这个层级肯定是做不到的。"梁局长为难地说。

"所以,我现在就回去找顾支队,然后拉着他去找张局长!"冯凯说。

回到市局,冯凯恰好在楼道口遇见了正在上楼的顾红星。

"你忙啥呢?"冯凯挥舞了下手中的一沓资料,问道。

"我也很奇怪为什么林倩倩到现在丝毫线索都没有。"顾红星如实答道,"所以我现在用的是笨办法,逐一打电话给林倩倩有可能藏匿地的省厅,希望他们能再次重申悬赏通报①,别让大众遗忘了还有这么一回事。同时,也希望各省厅可以协调治安部门,对风月场所开展一系列排查。"

"确实,这么大范围的通缉令发出后,居然没有回声,实在是有些意外。她总不能躲在犄角旮旯里不动弹吧?或者,她会不会已经畏罪自杀了?"冯凯说。

"即便是畏罪自杀了,尸体也该被发现了。"顾红星叹了口气,说道,"我想想,还有哪些可能性。"

"你不说,我这两天差不多都把这事儿忘了。"冯凯嘿嘿一笑,说,"跳出牛角尖,发现其他案子还是有意思的。"

"你说得不对,我们不能根据案件有没有意思来选择办哪些案件。"顾红星纠正道。

"行了,行了,大道理都在这儿了,不都已经掏过心窝子了吗?"冯凯指了指自己的胸前,说道,"我来和你汇报一下车匪路霸案的情况。"

接下来,冯凯把自己统计、梳理出来的车匪路霸案件逐一和顾红星说了一遍,然后又结合气象资料、农业生产常识等情况进行了解读。因为顾红星和他一样,是城里长大的孩子,用梁局长的话说,就是四体不勤、五谷不分。

在听完汇报之后,顾红星非常赞同冯凯的分析和解读。无论从哪个角度看,这帮车匪路霸的气焰有明显变得嚣张的趋势,犯罪也呈升级的趋势。如果不及时重拳打击,肯定会有更多货车司机受害,甚至会危及人民群众的生命安全。

---

① 重申悬赏通报:再次强调悬赏通报。

/// 第七章
被划掉的天气

同时，顾红星也赞同冯凯关于这几天车匪路霸会继续作案的推断。目前是农闲时节，等到 9 月下旬至 10 月，农村再次忙起来之后，他们想找诱捕的机会都找不到了。

既然掌握了车匪路霸们的大致作案规律和作案范围，那么出动大量警力，一拳到位是最好的办法。于是，顾红星决定和冯凯一起，去局长办公室汇报，争取武警部队的支持。

因为几个月前的"舆论热点"事件，冯凯很担心这位年轻的张局长会把他拉进"黑名单"。在冯凯的印象中，自己只和这位张局长接触了一次，甚至连局长的全名都叫不上来。冯凯觉得这位张局长和那位在自己的印象中被永远打上"讨厌"烙印的高勇局长①，实在是有些相像，所以他避免一切和张局长相遇的可能性，不让自己心烦意乱。

但是这一次，冯凯如果让顾红星独自去向张局长要警力，又有些不放心，毕竟对这些案子了如指掌的，是他冯凯。

走进了张局长的办公室，冯凯又看到了那张让人不适的脸。但好在这位张局长，似乎已经从"舆论热点"的阴影中走了出来，他甚至忘记了冯凯是谁。

"张局长，这是我们对这一起案件的规律总结。"顾红星在简单介绍完案件的基本情况后，把冯凯制作的发案规律表递到了局长的桌子上。

张局长连瞥都没有瞥一眼表格，说："别绕圈子，就说你要怎么样？"

"我们已经掌握了车匪路霸的作案规律，并且预测他们会在近两天再次作案。"顾红星说，"所以我们希望能够申请到武警支队派警力支援。"

"这个我还真是能做到。"张局长的脸上浮现出一脸的自豪，"市委刚刚任命我兼任武警支队的政委，组织上这样安排，就是为了好协调工作。"

冯凯鼻孔里不自觉地喷出一股气，他觉得这个张局长和高勇真的是像极了。

"不过，作为龙番市公安和武警的第一次联合行动，那这次行动是必须要成功的，不容许任何失误。"张局长说，"你们能保证成功吗？"

顾红星点了点头，说："应该能。"

---

① 编者注：《燃烧的蜂鸟》中，高勇、陶亮和顾雯雯原本是刑警学院的同班同学，高勇也喜欢过顾雯雯。毕业多年后，高勇成了市局副局长，而陶亮则从刑警被调到了城郊派出所，成了高勇的麾下。

"什么叫应该能？要必须能！"张局长用指尖戳着办公桌，说道。

"必须能。"冯凯连忙说道，"我们需要五个班的武警战士，潜伏在货车里。对方都是农民，没有武器，肯定是可以一网打尽的。"

"你可是给我下了军令状了。"张局长指着冯凯说，"那我就给你拍这个板了，你们给我机灵点，别出啥岔子。"

张局长一点也没耽搁，让顾红星和冯凯与他一起，坐上那一辆北京吉普，直奔几公里外的武警部队驻地。

与龙番市武警支队的支队长一见面，张局长就用毋庸置疑的语气说道："这是组织上任命我成为政委后的第一次协调行动，如果大获成功，更能体现出组织决定的英明，所以，也请支队长不惜一切代价配合好我们。"

"可是，我们正在执行一项安保任务，警力原本就紧张，一下子再调走五个班的警力，我们有点吃力。"支队长很是为难。

"安保是为了保护人民群众的周全，打击车匪路霸不也一样？如果让这伙车匪路霸存在，何来周全之说？"张局长说得斩钉截铁，毫无商量的余地，"你们来配合我们工作，实际上和安保也差不多。"

"可是，任务执行的区域不一样啊。"

"不说那么多，我是政委，也同样有分配警力的决定权。"张局长用毫无商量余地的口气说，"就这么决定了，以车匪路霸案件为主。"

回到了公安局，从张局长的车上下来，冯凯的神色还是挺满意的，他小声对顾红星说道："这个张局长，当领导确实挺神气的哈！不过也是，刚刚当了政委，就协调队伍成功破获连环大案，这多大的噱头啊。这案子要是破了，让他捞点政绩也值当啊。"

顾红星倒是看起来有些忧心忡忡，冯凯也不知道他在焦虑什么。他看了一眼冯凯，低声说道："当领导是为了更好地为人民服务，而不是为了神气。"

"知道了，知道了，我这就去安排，借货车、分组。"冯凯连忙说。

"嗯，具体'巡逻'的路线，我来设计吧。"顾红星说，"我们分五组，'巡逻'不同的路段，一旦发现情况，用对讲机联络，其他四组人迅速包抄，确保没有一条漏网之鱼。"

第七章

被划掉的天气

车匪路霸的作案地点，并不都是在龙番国道上。在龙番国道延伸出的多条分支岔路，他们都有过作案的记录。所以对"巡逻"路线的设计要求就很高了，既不能放过任何一点，又要便于其他组的包抄围捕。

只用了一下午的时间，顾红星就设计好了五组车辆的"巡逻"路径。

冯凯看完顾红星设计的路径，佩服得五体投地。冯凯知道，几年"未见"，顾红星已经从钻研细节的技术员，变成了能从容不迫指挥一场大型"战斗"的指挥员了。这一套设计，可谓十分科学。五组车辆，每一组"巡逻"的路径，都不会走回头路，这样可以防止车匪路霸发现蹊跷。每一组车辆开完自己的制定路径之后，就会通过道路岔口，来到下一组车辆曾经"巡逻"过的路段，这样即便车匪路霸先行在路边观察，也不可能发现这五辆先后经过的货车是一伙的。

同时，表面上看起来，这五辆车是用一晚上的时间绕行了一个大圈子，实际上如果车速相似，每辆车之间的距离都是相近的，而且又有近路可以包抄，这样就可以保证在需要的时候迅速完成包围圈。

最关键的是，描绘完五辆车的行驶路径，就可以发现，在冯凯画出的那个方圆40公里的大圈之内，所有的国道、省道、县道，甚至乡村公路，都被完全覆盖了。只要地图上标出的道路，都一定有"巡逻"货车驶过的痕迹。这也确保了不存在任何死角的可能。

见冯凯对自己设计的路线图赞不绝口，顾红星倒是有点不好意思了，他岔开话题，问："你的车借得怎么样了？人员呢？"

"为了保密，我们是以运送大型设备为借口，找了运输局，运输局协调了五辆大货车。"冯凯说，"不过为了运输安全，他们坚持要用他们自己的货车司机。我觉得也没问题，等货车到齐了，就盯紧这些司机，防止泄密。"

"实际上，货车司机才最痛恨这些车匪路霸，我觉得不太可能有人成为车匪路霸的线人。"顾红星说，"但你说得对，盯紧一点也没错。"

"管住人，就等于管住了消息。"冯凯说，"武警战士在晚饭后集结，一组一个班，加上我们和分局的警力，大概一车能有15个人，都有枪，应该够了。"

"好的，晚上10点，准时出发。"顾红星下达了命令。

陶亮小时候看的电视剧，只要有抓捕行动，就会有很多警车闪着警灯、排着长龙从公安局开出。那种场面，气派得很。可当他参加工作之后，才发现那都是导演

为了吸引眼球而杜撰的场面。抓人,一般都是隐蔽进行的,怎么可能会有那么大的排场呢?所以无论是当时的陶亮,还是现在的冯凯,都不曾见过这样的大场面。

这天晚上,算是第一次。

虽然排着长龙的不是警车,而是货车,而且从货车车篷外面也看不出任何异常,但冯凯知道,这些货车的车篷内,都是荷枪实弹的警察和武警战士。因此,在他的脑海里,还是浮现出一幅壮观的景象。

几辆货车开进郊区之后,静悄悄地分头向指定路线驶去。

一身便衣,坐在副驾驶的冯凯,选择了一条作案频率最高的路线。他此时心潮澎湃,没想到自己居然真的要亲自破获车匪路霸案了。在陶亮的年代,车匪路霸早就销声匿迹,道路安全是完全可以保证的,所以这种形式的作案手段,陶亮也只有在"大案纪实"或者老师讲课的时候才能见识到。

此时已是深夜,月朗星稀,月光把路边树木的影子投射在道路上,影影绰绰。每次看到货车大灯照耀的前方出现光线差异的时候,冯凯就非常兴奋地提醒货车司机减速,而自己则紧紧地握住口袋里的54式手枪。可是,等车辆开近,他们发现那不过是一团雾或一片黑影罢了。

随着时间的推移,货车仪表盘上的行驶里程数越来越多,可他们并没有看到任何阻挡住道路的障碍物。冯凯的心情一点点低沉下去,到后来,他甚至已经不指望自己的车辆能遇见车匪路霸,而把希望寄托在那台一直没有声音的对讲机上。

随着天边泛起了鱼肚白,冯凯的心也沉到了谷底。

"准备撤吧。"对讲机终于响了起来,是顾红星的声音。

"等会儿,再跑一会儿。"冯凯瞪着血红的眼睛,对着对讲机说道。

顾红星在那边沉默了,他知道冯凯的脾气,于是没有强行收队。

又跑了一个多小时,公路上已经出现其他货车的影子了,冯凯这才不得不喊了一句"撤"。

五辆货车依次开进了公安局大院,一字排开。冯凯跳下车,对货车司机说:"对不住各位了,我们情报有误,耽误你们时间了。我们派车送你们回去休息两天,货车就停在这里。"

见公安局的两辆吉普车把司机送出了大院,顾红星问道:"你是怀疑他们?"

冯凯点了点头,说:"我们研究的规律肯定是不会有错的,敌人之所以没有出现,说不定是有内鬼。"

第七章
被划掉的天气

"我觉得不可能。"顾红星摇了摇头,说,"他们没机会通风报信。"

"不管是不是,我们要保险起见。"冯凯说,"我们的人只留你、我、小卢、肖骏和秦天。武警战士全部在我们局宿舍休息,找人看着,不准出去。"

顾红星抬眼看着冯凯,欲言又止。

"你什么都别说了,就这么办。"冯凯说,"走,睡觉去,今晚继续。"

在冯凯的要求下,虽然参加行动的人员有所缩减,却做到了完全封闭。没有人能够越过他们的管理,给外界通风报信。

于是,晚上天刚黑,冯凯又一声令下,由五名民警开着货车,各载着一个班的武警,继续他们的诱捕计划。

可是,不管冯凯是怎样的信心满满,结果和上次一样,一无所获。

白天,大家都在睡觉,冯凯却怎么也睡不着。这两天明明都是大晴天,又不是农忙季节,按理说,他们应该连续作案啊。难道是因为烧了车,在躲风头吗?可是这次的烧车案,警方并没有高调处理,也没有大范围走访,不应该打草惊蛇啊。很快又要进入雨天,接下来就是农忙季节,难道他们真的舍得放着这么多货车不抢?

吃过山珍海味的人,就很难回到粗茶淡饭的日子。

冯凯固执地认为,他们一定还会动手。

接下来的两天晚上,在冯凯的坚持下,他们还是采取了行动,可依旧一无所获。

9月2日清晨,五辆货车再次回到了公安局大院。运输公司的总经理此时已经等候在了大院里。

"我说公安同志,你们这是要用我们的车子用到什么时候啊?"总经理说,"我们已经很配合你们办案了,但总不能无休无止吧。"

"对不住啊,你们今天就可以开走了。"一脸疲惫的顾红星说道。

"唉。"冯凯想要制止,但看到身后那几十名满脸疲惫的武警战士,什么都没有说出来。

"好。"总经理说,"那我马上安排人来。"

话音刚落,小叶的声音从二楼走廊上响了起来。

"顾支队,不好了!"小叶喊道,"郊区又发生抢劫案了!"

燃烧的蜂鸟

迷案1985

第八章

市民广场失踪案

1

"这件事情,我负责。"顾红星站在张局长的办公桌前,低着头。

"是我的责任,我轻敌了。"冯凯昂着头插话道。

"我想起来了!你就是那个办错案的冯什么吧?"张局长恶狠狠地说。

"冯凯,不是冯什么。"冯凯说。

"你还在这儿给我顶针①呢?"张局长猛地拍了一下桌子,说,"我告诉你!你今天就给我去禁闭室!关禁闭!我不开除你,算是给你面子了!"

"我们不过就是行动失败,并没有造成什么后果!抓捕的时候抓不到人也是正常的好吗?关禁闭?哪条法律规定的?"冯凯瞪大了眼睛。

无论是陶亮还是冯凯,当了这么久的警察,还从来没有被关过禁闭。虽然关禁闭对冯凯来说是个新鲜事儿,但也不是什么好事。关键他要是被关了禁闭,车匪路霸的案子谁去查?

"没后果?"张局长腾地站了起来,指着冯凯的鼻子说,"你们占用本该执行安保任务的几十名武警警力,白白干了三四个通宵,武警部队怎么看我们?我以后去武警部队,怎么抬得起头?"

"那是你想多了。"冯凯说,"巡逻能让歹徒不敢作案,震慑犯罪也是我们的职责。我看,以后巡逻就应该常态化,提高群众的'见警率',震慑犯罪的同时,也能提升群众心里的安全感。"

"你这是在狡辩吗?"张局长的火被油泼了似的,吼道,"你不仅办错案,还把武警部队当猴儿耍,你这行为有多严重你知道吗?你今天就脱衣服,别干了!"

"局长,他说得有道理,公安机关不仅要破案,更要防案。"顾红星居然敢当面

---

① 顶针:方言,形容较真,钻牛角尖。

第八章
市民广场失踪案

和局长硬刚了，说，"如果说推断错误，你可以关他禁闭，但你无权开除他，你要想开除他，得局党委会研究决定。"

张局长的脸涨得通红，但顾红星的话又无可挑剔，于是他借坡下驴，说："好！关禁闭！现在就去禁闭室！你好好反思反思！"

冯凯冷笑了一声，转身离开了。

禁闭室在公安局旁边的地下室。这个地下室是战争时期挖的防空洞，后来被改造成了禁闭室。据说尚局长在位的时候，这个禁闭室从来都没有用过，但张局长上任后，他冯凯已经不是第一个进禁闭室的人了。

禁闭室就是一个普通的房间，没有装着铁栅栏的防护窗，也没有战士或者民警站岗。禁闭室里面有一张写字台，台子上放着一些政治理论学习的教材和一些纸、笔。写字台旁边是一张床，床头砌着一面半人高的矮墙，墙后是一个蹲便器。

因为是地下室，即便在炎热的夏天，禁闭室里也是很凉爽的，就是下水道通过蹲便器而散发出来的尿臊味，让冯凯有些不适应。

"人啊，就得有好的心态。"冯凯一屁股坐在禁闭室的床上，自言自语道，"说不好听了，是关禁闭，说好听了，就是给我放几天长假，何乐而不为呢？"

冯凯躺在床上，脖子接触到枕头，感觉到了隐隐的潮气，他望着天花板，思考着。

今天早晨，他们开车从郊区返回公安局后，郊区分局就打来了电话。

一名货车司机在一条省道上，遭到了同样方式的抢劫。车上拉的五箱白酒和十箱香烟，以及司机身上的100元货款被洗劫一空。损失惨重。

严重的问题是，这一次的抢劫地点，突破了冯凯划定的直径50公里的范围，而且作案时间从夜间变成了清晨。

更令人头痛的是，被抢劫的货车司机说，这帮人是骑自行车来的，两人一辆，一共七八辆自行车。也就是说，这帮车匪路霸购置或者盗窃了交通工具，那么今后他们的作案范围就会成倍地增加，冯凯在原范围内设计的诱捕计划就很难实施了。

在第一个巡逻诱捕的夜晚，冯凯和货车司机聊了几句。虽然还没到信息化的时代，但货车司机被频繁抢劫的消息，也已经在司机群体中传开了。很多司机会选择绕开常发案件的路段，多跑几十公里，只为保证一个安全。

看来，这个信息，也被这帮车匪路霸掌握了。

这帮车匪路霸不仅有缜密的犯罪思路，还有灵通的消息渠道。确实，是他冯凯

低估了。冯凯原本认为，他们只是一帮农民，不太可能具备多强的反侦查意识，可事实告诉他，并不是这样。其实从一开始，勘查员无法从被劫车辆上找到任何指纹，冯凯就应该想到，他们是有反侦查意识的，可是骨子里的傲慢，让他忽略了这一点。

张局长说得不错，在轻敌这一点上，冯凯确实应该反思。可是，接下来该怎么阻止这帮人继续犯案呢？

从自行车查起？

很难行得通。在询问被抢劫司机的时候，冯凯还特地问了一句，这帮人骑的车是不是新车。冯凯心里想，如果这帮人是特地批发了几辆自行车，说不定可以从自行车的销售商那里找到线索。虽然他们作案的时候都是蒙面的，但不至于买车的时候也是蒙面的吧？

可报案司机笃定地认为，他看到的自行车都是旧车，有的车撑都坏了，斜靠在路边的。

如果是他们骑了很久的自行车，那为什么这帮人之前作案的时候不骑车呢？

只有一种可能，这帮人以前是没有自行车的，在他们得知货车司机为了保护值钱的货物而选择绕远路后，他们就去偷了一些自行车用以跨区域作案。

那么，从被盗自行车的案件查起呢？

这也是行不通的。

冯凯知道，在这个年代，自行车是比较值钱的财产，而且每辆车子在外观上又没有特别的辨识度，所以经常会成为盗窃团伙的作案对象。陶亮上学那会儿，还经常听说盗窃自行车的案子。后来，随着群众生活条件越来越好，街上出现了共享单车，偷自行车的才少了，转而变成了偷电动车或者电动车电池的案件。这种日常通行常用的工具，不管在哪个年代都是有很大的需求量的。不用查就知道，这时候的自行车盗窃案，可以说是多如牛毛的。

所以，如果他们转去调查自行车被盗案，那么他们什么都还来得及查到的时候，就会有更多的货车司机受害了。

难道这案子就要陷入僵局了吗？

哎呀，有监控的年代，多好啊！

在地下室里，冯凯不知道白天黑夜，只能根据门卫送饭的时间，来推测当前大致的时间。他在写字台上涂涂画画，想要找出破案的思路，一沓纸都给他画完了，

第八章
市民广场失踪案

似乎还是很难找到突破口。

有反侦查意识、聪明、时刻掌握外界信息,这些都是冯凯给这帮车匪路霸的"画像"。他在画像中感受到一种反常的气息。虽然这个年代,农民的文盲率已经大大降低了,但平均受教育程度依然不高。冯凯记得在陶亮小的时候,父亲曾经说过,九年义务教育是二十世纪八十年代末才全面推广开的。也就是说,现在的农民,大多只有小学文化。小学文化的农民,怎么会有这样的"画像"呢?冯凯百思不得其解。

另外,这个年代的农村,有自行车的人家并不多。可是,逐一搜查农户,也是不可行的办法,一是扰民,二是自行车实在太好藏匿了。但这也反映出另一个问题,他们不太可能在农村偷盗自行车,而应该去自行车多如牛毛的城里,才更容易偷盗。

对,他们肯定是和城里有紧密联系的。否则在货车司机圈子里流传的绕路信息,他们肯定是不能掌握的。

他们主动去城里,仅仅是为了探查信息吗?

冯凯的思路被禁闭室铁门打开的声音打断了。

顾红星出现在了禁闭室的门口。

"怎么了?禁闭时间到了?"冯凯用调侃的语气说道。

"最近在搞什么盗窃案件专项治理,支队的人全部调去和治安部门一起搞盗窃案件了。"顾红星气喘吁吁地说,"可是,现在发生了一起案件。"

"什么案件啊?"冯凯说,"偷,还是抢?难不成是那帮车匪路霸又出现了?"

"不,是绑架。"顾红星说。

"绑架?"冯凯从桌子前面站了起来。

绑架案件在国内并不多见,就连陶亮这个当了十几年警察的"老人",也从来没听说龙番市发生过绑架案。但在冯凯的这年代,还真的出现了。

"我,没办过绑架案。"冯凯有些心虚。

"我也没办过。"顾红星说,"所以现在,我,需要你。"

走出了禁闭室,外面阳光明媚,冯凯深深地吸了一口新鲜空气,说:"你说,这么好的天气,车匪路霸不会又出来作案吧?"

"不能排除。"顾红星说,"但是我们目前给各个运输公司都发布了预警,要求

大家尽可能避免在清晨或者夜间行车。在我们获取新的线索之前,也只能从源头预防了。"

"这是个好办法,但不是长久之计。"冯凯说。

"我觉得我们现在应该把精力全部放在这一起绑架案件上。"顾红星说,"你把警服外套脱了,我们便衣过去。"

冯凯侧头看了看顾红星,他一脸担忧。自从来到这个1985年,顾红星给冯凯的印象就是成熟了很多。遇到案件,他更加镇定自若,人少事多,他运筹帷幄,在局长面前,也勇于担责。不得不说,眼前的这个顾红星,确实是一个好的公安机关领导。而现在的顾红星脸上的那种焦虑和担忧,是几年前才会出现的。也就是说,这一起案件,连现在的顾红星,都很没有把握。

冯凯一边坐上车,一边说:"虽然我也没有办过绑架案件,但好歹看过不少说绑架案件的小说和电视剧,作案的套路有限,我觉得不用太担心。"

"有小说和电视剧说这个?"

"啊,嗯,是有的。"冯凯连忙岔开了话题,"咱们公安局有电话的监听设备吗?先把受害者家的电话监控起来。现在没有定位设备,那是不是可以通过邮电局查清楚勒索电话是从哪里打来的呢?然后从勒索电话具体地址的附近找?"

顾红星疑惑地看了一眼冯凯,打着了汽车的火,说:"和电话有什么关系,绑匪是写信来的。"

疑惑从顾红星的脸上转移到了冯凯的脸上。车内沉默下来,两人都在各自思考。冯凯说的什么监听、什么定位,顾红星搞不清楚是什么意思。不过,冯凯在遇到案子时突然胡言乱语或者编出一个新鲜的名词,顾红星都已经习惯了。细心的顾红星发现,冯凯每次编出来的名词,都非常贴切,而胡言乱语的内容,案子破了之后回想起来,也有那么一些道理。所以,顾红星正默默试图去理解冯凯这次爆出的新名词的含义。

而冯凯的沉默是因为他意识到,在这个年代,很少有家庭能安装自己的家用电话,甚至也没有投币公用电话。大部分人打电话还都是"集体"式的,一个胡同可能就一部电话,一个居民区可能也就门口的小卖部里有。既然这样,电话勒索的可能性就不大了,因为受害者家里没电话,很难通过公用电话找到他,而绑匪如果打电话就很容易暴露自己的信息。

想着想着,顾红星已经驾车来到了距离公安局并不远的汉河路,这条路的两旁

第八章
市民广场失踪案

有一些居民区,都是汉河路以北一片工厂的宿舍区。车子在挂着"龙番市收音机厂宿舍区"招牌的一个门口附近减速了。这个有十几栋五层小楼的"小区",周围有围墙,门口是一个大铁门,旁边有一个门卫室。顾红星没有试图把车开进小区,而是开到附近的一条路边停了下来。

"现在不能确定绑匪是否会在附近监视受害者的住处,如果知道他们报警了,孩子就危险了。"顾红星解释道。

冯凯点点头,和顾红星一起穿着便衣向小区大门走去。虽然没有办过绑架案件,但以顾红星谨慎的性格,他绝不能因为暴露而丢失掉一条年轻的生命。

冯凯走到一家小卖部,买了两瓶廉价的白酒,拎在手里,小声对顾红星说:"要做伪装,就一定要像,我们两个大男人一起往小区里走,很容易让绑匪产生怀疑。但是现在这样,就像是来约酒的了。"

顾红星点点头,悄悄地竖了竖大拇指。

两人并肩走进了大铁门,见门卫室里的老大爷正在打瞌睡,完全没有注意到他们走进来。

受害人的家,在收音机厂宿舍5栋101,顾红星和冯凯走到门口,敲了敲门。

门口堆着一些杂物,门的右侧墙壁上,挂着一个木制的信箱,每一家都有。在以写信作为主要通信方式的现在,信箱对每家人都很重要。无论是信件、报纸还是有些家庭订的牛奶,都会被骑着自行车的邮递员,每天清晨或晚间按时送到每一家的信箱里。从信箱上的一尘不染,可以看出受害人这一家也是很频繁地使用信箱的。

开门的是一个年轻人,是当地辖区派出所的副所长小郭。

"顾支队,你们来了。"郭所长小声地问候了一句,然后伸头向他们身后看去。

"没尾巴。"顾红星说完,转身进了屋子。

冯凯有点想笑,他觉得自己好像在拍摄一部谍战剧。

在这个年代,收音机是一个家庭的主要电器,几乎每家人都会拥有。因此收音机厂的效益很好,员工能分配到的房子也较大。这间屋子的整体布局和顾红星家有点像,但比他家多出了一个房间,是一个三室一厅的结构。

屋子里很整洁,可以看出主人是个很勤快的人。

受害的一对夫妇,此时正依偎在客厅的沙发上,女人低头啜泣,男人则抚摸着她的头发,轻声地安慰着。

"这位是杨谦宁,杨经理。"郭所长做了个手势,给顾红星他们介绍了沙发上的

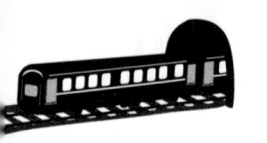

那个40岁出头的男人。

杨谦宁满脸的忧郁，此时出于礼貌，朝顾红星微微点头。

"杨经理以前在收音机厂做过技术，也做过销售，在这里工作了十几年吧。"郭所长说，"因为他的技术很好，所以改革开放后就辞职了，在前面那个长江百货公司里租了个门面，做收音机、收录机的生意。他有销售渠道，也懂技术，会修理。"

冯凯有些意外，他以为绑匪要是绑架，总得找一个大老板的孩子绑吧？绑这么一个小电器店的老板的孩子，真的能弄到钱？

顾红星倒是没想那么多，捧着笔记本，唰唰地记着笔记。

"这位是杨经理的爱人，高萍，以前也是在收音机厂工作，现在也辞职了，主要接送孩子、照顾家里，还帮杨经理打理他的收音机店。"郭所长接着介绍道。

居然还是个夫妻店，可以想见，店的规模并不会太大，他们也不可能是冯凯理解中的有钱人。

女人显然也受过良好的教育，即便是在极度悲伤和焦虑的情绪中，依旧抬起了埋在杨谦宁臂弯里的脸，和顾红星他们打了个招呼。高萍显然比杨谦宁要年轻不少，大约35岁，肤白貌美，在这个没有化妆的年代，绝对是个素颜美人。

"他们的儿子，叫杨巧剑，今年11岁，是龙番市第六小学的五年级学生。"郭所长简要地说道，"杨巧剑是个很乖的孩子，平时绝对不会任性乱跑。但是，昨天上午杨巧剑去参加学校的一个活动，失踪了，晚上杨经理就收到了勒索信。他们想了一晚上，今天早上就托邻居来我们派出所报警了。"

2

"那封勒索信呢？"冯凯问道。

在陶亮的年代，手写的信件已经很少见了，陶亮只有小时候跟人交"笔友"时才写过信，所以他对这封信充满了好奇。

"信和信封都让卢俊亮拿回去进行指纹检验了。"顾红星说，"我已经和他说了，信封可能会被很多人接触过，所以意义不大，但是里面信纸上的指纹，还是很有鉴定价值的。"

"有鉴定价值的，何止信纸上的指纹啊。"冯凯嘀咕了一句。

"那还有什么？"顾红星连忙问道。

第八章
市民广场失踪案

"笔迹啊。"冯凯说,"你忘啦?我们在公安部民警干校学习的时候,有一些人是去学文件检验专业的,文检专业,不就是看笔迹来甄别人的吗?"

"这个我是记得,但这封信是伪装的笔迹。"顾红星说。

陶亮在刑警学院上学的时候,虽然专业是侦查学,但各类刑事技术也是必修课程,所以他对文件检验专业,也略知皮毛。有些人为了伪装自己的笔迹,会故意把自己写字的习惯给隐藏起来,比如用左手来写字,又如故意用扭曲的笔画来组成字体,这些笔迹被称为伪装笔迹。

"伪装笔迹也是可以甄别嫌疑人的,你不知道吗?"冯凯说。实际上他仔细回忆了一下,这个知识是陶亮在刑警学院学习的时候获知的,不过,文检技术是传统技术,这个年代应该和法医、痕检一样,已经发展成熟了。

"真的?"顾红星的眼睛一亮。之前他还在担心,绑匪既然知道伪装自己的笔迹,就更有可能知道要隐藏自己的指纹。如果他是戴着手套来写这封勒索信,那么他们就不会在信纸上找到任何指纹。

"当然,你可能不记得了,上学那时候,老师说过。"冯凯说。

"说过吗?"顾红星闭上眼睛,回忆着过往。

"说过,不过我也不知道具体该怎么做。"冯凯说,"所以,等小卢的指纹检验结束,把勒索信送到省厅去,找他们看看。省厅有文件检验专门的部门,负责人姓吴,很有名。"

"姓吴?"顾红星说,"省厅搞文检的老师,不是姓王吗?"

冯凯想起,他印象中的省厅文检专家吴老大,是陶亮那个年代的,在这个年代,估计吴老大还在上中学吧。

"嗯,以后会姓吴的。"冯凯搪塞道。

"姓还能改?"郭所长一脸疑惑。

"这个不重要,只要有专门的检验部门,这个问题就能解决。"冯凯说,"再说了,信封呢?信封上不是还有邮戳吗?咱们岂不是可以锁定绑匪是在哪个邮筒投递的?他肯定不会距离那个邮筒太远。"

"没有邮戳。"郭所长从口袋里拿出两张照片,分别是信封和信纸的照片,说,"信是被人放在门卫室的窗台上的。"

冯凯想到了在门卫室打瞌睡的老大爷,心想这位老大爷肯定没注意到送信的人。

果然,郭所长补充道:"门卫没看见是什么人来送信的,他出去上厕所回来,

就看见了窗台上的信封。"

冯凯接过照片，仔细看着。

信封就是一个普通的牛皮纸信封，除了邮政编码的位置印着红色的方框，没有其他任何印制的内容。信封上用伪装笔迹写着几个字："龙番市汉河路 收音机厂宿舍 杨谦宁收"。

另一张照片是信纸，信纸也是随处可见的普通信纸，泛黄的白纸上印着一条条的红线，除此之外，也没有其他印制的内容。信纸上写着两行字："你宝在我手上，破财消灾3万元。在家等我传话。报警宰人，没报警就安全。"

"等他通知？"冯凯转向杨谦宁，问道，"你们家没电话吧？"

杨谦宁机械地摇了摇头。

"那他肯定还会采用送信的方式。"冯凯盯着顾红星说。

"辖区派出所和分局刑警大队已经派便衣潜伏在四周了。"顾红星领会了冯凯的意思，回答道，"这个区域已经水泄不通了，只要有人送信到门卫室或杨经理家门口的信箱，都会被盯上。"

"你有仇家吗？"冯凯又转过脸问杨谦宁，"你们做生意的，是不是容易得罪人？"

杨谦宁依旧是机械地摇了摇头。

"我们问了好几遍，杨经理坚持说自己从来没有得罪过人。"郭所长说。

"你们再聊聊，我得去局里。"顾红星此时已经坐不住了。

冯凯知道，顾红星没有想到文检专业是可以甄别伪装笔迹的，所以顾红星现在急着要回去，防止卢俊亮在显现指纹的时候，破坏信件上的笔迹。如果茚三酮也不能显出指纹，而又破坏了笔迹，那就得不偿失了。

"你去吧。"冯凯说，"我在这边，先问一下基本情况。"

顾红星走后，郭所长继续和杨谦宁夫妇谈着话。

现在是9月初，中小学刚刚开学没两天，杨巧剑的学校就组织了秋游，到龙番市民广场的英雄纪念碑，给英雄献花圈。当然，这一天的大部分时间，还是给孩子们玩耍的。在这个年代，五年级的孩子已经是大孩子了，老师不会严密关注到每一名孩子的动向。所以在自由活动结束后，老师重新列队时才发现杨巧剑不见了。

老师和孩子们几番寻找，都找不到杨巧剑，而杨巧剑平时很听话，绝不会贪玩乱跑，于是老师连忙通知了杨巧剑的家长一同来寻找。一直找到了天黑，都没有找到杨巧剑的身影，后来，杨谦宁的一个邻居就带来了那封莫名其妙的信件的消息。

第八章
市民广场失踪案

杨谦宁知道，信封上不写寄件人是很不正常的，于是连忙赶回家里，这才知道自己的儿子是被别人绑架了。

"也就是说，你现在也没有想到谁会做这个事情对吗？"冯凯仍不甘心，问道。

"没有，我认识的人，不会做这事儿的。"杨谦宁的声音很沙哑。

冯凯点了点头，背着手在不大的客厅里绕着圈走着。

"3万块，可不是一笔小数目啊。"冯凯沉吟道，"你们，拿得出吗？"

冯凯知道，这个年代，还很流行"万元户"的说法，一个家庭能有1万元的存款，就算是条件很不错了，这个绑匪直接来要3万块，是妥妥的"狮子大开口"了。当然，冯凯也知道，不能让贫穷限制了他自己的想象，所以他这样问了一句，实际上是挖了一个坑，来试探一下这位杨经理。

杨谦宁愣了一下，见冯凯盯着他，眼神有些躲闪，说："拿不出。"

此时，从杨谦宁的微表情，冯凯心里已经确认，这个杨经理实际上是拿得出这些钱的。可是，一个做小本买卖的人，仅仅"下海"了两三年，就能积累这么大一笔财富吗？

在客厅里闲逛的冯凯此时注意到，房子的客厅位于房屋的中间，周围除了厨房和卫生间，还有三个房间。其中两个房间的房门是打开的，可以透过房门看到里面的摆设，而另一间房门是关闭的，房门外面挂着一把很不合时宜的大铜锁。

"这三室的房子，你们和孩子各住一间，那这一间是？"冯凯指着门锁问道。

杨谦宁很敏感，他坐直了身子，舔了舔嘴唇，说："那一间没人住。"

"能打开给我看看吗？"

"没什么好看的，堆杂物的。"杨谦宁说，"再说了，这对救回我儿子有什么作用吗？"

"有没有作用，可不好说。"冯凯用毋庸置疑的口气说，"打开吧。"

其实冯凯的心里是没底的，在陶亮那个年代，如果他要求打开别人的房间，肯定会被投诉到崩溃，但这个年代，他还是决定试一试，说不定会有一些意外的发现。

公安人员的威信果然还是起到了作用，又或是想救孩子的心情占了上风，杨谦宁虽然显得很不情愿，还是起身掏出钥匙，打开了这间房间。

这个房间并不是杨谦宁所说的是堆放杂物的地方，而是一个工作室。房间里的货架上，摆着几十台各种品牌、各种型号的收录机，有的很新，有的却陈旧了。

"你这不是仓库吗？"郭所长很意外地问道。

"嗯，就是，放一些旧的，收来的机器。"杨谦宁支支吾吾地说道。

瞬间，冯凯的心里就像是点亮了一盏灯，很快就跟明镜似的了，说道："杨经理，销赃也是犯法的啊。"

冯凯知道，如果是正常进货销售收录机，收录机都是有包装的。如果是正常修理收录机，没有必要把需要修理的机器搬回家里，甚至还藏在房间里。有新有旧、故意藏匿，显然只能用销赃来解释了。冯凯清楚地记得，他在刚醒来的时候，就听大家说过，收录机是一个家庭里很贵重的物品，入室盗窃的小偷很有可能会选择拿走收录机来牟利。而这个年代，也有很多年轻人带着收录机去公园等公共场所播放音乐，这是一种时尚，同样也为小偷制造了获取贵重物品的机会。

非法所得，必然需要通过一个渠道来变现，这就是销赃渠道了。

"不是啊，公安同志，我只是做二手生意，他们这些机器怎么弄来的，我真的不知道啊！"被冯凯突如其来的话语所震慑，杨谦宁带着哭腔喊了起来，"我不知道的事情也犯法吗？古人不是说不知者无罪吗？"

"这件事以后再说。"冯凯打断了杨谦宁的狡辩，说，"现在我需要知道的是，你销赃这件事，有多少人知道？是不是只有那些小偷知道？"

杨谦宁还想继续狡辩，但转念一想，现在还是救孩子要紧，于是连忙回答道："知道的人比较多，不仅是供货的那些人，还有来我店里买东西的都知道，可能我的一些同行也都知道，原来的厂里可能也有很多人知道。"

"能不能列个名单？"郭所长来了兴趣。

"这……"杨谦宁再次为难了。

冯凯挥了挥手，打断说："可能他连这些人的真名都不知道，这个思路也一样是大海捞针。"

"是啊，人太多了。"杨谦宁擦了擦额头上的汗。

"接下来，我们一方面要等绑匪再一次送信，另一方面，杨经理你也要好好想想，哪些人最有可能作案。"冯凯说，"我们也会注意工作方法，保护人质的生命安全，才是我们的第一要务。"

"对对对，救孩子最重要。"杨谦宁说，"我其实也知道，那些供货的人，都不是善茬，可我真的搞不清他们的身份啊。"

"行了，交给我们吧。"冯凯说道。

"你们对面小卖部里，有我们的同志日夜值守，你们发现了什么情况，就立即

第八章
市民广场失踪案

去小卖部以买东西为名，向我们的同志报告。"郭所长说道。

"好的，好的。"杨谦宁点头哈腰，说道。

从杨谦宁的家里出来，郭所长问道："早就听说老凯你有火眼金睛，今天我算是领教了。"

冯凯微微一笑，说："这不算啥，看来这案子比我想象中要复杂得多。原本以为，根据线索找到绑匪的居住地附近，逐一进行排查和杨谦宁有关系的人就行，还有笔迹或指纹作为甄别依据，那在绑匪露面前就直接可以一网打尽、营救人质了。结果绑匪没有暴露他附近的电话或者邮局、邮筒，杨谦宁又搞不清有哪些嫌疑关系人，更搞不清这些人的身份、住址。没有了侦查范围，即便有用于甄别的笔迹和指纹，也是枉然啊。"

"那怎么办？"郭所长表情也凝重了起来。

"我们现在去学校吧。"冯凯说，"毕竟是学生活动的时候发生的事情，最直接的线索应该就在学校里了。"

其实此时冯凯心里有很多惊讶，如果在陶亮的年代，学校活动弄丢了孩子那还得了？可没想到，这个杨谦宁居然完全没想过要找学校的麻烦。这确实出乎了冯凯的意料。

虽然杨谦宁没有找学校的麻烦，但学校对这件事非常重视。冯凯和郭所长赶到学校的时候，校长正在亲自调查此事。因此，冯凯也省去了逐个询问杨巧剑同学的麻烦。

当天活动的情况和杨巧剑失踪前的情况，校长这边已经基本调查清楚了。

当天上午9点，老师带着孩子们来到了市民广场。龙番市市民广场是以一座人民英雄纪念碑为中心的广场，面积很大，周围有铁质栅栏，是很多市民聚集、游玩、休闲、锻炼的地方。

因为市民广场和周围马路之间有铁质栅栏阻隔，且这个年代马路上的车辆较少，所以孩子们在市民广场玩耍其实是很安全的。老师在带孩子们给人民英雄纪念碑献上花圈之后，和大家约好，看广场高台上的大钟楼时间，两个小时后依旧在纪念碑前集合，就放孩子们自由活动了。

孩子们开心地四散到市民广场的四周去玩耍了，到了约定的集合时间，杨巧剑没有出现。于是老师让几位班干部四处去寻找、问人，但依旧没有杨巧剑的下落。

经过校长的逐一调查，大概查清楚了杨巧剑在失踪前的行为轨迹：自由活动

后，杨巧剑一直和几个要好的同学在市民广场小树林里打弹子[①]，打了一会儿，杨巧剑就起身走了，同学们问他去哪里，他说"去尿尿"。

市民广场小树林的西侧是公用厕所，当时几个同学都看见杨巧剑朝公用厕所走去。之后一直到重新集合，这些仍在打弹子的孩子就没有再看见杨巧剑了。但有一位去上厕所的女同学，曾看到杨巧剑从厕所出来，急匆匆地向南边走。还有一名独自坐在雕塑前画素描的男同学说，杨巧剑过来问他有没有卫生纸，他说没有，杨巧剑就向南边离开了。

至此，没有一个人再见到过杨巧剑。

"上厕所的时候被绑架了？"冯凯沉吟着，对郭所长说，"我们去市民广场看看现场吧。"

学校和市民广场很近，当天的活动，也是老师带着孩子们步行过去的，所以冯凯和郭所长也选择了步行。

"这么大的孩子，不可能是被拐走的。"冯凯说，"11岁了，肯定是有足够的认知能力了，除非是非常熟悉的人能把他带走。"

"我也觉得是熟人，所以一开始就在问杨谦宁有没有怀疑的熟人。"郭所长说。

"市民广场一直人很多吗？"冯凯问。

郭所长疑惑地瞥了冯凯一眼，说："弄得好像你不是龙番人似的，那个地方，常年都有很多人啊，老头老太太的聚集地。"

"老头老太太多，嗯，应该都很喜欢'管闲事'吧？"冯凯说。

"啥意思啊？"郭所长领悟了一会儿，说，"你说强行绑走？那我可以告诉你，绝对不可能！"

3

走到了市民广场，冯凯就知道郭所长所言不假。

虽然广场面积很大，但一眼望去，每个地方的人都非常多。有的聚在一起下棋，有的聚在一起打牌，还有的在一起拉琴唱歌，更多的则是在绕着广场散步。

[①] 打弹子：二十世纪八十年代在孩子中流行的一种游戏，孩子们用手指弹出玻璃球，击打其他的玻璃球，也叫作打弹珠。

第八章
市民广场失踪案

可以说，只要你在广场上活动，全方位无死角都能被"人眼监控"。冯凯也注意到，虽然汽车进不来广场，但自行车和三轮车是可以穿过铁栅栏的开口处进入广场的，这些车子也在广场的人流中穿行。

"你看看，这要是孩子不愿意，绑匪怎么也弄不走孩子。"郭所长说道，"到处都是人，即便是在厕所里，也不可能没有其他人，不信我们去看看。"

"我在想，这么多孩子，为什么绑的是他？就因为他家有钱？所以，绑匪肯定是有预谋的。"冯凯说，"虽然是有预谋的，但我总觉得不是熟人。"

"不是熟人带不走啊。"郭所长一边带着冯凯往小树林西边的厕所走，一边说，"这么大的孩子，用什么好吃的、好玩的来骗，肯定是骗不走的。"

冯凯微微摇了摇头，说："先看看厕所再说。"

广场只有这一个公用厕所，所以很大，有二十几个蹲位，男厕所里还有一排小便池。

"杨巧剑说要来小便，却在找卫生纸。"冯凯沉吟道，"如果他真的是突然来了大便的便意，为什么后来就没有回到厕所了？如果重新回来，在这附近素描的孩子，肯定能看到他。"

"你说为什么？"

"我就是在想，如果我是绑匪，而我和杨巧剑并不熟悉，怎么才能在这么多人的地方把他弄走？"冯凯说。

"怎么弄？"

"首先我得让杨巧剑自己心甘情愿走到一个没人的、隐蔽的地方。"冯凯一边说着，一边走出厕所，按照目击者的叙述向南走去。

走了大约100米，南边有一间小屋。这间小屋子是维护广场花草树木的园丁储备肥料、工具的小房间，面积约十几个平方米，有门但是不锁。因为有肥料的刺鼻气味，所以这周遭几乎没有什么人。

"你看，这个地方够不够隐蔽？"冯凯眼睛一亮，快步向小屋子走去。

"可是，杨巧剑在目击者眼中，都是一个人啊，并没有人和他一起行走，怎么会有人把他带到这里来呢？"

"咱们如果把上厕所、找卫生纸、往南边走几个因素结合在一起看的话。"冯凯说，"我做一个大胆的猜测：假如有人一直在厕所里，等候着杨巧剑，等到杨巧剑来的时候，他知道厕所有人进出不是动手劫持的地方，那么他有没有可能以'帮忙

223

借卫生纸'为名，让孩子来这一间园丁室找卫生纸？"

一语道破天机，郭所长满脸醍醐灌顶的表情，说："你是说，作案的有两个人，之前就策划好了绑架的方案？"

"那是肯定。"冯凯说，"你们也调查了，杨巧剑平时不是在学校，就是在家里，上下学有高萍接送，又是一个很听话的孩子，也不喜欢乱跑，那么他们根本没有机会绑架他，只有这次活动是个机会。"

"而这次作案的地方人太多，所以他们只有设置一个陷阱？"郭所长说，"他们知道孩子们出来游玩不太可能随身带卫生纸，而孩子们多数会学雷锋做好事，所以用这个办法，可以成功地让杨巧剑毫无防备地去他所说的南边小房子里取卫生纸，而另一名绑匪早已潜伏在这个平时没人的小房子里等他了，对吗？"

冯凯点了点头。

"可是，毕竟这个小房子也是广场范围内的，虽然周围没多少人，但是即便绑匪劫持了孩子，也同样没有办法把孩子带出广场啊。"郭所长说，"除非是很熟悉的人，可以让杨巧剑心甘情愿地跟他走。"

"如果真的是熟人，就无须这样麻烦了，学校门口就可以做。"冯凯说，"我总觉得，作案的并不是熟人。"

"有依据吗？"

"有。"

"可是，那人怎么把孩子带出广场呢？"

"别急，我们进去看看，也许就知道答案了。"冯凯指了指园丁室虚掩的小门，说道。

走进了园丁室，室内的陈设比想象中杂乱得多。数袋化肥毫无规律地堆放在小屋子的四周，还有几十个用过的空化肥袋子也胡乱地堆放在周围。园丁的工具东倒西歪地被抛在化肥袋子上。一条被盘起来的数十米长的塑料水管摆放在化肥袋的旁边，每一圈的直径都不相同，毫无整齐可言。

塑料水管旁边的地面上，有很多黄色泥土的附着。这些黄色泥土附着得并不均匀，一部分地面有明显的擦蹭痕迹，原本附着在这部分地面上的黄色泥土，都被推移到了两侧。

冯凯蹲在地面上看了一会儿，指着这一大片因为黄色泥土不规则附着而显得格外凌乱的区域，说："你知道这个在痕迹检验学上，叫什么痕迹吗？"

第八章

市民广场失踪案

"泥巴痕迹。"郭所长笑呵呵地说。

"搏斗痕迹,这就是搏斗痕迹。"冯凯说,"你看,现场虽然没有完整的鞋底印,但可以看出是有鞋底花纹刮擦地面而形成的痕迹,痕迹多、分布广,互相交杂、覆盖,显得非常凌乱,这就是两个人在一起纠缠搏斗而形成的痕迹啊!这个地方既然平时没人来,这个痕迹又比较新鲜,那就说明这个痕迹很可能和本案有关。"

"有鉴定价值吗?"

"没有。"冯凯盯着地面,看了又看,说道。

"那还是没用啊。"郭所长说。

"谁说没用?"冯凯说道,"我可以就此得出两个推断。"

冯凯看了看郭所长疑惑而期待的眼神,说:"第一,这印证了我的看法,就是绑匪和杨巧剑不认识,至少不熟悉。既然需要通过欺骗的方式让杨巧剑来这里,而且还需要搏斗、暴力劫持,自然不是熟人。"

"你说你之前就认为不是熟人干的,依据是什么呢?"郭所长想起刚才冯凯说有依据证明这一点。

"你想想,如果你是绑匪,你要写勒索信,是不是得确保让杨谦宁他们收到?如果收不到勒索信,那么他们之前费这么大力气绑架孩子,是不是就没意义了?"冯凯说,"如果是比较熟的人,那么他们肯定知道杨谦宁家具体住址的门牌号吧?哪怕是自己送信,也可以扔在他们家门口的信箱里啊!可绑匪只写了个模糊的地址,把信放在了门卫室,这说明绑匪可能了解他们家的情况,但并不知道门牌号。只能说是两个半生不熟的人。"

"能确定是两个人作案吗?"

"可以确定!这就是我要说的第二个推断点。"冯凯说,"基于我的判断,厕所里借卫生纸的,是一个人,而在这里潜伏的,也只有一个人,而且这个人可能很瘦弱,控制能力不强。你想想,受害人是一个11岁的孩子,虽然身高也有160厘米了,但毕竟还是孩子,不可能有多强烈的反抗能力。连这样一个孩子都要经过搏斗才能制服,说明他并不是一个彪形大汉,更没有帮手,所以不会是两个或两个以上的人。"

"有道理。"郭所长露出了钦佩的表情,说道,"两个人,且不是强壮的匪徒,利用欺骗的手段,有预谋地作案,还和受害人不是很熟悉。这样看,多半和杨谦宁销赃的事儿有关了。对了,你们之前不是有个走私大案吗?会不会和这个有关系?"

"不会。"冯凯说,"这个海关办的走私案,全部资料我都看过,他们运什么货、销赃什么货,我心里有数。走私物品中,有很多日用品,但还真的没有收录机。想一想也可以理解,我们国家自己可以生产收录机,品质也很好,性价比也很高,没有走私的必要。"

"性价比是什么?"

"是什么不重要。"冯凯懒得解释,接着说,"重要的就是除了走私案,还是有很多人销赃的,因为盗窃、抢劫案件很多。"

"这个重要吗?"

"我不是说对这个案件重要,是对别的案件重要。"冯凯若有所思地说道,这个时候,他已经忍不住在脑海里梳理车匪路霸案件的细节了。

"可是,如果让我们从曾经和杨谦宁做过生意的人入手,也是很难查的啊。"郭所长说,"他做了几年生意了,不知道有多少人来销赃,也不知道有多少人购买赃物。这些人都有可能作案。"

冯凯仍沉浸在自己的思考当中。

"还有个问题。"郭所长拽了拽冯凯的衣角,把他拉回现实,然后接着问道,"不管绑匪是怎么和杨巧剑搏斗的,他总得把孩子带出广场吧?这个小屋在广场范围之内,虽然周围几十米没有人,但想要走出广场的铁栅栏,总要经过有很多人的地方啊。而且,还有可能会经过有杨巧剑同学的地方啊!但他的同学没看见这个过程,也没有其他人反映有异常,这是怎么做到的呢?"

"很简单。"冯凯说,"只要把孩子制服,又或是把孩子打晕了,捆绑手脚并堵嘴,然后把孩子放在门外的三轮车车斗里,用这些散乱的化肥袋子盖起来,再把车骑走,没有一个人会注意到。刚才来的时候我就看见了,这个广场周围的铁栅栏有很多缺口,很多自行车和三轮车都能通过这个缺口骑进来抄近道。既然广场上有那么多三轮车经过,那么这辆车斗被袋子覆盖的三轮车,也没什么稀奇,不会被注意到。你看看这几个化肥袋。"

郭所长看了看地面上散落的化肥袋,确实有几个化肥袋上没有泥土,说明这些化肥袋上面覆盖着的袋子,被人拿走了。

"一定是三轮车?"

"自行车和摩托车没法隐藏孩子,汽车又开不进来。"冯凯说,"只有三轮车是适合的。"

第八章
市民广场失踪案

"也就是说,我们现在应该重点去调查那些和杨谦宁做过生意,但关系不太熟悉的,且自己拥有三轮车的人?"郭所长问。

"是的,目前的方针就是这样。"冯凯话锋一转,说,"可是,不是我泼你冷水,我觉得希望渺茫。"

"是啊,大海捞针。"

"难度并不是在大海捞针。"冯凯说,"而是这个工作等同于盲猜。和杨谦宁有过交易的人不少,但只要知道名单,不管有多少,都有查尽的时候。问题在于杨谦宁唯利是图,并不考量对方是谁。很多和杨谦宁做过生意的人,身份都是个谜,请问你们怎么查?"

"是啊,街上那么多三轮车,没法查。"郭所长说。

"但也要查,说不定运气好呢?"冯凯说,"现在我根本不怕破不了案,就怕对方撕票。"

"撕票是什么意思?"

冯凯这才想起"撕票"这个词是一个后来才有的流行用语。绑架案中,人质被当成钞票的化身,所以被称为"肉票",而杀死人质的行为,就像是"撕毁肉票",因此被称为"撕票"。这些词是二十世纪九十年代随着港剧进入内地,才慢慢流行开来的,这个年代并不这样说。

"就是怕绑匪杀死孩子。"冯凯解释道。

"应该不会吧。"郭所长也露出了担忧的表情,说,"毕竟他们还没有提出交易的方式,这时候杀人,就不怕人财两空?"

"并不是这样,很多案例和论文显示,在很多绑架案件中,绑匪实际上都已经撕票了,然后再去勒索。"冯凯说,"和电视剧里不一样。"

"电视剧?"郭所长露出了和顾红星同样的疑惑,"还有电视剧演这个?"

"你电视看少了。"冯凯说道。

"那下一步,我们该怎么办啊?"郭所长问。

"只有用笨办法了。"冯凯说,"一方面尽可能排查和杨谦宁交易过,但并不熟悉的人。另一方面,让兄弟们多注意一下有三轮车、有独立住所的人,尤其是这种化肥袋子,看能不能在哪个垃圾堆里找到,如果找到了,我们距离绑匪就很近了。"

"这真是个好办法。"郭所长说,"如果只有三轮车,还要驮个随时可能醒过来反抗的孩子,他住的地方应该不会距离这里太远。我让我们所的兄弟和周围几个派

出所的兄弟都帮忙留意一下。"

说完，郭所长弯腰拾起一个化肥袋子，折叠了起来，揣进了自己的包里。

"最关键的，还是等待绑匪的下一步行动。"冯凯说，"最直接的办法，就是在交易的时候，把绑匪一网打尽，把人质成功营救。"

"嗯，必须得救出孩子！"郭所长说，"老凯，你和我们一起摸①？"

"我就不摸了，我还有其他事儿得干。"冯凯的心思早就飞到了车匪路霸案上，说，"你这边一有情况，立马通知我。只要绑匪没有撕票，我们就一定能救出杨巧剑。现在，我还得去找杨谦宁聊聊，你就别陪着了，去安排工作吧。"

和郭所长分手后，冯凯迫不及待地回到杨谦宁的家里，此时天色已经擦黑了。

杨谦宁此时又多了重心思，面部的表情更加复杂了。冯凯见上午来时带来的两瓶酒还在桌上，心想这时候警察们还没有"禁酒令"，自己又穿着便服，于是大大咧咧地坐到杨家客厅的饭桌前，打开了一瓶酒，说道："我知道，借酒消愁愁更愁，不过今天我们俩也喝点，缓解一下你紧张的情绪。你放心，我们已经有办法了，会尽最大努力救出你的孩子。"

杨谦宁的眼神里充满了感激，他连忙让高萍去炒两个菜，然后坐到了冯凯的旁边。

冯凯给杨谦宁和自己分别倒了一杯酒，拿起自己的酒杯碰了一下杨谦宁的酒杯，然后一饮而尽。

杨谦宁连忙喝了酒，说："你们发现什么线索了吗？"

"这个不能告诉你。"冯凯说，"我们走我们的路子，你这边也得仔细回忆有哪些半熟不熟的人有疑点。"

杨谦宁放下酒杯，眼神迷离，显然是在仔细思考着。

"这个你可以慢慢想，我们这边会马不停蹄地推进的。"冯凯说，"但你们也得有心理准备，谁知道绑匪是什么路数呢？现在最好的情况，就是绑匪立即送出下一封勒索信。"

杨谦宁默默地点了点头。

冯凯接着说："我不是绕弯子的人，今天来的主要目的呢，也不瞒你，就是想了解一下你卖黑货的事儿。"

冯凯把"销赃"两个字换了个词表达，显得不那么刺耳。但杨谦宁还是全身都

---

① 摸：警察用语，为侦破案件对一定范围内的人进行逐个摸底调查。

第八章
市民广场失踪案

剧烈地颤抖了一下，然后一脸哀求地说："我真的是不知道啊。"

"这儿就我们俩，我现在也不代表警方，你无须和我狡辩。"冯凯挥了挥手，打断了杨谦宁，说，"如果有重大立功表现，卖黑货的事儿是可以从轻的。也许就是，罚款？"

"那，怎么才算立功？"杨谦宁连忙问。

"你告诉我，龙番市这么多商家，怎么才能一眼看出那些会和你一样卖黑货的人？无论卖什么的，卖烟卖酒卖牛仔裤，都算。"冯凯说。

"这，这没办法啊。"杨谦宁说，"干这活儿，不可能在外面挂个招牌啊。"

"就是啊，那小偷怎么知道哪里可以处理黑货呢？"冯凯问。

4

冯凯是认真求教的，在陶亮工作的那些年，社会治安已经很好了，对销赃渠道打击也很严厉，所以几乎找不到大规模销赃的商家了，至于怎么起获销赃渠道，不是大案刑警或社区片警的职责，所以他还真是不甚了解。

"首先我可以告诉你，基本上一个片区，在某个领域，只会有一个干这活儿的。"杨谦宁说，"很好理解，如果有了竞争，一旦变成了不良竞争，互相举报，那大家就得一拍两散。所以，我这个区域已经有我在卖收录机了，那么假如别人还要想干，要么就销别的物品，要么就换别的片区。"

"可是，假如我也想干，我怎么知道这个片区有你的存在呢？"

"行内都知道啊。"

"你是说小偷都知道，对吧？师父教徒弟，口口相传，这个我懂。"冯凯说，"那假如郊区有个卖黑酒的，我只要抓个小偷问问，就能知道吗？"

"那他绝对不会招的。"杨谦宁苦笑了一下，说，"你以为小偷被你们抓进去，教育教育就能改行？他们也有他们的体系，也有上级管下级的关系。他们知道，出来后还干这行，就还得用上我们这种人。如果他招了，就是自掘坟墓啊。全龙番谁还敢要他，甚至要他那一个体系的货？他即便是改行，也得被原来体系的人弄死弄残啊。"

"那怎么办？"冯凯犯了难。

杨谦宁沉吟了许久，说："我觉得有一个办法。"

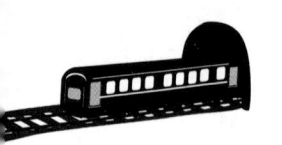

"你说。"冯凯又碰了一下杯，一饮而尽。

杨谦宁也喝了一杯，用手背擦了擦嘴，说："干我们这行的，有个特征。店铺是明面的，一般都开在闹市区，因为要招揽生意嘛。但货仓都是隐蔽的。这就带来一个问题，明面的店铺房租很高，但正当的货品销售成绩却很差。"

冯凯恍然大悟，他知道，一旦干上了这一行当，尝到了甜头，就不会好好做正当生意了。用闹市区昂贵的店铺来招揽客户，但一旦客户上门，他们肯定优先推销黑货，因为黑货的利润是正当货物的好几倍。尤其是日用品这一类，实际上买一个崭新的黑货和买正当的新货使用起来差别不大，价格差别却很大。在这个全民拮据的年代，选择买黑货的人也有很多。绝大多数人甚至真的相信销赃人说的，那些不是黑货，只是没有贴标的正当货，省去了品牌费用，又或是九成九新的二手货，东西一样，价格不一样。

这就是这个年代的通病，只要价格便宜、货色不差，买家并不会纠结这些"不贴标"的货或"二手货"究竟是怎么来的。

既然这样，销赃人尽可能地卖这些黑货，那么他们放在闹市区店铺里的正当货品自然也就卖不动了。

"你说的逻辑，我懂。"冯凯做出一副了然于胸的表情，说，"你接着说。"

"所以，你只要从厂家调一下这一家店的进货情况，就一目了然了。"杨谦宁说，"比如说，我的店是百货公司里面绝对的旺铺。可是你查一下我们店'燕舞牌'收录机的进货单，就会发现我一年都进不了几台。那如果销售这么差，是如何维持旺铺的房租的？这个矛盾，就能暴露出我了。对了，你们公安从厂家调进货单，不难吧？"

"不难。"冯凯此时心情大好，于是又碰了一下杯，说，"你提供的这个线索非常重要，绝对算得上是重大立功表现。"

"我是卖货人，我不怕得罪其他人。我不干了，也有其他人接我的班。"杨谦宁说，"我今天已经想好了，从明天开始就不再干这买卖了。只有两个要求：一是救回我的孩子；二是不要追究我的责任了。"

"这两点，我现在都不敢和你保证，但我可以和你保证我会尽最大努力做到这两点。"冯凯坦诚地说道。

"我就要你这句话。"杨谦宁举起了酒杯，说，"不，只要能救回我的孩子，我把这几年赚的钱，都给捐了。"

230

/// 第八章
市民广场失踪案

"遇见事情了，才发现相比于阖家团圆，钱真的什么都不是。"冯凯说道，"浪子回头金不换，只要孩子能平安归来，这个事件对你来说，好处大于坏处。"

"是啊。"杨谦宁一仰头喝完了杯中的酒，重新平视冯凯的时候，已经是满眼泪花，"不管是什么结果，我得感谢你们。"

"别说那么多了，喝酒。"冯凯一边说，一边思绪万千。

另一边，顾红星还是改不掉潜意识里技术员的习惯，钻研技术问题也同样钻研到了晚上，甚至中午饭都没顾得上吃。

从杨谦宁家离开后，顾红星就驱车赶往市局，希望追上卢俊亮，省得他用茚三酮显现纸张指纹的时候，破坏了信上的字迹。

卢俊亮终究是顾红星带出来的徒弟，尽可能保证物证所反映出的所有信息这一基本原则，他还是严格遵循的。所以顾红星赶到公安局的时候，实际上卢俊亮已经把茚三酮试剂滴在了信纸上，只不过，滴药水的位置都是在信纸的周围，并没有污染信纸上的字迹。

"不错，我还担心你毁了字迹呢。"顾红星一看，顿时放下心来，说，"这些字如果沾上试剂，即便字体不变模糊，也会摧毁笔画之间的结构，都没有办法做笔迹鉴定了。"

"这个我懂，毕竟也是大学生，虽然是学医的，但我知道鉴定技术的道理都一样。"卢俊亮说完，又解释了依据，说，"我们做手术切除坏死组织的时候，也要尽可能保留好的组织。"

"比喻不恰当。"顾红星笑了笑，说，"能看到纹线吗？"

"和你推测的一样，没有。"卢俊亮说，"信纸上干干净净，找不到纹线。"

"是啊，既然会伪装笔迹，很有可能也懂得隐藏指纹。"顾红星说，"所以，能不能通过这封毫无特征，又找不到指纹的勒索信，找到甄别犯罪分子的依据，就看笔迹鉴定了。"

"我们没有这个技术啊。"卢俊亮难掩脸上的失望，说道。

"跟我走吧。"顾红星说道。

吉普车顺着马路开了10公里，来到了一个挂有"龙林省公安厅"大牌子的大院前。门卫看见是公安牌照的吉普车，于是直接摇动一个手柄，升起了拦在大门口的挡杆。

顾红星把车停在大院里，带着卢俊亮轻车熟路地走到了院内一座三层小楼的二楼。楼道口挂着"四处"的牌子。四处就是省厅的刑侦处，而各个刑事技术人员隶属于刑侦处。

同样是从公安部民警干校学成归来的文件检验专业民警叫王继东，今年40来岁，但是他比顾红星去公安部民警干校晚一年，所以一直很自谦地称顾红星是师兄。顾红星早就认识他，但为了案件去找他帮忙，这还是第一次。

"师兄，这是个绑架案吗？"王继东戴上白纱手套，从顾红星手里接过信封和信纸，扫了一眼，问道。

"是啊，目前排不出什么线索，恐怕就指望着这个东西能给一点甄别的依据了。"顾红星说道。

"嗯，把'一点'两个字去掉。"王继东笑呵呵地说，"你别低估我们文件检验专业的力量。"

顾红星尴尬一笑，挠了挠头，说："我也是听老凯说，伪装笔迹也是可以做鉴定的。"

"那是必然。"王继东一边说，一边掀开盖住显微镜的布，说，"很多人以为我们做笔迹鉴定，就是看两种笔迹像不像，那实在是太肤浅了。每个人写字的习惯不一样，这就造成了很多可能性。打个比方吧，英文字母'X'，有些人喜欢先写撇、后写捺，有些人喜欢先写捺、后写撇，还有人喜欢用两个圆弧背靠背拼在一起。你看，这一个字母的写法，一下子就区分了三个人群。如果多一些习惯特征，那和你们看指纹的特征点不就一样了吗？而这种习惯，无论怎么伪装，都是隐藏不了的。"

"原来是这个道理。"卢俊亮感叹道。

"先写撇还是先写捺，这个原来是能看出来的呀。"顾红星说。

"那是肯定的，你们搞现场勘查应该知道，不管是现场的物品，还是你们提取回来的物证，'位置'都非常重要。"王继东继续侃侃而谈，"你们的勘查笔录上，都得详细写哪些东西是从现场具体什么位置提取的。提取回来的指纹，也得搞清楚具体在物体的什么位置。对吧？"

顾红星若有所思地点点头。

王继东接着说："文件检验是一样的，纸张就像是你们的现场，笔画就像是你们的指纹，我们搞清楚位置关系，就搞清楚了书写人的习惯，这就是我们文检鉴定最基础的东西。"

/// 第八章
市民广场失踪案

"听起来,文检也挺有意思的啊。"卢俊亮两眼放光地说,"我还以为你们专业很枯燥呢。"

"那是必须的。"王继东说,"年轻人啊,记得我的话,没有什么工作是枯燥的,也没有什么工作是无意义的,关键在于你能不能从你的工作中找到闪光点。有了这个闪光点啊,你就找到了热爱。"

"嗯,王叔说得有道理。"卢俊亮笑嘻嘻地说,"那,这些笔画的先后顺序,你这么瞥一眼就有结论了吗?"

"那倒没有这么神,主要还是靠这个。"王继东指了指眼前的显微镜,说,"用显微镜看交叉重叠处的细节,就可以了。这都是简单的活儿,现在中国刑事警察学院都开始研究更深层次的学问了。啊,对了,咱们的学校,八一年就更名为中国刑事警察学院了,师兄,你知道的吧?"

"知道,八二年就招本科生了。"顾红星被突然问到,从沉思里醒了过来,连忙点了点头,"第一届本科生明年就要毕业了,也不知道我们支队能不能要来两个人。"

"是啊,咱们学校的研究一直在进步,听说现在他们开始研究'朱墨时序'了。"

"啊,朱墨时序是啥?"卢俊亮好奇地插了一句。

王继东笑着解释道:"所谓的朱,就是印泥,墨,就是墨水,简而言之就是看纸张上是先写字、后盖章的,还是先盖章、后写字的。一样的道理。现在仅仅是看字迹,要容易得多。"

说完,王继东把信封塞到了显微镜物镜之下,仔细看了起来。他看了好一会儿,又撤下信封,换上了信纸。

"要不,我们先请你吃个中午饭,然后下午慢慢看?"顾红星说道。

"嘿,师兄,老凯的那一套,你也都学会了?"王继东哈哈一笑,眼睛没离开显微镜的目镜,说,"我媳妇儿给我带了饭,我在这儿吃就行。我就不招待你们了,你们在门口小饭馆对付两口再来吧,这也不是半个小时、一个小时能解决的事儿。"

卢俊亮揉了揉正在咕咕作响的肚子,看着顾红星。

顾红星看到了卢俊亮的动作,对王继东说:"那也行,这就麻烦你了。"

来到了省厅对面的小面馆,顾红星要了两碗牛肉面,和卢俊亮面对面坐着。

"师父,你怎么有心事?"卢俊亮说,"你是担心这个伪装笔迹没有甄别价值吗?我看王叔信心很足啊。"

"不,我在想他的一些观点,很有启发性。我们确实经常会对物证的'位置'

发生忽略，这是我们的经验所限，以后要有所改进才是。"顾红星说。

"嗯，确实。"卢俊亮一边吸溜着面条，一边点头认可。

"对了，我记得，那个捕兽夹上的指纹，你是不是也只告诉了我们结果，而并没有标明位置？"顾红星抬眼盯着卢俊亮。

"捕兽夹？"卢俊亮抬起头，意外地说，"你是说蔡村那案子？师父你这思维跳跃得有点大啊。最近咱们的精力不都在绑架案和车匪路霸案件上吗？怎么又想到蔡村案了？"

"没有破的案子，永远会是我的心病。"顾红星说。

卢俊亮重新低下头，认真地吸溜着面条，说："位置我确实没有想到，所以也不记得具体应该哪里对哪里。不过那没什么意义吧，有了两个人的指纹，就能说明问题了啊。"

顾红星不置可否，说："等从省厅回去，记得去补充记录一下捕兽夹上指纹的位置。"

"行。"卢俊亮说，"也不知道凯哥那边进展如何。"

"大海捞针，不能指望他们直接破案。"顾红星说。

为了让王继东能有吃午饭的时间，甚至可以短暂午休下，顾红星和卢俊亮两人吃完饭，去车里坐了一个多小时，才重新上楼，回到了王继东的办公室。

"怎么样？"顾红星一进门就问道。

王继东的手上，拿着信封和信纸的照片。显然，他中午并没有午休，而是给信封和信纸拍了照，还把照片都给洗了出来。

"你们运气好啊。"王继东说。

卢俊亮眼睛一亮，说："有鉴定价值？"

"有，而且很有特异性。"王继东说，"我上午和你们说了，书写习惯就像是指纹特征一样，一般情况下，我们会找到很多字体或者偏旁部首的特点，因为找的特点越多，越能进行同一认定。就像你们看指纹一样，特征点越多，那么鉴定就越准确。今天我看到的这个啊，有一个非常特别的'特征点'，可以说是非常准确，而且非常容易辨别。"

"快说说看。"顾红星挪过一个板凳，坐到了王继东的办公桌对面。

"首先，这个信封和信件，是一个人写的，因为书写习惯是一致的。"王继东说，"那么，一致的书写习惯是什么呢？你们只需要记住两个偏旁部首，就可以甄

第八章
市民广场失踪案

别绑匪啦！"

说完，王继东在信封的照片上把"汉""河"两个字，和信纸的照片上"消""没"两个字用红色铅笔圈了出来，随后道："看出什么没？"

"都是三点水啊。"卢俊亮说，"哦，我知道了，这个人喜欢把三点水简写成一个竖钩。"

照片的红圈里的字，确实都是一个竖钩加上另一边。

"这个不准吧？"顾红星说，"有可能是他伪装字迹的时候，故意把三点水略写成这样的，而且喜欢这样略写的人很多啊。"

"放心，我说的这种简略，绝对不是为了伪装，而是下意识的简略。"王继东说，"相信我，他在平时写字的时候，也绝对是用竖钩来代替三点水。"

顾红星半信半疑。

"当然，这个特征，只是个引子。"王继东说，"真正有力的特征，是这几个字。"

信封照片上的"宿""宁"二字，和信纸照片上的"宝""灾""家""宰""安"五个字也被王继东圈了出来。

"都是宝盖头的。"卢俊亮叫道，"可是这些宝盖头看起来很正常啊，也没连笔。"

"喏，再看看。"王继东把信纸的原件和一个放大镜递给了顾红星，说，"就看这个宝盖头，不用显微镜，都看得出。"

顾红星不明所以，拿着放大镜看了好久，还是摇了摇头。

"你们怎么写宝盖头？"王继东问。

"一点，一个盖啊。"卢俊亮回答道。

"先写点再写盖对吧？"王继东眯着眼睛，笑着说，"这个绑匪写宝盖头，点和盖都是相交的，而且他先写盖，再写点。"

顾红星拿着放大镜再看信纸上的字，果然，被放大部位的交叠处，可以清楚看到"点"压在"盖"上。

"这种书写习惯，非常少见，所以可以作为最简易的甄别依据。"王继东说，"为了防止过于巧合的情况，我前面又教了你们三点水旁的简写特征作为补充。当然，还有其他的书写习惯特征需要进一步补充，毕竟鉴定是法庭证据嘛，需要更加严谨，但你们用来甄别绑匪，这两个特征就足够了，遇见另一个同样书写习惯的人的概率，已经是非常小的了。"

"我们抓了人，就让他写几个三点水旁和宝盖头的字？"卢俊亮问。

"如果有嫌疑的人抓到了,那直接让他抄写信件就行了。"王继东说,"这两个特征点的威力在于,只要你找到嫌疑人平时写的任何东西,都有希望做出判断。要知道,三点水和宝盖头在汉字中的出现概率是非常高的。"

"太有帮助了!"卢俊亮高兴地赞扬道。

"哦,对了,还有个问题。"王继东说,"刚才听你们说,这案子是昨天上午绑人,晚上出现的勒索信吗?"

顾红星见王继东突然发问,有些丈二和尚摸不着头脑,茫然地点了点头。

"虽然说,书写时间是难点,就和法医的死亡时间推断一样。"王继东接着说,"但是,以我的经验看,这封钢笔写的信件,肯定不会是24小时之内的。"

"什么意思?"顾红星一惊,连忙问道。

"墨水干涸程度太高了。"王继东说,"这信至少写了三天了。"

"你是说,人还没绑,信已经写好了?"

王继东点了点头。

"嗯,看起来这案子还真的不是临时起意,而是早就有预谋了。"顾红星沉吟道。

燃烧的蜂鸟
迷案1985

第九章
交易的死角

1

从省厅出来,顾红星一言不发。

"现在有了甄别依据,我们从哪里入手呢?"卢俊亮已经从刚才的兴奋中回过神来,他发现这案子还是不知道如何才能推进。

"我刚才说了,还是得等老凯他们划定一个范围。"顾红星说,"要么,就是等绑匪再次写信。"

"那我们现在去干啥?"卢俊亮问,"找凯哥他们去?"

"他们如果有线索,会回来通知我们的。"顾红星说,"现在我们回局里,还是得研究一下那个捕兽夹。"

"捕兽夹?"

"是啊。"顾红星说,"你没听王主任说吗,我们做现场勘查的,物证的位置有时候比物证本身还重要。之前的捕兽夹,我只知道你刷出了指纹,却忘记了问你位置所在。"

原来从中午饭开始,顾红星的心思就已经转到了捕兽夹上,他发现自己不知不觉中和冯凯越来越相似了:那些未破的命案,就会一直牵动他的心弦,挥之不去。不过这不是坏事,冯凯说得很对,近朱者取朱者赤,近墨者去墨者黑。曾经,他被冯凯的突然疏远所伤害,憋着一股劲独自倔强成长,对冯凯也难免心生芥蒂,不能客观看待他的一举一动。而在车上与冯凯那番发自肺腑的交谈后,顾红星看清了自己,也看清了前路,他能直率地指出冯凯的问题,也能清晰地看到冯凯的优点了。

卢俊亮点了点头,发动汽车向市公安局驶去。

此时的市公安局还没有真正意义上的物证室,但被冯凯说过之后,卢俊亮已经开始用业余的时间整理那些堆放在仓库的物证了。尤其是近一两年案件中的物证,卢俊亮已经分门别类都给放好了。

/// 第九章
交易的死角

捕兽夹是未破命案的重点物证，所以保存得非常好，被一个塑料袋套得严严实实的，放在仓库的一个角落里。卢俊亮走进了仓库，就直接把捕兽夹从众多杂物中找了出来，拎着它跟随顾红星回了办公室。

捕兽夹上，刷着很多粉末，是卢俊亮初次刷指纹的时候留下来的。

"你还记得指纹的位置吗？"顾红星坐在办公桌前，问道。

"那哪记得？这么久的事儿了。"卢俊亮说，"我去把这个案子的卷宗拿来，里面有具体的指纹照片，我再对应着这些刷粉的位置，回忆一下。"

不一会儿，卢俊亮一手拿着卷宗，一手拿着马蹄镜回到了办公室，在顾红星面前忙活了起来。

卢俊亮从抽屉里找出了一根红蓝铅笔，一边用马蹄镜看着卷宗里的指纹照片，一边用红蓝铅笔把对应的指纹在捕兽夹上圈出来。

顾红星笑眯眯地盯着卢俊亮忙活，很是满意，他知道这样标示，就可以最简单易懂地把每个人的指纹在物体上呈现出来。

好一会儿，卢俊亮似乎已经完成了对捕兽夹上指纹的标示，他把捕兽夹撑开，放在了办公桌上，然后盯着捕兽夹发呆。

"标完了？"顾红星凑过来，一边看着捕兽夹上的铅笔痕，一边问，"有什么发现吗？"

卢俊亮似乎在思考，没有回答。于是，顾红星也仔细观察起这些铅笔痕来。

圆形的捕兽夹是纯铁质的，因为有一些年代了，所以呈现出黑灰色。铁片厚度大约5毫米，说明这个捕兽夹还是有一定分量的。捕兽夹的边宽大约5厘米，下缘是一排锯齿，也正是这些锯齿在死者的头颅两侧形成了类似虚线状整齐排列的创口。

捕兽夹铁片的内侧左、右两边，分别被卢俊亮用红笔画了四个小圈，整齐排列，不出意外，这说明捕兽夹左、右两边的内侧分别有四指联指指纹。捕兽夹的外侧左、右两边，分别被卢俊亮用红笔画了一个小圈。

除了这十个小圈，捕兽夹其余的部位还散在分布[①]着十余个小圈，少部分是红色的，大部分是蓝色的。这些小圈大多是在捕兽夹的外侧，内侧只有几个。

在不知道红色和蓝色小圈分别代表谁的指纹之前，顾红星是无法对这些指纹位置进行分析的。他也不着急，静静地等着卢俊亮思考完毕。

---

① 散在分布：与"集中分布"不同，分布很散，到处都是，没有规律。

又过了一会儿，卢俊亮拍了一下脑袋，说："我搞清楚了，我们之前的分析是没有错误的。"

"哦？说来听听。"顾红星饶有兴趣地坐在了卢俊亮的办公桌对面。

卢俊亮左顾右盼，看到了自己办公桌上摆着的"大卫"石膏头像，于是拿了过来，将头像的面朝着顾红星，枕部朝着自己，说："喏，假如这就是金苗的脑袋。"

说完，卢俊亮用力按动捕兽夹的机簧，把捕兽夹变成了两个半圆的折叠状态。他把捕兽夹又用力撑起了一些，夹在了石膏雕像上。

"喂，你这样会把雕像夹坏的。"顾红星想去阻止。

"无所谓。"卢俊亮挥了挥手，不在乎地说道，"这个东西不值钱。这样说，应该更直观一点。"

捕兽夹撑开的幅度越大，则回压的力量越大。头像雕塑比人的脑袋要小，所以捕兽夹夹在雕塑上的力量也不大。捕兽夹夹上之后，石膏头像也没有像顾红星想象中那样，被轰然夹碎。此时，捕兽夹夹着石膏头像，摆放在顾红星的面前，只是卢俊亮需要用手扶着头像，才不至于失去平衡。

捕兽夹夹在头像上，就像是给头像戴了一个前后都尖尖的船形帽。

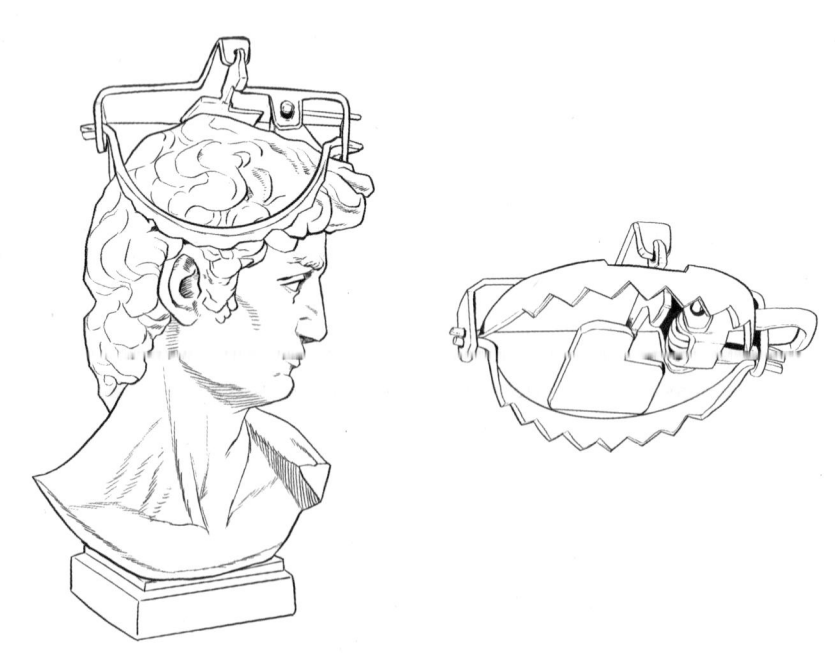

夹住头颅的捕兽夹示意图

第九章
交易的死角

"你看啊,假如这是我的脑袋。"卢俊亮扶住头像,说,"红色的小圈,圈出的是一个人的指纹。左边的这些联指指纹和外侧的拇指指纹,是左手的五指指纹。右边的这些红圈,对应的是右手的五指指纹。"

"红圈里这么规则的指纹,是因为有一定的力度,并且稳定地按压,所以形成得比较清楚,对吧?"顾红星说。

"对。"卢俊亮说,"我分析,这是死者被这样夹住之后,双手本能地想要撑开捕兽夹,所以留下来的指纹位置。"

"也就是说,被夹住后,死者双手除拇指外的四指伸进了捕兽夹的内侧,拇指对应按住捕兽夹的外侧,这样用力往外掰?"顾红星双手掌心向上,做了一个向两侧拉开的动作。

"对,这就是本能的动作。"卢俊亮对办公桌对面的顾红星说,"而且,只有我自己能形成。你看看,假如你想帮我从头上掰开捕兽夹,你的右手应该在我的左边,左手应该在我右边。而且,拇指的位置应该在四指联指的后方。"

说完,卢俊亮指了指捕兽夹外侧红圈里的拇指指纹,说:"相对我来说,拇指指纹在四指联指的前方,所以这个肯定只有我能形成。"

"你的意思是说,这种指纹位置,只有被夹住脑袋的人自己的手才能形成。"顾红星点头表示认可。

"而且很符合被夹住后的本能反应。"卢俊亮说,"这个红圈内的指纹,和金苗家里生活用品上提取的大量指纹是吻合的,也就是说,这就是金苗的指纹。"

"所以,金苗被夹住后,想要自己撑开捕兽夹。"顾红星说,"但是她失败了。"

"是啊,其余的指纹,有金苗的,有林倩倩的,但是没有什么规律,也没有这10枚指纹这么清楚。"卢俊亮说,"这有可能是操作捕兽夹的时候留下的,也有可能是重新把捕兽夹从金苗头上取下来的时候留下的。因为没有那么用力按压,所以指纹留下得并不清楚。"

"你这个解释倒是挺合理的。"顾红星说,"只有一点,我不是很信服。你看,这个捕兽夹连一个石膏头像都夹不碎,能把一个人的颅骨给夹碎吗?"

"这你得懂法医学知识。"卢俊亮说,"太阳穴这里,医学上叫翼点。翼点的颅骨非常薄,有些人的翼点可能就像硬纸片一样薄,很容易骨折。而且,这个石膏头像比真人的脑袋要小,所以捕兽夹形成的力量也比真的夹在人脑袋上要小。"

"可是,金苗的颅骨,真的就像硬纸片一样薄?"顾红星一如既往钻牛角尖。

"那倒不是。"卢俊亮挠挠头,说,"毕竟是火烧过的颅骨,究竟骨头有多厚、有多脆,这和没烧之前是不一样的。"

"所以,这个捕兽夹夹在正常大小的脑袋上,究竟会不会导致颅骨骨折呢?"顾红星揪住这个问题问道。

"这,这也没法做实验啊。"卢俊亮面露难色。

顾红星突然笑了,他指了指捕兽夹左侧的上缘,说道:"你用放大镜看看这一块区域的铁质表面,有什么异样?"

卢俊亮连忙拿出放大镜,看了看边缘,说:"啊,这里的铁质有擦蹭痕迹。"

"我要说的,就是这个。"顾红星说,"你再看看另一侧。"

捕兽夹的右侧上缘,有更深的擦蹭痕迹,这一处擦蹭痕迹其至都把铁质表面的锈迹给蹭掉了,露出了白色的内部本色。

"擦蹭痕迹很小,但是也能说明问题。"顾红星拿开了卢俊亮的手,让石膏头像向右侧倒伏,说,"你看,被夹住之后,金苗这样倒地,右侧的上缘是和地面接触的,因为摩擦,可以形成擦蹭痕迹,但左侧是不接触物体的,哪儿来的擦蹭痕迹?"

"我知道了。"卢俊亮灵光一闪,说,"用脚踹!"

"这就是为什么我总是问你捕兽夹的力度能不能导致颅骨骨折的原因了。"顾红星说,"既然捕兽夹本身的机簧力度不能形成颅骨骨折,那么一定就还有外界的作用力存在。这两处擦蹭痕迹可以告诉我们,金苗被夹倒地后,林倩倩用脚踹了捕兽夹的左侧上缘,导致夹子的力度陡增,造成了金苗的颅骨骨折。而捕兽夹作为金苗颅骨的衬垫,着地的一面,在脚踹力的传导下,和地面摩擦,形成了更深的擦蹭痕迹。"

"厉害了。"卢俊亮说,"这用凯哥的话说,叫什么来着?现场重建!对!现场重建!"

"所以,这也印证了你刚才的分析。"顾红星接着说,"你说产生这种双手联指指纹的原因,只可能是受害者自己想要卸下捕兽夹,而不会是别人想要救她、帮她撑开捕兽夹。这是对的。因为既然用脚踹了,就是想要置对方于死地,那就不可能帮她、救她。"

"合理!"卢俊亮高兴地说道,"师父你真厉害啊,这么小的擦蹭痕迹也能注意到。"

"你没注意到吗?"顾红星又板起了脸,说,"我觉得很明显。"

"说注意,也注意到了。"卢俊亮说,"只是我没把它当回事,毕竟是从火场里找出来的,谁知道有没有摔啊、碰啊什么的。"

第九章
交易的死角

"捕兽夹上连指纹都能找到，说明保护得不错。"顾红星说，"我们搞痕检的，痕迹就是我们的工作内容，所以不能放过任何痕迹。"

"这和我们法医不一样，我们得抓大放小。"卢俊亮觍着脸说。

"时候不早了，你回去休息吧。"顾红星说，"我再研究一下这个石膏头像。"

"好咧。"卢俊亮打了个哈欠。

一夜过去，卢俊亮一早重新回到办公室的时候，发现顾红星居然依旧坐在他的办公桌对面，打量着那个依旧夹着捕兽夹的石膏头像。

"不会吧，师父，你一夜没睡？"卢俊亮惊愕地说道。

"那倒不至于。"顾红星若有所思地说道，"你看到冯凯了吗？"

"没有啊。"

"他跑哪儿去了？给郊区分局打电话，也找不见他人。"顾红星叹了口气，说，"让他调查绑架案，看来他又是耐不住寂寞，去想别的案子了。"

"你不也是吗？"卢俊亮笑着指了指桌上的捕兽夹。

顾红星心想自己也确实是这样，于是尴尬地一笑，说："那就我们俩过去吧，绑匪又来信了。"

其实顾红星也是刚刚接到电话不久。

早晨6点半，负责在杨谦宁家附近蹲守的民警，发现一个人穿着邮政的绿色制服，骑着自行车来到了收音机厂宿舍的大铁门外，把一个黄色的信封放了传达室的窗台上。既然是和上次放信的地点完全一致，两名民警立即冲了出去，把这个人死死地摁在了地上。这个人一脸惊恐，甚至连反抗都没有，就束手就擒了。

来人被押到了宿舍区角落的一个单元门内隐蔽起来，民警这才拿出了他放在传达室窗台上的信封，信封上果然写着"龙番市汉河路 收音机厂宿舍 杨谦宁收"，和上次一模一样。

"我没犯法啊，公安同志，你们抓我做什么？"来人一脸委屈。

"这信哪里来的？"

"邮政所让我派送的，那不是有邮戳吗？"来人说。

民警看了看信封，这次的信封和上次不一样，果然是有投递地点的邮戳和收音机厂辖区邮政所的邮戳。也就是说，这封信并不是像上次那样是自己送来的，而是通过邮筒邮寄的。绑匪可能猜到杨谦宁会报警，于是改变了投递方法。

243

为了保险起见，民警带着这位邮递员去了邮政所，证实他确实是一名邮递员，清晨投递也确实是正常的工作时间，而这封信也确实是凌晨时分由邮政中转站从本市转过来的信件。于是，民警只能打电话把此事告知了顾红星。

来到了邮政所，卢俊亮戴上手套，小心翼翼地拆开了信件，拿出了里面的信纸。

和上次的信纸大小、质地和印刷的红色线条都一模一样，叠起来的信纸上，用伪装笔迹写着："9月8日上午8点，龙海区官亭路电话亭门口交易。"

"8日，那就是明天上午啊。"民警说道。

顾红星拿过放大镜，在信封、信纸上仔细看着，嘴里念念有词："三点水写成竖钩，宝盖头先写盖再写点，确实是一个人所书。这个文件检验也果真是有意思的学科啊。"

卢俊亮接过顾红星手里的放大镜，看了看，说："真的是啊，每个人写字都有独特的习惯。你看这个'亭'字和'交'字，虽然不是宝盖头，但他也是习惯性先写横，再写点。"

"用茚三酮试试。"顾红星说。

卢俊亮从勘查包里拿出试剂瓶，在信纸的周围点了几滴，并没有显现出任何纹路。

"依旧是戴着手套写信的。"顾红星说，"绑匪狡猾得很。"

"现在怎么办？"民警问道。

顾红星翻转信封，看了看寄件的邮戳，写着"龙海区牌坊邮政所"。顾红星问邮政所的所长："这个邮政所在什么地方，有地图吗？"

民警从包里翻出一张龙番市地图，在桌子上展开。顾红星先趴在地图上，找到了官亭路的位置。这是一条小路，从地图的比例尺看，也就几百米长，虽然不知道电话亭的具体位置，但顾红星估计电话亭最有可能在路的中段，于是在官亭路中段用黑笔画了一个圈。

邮政所所长接过顾红星的笔，在牌坊邮政所的大致位置画了一个圈，说："这个邮政所大概负责方圆5公里的邮筒，所以，应该是这个大圈才对。"

说完，所长又在地图上画了一个大圈。

"这个大圈和官亭路距离很近了。"顾红星见小圈和大圈并不相交，但距离很近，说道，"按理说，这两个圈之间的范围，可能就是绑匪的居住地了。"

说完，顾红星心里很是高兴，因为之前冯凯和他说"定位"什么的，他一直不能理解，现在突然就明白了。看来，冯凯是有真才实学的，他冒出来的新名词，总是会在恰当的时机发挥出作用。

2

"这个范围，看起来也不小啊。"办案民警说，"这个地方我去过，乱得很，有六层居民楼，也有很多平房，还有很多商家。总之，是需要城市管理部门管一管了。"

"也就是说，不好搜索对吗？"顾红星问。

"那确实。"民警说，"而且我们只能秘密搜索，不然被绑匪发现了，后果不堪设想。秘密搜索，难度就更大了。最关键的，我们搜索什么呢？难不成还能直接发现杨巧剑？或者听见呼救声？那运气也就太好了，对吧？"

"有甄别的依据呢。"邮政所的门口传来了一个熟悉的声音，是昨天配合冯凯调查的郭所长。

"冯凯呢？"见到郭所长进来，顾红星连忙问道。

被顾红星问得一怔，郭所长反应了半天，才说："顾支，昨天下午我们到现场看完，就没见他了，他没回市局？"

顾红星摇了摇头。

"那我就不知道了。"郭所长说，"他好像说要回杨谦宁家里问一些事儿。"

"问事儿？没说问什么事儿吗？"

郭所长摇了摇头。

"好，你接着说，有什么甄别的依据？"顾红星问。

"凯哥和我去了现场，大致还原了绑匪绑架杨巧剑的过程。"郭所长说完，一边陈述依据，一边绘声绘色地把想象中的绑匪是如何骗杨巧剑去园丁室拿卫生纸；杨巧剑又如何在园丁室和另一名绑匪发生搏斗，最后被制服；绑匪再如何把杨巧剑捆绑、封嘴后装在三轮车车斗里运出市民广场的过程讲了一遍。

"凯哥太牛了，这推理，没话说！"卢俊亮毫不掩饰自己对冯凯的崇拜。

"是啊，我也是大开眼界了，比看《福尔摩斯》还过瘾。"郭所长也是面露崇拜之色。

"所以，三轮车就是我们甄别的依据？"顾红星问道。

"不，凯哥还分析绑匪和杨谦宁并不是很熟悉，只是有简单的交集。"郭所长

说,"绑架应该是预谋作案,而不是临时起意。"

"嗯,我们也得出了这个结论,勒索信是三天前写的。"顾红星说。

"哦,对了,还有这个。"郭所长从包里拿出一个化肥袋,说,"我们分析,绑匪应该是用这个盖住三轮车车斗,离开市民广场的,所以可以以此为甄别的依据。"

"所以,先在这个特定区域的垃圾堆里找化肥袋,如果找到了,就在垃圾堆附近找三轮车,尤其留意和杨谦宁有交集的车主,对吗?"顾红星说。

"对,凯哥还提出,绑匪应该有独立住所,其中一人身材不高大,对抗一个小孩子都不能得心应手。"郭所长说,"我觉得,还是有希望在交易前发现一些线索的。"

"如果发现线索,最好能找到嫌疑人手写的东西,文件检验也是一个甄别依据。"卢俊亮说道。

"我们现在必须要两手准备。"顾红星指着地图上大、小两个圆圈中间,说,"一方面先行对这一片区域进行秘密搜查,可以找一些侦查员化装成垃圾清运工,重点寻找化肥袋。找到化肥袋之后,再做下一步部署。这一步,不宜投入太多警力,因为人太多反而容易引起绑匪的警觉,从而危及人质的安全。另一方面,让龙海区的刑警部门加入专案组,仔细研究交易地点的地形,设置足够的岗哨,准备交易,这些工作也要在保密中进行。对了,郭所长,你负责派人暗中保护杨谦宁取钱,做好交易的准备。"

"我觉得,最好让孩子的妈妈高萍去交易。"卢俊亮说,"女人交易,容易让绑匪放松警惕,小说里都是这样写的。"

"嗯,有道理。"顾红星点头同意,说,"交易的工作,重点在于对地形的勘查,必须完全了解交易地点周围的全部道路、小巷、胡同,哪条路通哪条路、哪条路是断头路,这些都必须搞清楚。"

"好的,没问题。"郭所长说,"我们和分局刑警部门,会同龙海区的刑警部门一起去做。"

"我会让我们支队的秦天和肖骏配合你们。"顾红星说。

"那我们呢?"卢俊亮好奇地问道。

"我得去找冯凯,必须找到他,因为他必须参加明天的交易诱捕。"顾红星说。

有了之前的肺腑之言,顾红星和冯凯的心扉就像是再次互通了。在这个关键的节骨眼上,顾红星很期待和冯凯再次并肩作战。这段时间以来,顾红星意识到冯凯似乎变回了几年前的那个他,有些神秘,却总能在关键的时候起到关键的作用。所

第九章
交易的死角

以在这几个月的时间里,虽然顾红星对冯凯是批评大于赞赏,但在内心里已经离不开冯凯的出谋划策了。不过,顾红星牢牢记得冯凯的话,他需要自立,需要有自己的观念和主见,他不能依赖任何人!

"如果抓捕行动不带上他,他又该叽叽歪歪了。"顾红星补充了一句,像是在解释刚才的话语。

而冯凯此时正坐在郊区公安分局刑事技术室的办公室里,对着眼前的一张纸发呆。纸的旁边,放着几张指纹照片、一瓶写有"茚三酮"标签的试剂瓶,还有一只马蹄镜。

原来,昨天晚上,从杨谦宁家里出来后,冯凯就迫不及待地赶往郊区的商业中心。为了防止自己目标太显眼,冯凯专门选择了穿便衣、踩单车。

冯凯踩着单车来到郊区的商业中心,时针正好指向了晚上8点。虽然这个年代还没有太多的夜生活,但是这个时间点,也正好是目前正流行的"摆地摊"的高峰期。街道两侧密密麻麻地摆着各种各样的地摊,前来逛地摊的人也是络绎不绝。因为有足够的客流量,所以商业中心的商铺也都不急着打烊,期待着逛地摊的人们也能来惠顾他们的商铺。

冯凯走进了商业步行街拐角处位于二楼的一家面馆,坐在窗户旁边,要了一碗龙番特色的牛肉面。刚才在杨谦宁家,他没有心思吃东西,虽然喝了酒、吃了菜,可现在还是感觉很饿。他一边吃着牛肉面,一边观察着窗外的情况。

让冯凯庆幸的是,这个年代的商业远没有陶亮那个年代发达,商铺数量有限。在这个面积有限的商业中心里,虽然是有一些商铺,但经营的种类几乎没有重复的。

按照杨谦宁的说法,销赃这个行当是"区域垄断",因此郊区的销赃点,很有可能就在这个商业中心的繁华地带。毕竟只有在这个位置,才能获得郊区范围内最好的客源,从而有更多的机会推销"黑货"。

冯凯从一开始受到杨谦宁销赃的启发,就想到了那帮居住在农村的车匪路霸之所以要来城里,甚至为了往返城乡方便,还在城里偷自行车,很有可能就是为了来城里销赃的。是啊,一帮车匪路霸,如果不抢现金,只抢货物,自然是知道销赃途径的。如果只是为了自己享乐,显然也不至于要抢那么多日用品。而车匪路霸居住的地点,距离郊区的商业中心是最近的。销赃这种事情,完全没有必要舍近求远。

所以,冯凯坐在二楼,就是为了观察这里的商铺,哪一家有疑点。如果找对了

销赃的商家，就可以顺藤摸瓜，找到销赃的车匪路霸。

毕竟是郊区，即便是商业中心，楼房也不多。坐在街边拐角处的小二楼上，下方的步行街商铺已是一览无余。多次被抢劫的物品种类、数量清单，此时正装在冯凯的衣服口袋里。冯凯知道，在这些品种多样的丢失物品中，只有洋酒是最具辨识度的。所以，无论冯凯如何观察各式各样的商铺，他的余光一直停留在商业步行街唯一一家酒行上。

很快，还真被冯凯发现了问题。

这家酒行老板在晚上8点半的时候，接待了一个客人。视力极好的冯凯，凭借他敏锐的洞察力，看出这个客人和酒行老板并不认识。老板和客人说了几句话后，便走出了酒行，顺便锁起了店门。

大约20分钟后，老板独自回来了，重新打开了店门，恢复了营业。

这和杨谦宁描述的情况很像，老板一遇见合适的客源，便推销"黑货"。在确定对方有意愿购买这些又便宜又稀有的货物后，老板就会把客人带到一个隐蔽之处进行交易。因为这些"黑货"是不能放在大庭广众之下叫卖的，必然有一个用于储藏的隐蔽之所。杨谦宁的"黑货"就是藏在自己的家里。

冯凯顿时来了兴趣，下了楼，在地摊之间转悠着，想看看这个酒行老板有没有可能再接到其他愿意购买"黑货"的客人。这一次，冯凯距离酒行很近，就能够进行跟踪了。

苍天不负有心人，晚上10点，有些地摊都已经开始收摊的时候，酒行老板又接待了一个客人。

和上次一样，酒行老板和客人短暂聊了几句之后，又反身锁上了酒行的大门，带着客人向一个黝黑的小巷子走去。虽然小巷子距离商业步行街很近，但因为没有路灯，里面几乎没有行人。冯凯知道，也正是因为这个小巷子平时无人，一旦被人跟踪，就很容易发现，所以销赃者才会喜欢把仓库安置在这里。

如果这样跟过去，肯定会被发现的，怎么办呢？

冯凯灵机一动，走到一个小地摊旁，花了两块钱买了一副墨镜，又顺手把摊主用来压塑料布的竹竿拿走。

"我不还价了，买一送一。"冯凯对摊主说道。

摊主还没反应过来，冯凯已经消失在人潮之中了。

冯凯戴上墨镜，用竹竿戳着地，俨然一副盲人的模样。他踽踽走在酒行老板的后

第九章
交易的死角

面,还哼着小调。此时,越是鬼鬼祟祟,越会引起酒行老板的怀疑,不如大大方方。

走了大约200米,酒行老板在临街一扇关闭的板门门口停了下来,也不掏钥匙,而是回头盯着冯凯。

冯凯不动声色,依旧是一边哼着小调,一边旁若无人地从两人身边走过。

"瞎子啊?"客人说了一句。

酒行老板无声地做了一个"嘘"的动作。

在确认冯凯拐进了另外一条胡同后,酒行老板才从腰间掏出钥匙,打开了板门上的暗锁。而此时的冯凯,其实是在另一条胡同的拐角处,默默地注视着他们。

大约过了10分钟,客人出来了,手上拎着一个黑色的袋子,移动的时候还有叮当的玻璃碰撞声。冯凯心中暗喜,他知道自己的策略完全正确,他一定是找到了郊区专门对"黑酒"进行销赃的商家。

老板跟着客人也出来了,回头锁了板门,两人短暂交谈后,分头走了。

"小样,再狡猾也逃不过猎人的法眼。"冯凯嘿嘿一笑,走到了板门的门口。

此时的酒行老板已经没了身影,应该是重新回到店里等待下一个客源了。冯凯拿起挂在板门上的暗锁,看了看,是二十世纪八十年代最常见的"长江牌"挂锁。这种锁,实在是太好开了。

冯凯在刑警学院学习过技术开锁课程,只是在陶亮那个年代,从来也没派上过用场,这次算是专业对口了。他用自己钥匙环撇成的钢丝,轻而易举地打开了挂锁。

这是一间不足20平方米的小屋子,没有窗户,所以屋内一股霉味。冯凯转身关上板门,拉开了屋内的电灯。屋子里并不像冯凯想象的那样,是堆满了房间的酒,实际上,这里只有几箱酒,还有几个废纸盒。冯凯拿出怀中的物品清单,核对了一下。

没错!

地面上已经空了的两个纸箱,正是4月29日抢劫案中丢失的洋酒的包装箱,品牌对应无误。冯凯心脏一阵狂跳,连忙又去看其他的货物和纸箱。4月14日抢劫案中丢失的诸多日用品中的一箱外国香烟也在这里。而8月29日烧车案中,被抢走的两箱白酒,也整齐地码在角落里。

冯凯直起身,抚摸了一下自己的胸口,尽可能让心跳平静一些。他看到小屋的内侧还有一张写字台,于是走了过去,拉开了抽屉。

抽屉里有一张纸,没有落灰,应该是新放进去不久的。纸上有一排清秀的字

迹，写着"白酒两箱，请占老板按老价格给送货人"。

这是车匪路霸留下的便条，可能这次的送货人是个生人，所以作为交易的信物。

冯凯的心跳得更快了，他仔细看了看8月29日丢失的物品，是六箱名酒，而这里只有两箱。而且9月2日清晨被抢的五箱白酒和十箱香烟也不在这里。看来，车匪路霸并不是抢到什么就立即急于销赃，而是分批进行。这样，物品数字对不上，就不会成为太大的目标，他们也不容易被发现。当然，也有可能是他们没有运输工具，而一个人骑一辆自行车，最多也只能在后座上架两箱酒。不管怎么说，不成群结队来销赃，也能说明他们有很强的反侦查意识。对手还真的不简单啊，冯凯这样想着。

想了一会儿，冯凯觉得带走字条不一定会引起酒行老板的注意。而这张字条上，一定有很多车匪路霸不设防而留下的痕迹物证，这些物证会对今后的破案、诉讼提供证据链的完整衔接。利益大于风险，冯凯决定带走这张字条。

冯凯从口袋里拿出手套，小心翼翼地把字条从抽屉里拿出来，折好放进口袋里，然后退出门外，重新锁好了门。好在酒行老板没有那么快接到新的生意，此时并没有出现在巷子口。冯凯一溜烟地跑到自己停自行车的地方，然后风驰电掣一般向郊区分局骑去。

其实他也想到了回市局处理这一件物证，但焦急的心情已经不容他骑车骑那么远了，他必须用最快的速度知道，这张信纸上有没有指纹。

郊区分局很近，冯凯只用了五分钟就骑到了分局大院，然后直奔三楼的技术室而去。

"你们的技术员呢？"冯凯在走廊里遇见值班的刑警队内勤民警，大声地问道。

"凯哥，你怎么来了？这都什么点了，他们在家里睡觉呢。"内勤民警看了看手表，说道。

"那实验室呢？实验室在哪儿？"冯凯焦急地问道。

"实验室？我们公安局为什么要有实验室？"

"就是技术员放勘查用品的房间，在哪儿？"

"我带你去。"内勤民警带着冯凯走到了一间办公室门口，用值班室里挂着的一串钥匙中的一把打开了办公室的大门。

内勤民警走到一张办公桌前，拉开抽屉，里面有很多冯凯眼熟的痕检用具。还有很多指纹的照片。

第九章
交易的死角

"行了,你值班去吧,这里交给我。"冯凯迫不及待地坐到办公桌面前,从抽屉里找出了一瓶茚三酮、一只马蹄镜,在桌子上忙活了起来。

好在冯凯当年跟着顾红星学了不少处理指纹的技术,在纸张上显现指纹也不算复杂,很快冯凯就用茚三酮在纸上显现出了好几枚指纹。冯凯用马蹄镜观察,发现大多数指纹上的特征点都非常明显,有极强的鉴定价值。

"哈哈!"冯凯拍着桌子大笑了起来。

内勤民警似乎听见了冯凯异常的声响,把头从门口探了进来,问:"凯哥,你没事吧?"

"没事,我高兴。"冯凯喜滋滋地说,"有酒吗?好吧,我知道办公室肯定没酒,早知道我就从那仓库带一瓶出来了!"

"说不定还真有!"内勤民警走了进来,拉开冯凯身前的办公桌抽屉,翻找着说,"技术员小李,就是个酒腻子。"

内勤民警这一翻,抽屉里原本放着的指纹照片也散了开来,居然有几张放大的指纹照片上面写着"林倩倩"和"金苗"的名字。

"哟,蔡村案的指纹照片,你们这儿还有啊?"冯凯问道。

"那必然的,这是我们辖区的案子嘛。"民警说,"刑警队每个民警都有死者和凶手的指纹照片。"

冯凯"哦"了一声,拿出几张林倩倩的指纹照片。照片里,指纹被放大了数倍,所以特征点都非常显眼。看了一会儿,冯凯又拿起标示着"金苗"的照片看了起来。

"嘿,这家伙,把那好酒都喝完了。"内勤民警没找到酒,有些遗憾地说道。

突然,冯凯猛地拍了一下桌子,把内勤民警吓了一跳:"咋啦凯哥,你今天怎么一惊一乍的?"

冯凯没有说话,而是把"金苗"的指纹照片放在字条的旁边,一边用马蹄镜看字条,一边用肉眼看放大的指纹照片。

"咋了啊?"内勤民警追问。

"亡者归来了。"

冯凯喃喃道。

3

冯凯不仅跟顾红星学习了指纹显现技术,更是在几年前利用排查那3000枚指纹的机会,学会了指纹的识别技术。但是此时,冯凯对自己的指纹识别技术产生了强烈的怀疑。

在那张从窝赃小屋带回来的交易字条上,冯凯显现了很多指纹,但其中有一枚拇指指纹,特征点居然和金苗的指纹照片一模一样。

冯凯疯了似的把其余几张标示有"金苗"的照片全部找了出来,又有两枚指纹和交易信物上的一模一样。这一回,冯凯彻底蒙了,因为他知道这肯定不是他自己的技术问题,更不可能是什么巧合。

死去的金苗的指纹,为什么会出现在这件"交易信物"上?难道金苗在死亡之前,一直做着盗窃、抢劫和销赃的买卖?不对啊,从时间线来看,这张字条上说的两箱酒,应该就是仓库里的两箱酒,而这两箱酒是8月29日才被打劫的啊。而且,这张纸是崭新的,连灰尘都不多,不可能是金苗4月6日死亡之前留下的。茚三酮显现出来的指纹,是那么清晰,这说明指纹留下的时间也很短,绝不可能是半年之前。

那么,世界上真的有三根指头指纹都一样的人吗?不,顾红星说过,一枚指纹,都很难有相似的可能性。

那究竟是怎么回事呢?

冯凯的脑子里很乱,他一时捋不清楚头绪,只能对着眼前的字条发呆。内勤民警见冯凯并不向他解释什么,还以为冯凯是抽风了,悻悻地回值班室去了。

冯凯坐在办公桌前,慢慢地神志也模糊了。之前有过的"梦中梦"的体验再次开始袭扰他。他蒙眬之间似乎看见了自己在金村调查两个月的种种细节,看见了金万丰那文质彬彬的脸,也看见了金苗的照片。

一觉醒来,冯凯见已经7点多了,于是赶紧把字条小心揣好,蹬上自行车就往市局赶。此时,他心里已经笃定,最大的可能就是分局把指纹照片的姓名标记错了。说不定,这张字条上的指纹,是以前被打击处理的违法犯罪嫌疑人留下的指纹,被标错了姓名。那样也不错,因为如果真的是弄错了,冯凯也可以根据过去的违法犯罪记录,找出指纹真正的主人。而这个主人,就是车匪路霸的头目,那冯凯也一样找到了案件的突破口。

第九章

交易的死角

来到了市局，局里没有人，冯凯直接去内勤室小叶那里，拿来了蔡村案的卷宗，翻到了现场指纹那一页。

在蔡村现场，技术员从大量生活用品上提取到了相同的指纹，因此那就是金苗的指纹。冯凯用马蹄镜看着照片里的指纹，越看越是心惊肉跳，因为分局的那些照片并没有标错，那些熟悉的特征点，和交易信物上的特征点，一模一样。

正发着愣，顾红星带着卢俊亮推门走了进来。

"你在这里啊，我正满世界找你呢。"顾红星说，"快点收拾收拾，我们要去交易地点指挥蹲守、布控。欸？你怎么了？"

顾红星显然注意到了冯凯的异样。

"亡者归来了。"冯凯怔怔地自言自语。

"什么归来？"顾红星追问道。

"来不及详细解释了。"冯凯转脸盯着顾红星说，"简单地说，我查到了车匪路霸的销赃途径。"

"我还以为你又执着于蔡村案了呢，原来是去查车匪路霸案。"顾红星说，"可是我们的当务之急，还是现在的绑架案啊，孩子还生死未卜呢。"

"我是说，我找到了车匪路霸销赃的交易信物，上面有新鲜的指纹，是金苗的。"冯凯的眼睛都快喷出火来了。

顾红星愣了一下，然后陷入了沉思。

"你没事吧，凯哥，金苗不是死了吗？"卢俊亮显然没有意识到冯凯是在说真话，他用手背贴了贴冯凯的额头，说道，"你知道吗，我们也会用你说的那个什么'现场重建'了！"

说完，他就开始复述顾红星和他之前所做的所有工作。

卢俊亮还在说他自己的，实际上冯凯和顾红星根本就没有听进去。

"你说这是怎么回事？"冯凯突然打断了卢俊亮的复述，他感觉自己的脑子里一团糨糊，似乎不能正常思考了。

"在不在听啊，凯哥。"卢俊亮幽怨地说道。

顾红星走到了桌旁，一边盯着仍被捕兽夹夹着的石膏头像看，一边无意识地摸着自己的下巴。

卢俊亮见顾红星看着石膏头像，这才意识到，顾红星并没有把冯凯的话当成胡话、笑话，一惊之下，也认真思考了起来。

"越是这个时候,越要冷静,必须冷静!"

顾红星像是在勉励自己,又像是说给冯凯、卢俊亮二人听。

卢俊亮很有眼力见儿①,他跑到桌边,把倒伏的石膏头像重新竖立起来,让顾红星更方便观察。

顾红星说:"我们换个思路。之前我们认为死者是金苗,但你仔细想想,实际上我们忽略了一个重要的问题啊!金苗的指纹出现在捕兽夹上,不代表死者就是金苗,也有可能凶手是金苗啊。"

这回轮到卢俊亮呆住了,说:"不对啊,昨天我们刚刚复盘的,这个指纹位置,只能是死者留下的。"

"昨天,我们还在先入为主的困境当中。"顾红星说,"你昨天说了,如果红圈的指纹是凶手留下的,是不合理的,那是因为你默认凶手是站在你的对面。凶手站在你的对面,自然是左手的指纹在你的右边,右手的指纹在你的左边。但是你想想,如果凶手站在你的背后,那么凶手去撑捕兽夹,和你自己去撑捕兽夹,留下的指纹位置有什么区别呢?"

"可是你也说了,凶手用脚踹捕兽夹,就是为了杀人。可是要留下那样的指纹,就需要去撑开捕兽夹,这是为了救人啊。"卢俊亮说,"又要杀人,又要救人,太矛盾了吧?"

"如果凶手当时的心理,本身就很矛盾呢?"顾红星说道。

"也就是说,我们当初认为捕兽夹上有两人的指纹,一人是金苗,一人是林倩倩,而我们默认了金苗是死者。"冯凯此时也想明白了,说,"因为开始我们不知道林倩倩的存在,所以潜意识里不断加深死者就是金苗的印象,直到林倩倩出现,我们还没有从印象里走出来。其实我们该想得到啊,林倩倩体形和金苗相似啊。"

"主要是血型和金手镯的误导吧。"顾红星说,"好巧不巧,两人都是O型血。"

"金手镯不知何故又戴在林倩倩手上,所以我们觉得她死了。"冯凯补充道,"怪不得悬赏通报发了两个多月,一点信息都没有,原来林倩倩才是死者。"

"先入为主害死人啊。"卢俊亮说,"这么多巧合点,让我们一直困在歧途之中,就连我们把指纹位置拿出来重新分析,都没有发现另一种可能性。"

"是啊,侦查办案就是这样,和写推理小说不一样。"顾红星对卢俊亮说,"写

---

① 眼力见儿:方言,见机行事的能力。

254

/// 第九章

交易的死角

推理小说可以根据想要的结果来编线索，哪怕线索的指向不是唯一性的也没关系。而真实办案，则需要考虑各种可能性。实际上，这个案子的另一种可能性就摆在我们的面前，但是我们没有去细究。其实我也是因为想到了这种可能性，才会让你现场重建的，可没想到，我还是被你说服了。"

"谁能想得到呢，车匪路霸案，居然和蔡村案并案侦查了。"冯凯苦笑了一下，说，"唉，快半年的努力，终于让我们重归正途了。"

冯凯知道，自从顾红星和卢俊亮告诉他，通过指纹、血型确定死者是金苗后，他就对这个结果坚信不移了，至于如何分析现场指纹，他是完全没有概念的。在这几个月的调查过程中，他更是从来没有质疑过指纹分析可能存在问题，钻了牛角尖，不断压实他先入为主的观念。所以，昨晚发现问题后，他居然完全没有考虑过死者"身份"的问题。

谜团解开，他反而像泄了气的皮球，感觉到浑身无力。但内心对破案的渴望又像是地壳隐藏的岩浆一样，意图喷涌而出。

倒是顾红星保持了冷静，他拍了拍冯凯的肩膀，说，"现在还不是细想这个案子的时候。这件事，也就我们三个人知道，只要我们不露声色，就不会打草惊蛇。当务之急，是绑架案，我们要把杨巧剑救出来。明天就要交易了，等把孩子救出来了，我们再沉下心来好好研究一下这两个案子。我相信，距离破案不远了。"

听顾红星这样一说，冯凯才重新振作起精神，说："又来信了？对了，我去勘查现场，也发现了一些问题。"

虽然冯凯的发现，顾红星已经听郭所长说过了一遍，但他还是耐心地听冯凯陈述了一遍分析的过程，果然比郭所长说的更加详细。冯凯说完后，顾红星也把自己去省厅找王继东的过程说了一遍，告诉冯凯，他也是通过提前就写好信这一点，支持了冯凯做出的"半熟不熟""早有预谋"的结论。

"范围有了，甄别物有了，绑匪特征有了，我觉得破案不是问题。"冯凯说，"问题是，能不能顺利救出杨巧剑。"

"走吧，就穿着这身便装，我们去官亭路看一看。"顾红星说，"骑自行车去。"

骑着自行车，顾红星一行三人来到了龙海区官亭路。这条路是一条小吃街，不宽的水泥马路两边，都是各色各样的小吃餐馆。其实顾红星他们几个人都是来过的，只是不知道这条街具体叫什么名字。

到了官亭路，顾红星也不说话，也不下车，而是骑着车在路面上以及官亭路的一些小岔路口兜着风。冯凯知道他是在亲自查看地形，于是也默默地跟在他后面。兜了大约半个小时，顾红星把车停在了一家餐馆的楼下，带着冯凯和卢俊亮直接上了二楼。

这家餐馆据说是分局某个民警的亲戚承包的，所以分局已经秘密地把这家餐馆二楼的包厢给征用了。之所以找这个位置，是因为包厢的窗户正对着马路对面的电话亭，可以把电话亭和电话亭周围的情况尽收眼底，确实是指挥部的最佳位置。

顾红星在圆桌边坐下，从包里拿出一张白纸，画了起来。

"你居然能全记住？你这是人形电脑啊？"冯凯看白纸上很快出现了官亭路附近的地形图的雏形，由衷地赞叹。

"电脑？"顾红星一边画，一边问冯凯的新名词是什么意思。

"就是电子计算机，比较新潮的东西，我还没见过呢。"卢俊亮说。

"你总是这么时髦。"顾红星说，"你们看，这就是官亭路附近的岔路口情况了，如果是开汽车，只能从官亭路的两头进出，如果是骑自行车，则有六个出口可以进出。"

"三轮车，绑匪有三轮车。"卢俊亮提示道。

"一样，有六个出口。"顾红星说，"我们只需要六组人员，就可以把所有出入口给封死。明天，我们卡住所有的出入口，重点监视骑三轮车的人员。"

"出入口少是好事啊，哈哈，我看绑匪插翅难飞了。"卢俊亮看着地形图，兴奋地说道。

"我觉得没那么简单。"冯凯若有所思道。

冯凯这句话，让顾红星很是警觉，问道："什么意思？"

冯凯想了一会儿，说："我有个问题，你们说，绑匪为什么让杨谦宁或者高萍在电话亭等？"

"因为这条路只有这一个电话亭啊。"顾红星说，"好识别。"

"可这条路上也只有一家牛肉面、一个报刊亭、一个变电箱……"冯凯说，"有好多可以识别的地方啊。"

顾红星也陷入了沉思，说："是因为电话亭正好位于大路和小路的交叉口，地势比较开阔？我们的人不好隐蔽，最近的人离交易点也得有十几米？"

"开阔也确实是开阔，但开阔的地方，绑匪也容易暴露啊。"冯凯说。

"是啊，本来绑匪是在暗处，越开阔的地方，越容易暴露他。"顾红星说，"那

第九章
交易的死角

是为什么？"

"因为电话亭有功能性啊！"冯凯说，"写信联系总是效率不高，以后的绑架案其实都是需要即时通信的。"

冯凯又说了令人难懂的话，顾红星早已习惯了冯凯嘴里偶尔蹦出一些"以后"的事情，但此时他没有心情去深究这个细节，而是急切地等他说下去。

"我觉得，绑匪选择电话亭，是因为他想打电话。"冯凯说。

"打电话怎么交易？"

"你不会觉得绑匪带着人质走到杨家人的旁边，说'一手交钱一手交人'吧？"冯凯被自己的冷笑话逗得笑了起来。

顾红星可没有幽默的心情，皱着眉头说："带人质来不可能，我觉得他会先拿走钱，再承诺后续会放人。"

"那也不会，毕竟干这种事，露脸就有巨大的风险啊。"冯凯说。

"那也没办法打电话交易啊。"卢俊亮也急了。

冯凯笑了笑，说："如果我是绑匪，我全程都不会露脸。而不露脸的办法，就是通过打电话来发送指令。比如，过来一辆摩托车，电话指令杨家人把钱交给骑摩托车的。这样，交易时间就会非常短，受害人来不及反应，钱就已经没了。"

"骑摩托车的戴着头盔？"卢俊亮问。

"也可能是一个啥也不知道的无关人员，只是收了绑匪的钱，帮忙跑个腿罢了。"冯凯说，"电视上都是这么演的。"

"那钱最后总还是要到绑匪的手里。"顾红星沉吟道，"我们不动声色，盯死了来取钱的人，顺藤摸瓜，就能找到绑匪。"

"我就是这个意思。"冯凯说，"不要一有人来了，就一窝蜂扑上去，那样就暴露了，人质也危险了。"

"对，这个得提示蹲守的战友。"卢俊亮说，"不见到人质，绝对不能暴露自己。"

"还有，我们得有双重保险的意识。"冯凯说，"既然绑匪很有可能打电话，那我们就先联系好电信，随时查来电电话。"

"查来电电话？这个可以查吗？"顾红星问，"还有电信是什么？"

"哦，我的意思是找邮电局来查。"冯凯拍了拍脑门，说，"来电电话肯定是可以查的，以后说不定还会有来电显示呢。"

顾红星露出一脸不解的表情。

冯凯接着说："现在全都是固定电话，这是我们的优势！固定电话都是对应地址的，查到来电号码，就能知道打电话的地址。这样，我们就可以找到电话的人了。打电话的人，一定是绑匪。当然，找到他，我们也别动手，还是像小卢说的那样，不见兔子不撒鹰。"

"固定电话？"顾红星更不解了，"难道还有不固定的电话？"

4

下午，刚刚上任的市局副局长尹飞亲自坐镇，发案地和交易地的两个分局长参加，905绑架专案组在官亭路小餐馆的二楼包厢里秘密召开。

"市局刑警支队的人少，顾支队带领一大队的四个人全员参加，但主要还是依靠你们分局的力量。"尹局长说，"我是部队刚转业的，对刑侦还不太懂，所以由顾支队全权指挥，他的话就是我的话，出了问题我担着。"

冯凯立即对这位领导产生了强烈的好感，把权力交下去，外行不指挥内行，信任自己的下属，又愿意帮下属担责任，这个尹局长无论在什么年代，都是个好领导。

顾红星早已不是那个发言前要羞涩一番的新人，他很沉着自信地说道："现在我们开始分组。"

分组计划应该早就在顾红星的脑子里了，所以整个分组安排非常流畅，也非常完备。按照顾红星的分组，官亭路及其岔路口一共分配了六组人把守，每组两人，可以把整个官亭路像口袋一样扎起来。另外在距离电话亭十几米外的一个小日用商店里，安排了两人随机应变。还有三组人作为机动组，安排在官亭路的几个隐蔽地点蹲守。各组人均配备自行车、摩托车，车辆隐藏在路边的诸多车辆之中，以备不时之需。专案组留六个人，分别是两个分局的局长、顾红星和刑警支队一大队的冯凯、秦天、肖骏。专案组楼下的小院里，隐藏一辆吉普车，可以随时出动。一大队的卢俊亮带着两名分局同志，赶赴邮电局，和那里的负责同志一起，随时准备查询来电情况。

根据冯凯的推断，对方打电话的地点一定在官亭路电话亭附近，绑匪必须看得见交易人，才能更好地通过电话发出指令。所以，只要电话一打出来，机动组立即出动，因为距离很近，一定能锁定打电话的人。

和以往的集中行动不同，这一次的行动他们终于可以配备"高级货"了。尹局

第九章
交易的死角

长一声令下，市局刚刚为交警支队配备的对讲机，就被全部拿到了专案组来。虽然这时候的对讲机联络的距离不远，但覆盖官亭路周边区域是足够了。用尹局长的话说，这一次行动，他就负责给队员们配备好装备，给顾支队足够的权威。有了对讲机，冯凯顿时觉得鸟枪换炮了，虽然这个时候的对讲机很大，不利于隐藏，无法一边行动一边对讲，但是至少可以保持各个组在蹲守状态下的互相联系，这将大大提高行动的成功率。

在警力严重不足的二十世纪八十年代，这一次行动几乎动用了两个分局全部刑警警力加上市局刑警支队的一半警力。冯凯知道，不管结果怎么样，他们已经尽力了。

任务分配完成后，顾红星让大家全都回去好好休整，以待明天上阵。而他自己，则和冯凯一起，再次便装来到了杨谦宁家。

顾红星对杨谦宁夫妇没有隐瞒，一五一十地把他们的分析全部说给了杨谦宁夫妇听。最后提出要求，一是由高萍出面交易，女性可以降低对方的警惕性；二是绑匪很有可能通过电话指令高萍把钱交给骑车或者开车过来的人，从而缩短交易时间。在这个时候，他们肯定看不到孩子，但高萍必须听从指令把钱交出去。因为只有这样，才能进一步降低绑匪的警惕心，民警们才能通过跟踪顺藤摸瓜救出孩子。

在获得杨谦宁夫妇的同意后，顾红星忧心忡忡地离开了。之所以担忧，是因为杨谦宁夫妇的精神状态很不好。孩子被绑架、销赃业务被发现，对他们来说是双重打击。这一次行动的成功，必须建立在他们充分配合的基础上，他们必须不露声色地完成交易，否则绑匪一旦察觉有警方存在，很有可能会杀死孩子。

第二天早上6点半，也是昨天约定的就位时间，各组民警都已经穿着便衣、荷枪实弹地出现在各指定地点。

清晨的官亭路，早点摊很多，路上已经熙熙攘攘了。

顾红星站在餐馆二楼的指挥部，官亭路的情况一览无余。再三调整各组民警的蹲守位置之后，顾红星确定，无论是谁，也不可能从这么多人当中发现民警的存在。

等候工作开始了。

早晨7点45分，按照昨天的要求，高萍独自一个人步行来到了电话亭边，手里抱着装有3万块钱的黑色皮包。这几天，高萍一直都十分憔悴，此时更是多了一分紧张和恐惧。她缩着肩膀，抱着皮包，瑟瑟发抖。

"她看起来很紧张。"顾红星说。

"好事儿，不紧张的话，绑匪才会怀疑。"冯凯不知道从哪里摸出一把瓜子，靠在椅背上嗑着，"绑匪现在说不定也在看着她呢。"

时间就像是凝固了，秒针慢慢地在表盘上移动着。顾红星不时地看着手表，紧张地盯着窗外路边的高萍。

终于，8点到了。冯凯扔了手中的瓜子，拍了拍手掌，站了起来，说："电话应该快响了。"

又等了5分钟，电话并没有响起。

"绑匪不会是察觉到什么了吧？"顾红星担忧地说道。

"别急，没那么准时。"冯凯说，"你看那人，一直在看高萍。"

这么一说，所有人都聚到窗边，躲在窗帘后面往外看去。确实，距离高萍10米远的一个早点摊，一个穿着花衬衫、留着长头发的青年男子，一边吃着面，一边向高萍张望。

"真的不是打电话？"冯凯对自己之前的判断有些怀疑了。

男子吃完饭，站起身来，径直走到了高萍身边，和高萍说起话来。

"机动一组准备。"顾红星说。

"动手吧，等啥。"肖骏有些按捺不住内心的激动，说。

"不行，不能动，说好了，不见孩子不动手。"冯凯立即制止了他。

说了一会儿话，男子转身向一个小巷子走去。

"机动一组跟上，注意隐蔽。"顾红星对着对讲机说道。

"没拿钱。"肖骏说。

"我猜啊，是因为高萍比较漂亮，所以这人是去搭讪的。"冯凯说，"失算了，这要是搭讪的人多，我们机动组都不够用。"

顾红星瞪了冯凯一眼，心想真是多余担心，哪有那么多无聊的人。

又过了10分钟，对讲机里传来机动一组的声音："这人没有可疑迹象，直接进麻将馆打麻将了。"

"盯住。"顾红星说道。

"肯定是搭讪的。"冯凯担忧地说，"期望后面别再有搭讪的了。"

越是怕什么，越是来什么。在短短的十几分钟内，果真又有两个穿着花哨的男子来找高萍说话，看起来，冯凯猜的是对的。可是，不能放过任何一个人，必须每个人都有人盯。就这样，三组机动组居然已经用光了。

第九章
交易的死角

"怎么办？堵路口的人不能动。"顾红星的额头上沁出了汗珠，"秦天、肖骏，不行你俩准备吧。"

"行。"秦天把桌上的手枪塞到腰间的枪套里。

终于，他们隐约听到了电话铃声。

冯凯腾地一下从凳子上蹿了起来，盯着远处的高萍。高萍可能是由于长时间等待而心情过于紧张，她没有像昨天准备好的，让电话铃响几声表现出犹豫，再去接电话，而是猛地拿起了电话听筒。

"不好啊！这个表现会让绑匪疑虑的。"冯凯说。

正在此时，一辆卡车以非常缓慢的速度，经过官亭路，恰好遮挡住了高萍。

"被挡住了！"顾红星在窗后调整角度，想要看见高萍。

"不！不！我要看见孩子！"高萍的声音从卡车后方传来，很尖锐，他们在二楼都听得很清楚。

卡车开过，高萍重新出现在他们的视线里。此时电话亭里的电话听筒无力地垂在那里，而高萍正抱着皮包蹲在路边抽泣着。

"怎么回事？没交易成功？"顾红星急得一头是汗，对着对讲机问，"谁知道刚才发生了什么？刚才有人经过吗？"

对讲机里传来队员的声音："没有，刚才没人经过。"

顾红星拿过桌面上的电话机，这台电话机是昨天下午临时安装的，为了和正在邮电局的卢俊亮联系。他拨了个号码，对着听筒说："查到了吗？"

听筒那边传来卢俊亮的声音，显得更加焦急："查到了，是鞋厂的电话！但鞋厂只有一个号码，里面各个部门、车间的电话都是分机！我们没办法查到是哪个分机拨出的！"

冯凯快步跑到桌子上的地图旁，看了看地图，又从餐馆二楼另一侧的窗户向外看去。在距离餐馆 200 米远处，有一座五层的红砖小楼，楼顶竖着"龙番市森林鞋厂"的牌子。冯凯一拍大腿，他只想到绑匪为了看见电话亭，和电话亭的距离一定很近，但没有考虑到如果绑匪位置很高，也同样可以看见电话亭，毕竟绑匪不需要看得太清楚。更何况，冯凯的意识是陶亮的意识，他完全没有想到，在这个年代，大多数单位电话都是有分机的，这是行动部署的一个重大失误。

问题出现了，一来不知道绑匪电话的内容，二来鞋厂有大量工人，如果查不到分机号，就没法锁定是谁打的电话。

行动出现了重大变数。

"怎么办？"顾红星强行镇定地对着对讲机说，"各组人，现在还不能接近高萍，因为绑匪有可能还在观察她。封路的各组，没有必要留守了，秘密在鞋厂附近集结，封住所有的出口，出来一个，就派出一个人跟踪。"

冯凯知道，顾红星的这个指令，是目前最好的办法了。绑匪在交易不成之后，有可能会离开厂子，去想别的办法。最害怕的，就是绑匪恼羞成怒而杀死孩子。现在刚刚是上班时间，在这个时间点离开鞋厂的人就很可疑了。

冯凯的脑子在疯狂地转动，他突然想到了什么，问其他人："你们看到刚才的卡车是什么车了吗？"

"垃圾车，没疑点。"秦天说。

恰好此时餐馆的老板送了一瓶开水上来，冯凯连忙上前拉住他，问："你们这里的垃圾车是不是每天定点来运垃圾？"

"不是每天，是隔两天来一次，早上8点多经过这里。"老板说。

冯凯拍了一下大腿，说："我知道了！为什么绑匪定的是今天！定的是这个时间！因为他了解垃圾车的经过规律！我猜他是让高萍把钱扔进垃圾车里，然后派人去拦住垃圾车！结果高萍没有配合，不愿意在没见到孩子之前扔钱！"

"有道理。"所有人都附和道。

"也就是说，拦车的人，此时并不一定知道高萍没有把钱扔进去的事，还有可能按计划去拦车！"顾红星说，"楼下有车，走，冯凯、秦天、肖骏，我们跟过去。两位局长，你们在这里继续指挥包围鞋厂的行动。"

吉普车在1分钟后发动了，冯凯开着车，疯狂地朝垃圾车消失的方向驶去。

在这个年代，没有固定的垃圾点，一般都是垃圾车慢慢地在人员密集的场所行驶，有人要丢弃垃圾，就到路边来喊住垃圾车。在驶出人员密集的官亭路后，垃圾车就恢复了它的行驶速度。好在冯凯他们没有耽误太多的时间，第一时间就驾车追赶了，所以在开出1公里之后，垃圾车就进入了冯凯他们的视线。

冯凯减慢车速，在垃圾车后方远远地跟着。

一路上，并没有人拦住垃圾车，垃圾车也没再经过人员密集场所而减速，而是直接开过了大约3公里，来到了龙海区垃圾场。司机把车上的垃圾倾倒在像小山一样的垃圾堆边，停好车，一边哼着小调，一边向垃圾场的办公楼走去。

潜伏在不远处吉普车里的秦天说："一路上没人接应，你说司机会不会就是绑

第九章
交易的死角

匪？他通过后视镜是可以看见高萍有没有把钱包扔进车里的。"

"为了防止绑匪伤害人质，秘密抓捕，肖骏你在车上留守。"顾红星下达了命令。

三个人从吉普车上下来，分三路向办公楼包抄过去。

垃圾场的司机此时正坐在办公室里，只有一个人，也没有动桌上的那台电话，而是抱着一个茶杯悠闲自得地喝茶。

"怎么看，都不符合绑匪的心理特征。"冯凯对顾红星说完，一脚踹开了办公室大门。

"干什么，干什么？光天化日下抢劫吗？"被按倒在地的司机大声地叫道。

第一反应不是警察，而是抢劫犯，这更不像是绑匪的心理了。见司机已经被铐在椅子上，冯凯走到桌边，看见一本出勤记录。

"不是他。"冯凯小声地对顾红星说，"9月5日上午绑架发生的时间，他在出车。每隔两天出车一次，5号完了，正好是今天，8号。他没有作案时间。"

"怎么办？"顾红星脸上出现了沮丧而焦急的表情。

冯凯看着一脸无辜和疑惑的司机，问："这个电话也是分机吗？能打外线吗？"

"先拨0。"司机说。

冯凯连忙拨通了专案组电话。接电话的局长说："我正准备让人去找你们呢。刚才小卢从邮电局打来电话，鞋厂的那个电话在挂了电话亭的电话后，又拨了个号码，是一个集体公用电话，在龙海垃圾场附近。"

"快，告诉我具体位置。"冯凯重新兴奋起来。他知道，这个电话很有可能是绑匪甲通知绑匪乙的电话，有可能就是通知他不要去拦车，或是不要去垃圾场找钱包。如果悲观一点，还有可能是通知他撕票的电话。

要找到这个公用电话，只要这个电话旁边有人，就能知道是谁在这里等电话、接电话，从而也就知道绑匪乙是谁了。冯凯知道，他们必须要赶在绑匪乙有可能撕票之前，找到他、抓住他。他们很有可能在这个关键的节骨眼上找到杨巧剑。

"没有时间了，我们赶紧的！"冯凯拉上顾红星，向吉普车跑去。

"你们俩看住这个司机，把该问的话都问了。"顾红星对着守在吉普车边的肖骏喊道。

"知道了。"肖骏扔了手中的香烟，说道。

冯凯一脚踩下油门，向龙海垃圾场附近的那个具体地址，风驰电掣般驶去。

燃烧的蜂鸟

迷案1985

第十章 凶村

1

冯凯原本以为垃圾场的旁边，通常都是没有什么人居住或者逗留的。但按照分局长给的具体地址来到了这个集体公用电话前面，他却大吃一惊，这里的人还真不少。

即便垃圾场散发出来的那种酸臭、腐烂的气息充斥了整个区域，但很多进行废品生意的人并没有那么在意，他们选择靠近这座面积不小的垃圾场开店，就是为了方便做生意。这些店主不会自己去垃圾场里翻找垃圾，而是回收那些在垃圾场里度日的人收回来的废品，然后再销售出去。

一条百米长的街道，一侧是收废品的店主们用砖头或木板临时搭建起来的店铺，面积都很小，每两个店铺之间也只空着几米的距离；另一侧是店主们堆放纸盒、塑料瓶等废品的"仓库"，所谓的"仓库"也不过是用一块大大的雨布遮盖起来的可回收垃圾的垃圾堆。

店主们一般都会坐在自己搭建起来的"店铺"里，脚边放着一个大磅秤，有的旁边也停着三轮车。店主们等候着那些拾荒者或流浪者的到来。等交易成功，店主再让拾荒者或流浪者把废品扛到街道对面，自己掀开雨布，让他们在里面把废品整齐码好。

顾红星和冯凯此时已经把吉普车停在了这条废品街道的拐角处，然后步行来到一座"仓库"的后面，隐蔽着观察这一条街道的情况。

"我好笨啊，我早就该想到绑匪是收废品的。"冯凯小声说道。

"为什么？"顾红星一边观察一边问道。

"你想想，有三轮车、了解垃圾车的运行规律，这样的人，肯定和废品行业有关啊。"冯凯说，"说不定，做销赃生意的杨谦宁也和废品行业有联系啊，比如修不好的机器当废铁卖掉，或者从废品站这里收一些能修好的、被人扔掉的收录机，修好了再销售。"

第十章
凶村

"那也来不及回去问杨谦宁和哪个废品行业的人熟悉了。哦,是半熟不熟。"顾红星说。

"那肯定来不及。"冯凯说,"我们不能离开,得盯死这里。对了,这个位置,是不是你在地图上画的大圈和小圈之间?"

"在大圈里,也就是说邮筒离这里不远。"顾红星说。

"那就对了。"

此时,他们略微放心了。因为眼前的这些废品铺子都是自建的,只简单地搭了三面墙和一个屋顶,没有人会在这里大兴土木地盖一个可以睡觉的、有隔间的屋子。店铺很小,站在门口就看得见里面的全部,所以即便绑匪是这里的店主,也没有办法把孩子藏在店铺里而不被人发现。对面的"雨布仓库"就更没办法藏人了。因此可以肯定,孩子不在这里。既然不在这里,鞋厂的绑匪甲电话联系了这里的绑匪乙,这里的绑匪乙也不可能做到马上杀死孩子。而鞋厂那边,也同样被盯死了。

"绑匪只可能有两个人。一人在厕所,一人在园丁室。"冯凯回顾着之前的推理,说,"哪怕园丁室的绑匪有一个帮手,他制服杨巧剑的时候都不会那么费劲。所以,只要孩子现在还活着,我们就有很大的可能性救出孩子。"

所谓的集体公用电话,可能是这里所有的店主集体向邮电局申请的电话,和公用电话亭的电话一样,摆放在街道口一个同样是自建的小屋子里。这个小屋子应该是店主们为了电话专门搭建的,里面只有一张桌子,上面放着一台电话,连椅子都没有。可见,一般情况下,店主们在需要用电话的时候才过来。

"刚才走过来的时候我扫视了一圈,所有店铺都是开门的,都有人。"冯凯小声对身边的顾红星说,"而且这些小店铺里都只能坐一个人,店主让卖废品的人出力气,店铺里就没必要用两个人了。"

"你是说,绑匪现在还在店里坐着。"顾红星说。

冯凯点了点头,说:"我们出去打草惊蛇,说不定就把他惊出来了。"

"不行!"顾红星制止了,说,"为了孩子的安全,即便孩子不在这里,也不可以用这一招。"

"这里的店铺至少有15家,那我怎么能知道是谁?"冯凯说。

"我们先冒充卖废品的,走一圈看看怎么样?"顾红星问。

"你看街道上那些卖废品的,都是常年和垃圾打交道的人,穿戴都破破烂烂的。"冯凯笑着说,"你看我俩,虽然不能算衣冠楚楚,但也是道貌岸然啊。"

267

"道貌岸然是贬义词。"顾红星说,"没关系,我们试一试,可以说是有大量纸盒,让他们派人去运。"

"装老板啊?那是我强项。"冯凯说,"我们来装一把道貌岸然的老板。"

两人商量了一下,决定从电话屋开始侦查。

电话屋里没有人,电话也安安静静地躺在那里。在这个年代,人们对打电话还没有形成习惯。绑匪距离电话这么近,都依旧是用写信的方式。顾红星盘算着,如果这台电话使用率不高的话,是不是可以在抓获绑匪之后,对电话进行一个指纹提取。找到了绑匪的指纹,也算是给证据链的完善多上一层保险。

冯凯则没有考虑那么多,他走到了距离电话屋最近的一家店铺门口,他家大约离电话屋有 5 米距离。

"你们这还有电话啊,很高级。"冯凯开启搭讪模式。

"电话又不是什么稀罕东西。"店主正忙着算账,头也不抬地回答道。

"这电话不经常用吧?我觉得你们这行用不着啊。"

店主没理冯凯。

"我看这电话得有好几天没人用了吧?"冯凯还在有一搭没一搭地问着。

顾红星知道,这家伙是想套出店主的话来。

店主抬起头,用怀疑的目光盯着冯凯,问:"你们是干什么的?"

"哦,我是造纸厂的。"冯凯想起了之前办的案子,灵机一动,说,"有很多人送我们那化纸浆的东西,有些能化,有些不能化,我就想着是不是能卖给你们这儿。"

店主似乎来了兴趣,放下手中的笔,说:"你们造纸厂不是在郊区吗?郊区没干我们这行的?"

"不是想看看有没有出高价的嘛。"冯凯讳莫如深地说,"这些钱本来是要交公家的,但是有差价的话……"

店主立即点头,表示他心领神会,说:"可是,造纸厂太远了,运过来也要人力成本,再开高价,我们就没的赚了。"

"是吧,所以我才问问电话能不能用。"冯凯说,"好联系的话,我们也可以自己找人力。"

店主双眼放光,说:"能用的,当然能用。不过,想打出去的话,只有这条街的店主能用,要先拨个'码'才行,每个人一个码,自己结电话费。"

在那个科技不发达的年代,为了公平的 AA 制,也还真有千奇百怪的办法。

第十章
凶村

"但我看着,好像很久没人用了。"冯凯试探道。

"怎么会,刚才还有人用。"

"哪家店主啊?"冯凯乘胜追击。

"哟,这我还真没注意。这街上来来往往的人,谁会注意这个啊。我就听到电话铃声儿了。"店主为难地说,"不过,这和你卖货有什么关系啊?"

"随便问问。"冯凯顿时像泄了气的皮球,说,"那我知道了,我再看看啊。"

"不是,你这还没谈价格呢。"店主说,"这条街,就我家价格最公道了。"

"我得去看看谁家的'仓库'大。"冯凯嘿嘿一笑,说,"说不定我还会回来。"

"你也别沮丧,虽然没有直接的线索,但可以断定我们之前的推断和小卢查来的地址都没错。"顾红星看穿了冯凯的心思,说,"绑匪肯定在这条街上,而且肯定是店主,就看我们有没有那么好运了。"

"好运?"冯凯似乎又来了精神,"你有什么办法吗?"

顾红星正准备开口,面前正好经过两名拾荒者,顾红星连忙收声,默默地朝前走去。冯凯则跟着顾红星,小声说:"你找,我看你眼色。"

顾红星抬腕看了看手表,说:"得抓紧了,到了中午下班的时间,鞋厂那边工人一起出厂门,他们就封不住了。"

冯凯一想也是,如果他们这边抓不到线头,鞋厂一下班,绑匪很有可能就会混出厂去,那样杨巧剑就危险了。

"好运"还是降临了。

顾红星一路走,一路看,终于在街道中段的一家废品店门口站住了。冯凯很了解顾红星,虽然在几年的时间里,他因为经受了太多的历练而沉着镇静了许多,但是此刻,冯凯在他白皙的面颊上依旧看到了熟悉的兴奋的红晕。

冯凯顺着顾红星的目光看去,前方是这家废品店挂着的招牌。招牌是木质的,从其斑驳的程度看,有一些年头了。招牌上,用红色的油漆写着"收废品"三个大字。

站在店门口死死地盯着招牌看,显然是不正常的。冯凯若无其事地朝店主和店铺内部看了几眼,瞄到店铺门口停着的正是一辆大号的三轮车,便拉起顾红星,继续向前走去,直到拐过一个弯,才停下来,躲在了一座"雨布仓库"的背后。

"就是那家。"顾红星因为极度兴奋,似乎有些喘粗气。

"对,没错。"冯凯也笃定地说。

顾红星有些好奇为什么冯凯也是一个反应,先说起了自己的判断依据:"我知

道是这个人，是因为我们之前做了笔迹鉴定，绑匪在写一些字的时候有特征。宝盖头，他要先写盖再写点，且两者交叉；写'亭'也是这样，先写横再写点，同样交叉。没想到，他写'广'字头居然也是先写厂，再写点，且两者交叉。这种书写习惯很少见，既然在这里碰见，多半就是他了，不会有那么巧的事情。"

红色油漆配漆刷写出来的字体层叠结构，比用笔在纸上写的字的层叠结构更加明显。

"是啊，他的三轮车车斗，还用砖头压着园丁室的化肥袋呢。"冯凯赞同，补充道，"不是他还能是谁？"

"运气好啊，我之前就一直想找这个书写习惯的，但我又担心写信的人是鞋厂的那个绑匪，如果是那样的话，我们就不可能在这里找到线索了。"顾红星说。

"也不一定，毕竟有化肥袋。"冯凯说，"不过要不是你发现，这么隐蔽的位置，我也不一定看得见。那现在怎么办？抓了他？"

"万一不交代呢？"顾红星摇了摇手，说，"他知道鞋厂再过一个小时就下班了，他要是硬挺着不交代，孩子怎么办？"

"那你说怎么办？"

"你说这两个人，谁是主犯？"

"肯定是这个店主。"冯凯说，"这个店主有50多岁了，鞋厂的工人应该都很年轻吧？年纪大的做主，这应该是规律。"

"还有，一般情况下，主犯会亲自书写勒索信。"顾红星点头认可，"而且会亲自接触赎金。"

"然后呢？"

"然后，你觉得这个主犯会无条件相信从犯吗？"顾红星说，"他刚刚接了电话，会不会也在怀疑从犯呢？"

"我知道了！"冯凯拍了一下顾红星说，"欲擒故纵对吧？这种招儿一般都是我想出来的，没想到你现在也可以啊！"

"只是我还没有具体落实的方案。"

"看我的吧，你配合我。"冯凯说。

两人重新回到了街道上，向目标废品店走去。在快要经过废品店的时候，冯凯故意用较大的声音，像是和顾红星讲故事一样，说道："我跟你说，要看好自己家的小孩哦，哎哟，吓死人了！"

270

第十章
凶村

"啊？怎么了呢？"顾红星也努力让自己的声音大一些。

"我大姨夫的侄女家的小孩，被人绑架了！"

顾红星被冯凯绕得有点晕，恍惚了一下，口气有点造作："哦，是吗？绑架啊？绑小孩啊，好吓人啊！"

"可说呢！幸亏事儿没闹大，我刚听我大姨夫说，他们凑了钱，已经交给绑小孩的人了。"冯凯说，"几万块钱买了个平安，啧啧，钱可真不少。"

"那小孩呢？他回家了？"顾红星心领神会。

"是啊。"冯凯说，"平安回家，算是破财消灾了。"

"可真有钱啊！好几万！那绑匪不成'万元户'了？"

"是啊，也不知道那绑匪是怎么拿的钱，精的咧！但这钱也不是好赚的，万一报警了，掉脑袋。"冯凯说话的时候，一直用余光观察几米之外的店主。但这个店主似乎丝毫不为所动。

走过了店铺，两人再次躲回了"雨布仓库"后面，观察着店主的一举一动。

这个店主似乎像是没有听见一样，一直像一尊木雕似的坐在凳子上，看着面前桌上的账本。

"他一页都不翻，肯定不是真的在看什么，而是在思考。"冯凯说，"别急。"

"能不急吗？"顾红星看了看手表说，"还有40分钟。"

过了一会儿，店主终于坐不住了，他站起身来，合起账本，锁了店铺的门，急匆匆地向西边走去。

"成了！"冯凯兴奋地说道，一边拉起顾红星，远远地跟着。

对中国刑事警察学院侦查系毕业的侦查员来说，外围跟踪是一门必不可少的课程。如何保持适当的距离，如何隐藏自己的行踪，如何不被被跟踪人发现，冯凯对这些了如指掌。

就这样，一人在前，两人在后，行走了大约2公里，顾红星小声说道："你看右边，那就是寄信的邮筒。"

"看来快了。"冯凯加紧了脚步，缩短了自己和店主之间的距离。

又走了500米，这一片区域的人迹明显减少了许多。远处出现了一个很小的村落，应该是一个小型的城中村。店主径直走向城中村中间的一个小小院落，快靠近院门的时候，开始摸腰间的钥匙串了。

"到了！我抓人，你救人。"冯凯说完，就像一只猎豹，猛地向店主扑了过去。

271

50多岁的店主自然反应没有那么快,当他意识到背后有人,准备想跑的时候,冯凯距离他只有2米的距离了。冯凯一招饿虎扑食,冲了过去,用"抱膝压伏"的擒拿姿态把店主放倒,然后坐在他的腰间控制住了他全身。

"我×你妈,刘三狗!我×你妈!"店主歇斯底里地喊道。

此时顾红星也已赶到,他手里提着六四式手枪,利用冲刺过来而形成的惯性力量,一脚端开院门,冲了进去。

"孩子在里面。"顾红星的声音从院内传出,"安全。"

冯凯顿时放下心来,笑嘻嘻地对胯下的店主说:"说说吧,刘三狗真名是什么?"

"你们是公安!你们居然骗我!"店主也听见了孩子平安的报信,此时已经意识到自己中计了,更加歇斯底里地喊着。

"谁说公安不能骗人的?"冯凯说,"快说,刘三狗的真名是什么?你说出来,我们就算他是主犯,你是从犯。"

急于减罪的店主几乎没有思考,连忙回答道:"刘前进,鞋厂的刘前进,我外甥。"

"那你还真是畜生,他妈是你姐啊。"冯凯调侃道,"哦对了,刚才那句主犯、从犯也是骗你的。"

虽然因为高萍临时不愿意把钱扔进垃圾车,导致后来的侦查出现了一些波折,但好在运气不错,案件还是侦破了。两名犯罪嫌疑人王强和刘前进分别在不同的地方被抓,杨巧剑也从这个偏僻的小院里被解救了出来。

杨巧剑被救的时候,全身捆着麻绳,嘴巴也被绳索箍住无法发声,但毕竟是小孩子,生命力旺盛,所以在被顾红星松绑后,还可以自行走路。

整起案件能顺利侦破,在于整个过程中的关键推理都是正确的。两名犯罪嫌疑人是舅舅和外甥的关系,因为外甥赌博,欠下了不少欠款,于是来找舅舅帮忙。舅舅自然拿不出几千元钱,于是心生歹念,准备实施一起绑架案,一来帮外甥还债,二来自己就可以直接成"万元户"了。

选来选去,他们把目标选中了杨巧剑。杨谦宁家境殷实,还做着非法的买卖,应该有钱。刘强曾经以收废铁、废料的价格在杨谦宁那里收了不少无法修复的收录机和音箱。他知道杨谦宁家的大致住址,但不知道具体门牌号。他心想,杨谦宁的钱都是赃钱,即便他勒索了这笔赃钱,杨谦宁也未必敢报警。

开始,他们是准备暑假期间在杨谦宁小区门口动手的。但是那个地方人员密集,他们甚至连踩点都没法踩。于是,他们就等到孩子开学,准备骗孩子走的。结

第十章
凶村

果杨巧剑很聪明，在被搭讪后，直接去找了同学一起走。

勒索信都写好了，却一直没机会动手。就在一筹莫展的时候，他们突然看到了学校张贴出来的去市民广场瞻仰烈士纪念碑的活动预告。这预告是写给孩子家长看的，毕竟那时候没有什么微信群、QQ群，通知家长进行活动准备，就只能用这种办法。没想到这一纸活动预告，却给了王强他们可乘之机。王强和刘前进密谋之后，利用孩子愿意学雷锋做好事这一特点，策划一出以借卫生纸为理由，把孩子骗去无人的地方，再将其约束捆绑运走的办法。现场园丁室的打斗痕迹，就是刘前进和杨巧剑打斗时形成的。其实，刘前进制服杨巧剑是可以的，但要让杨巧剑乖乖躺在三轮车里不被人发现是很难的。刘前进最后还是把孩子打晕，才勉强把孩子运了出去。

本来他们策划好，刘前进在自己车间里就可以观察到高萍的行动，用电话指令高萍把钱扔进垃圾车，然后电话告知王强，王强会在垃圾车卸完垃圾后，去垃圾场里找。这样操作下来，可以说是神不知、鬼不觉，天衣无缝。可是没想到等候在电话机旁的王强居然接到了高萍没有扔钱的报告，心里很是郁闷。在听到冯凯说高萍和刘前进私下进行了交易后，他心中不禁打鼓。难道刘前进真的独吞了赃款？他又是什么时候把孩子带出去的？

想了很久，王强觉得不能相信一个赌徒，于是决定回去看看孩子究竟还在不在院子里。

至此，案件顺利破获，孩子顺利得救。

2

和当年破获系列盗窃案一样，这一次，当冯凯开着警车，把杨巧剑完好地交还给杨谦宁的时候，附近的居民都自发来到了楼下，用掌声给予民警们最真诚的感谢。如果不是看到整个收音机厂宿舍院内都站满了群众，冯凯还不知道这一起案件的影响居然这么大。

任何一个案件的破获，都不仅仅是对犯罪行为的打击，更是对怀恶之人的震慑和对群众的抚慰。

杨谦宁和高萍更是千恩万谢。高萍临时反悔，不愿意交钱，之后也是后悔万分，原以为孩子会有生命危险，至少也得受到伤害，没想到警方把孩子"完璧归赵"，这让他们庆幸不已。杨谦宁则向警方表示，会如实交代自己参与销赃的违法

行为，而且会给警方提供更多关于销赃的线索。

当然，这些事情顾红星直接交给了治安支队去办，因为他和冯凯此时都已经没心思顾及这些收尾的工作了。

把孩子送回家后，顾红星和冯凯直接回到了局里。

冯凯拿出车匪路霸案件的统计表格，一行行地看着。

"金苗怎么会和车匪路霸搞到一起去？"顾红星说。

"我看多半是被胁迫的。"冯凯说，"她在广州，见过大世面，车匪路霸利用的就是她的这个特长。"

"总不会是在蔡村案之前，金苗就已经和车匪路霸勾结到一起了吧？"顾红星说，"是车匪路霸帮金苗杀死了林倩倩？也不会啊，现场没有发现其余人的指纹了。"

"4月6日，这个时间点，发生了很多事啊。"冯凯手指着表格上的时间，意味深长地说，"4月6日晚11点多，金苗家里起火。但这起案件，时间点也很有意思啊。"

顺着冯凯的指尖看去，表格上简短地记录了一起案件：4月7日凌晨3点左右，在金夏镇的乡村公路上，一名叫赵光强的货车司机停在路边短暂休息，结果被一伙人拉开车门，实施抢劫。但这些人要的是赵光强身上的现金，对货车里拉的货物毫无兴趣。这一伙人蒙面，为首的是一个扎小辫的男人。赵光强身上的15元现金被抢劫后，他立即开车逃离了。

"金夏镇，那就是蔡村附近的镇子啊。"顾红星似乎明白了冯凯的意思。

"对，这个案子因为受到蔡村命案的影响，没有人去及时办理。实际上，这个案子，是一个转折点。"冯凯说，"在此之前，4月3日，你催着我办的韦星报的偷煤案，还记得吧？"

顾红星点了点头。

"4月7日以前，这伙人一直是偷煤的。在韦星报案之前，肯定也偷，只是没被发现。"冯凯说，"直到韦星发现后，这伙人认识到，偷也会被发现，不如直接抢。抢到的是钱，比偷煤要高效得多。"

"可他们只抢了15块钱，不多。"顾红星说。

"重点不是多少钱，而是这伙人并没有抢赵光强的货。"冯凯说，"但抢钱只有这一次，之后的案件你再看看，全都是抢货，而且是抢走私货车的货！"

"你是说，发生如此特殊的转变，因为背后有人指点？"

"对，我怀疑背后的人就是金苗！"冯凯说，"4月6日晚11点金苗潜逃，当时

274

第十章
凶村

我们说了,她没有交通工具,甚至可能身上都没带钱,只能靠走路。走路肯定走不远,而且一个女孩子大半夜独自行走,很有可能成为被侵害的目标。到凌晨3点,她说不定就被车匪路霸在金夏镇发现并挟持了。为了保命,她只能帮他们出谋划策。"

"有了她的出谋划策,车匪路霸的作案手段一直在升级,是吧?"顾红星觉得很有道理。

"是啊,先是专门抢劫走私货物。等到报纸上报道了海关大力打击走私之后,她知道很难再对走私货物下手,于是开始明目张胆地对正常货车进行抢劫。"冯凯说,"可能是对金钱的渴求日益增大,他们不仅抢货,而且抢钱。为了不被警方诱捕,他们甚至还专门去城里偷了自行车,突破自己原来的活动范围,到更远的地方去抢劫。这样的智商,这样的反侦查能力,绝对不是那些偷煤的农民突然拥有的。目前唯一还解释不了的,是他们为什么要烧车。"

"那恐怕只有抓住了他们,才能知道了,毕竟连司机都摸不着头脑。现在,他们有了交通工具,活动范围迅速扩大,我们就很难总结他们的活动规律了。"

"他们要的,就是没有活动规律。"冯凯说,"现在在我们的警告下,货运公司都开始注意了,采取了一系列措施防止被抢劫。但这种警惕只是暂时的,时间长了,他们仍会麻痹。"

"所以,我们得抓紧把这伙人打掉。"顾红星狠狠地点了点头,说,"你现在的策略是?"

"通过对销赃店铺的蹲守、盯梢,守住骑着自行车来销赃的人。"冯凯说,"我们详细登记了被抢货物的品牌和数量,包括外包装的样式我们都调查清楚了,所以很容易揪着这伙人的尾巴。"

"跟踪,然后捣毁。"顾红星说,"那好,我们马上就落实此事。"

接下来的三天,冯凯和顾红星在销赃的烟酒店对面找了一家茶馆,天天坐在靠窗户的桌子前面喝茶。名义上两个人是在谈生意,实则通过近距离观察烟酒店,想找到销赃人员的踪迹。

可是,别说来销赃的人了,这三天连顾客都没有几个。冯凯和顾红星在这三天中最大的收获,就是通过派出所查清楚了这个烟酒店老板的底细:占龙,40岁,未婚,独自经营这家烟酒店。店铺是他花钱租来的,而自己则住在距离店铺1公里的一个小院落里。那个用来储存赃物的小仓库,是他亲舅舅以前的住房,现在是无偿

给他使用。

当然，这些消息对冯凯来说毫无用处，他现在唯一的希望，就是销赃的人会来交易。

这个郊区的商业中心，每天都有无数辆载物的自行车经过，冯凯瞪大了眼睛，丝毫不敢懈怠，可依旧毫无所获。

到了第四天的早上，冯凯和顾红星又准时来到茶馆，可是等了一个多小时，这家烟酒店居然一直没有开门。

"你说，这是什么情况？"冯凯有些着急了，"会不会是我偷走了仓库的字条，被他发现了？会不会是他现在知道在风头上，所以通知了销赃的人？"

顾红星也觉得有些不对，按照冯凯之前窥探得来的消息，这家烟酒店的生意还不错。可在他们进行蹲守的时候，居然三天没有一单生意，现在第四天甚至直接关门大吉。顾红星想了想，说："事不宜迟，既然我们知道了占龙的住址，不如直接上门探一探虚实。"

这个提议正合冯凯的意，两人连忙骑上自行车赶往1公里之外占龙的住处。

这片区域位于郊区，主要是一些四合院，占龙的住处是一处独门独院的小院落，院门虚掩着。

"看来没跑。"冯凯稍微放心了一些，轻轻地推开了院门。

院子里是一座小平房，看起来只有两间。有大门的那间，可能是客厅；旁边那间只有一扇窗户，估计就是一间小卧室了。

冯凯蹑手蹑脚地走到窗户旁边，朝里面看去。窗帘是拉开的，卧室内的情况一览无余。占龙此时正睡在床上，身上盖着一条毛毯。

"还在睡觉。"冯凯小声说道，"不然我们直接冲进去，抓起来讯问吧。"

冯凯知道，既然用一张字条就能取得占龙的信任，说明金苗和占龙很可能是比较熟悉的。既然这样，这帮车匪路霸究竟是哪个村庄里的人，占龙应该会知道。

顾红星思考了一下，同意了冯凯的意见。

冯凯走到门口，猛地一脚踹向大门。大门是暗锁，此时被踹得木屑横飞。冯凯踹开大门后，一个箭步就冲到了客厅旁边的卧室里，饿虎扑食一样压在了占龙的身上。

冯凯一压上去，就感觉不对劲了。正常情况下，占龙应该会剧烈挣扎，可冯凯压上去的时候，感觉身下是一个硬邦邦的躯体，占龙甚至没有做任何挣扎的动作。

冯凯一惊，连忙用手指探了一下占龙的鼻息。哪里还有活人的气息？

第十章
凶村

"糟糕！他死了！"冯凯惊叫起来，连忙跳下了床。

此时顾红星也进了屋，他凝重地看了看床上的占龙，说："他脖子上有勒痕，是被人杀了！"

"怎么会这样！"冯凯全身的鸡皮疙瘩都起来了。

"唉，我们不该又使'欲擒故纵'的招数。"顾红星很后悔地说道，"要是我们直接把他抓起来审讯，他也不至于丢掉性命。"

"你是说，他是被车匪路霸那伙人干掉的？"冯凯问。

"不然呢？"

"不一定吧？"冯凯说，"这人干销赃的买卖，等于是混黑道的，会不会是竞争对手干的？"

"不管是谁干的，都糟糕透顶了。"顾红星说，"一来，车匪路霸的案子我们丢失了唯一的线索；二来，又多了一起命案要破啊。"

"我去找个电话，喊卢俊亮他们过来。"冯凯很是郁闷，说，"你在这里负责保护现场。"

冯凯走后，顾红星走到客厅和卧室之间的地方，蹲了下来，仔细观察着现场。因为今天是出来蹲守，所以他没有戴手套等防护物品，此时不能在现场过多走动，防止破坏现场。蹲在这个位置，可以观察这个平房里的物品摆设情况。

屋子里显得很平静，没有发现什么打斗的痕迹。客厅的摆设很简单，东边靠墙有一组木头打的沙发，虽然做工很粗糙，但看起来很有分量。沙发靠着墙壁，上面堆放着一些衣物。西边是一张方形的餐桌，上面还有一碗咸菜和半碗米饭，看起来是剩饭。

客厅西侧的卧室面积很小，里面只能放下一张一米五宽的床和一个大衣柜，这样就已经把整个卧室撑满了，只剩下可以走进去的通道。床上的凉席和毛巾毯也都很整齐，没有打斗、翻乱的痕迹，死者的一双鞋放在床边地面上，摆放得也很整齐。

这个现场看起来完全不像是杀人现场，如果不是死者脖子上那道深深的勒痕，看起来就像是一个心脏病突发的自然死亡现场（占龙死亡现场示意图见第278页）。

现场房屋很小，在冯凯打完电话回来的时候，顾红星已经把大致情况尽收眼底了。这样的现场，能不能找到线索，他心里是没有底的。

冯凯垂头丧气地走进了小院，一见顾红星就说："刚才我想了想，确实最大的

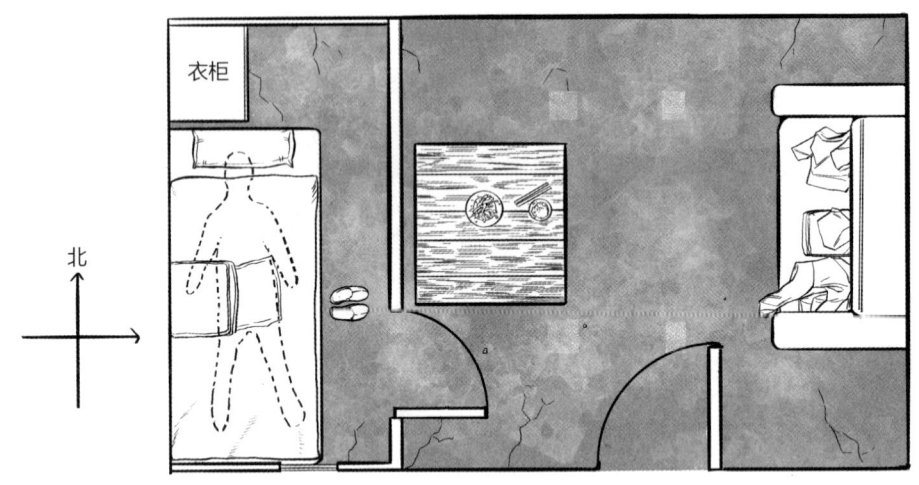

占龙死亡现场示意图

可能性是车匪路霸来灭口。也许我偷走了字条，被占龙发现，占龙通知了车匪路霸，结果给自己招来了杀身之祸。"

"你看，占龙穿着裤衩，光着上身，这是在睡觉时候的衣着。如果他真的是晚上睡觉时候被杀的，而门锁都没有坏，凶手是怎么进来的呢？"顾红星问。

"敲门入室，熟人作案。"

"对！"顾红星说，"再加上现场这么平静，连打斗痕迹都没有，更证明了这一可能性。"

"可这帮车匪路霸的手上之前是没有人命的。"冯凯说。

"这可不好说，毕竟占龙很有可能直接把他们供出来，他们不想被抓，只能铤而走险。"顾红星说，"当然，到底是不是这帮车匪路霸所为，还需要进一步的证据支撑。"

说话间，卢俊亮和几名郊区分局刑警队的队员已经坐着吉普车赶到了现场。

"你把工具给我，我和几名技术同志对现场的重点位置刷一下，看能不能找到新鲜指纹。"顾红星接过卢俊亮的勘查包，说，"你就在院子里对尸表进行检验，尽可能地寻找一些线索。冯凯，你配合卢俊亮。"

分工完毕，冯凯和卢俊亮一起，用毛毯裹着尸体，把尸体抬到了院落中心。院子中心垫了一张凉席，尸表检验工作就在这里进行。

278

第十章
凶村

占龙的尸体已经尸僵强硬,尸斑也已经形成,卢俊亮把尸体温度计插进尸体的肛门,量出来的尸体温度是 30 摄氏度。卢俊亮按照课本上的教程,死者死后前 10 个小时每个小时温度下降 1 摄氏度,如果是夏天,就要乘以 1.4,得出的结论是死后 10 小时。而此时是上午 11 点,这说明死者应该是今天凌晨,也就是 9 月 12 日凌晨 1 点死亡的。

这个时间点,确实应该是睡觉的时间。

尸体其他位置没有损伤,唯一的损伤就在颈部。他的颈部有一条索沟,宽 1 厘米,这说明勒死他的绳子很粗。绳子只绕了颈部大半圈,也就是在颈部的前面和两个侧面有深深的索沟,而在双侧的耳后提空了。

卢俊亮说,严格意义上说,这是缢死。所谓的勒,是指绳子完全绕颈,用均匀的力量勒住脖子导致窒息,此时索沟是均匀的。而缢则是有"提空"的现象,缢的作用力是死者自己的体重。可占龙脖子上虽然是缢沟的形态,但他并不是缢死的,而是处于一个较低的位置,被人用"套白狼"的方式,用绳子压迫脖子而窒息死亡的。

确证这一点的损伤是索沟周围有很多指甲痕,而占龙的双手指甲里都有皮屑。

从小看《名侦探柯南》的冯凯知道,在日本,这种损伤被称为"吉川线",是死者被勒住脖子后,下意识地用手指抓绳子,在绳子周围的皮肤上留下的抓痕。这

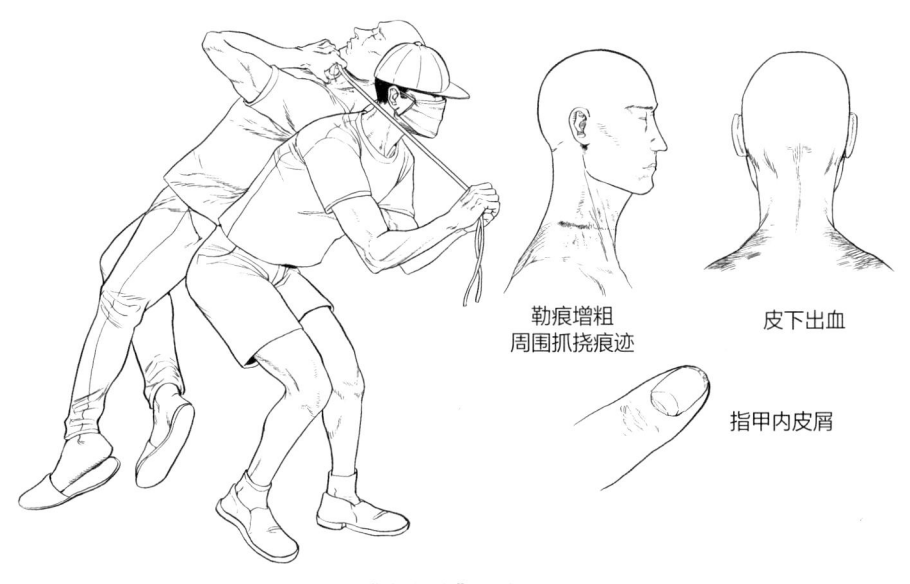

勒痕增粗
周围抓挠痕迹

皮下出血

指甲内皮屑

"套白狼"示意图

种损伤，一般是可以证实死者是被别人勒死的依据。

占龙颈部的索沟不是规则的条形，在他颈部右侧，出现了大约长度为4厘米的索沟突然增粗的痕迹，而且这一段增粗的痕迹，似乎是4～5条宽约1厘米的长方形组成的。

冯凯正要研究研究这一段绳索突然增粗的区域究竟是怎么回事，卢俊亮突然喊道："你看，死者的项根部有伤。"

所谓"项根部"，是指颈部后侧，和两侧肩膀连接的部分皮肤。在这个位置，可以隐隐约约看到有黑紫色的印记。冯凯知道，这用法医的话来说，叫作"挫伤"，又或是"皮下出血"。

此时顾红星已经走到了冯凯和卢俊亮的身边。他在家具和门边刷出来的几枚指纹，都是死者的指纹。他知道，在一个正常居家的房子里，想找到非主人的指纹，除非能进行冯凯所说的"现场重建"，否则就是大海捞针。所以他把刷指纹的任务交给了几名技术员，而自己则来看看尸体上有什么线索。

"师父你看，这弧形的损伤，是不是能说明什么？"卢俊亮问。

顾红星走到了蹲在地上的冯凯的背后，用膝盖顶住冯凯的两肩之间，又用双手托住冯凯的下巴，往后一拉，说："你看，死者的颈部索沟可以判断，就是这样勒死人的。我的膝盖是衬垫物，我的手是绳子。"

"那是缢死，不是勒死。"卢俊亮吹毛求疵。

"把你法医的术语都收起来，我们能听懂就行。"顾红星接着说，"如果死者的项根部衬垫着一个弧形的物体，因为绳索持续在颈部作用，是不是就会沿着物体的形状，形成衬垫状损伤？"

"可是现场没这样的物体啊。"冯凯挣脱了顾红星的手，站起身来，走进屋里。

屋子里的小床是两面靠墙，一面靠大衣橱的，即便床头是弧形的，但床头的外侧不可能站人。床边是直线形的，如果占龙是头伸在床边之外，别人用绳子套颈往下拉的话，形成的也是直形的衬垫伤，而不是弧形的。

那么现场就只可能是在客厅了。客厅的沙发靠背确实是弧形的，而且高度和人的后背高度也差不多，可沙发也是靠墙的，沙发后面不能站人的话，就没法形成这样的勒痕。

"我知道了！"顾红星蹲在客厅的地面上，突然说道。

第十章
凶村

3

"你们有没有发现这个餐桌的旁边,有四个方块的颜色和地面其他位置的颜色不一样?"顾红星指着现场的水泥地面说道。

冯凯也蹲了下来,看了看地面,又看了看背后靠墙的沙发,说:"你是说,这个沙发原来是放在餐桌旁边的?"

"是啊!不然客厅连个板凳都没有,怎么吃饭?蹲着?"

"沙发原来就是用来坐着吃饭的,杀人后,被凶手移到了后面靠墙?"冯凯说,"对啊!这就可以解释弧形的后背损伤了!"

顾红星站起身来,走到沙发旁边,用脚蹬了蹬沙发,说:"这沙发好重,这样移不动。沙发肯定是被凶手搬过来的,而且很有可能是两个人合力搬的,所以没有在地面上留下拖擦的痕迹。"

"所以,有啥用?"冯凯问。

"太有用了。"顾红星喊来几个技术员,说,"戴好手套,把沙发翻个个儿。"

冯凯瞬间知道顾红星的用意:既然是两个人用手抬沙发来移动位置,那么最有可能会在沙发的底端用力。而沙发的底面肯定有大量的灰尘附着,一旦手按上去,必然会留下非常清晰的灰尘减层指纹。

事实证明,顾红星猜对了。

沙发被大家合力翻过来之后,两侧边沿上,赫然可以看到两双手的指印。

"有指纹了,就有证据了,总算是有抓手可以破案了。"顾红星让卢俊亮赶紧拍照,在他拍完照后,连忙趴在沙发边缘看了起来。

"这也能看出?"

"灰尘减层指纹,很清楚。"顾红星说完,又转头对卢俊亮说:"你带锹柄上的指纹照片了吗?"

卢俊亮愣了一下。

"就是那个偷煤案,被遗忘在运煤车上的铁锹。"冯凯提示道。

"哦,带了。"卢俊亮翻了翻勘查包,从夹层里拿出一沓指纹照片,找出一张递给顾红星,说,"这个可以看出纹线的,是右手拇指和右手中指。"

"是的,就是这个!"顾红星打断了卢俊亮的话,兴奋地说道,"那个杀人凶手,

就是小辫子！"

顾红星和卢俊亮两个人都非常兴奋，甚至还为了庆祝成功，互相击了一下掌。

"还真是符合我的推测啊，这帮人把这个沙发移走了，又在沙发上堆上衣物，甚至把尸体挪到床上做成睡觉状，总让人感觉是在欲盖弥彰。"冯凯完全兴奋不起来，他心里还是很内疚，如果早点对占龙动手，占龙就不会死了。同时，他的心里也有无数的问号。自己和顾红星的行动一直都是非常隐秘的，就连他们蹲守所在的茶馆的老板都以为他们俩是互相拉锯谈判的生意人，都没想过他们是警察。那么，这帮车匪路霸又是怎么知道占龙暴露，从而灭口的呢？难道丢了一张字条，就会引起他们这么高的警觉？还有，即便是占龙发现了字条丢失，他通知车匪路霸也是毫无意义的事情。他明明最有可能的选择是立即逃跑，可是为什么他还老老实实地开了三天的店，没有表现出任何异常呢？

"你是说，凶手有意要伪装现场，但伪装得又很低级？"顾红星理解了冯凯的意思。凶手的这个动作，不仅没有能够伪装现场，还在现场留下了指纹。看来书本上说的真对，凶手的动作越多，给警方破案的机会就越多。

"是啊，他们觉得杀人现场是沙发，所以要对沙发进行伪装，但实际上伪装得很不高明。"冯凯说，"给人感觉就是有人要求他们伪装现场，但他们实际上并不会伪装现场。"

"但是我们有指纹了啊！"卢俊亮还是很兴奋。

"有指纹？有锹柄的时候，就有指纹了，这都多久了，找到嫌疑人了吗？"冯凯反问道。

这句话就像是一桶凉水浇在了卢俊亮的头上，他立即冷静了下来，但嘴里还是不服软："上次就2枚，这次20枚，能找到的概率变大了。"

"概率还是一样的。"冯凯说，"你们划定的范围里好几万人呢，你打算怎么找？"

"确实，我们虽然发现了指纹，但对案件侦破来说，并没有往前迈出实质性的一步。"顾红星也冷静了下来，说，"老凯，你有什么想法？"

"暂时没有什么。"冯凯重新走回到尸体旁边，蹲了下来，说，"我就是疑惑，尸体颈部侧面的这个绳子增粗，是什么情况？"

顾红星惊讶道："绳子增粗？"

几个人围着尸体，仔细观察着尸体颈部的索沟。

第十章
凶村

卢俊亮说:"这就是一个绳结嘛。"

"绳结在颈部形成印痕,一般都是没有什么规律的。"冯凯说,"这个绳结就像是四个平行四边形组成的,感觉很规律。而且,既然是用'套白狼'的办法勒死人,为什么还要打结?只要拽住绳子两端就行了啊,不用那么麻烦。"

"不,这还真是绳结。"顾红星说。

说完,顾红星左看看、右看看,在院子里的空地上,找出两根麻绳,然后把绳子交叉在一起,打出了一个绳结。因为有了这个绳结,两根麻绳相互固定在了一起,顾红星用力抻了抻绳子两端,两根绳子并没有散开。然后顾红星又把绳子的绳结部分放在土地上,用力往下一摁,就在土地上拓印出了绳结的形状,居然和死者占龙颈部的绳索印痕几乎一模一样。

冯凯觉得很是神奇,感叹道:"这还真是神了啊,你居然能从印痕判断绳结?"

"恰好是我见过的。"顾红星摊了摊手,说道,"算凶手的运气差。"

"可是,和指纹一样,几乎没什么用。"冯凯说,"你总不能指望好运气一直笼罩着我们,和你找那个'宝盖头'一样,恰好能从'收废品'几个字里找出端倪?"

"但是,这个绳结很少见。"顾红星说。

"那也不可能一个村子一个村子去找绳结啊。"冯凯说,"那和找指纹一样,不都是大海捞针吗?"

"这个绳结你知道叫什么名字吗?"

冯凯摇了摇头。

顾红星说:"这叫作渔夫结,是渔民经常使用的打结方式,可以把绳子相互固定在一起,不会滑脱,最后达到想要的长度。"

"咱们龙番有渔民吗?"冯凯笑了起来。

"别笑,真有。"卢俊亮说,"龙番湖旁边的桃村,里面的农民有的时候也捕鱼,因为龙番湖里的水产也是资源。"

"是吗?"冯凯严肃了起来。

"是啊,我以前听说过龙番湖上有'幽灵鬼船'的传说,就是从这个桃村传出来的。"卢俊亮神秘兮兮地说道。

本来一说到封建迷信,冯凯总是嗤之以鼻的,但他印象中,陶亮还在刑警队的时候，好像的确听说龙番湖发生过"幽灵鬼船①"的故事。

冯凯说："那车匪路霸会不会就是这个桃村的？桃村在你们划定的范围之内吗？"

"在。"顾红星和卢俊亮异口同声地说道。

"没想到一个绳结，就能给我们提供一些希望啊。"冯凯说，"要不，我们去侦查一下？"

一个小时后，冯凯和顾红星打扮成农民的样子，骑着自行车来到了桃村的地界。

这是一个背靠龙番湖的小村庄，人口并不多，家家户户都有木质的小船，方便在湖上航行、捕鱼。本来，大家的潜意识中，起初在煤车上偷煤，总觉得应该是在煤矿附近的村民作案的可能性大，从来就没有考虑过这个在划定的侦查范围边缘的不起眼的小村落。大家总觉得，捕鱼和偷煤，这两件事实在是搭不上一点关系。郊区刑警队和各个派出所在这几个月的秘密摸排工作，实际上也是围绕煤矿附近的村落进行的，这个小村落根本就没有被纳入视野，所以才会毫无收获。

因为桃村不在公路旁，所以当顾红星和冯凯这两个生人骑着自行车进入村庄的时候，周围的村民都投来了警惕的目光。

"我们这样贸然进来，会不会打草惊蛇啊？"顾红星不无担忧地说道。

"不会吧？"冯凯说，"我们俩现在的模样，实在是平常得很，怎么看都不像警察。而且，就算蛇惊了，又能怎么样？举村搬迁？"

"我总觉得他们的目光都很奇怪啊。"顾红星一边骑车一边低声说道。

"越是奇怪，越有问题。"冯凯说，"既然是团伙作案，一定是整个村子都形成了攻守同盟，利益共享。你还记得那个团伙盗窃案吧？都是一样的模式。"

"那个案子，我们还能用反间计，但这个，恐怕就不适用了。"

"是啊，怕是不行。"冯凯说，"尤其是现在有人命了，他们会更加抱团。"

"既然这样，那我们来侦查什么呢？"

"一是地形，二是建筑物分布，等抓捕的时候，就好设计方案了。"冯凯说，"最好是能遇见被胁迫的金苗，说不定能和她达成合作，里应外合。"

"你怎么知道金苗是被胁迫的？"

"肯定是。我在金村混了两个月，对金苗的性格脾气摸得太透了。她就算是曾

---

① 编者注："幽灵鬼船"的故事可参见《法医秦明.偷窥者》。

第十章
凶村

经误入过歧途，但本质上还是一个善良又能吃苦的女孩子。就算经历了那么多事，回老家从头开始，她也是想着先堂堂正正地离了婚，再独自开小卖部。这样的人，怎么会主动去指挥抢劫，甚至指挥杀人呢？"

"别忘了，她在广州可是杀过人的。"

"你也别忘了，广州同行们说了，现场的烟灰缸，主要是林倩倩的血指纹。说明行凶的主要是林倩倩，而金苗是辅助。"

"你也别忘了，烟灰缸上的指纹提示是金苗先动的手。"

"她每次杀人，都事发突然，没有预谋，说明她本质上并不是一个主动攻击型的人。再说了，金苗和车匪路霸之前都没有交集，阴差阳错碰到一起了，他们把她留下来，总要有所图吧。她一个身无分文的女人，还能提供什么呢？"冯凯不由分说地总结道，"所以我才觉得，金苗和车匪路霸的关系，大概率是被胁迫共生的关系，毕竟我了解到的金苗，是一个很能吃苦，也很能忍耐的人啊。"

"你就是太感性，太信直觉了。"顾红星摇着头说道。

低声说着话，两人的自行车已经骑到了村落的核心。

"你有没有发现，每家每户都是大门紧闭？"冯凯说，"大下午的，总感觉不是正常农村的感觉。"

"你是说，我们一进村，就有人通知？"

"很有可能。"冯凯说，"我们看不到院子里的情况，他们要是想藏一些赃物，藏几辆自行车，还是很容易的。"

"喂，你们是干什么的？"一个声音从背后响起。

顾红星和冯凯同时捏住了刹车，回头看去。

远处有五六个年轻人，都留着当时时兴的过耳长发，为首的穿着的确良质地的花衬衫，而其他几个青年穿着就比较褴褛了。

冯凯小声说："这些人的头发长度都是足够扎起一个小辫子的。"

"你看看最后那个瘦子的裤腰带。"顾红星小声提醒道。

冯凯定睛看去，那个瘦子的腰带是一根宽约1厘米的尼龙绳，在肚脐下打着结。这个结只是一个普通的"8"字结，但这根尼龙绳是两根较短的尼龙绳互相接起来的，而接头处所打的结，在瘦子的腰侧，就是渔夫结，和顾红星在现场见到的结一模一样。

"你们搞痕检的，眼睛真贼。"冯凯有些抑制不住自己兴奋的心情，差点压不住

自己的声音,"用裤腰带当凶器,完全说得通。"

"问你们呢,哪个村子的?"

"金村的。"冯凯回答道,"准备到湖边捞点湖虾。"

"到湖边不从这儿走。"年轻人说,"赶紧走,否则报警把你们当小偷抓起来。"

"我们真不是小偷。"冯凯说,"劳烦给我们指个路?"

年轻人朝北边指了一下,说:"从村子外面绕过去,这里不让你们走。"

"好的,好的。"冯凯客气地应承着,掉转车把,向年轻人指出的方向骑了过去。

"现在怎么办?"顾红星没了主意。

"只有走了。"冯凯左顾右盼地说,"我还指望附近能有个高点,我们可以去观察一下,看看这村子的人在我们走后,会不会销赃。比如,烧掉赃物什么的。"

"你还以为是当年那个烧黄色图书的人啊?"顾红星说,"这案子故技重施是不好使的,毕竟那些货物很值钱,他们舍不得。"

"那能找个高处,看看他们院子里都放着什么,也是好的啊。"冯凯叹了口气说,"可惜这里一马平川,根本找不到高处啊。"

说话间,他们已经按照年轻人指的小路,骑到了村庄的背后。再往前骑1公里,就到龙番湖的湖边了。但冯凯却猛地捏住了自行车的刹车。

"又怎么了?"顾红星也停下车来,好奇地看着冯凯。

冯凯朝远处使了使眼色。

顾红星顺势看去,有个一人高的垃圾堆,看起来应该是这个村子的垃圾堆放点。

"你要扒垃圾?"顾红星问。

"是啊,垃圾里有颜如玉,垃圾里有黄金屋。"冯凯开玩笑道,"要不是有垃圾场,我们还破不了绑架案。你去路口给我放哨,我去找。"

两人把自行车在路口的灌木丛里隐藏好,顾红星去路口放哨,冯凯则从自行车后座上拿下一个蛇皮袋,一溜烟儿地向垃圾堆跑去。这个蛇皮袋里本来装着一些没用的东西,是冯凯故意放在自行车后座上,伪装成是来捞湖虾的。

约莫20分钟后,冯凯回来了。

"你看我找到了什么?"冯凯兴奋地指了指手中的蛇皮袋。

顾红星朝蛇皮袋里看去,里面有一个纸箱,和几个酒瓶。

"最后那被抢的十箱酒,不就是这个牌子吗?"

"是的。"顾红星也激动起来,"还是你聪明啊,我们早该想到,被抢的都是日

第十章
凶村

常用品，这帮车匪路霸抢了这些东西，不仅会拿去卖，也有可能留着自己享用。只要他们自己享用了，就会在垃圾里给我们留下证据和线索。"

"我们把这些东西拿回去。我刚才看了，每个纸箱和每个酒瓶都有一串数字，说不定就是每箱酒的编码。"冯凯说，"如果和被抢的酒对上了，那不就是铁的证据？"

"如果抓了人，指纹也对得上，那就真的是证据链完善了。"顾红星说。

"我感觉我们胜利在望了。"冯凯说，"有了这些线索的支撑，局里肯定会给我们配齐足够的人手吧？"

"这个就要争取了。"顾红星说，"这个村子很封闭，周围只有几条路可以出去。只要有武警的支持，我们完全可以来个瓮中捉鳖，他们一个也跑不了。"

4

市局张局长办公室里，冯凯面红耳赤。

"你这叫不作为你知道吗？不作为！老百姓最讨厌的就是你们这种不作为的官！"冯凯拍着桌子叫道。

"你现在长本事了？敢和我叫嚣？"张局长更是恼火，指着冯凯的鼻子说，"我记得你应该在关禁闭吧？谁让你出来的？"

顾红星此时居然没有站在中间，而是一反常态地对张局长说道："这可不是小事，无论是车匪路霸，还是杀人命案，都是有广泛社会影响的！"

"我又不是不让你们去破案！你们自己去就是了！没有武警，你们就破不了案了？那以前武警部队没有成立的时候，你们怎么办？"张局长说得很有理的样子。

"别的案子，我们可以自己解决，但这种案子是全村人攻守同盟，我们没人、没枪、没车辆，去了会承担多大的风险？"顾红星据理力争。

"怕风险？怕风险别当警察啊。"张局长说。

"我觉得，还是请武警协助会比较稳妥一点。那个地方我知道，村子100多人，背后就是湖面，如果人手不够，抓捕行动可能会造成比较大的危险。"分管刑侦的尹局长坐在沙发上抽着烟，说道。

"老尹啊，你是不知道，我不是不同意协调，我毕竟是武警的第一政委。"张局长对尹局长说话的语气比较缓和，"我之前也帮他们协调了一次行动，结果呢？结果几车人被他们拉着绕了几晚上路。你知道武警怎么评价我吗？我这脸往哪里放？"

"面子重要,还是破案重要?"冯凯大声问道。

"你给我闭嘴吧,是不是还想关禁闭?"张局长厌恶地说道。

顾红星还想说什么,尹局长站起身来,朝他挥了挥手,意思是无须多言。

几个人来张局长办公室申请武警协助,却碰了一鼻子灰,只能回到了尹局长办公室。

"当官不为民做主,不如回家卖红薯!"冯凯气愤地说道,"他这样干,就迎合那些村民'法不责众'的侥幸心理了!那些被抢司机的权益怎么维护?死去的人的性命谁来偿还?"

"不说那些没用的,如果我把我分管的治安支队的人都派给你们,加上分局可以调拨的警力,你们够不够用?"尹局长坐在自己的桌前,说道。

"那样的话,也就60多个人吧?"顾红星说,"这个村子的户籍资料,我找辖区派出所要了,一共有90多户,160多人。您看,怎么也不够。"

"你确定得把这100多号人都抓了?"

"那不至于,但问题是他们一个村子都是利益共同体,攻守同盟,不可能分辨出谁才是有罪的人。"冯凯说,"而且,以我的经验看,到村子里抓一个人都有可能遭受全体村民的抵抗,更不用说车匪路霸至少有十几个人了。"

"是啊,原本我们准备从武警直接调两个连的战士,用泰山压顶的气势,震慑住村子。"顾红星说,"那样的话,我们就可以从容地在现场对人员进行隔离审讯,从而分辨哪些是有罪的人了。"

"还得解救金苗。"冯凯说。

顾红星看了一眼冯凯,眼神里除了有怀疑,更多的是担忧。

"既然计划无法实施,你们有什么替代的方案吗?"尹局长问道。

"我和老凯去侦查过,整个村子如惊弓之鸟。尤其是我们已经打草惊蛇了,现在村子里估计更是加强了防备。"顾红星说,"也许我们还没靠近村子,村子里的100多人就能集结起来抵抗我们了。"

"有没有可能用什么办法,通过指纹甄别,先把杀人犯找出来?"尹局长说,"杀人犯到案后,从道义上,他们就输了,就不一定能组织起抵抗的力量了。"

"您面对的是一窝犯罪分子啊,不是普通人民群众,谁和您讲道义?"冯凯说,"而且,既然都已经是惊弓之鸟了,怎么可能还会用体检啊,包干到户啊,甚至以人口普查为借口来提取他们的指纹?他们又不傻。"

第十章
凶村

"是啊,我和老凯两个人过去,他们都集结了十来个人。如果我们人多,他们的人会更多。"顾红星说。

"如果给你们二十几把枪呢?"尹局长说,"会不会就有震慑作用了?"

"我们又不知道谁是杀人犯,绝大多数都是村民,即便有罪,也罪不至死。"顾红星摇着头说,"我们带枪,也不敢开啊。"

"他们也知道咱们不敢开枪。"冯凯说。

"那就没有办法了?"尹局长说,"难道要我从别的几个分局调人吗?可是现在工作这么忙,谁能给我那么多人呢?"

办公室里,陷入了沉默。

冯凯盯着手上拿着的几张纸,那是桃村的所有居住人口的户籍资料。他一行一行地审视着。

良久,冯凯终于打破了沉默:"我在考虑,是不是可以秘密抓捕?"

原本以为冯凯有什么高招,顾红星还兴奋了一下,可是听他这么一说,顿时又没劲了:"说了半天,你又回到了原点。"

"我是说,不要全村人都抓,也不要在现场隔离审讯,而是把重点人抓回来,慢慢审。"冯凯说,"我说的重点人,就是名单上这些人。我仔细看了一下,160多人,除了老、弱、妇、孺、残,有可能参与车匪路霸作案的,只有30人啊。"

"30个人确实不多,60多个民警足够了。"尹局长说。

"问题还是在于如何秘密抓捕。"顾红星说,"我和老凯两个人进村子,刚进村口就被十几个人跟上了。要是去60多个人,估计离村5里,他们就警觉了。"

"古代兵法有云……"冯凯神神道道地说。

"好好说话。"尹局长打断了冯凯的话。

冯凯尴尬地干咳了两声说:"通俗地说,我们大张旗鼓地去抓人,他们肯定会抵抗,然后我们佯装退兵,他们必然就会放松警惕。这就是心理战。"

"你是说,佯装收队后,立即返回秘密抓捕?"顾红星说,"那就得傍晚围攻并佯退,天黑动手。"

"最好卡在晚饭的饭点上。"冯凯神秘一笑,说,"我觉得可以中午就围村,一直围到晚上,他们都饿了,会迫不及待地回去做饭,这时候就几乎没有警惕性了。我们在这个时候进攻,他们会乱作一团的。"

"在没有办法的时候,这个办法倒是可以试一试。"尹局长沉吟道。

"可是，这种秘密抓捕，是需要精准性的。"顾红星说，"两人一组，径直奔向自己应该抓捕的目标，那就需要对这30个人的准确住址了如指掌。可是，现在我们甚至都无法进村侦查，我怕冲进去以后，先乱的是我们。"

"所以需要充分的准备工作。"冯凯说。

"可是这个准备工作不好做啊。"顾红星说，"辖区派出所你也去了，派出所都说这里是'难管村'，村子里的人沆瀣一气，民警连村子内部的结构都不敢说完全掌握，更不用说每个人住在哪个房子里了。"

"所以，咱们得碰碰运气了。"冯凯神秘一笑。

"这事儿可不能碰运气，要命的。"顾红星说。

"走，我先带你去个地方。"冯凯拉起顾红星，走出了尹局长的办公室。

冯凯要带顾红星去的地方，是金村。

在金村做了两个月的基础工作，冯凯对这个村子里的人都有着比较深刻的印象，同时，这个村子里的人，也对冯凯有很好的印象。冯凯知道金村里有一些热心群众，是可以帮助他画出桃村的居民地图的。此时的冯凯，已经深谙"从群众中来、到群众中去"的道理。

当然，冯凯第一个想到的人就是金万丰。

金万丰的人品，冯凯通过两个月的朝夕相处，是绝对认可的，所以他决定把金苗的事情告诉他，也相信他会为警方保密。同时，金万丰毕竟是一个高中毕业生，有知识、有文化，所以在村里的地位也很高，说话也很有分量。

打定主意后，冯凯和顾红星直接奔金万丰家去了。

在得知金苗还活着，但身上可能背了多起命案后，金万丰的心情可想而知。在短暂的情绪失控之后，他擦了眼泪，毅然决然地站在了警方这一边。他说他也想知道真相，想知道金苗到底经历了什么，他希望冯凯能把金苗从桃村平平安安地带出来，自己一定竭尽所能，帮助警方破案。

当天晚上，在金万丰和金村村委会的协助筛选之下，几名和桃村没有利益关系、为人比较可靠的村民被召集到了村委会。在集思广益之下，顾红星画出了桃村的基本方位图。可惜的是，他们也只能画出一张基本方位图。既然他们和桃村没有利益关系，对村子里各家各户的具体方位自然也就不太了解了。而如果要实施秘密抓捕，这张图必须要足够详尽与准确，而目前手上的这张图，距离这个标准还很遥远。

第十章
凶村

与会人员一筹莫展。

恰在此时,小羽来村委会找金万丰了。

"对啊!附近几个村子的小孩都在一个学校,小羽应该比较了解啊!"金万丰灵光一闪。

"他,可以吗?"冯凯有些犹豫。

"冯叔叔,相信我!我经常去他们村子里玩的!有好多同学在那儿!"小羽自告奋勇,趴在地图上,开始逐一核对。

对照着户籍关系图,凭借小羽对同学家的了解,以及他对同学家邻居体态特征的描述,顾红星和冯凯慢慢地把这一张地图完善了起来。

在地图完成的那一刻,冯凯激动地把小羽搂在了怀里,说:"小羽,这次你要立大功了!"

这张地图,成了冯凯设计的秘密抓捕行动的总指导图。

13日一早,冯凯就开始忙活了起来。通过尹局长,市局刑警支队、治安支队的全体民警,以及郊区分局可以暂时离岗的民警全部集结在郊区分局的大会议室,总共70名民警。

为了不像当年那样,用小麻绳拴着一长溜嫌疑人走路回公安局,冯凯还去了运输公司,找他们再次租借五辆大卡车,用来运送抓捕到的犯罪嫌疑人。

顾红星对整个行动进行了部署指挥:13日中午11时,5辆卡车和市局、分局的3辆吉普车、4辆挎子,运送70名着警服的民警,分四个方向包抄桃村,对桃村的各个出口进行封锁。

这样的阵仗,势必逼迫还没有吃中午饭的桃村村民集结对抗。民警此时不急于进村,而是在村口和村民形成对峙之势,并想办法尽可能拖延时间。在对峙进行到晚上7点的时候,所有民警装作疲惫不堪的样子,统一收队,乘坐车辆沿原路撤离。车辆撤离到距离村庄1公里之外时,全部隐藏到附近的青纱帐①之中。民警更换便服,啃压缩饼干,并分组行动。

70名民警,除了留下10名负责封锁桃村的4个出口,其余60名民警分为30个小组、4个大组,在同一时间进入村庄。此时各家各户都应该在吃晚饭,所以疏

---

① 青纱帐:长得高大青绿连片的玉米地、高粱地,看起来好像青纱制成的帐幕一般。

于防备。各小组以最快速度，在夜色的掩护下，奔赴自己应该抓捕的人的住处，直接抓捕到目标，并以最快速度把嫌疑人押离村庄。此时各车辆返回村口待命位置，将抓捕到的人铐在卡车车斗栏杆上后，由驾车民警看守，任务民警回村口支援，严阵以待。4台对讲机对应负责4个不同区域的大组，随时保持联系。

在30人全部被抓捕后，村民肯定乱作一团，难以组织起有效抵抗，此时以最快速度撤离，应该不会受到拦截。

在一切部署完成之后，亲自任总指挥的尹局长做总结发言："今天是9月13日，农历七月二十九，距离中秋节只有半个月了。为了……"

尹局长后面说了什么，冯凯听不清了，此时他已经一身冷汗、坐立不安了。

"现场有尹局长做总指挥，我会进入村落当现场指挥，所以你没啥用了，还是回家吧。"冯凯对坐在身边的顾红星小声说道，"毕竟林医生就要生了，你还是在她身边比较安全。"

"你说啥呢？"顾红星一脸莫名其妙地盯着这个又临时发癫的冯凯说，"预产期还有十来天呢，她自己今天都还在下乡义诊。"

"都快要生了，还在下乡义诊？"冯凯惊呆了，说，"在哪里义诊？你得去陪着她。"

顾雯雯一直是过农历的生日，而阳历是哪一天，陶亮都忘记了，只记得她是9月生的，处女座。而顾雯雯的农历生日，陶亮是绝对不会忘记的，农历七月二十九，就是今天。

"你发什么疯？"顾红星说，"多熟悉熟悉地图，别想那些没用的。"

"比预产期提前十多天生，是很常见的！"冯凯苦口婆心，"你别去了，这行动我们搞得定，你赶紧去找林医生，回家待着去。"

"别吵吵了，听局长怎么指示。"顾红星似乎被冯凯说得有些担忧，像是在安慰冯凯，更像是在安慰自己，说，"她自己是医生，身边也都是医生，肯定没问题的。"

被顾红星这么一说，冯凯放心了一点。他也知道，在这个距离行动只有一个多小时的节骨眼上，突然提出要回家陪媳妇生孩子，而且还是"未卜先知"，肯定只会招来领导的一顿训斥。

于是，中午11点整，行动正式开始。

和想象中一样，等警察们武装整齐地赶到桃村村口的时候，桃村的村民早就不

第十章
凶 村

知道从哪里得到了消息，此时已经全部聚集在了一起。而在此之前，几个村口早就被村民们用自制的木质路障给挡了起来，防止公安直接开车进去。这些村民可不是被临时召唤来的，每个人都早有准备，手上都抄着"家伙"。有的人拿着菜刀、西瓜刀等刀具，有的则拿着铁锹、锄头等农具。就连那些半大的小子，都抄着扫把。很显然，这些村民是想和公安死磕到底了。

冯凯看了看远处的人群，估计了一下人数，看来除了装病不出的村支书，其他村民有一个算一个是全都到齐了。

警用吉普和卡车抵近村民们设置的路障停了下来，冯凯从车上跳了下来，笑嘻嘻地和村民们聊起了天。

此时冯凯的心态，是尽可能拖延时间而已，而村民们则要以人数优势时刻警惕，防备公安强行抓人，两者心态不一样，实际上耗费的精力和体力也是不一样的。

"大家伙儿这是干什么啊？我们就是接到了举报，说你们村里藏有一些案件的赃物，进来搜查一下而已，你们没必要摆这么大阵仗吧？"

"你们公安想去哪里就去哪里，是没有王法了吗？"村民里有一个人喊了一句，其他村民立即七嘴八舌地附和起来。现场瞬间嘈杂起来，气氛也剑拔弩张了。

冯凯心里知道自己不会进攻，所以也并不紧张，等现场稍微平静了一些，说："我们的搜查是有搜查令的，执行搜查令才是依法，没王法的是你们啊。"

"你是什么东西？！你说搜查就搜查吗？我们同意了吗？"又有一个人喊了一句，现场又嘈杂了起来。

冯凯笑了，说："如果我们只能搜查同意被搜查的人，那搜查令还有什么意义呢？"

话很绕，在这个法盲居多的年代，也不可能被村民们听进去。想要通过只言片语就改变他人的认知，那是痴心妄想。

就这样，冯凯和村民们"谈判"起来，一会儿宣讲政策，一会儿科普法律，说一会儿，他就回到车上休息一会儿，喝口水。而村民们则只能在炙热的阳光下待着，他们害怕自己的队形一乱，公安们就会趁乱冲进来。

对面的卡车车斗是被车篷遮盖的，卡车周围站着不少武装整齐的警察，但究竟公安来了多少人，村民们是搞不清楚的。他们只知道几个村口都被卡车围住了，村民们的紧张情绪可想而知。

5

虽然心中有数，但总得绞尽脑汁和村民们没话找话，还得防止出现意外状况，也是够难为冯凯的。所以接下来，冯凯就和顾红星两人就开始上演双簧了，一个装作铁面无私，一个装作同情村民。

总算，太阳下山了，第一步任务即将完成。而此时，在酷热的白天里饥渴交加，时刻保持着警惕的村民们，其忍耐度已经撑到了极限。这100多人就像一个在烈日下烤灼的"火药桶"，只需要一颗小小的火星，就有可能爆炸。

冯凯把尺度拿捏得很好，当村民们情绪缓和的时候，他就会让顾红星来说一些硬话，让他们再度紧张；而当他们过于紧张时，为了防止发生冲突，他自己就会说一些软话来降低风险。

晚上6点半，冯凯知道如果再这样对峙下去，爆发冲突的可能性就成倍地增加了。于是，他到吉普车边，对车里的尹局长申请收队。

在车里坐了一下午的尹局长可以说是提心吊胆，他生怕冯凯会点爆了对面的"火药桶"，场面一旦失控，就没办法再进行接下来的工作了。好在，这项任务总算是完成了。

冯凯主动请缨留下来埋伏在附近的竹林中，观察警方退兵之后对方的反应，而其他民警则全部跳上卡车，撤离现场。

和冯凯预料的差不多，等到发动机的轰鸣声结束后，卡车、吉普车、摩托车都消失在村民的视野之中，村民人堆里立即爆发出了胜利的欢呼，然后村民们如鸟兽散。

而在远处的青纱帐中，第二步行动正在秘密展开。

民警们换好便服，检查完武器，又啃完压缩饼干之后，天色已经完全黑了下来，秘密行动的时机成熟了。民警们按组分配，摸到了村口可以隐蔽的地点，以大组为单位，等待着对讲机里传来尹局长的指令。

按照之前的分工，顾红星在外围指挥10名负责封锁村口的民警，而冯凯则进村抓人。

晚上7点15分，随着尹局长在对讲机里的一声令下，30组民警，秘密地向村里进发。每个人早就已经在顾红星画出的地图上，熟悉了自己应该直扑的房屋，此时更是信心满满，向目标靠近。

第十章
凶村

夜色隐藏了民警们的行踪，而过度的疲劳则让村民们丧失了警觉。

随着冯凯率先踹开了一家居民的院门，整个村落开始嘈杂了起来。

狗叫声、打斗声、呼喊声、求救声……此起彼伏。

冯凯要抓的，就是那天带着几个青年驱赶他和顾红星的人。在金万丰的帮助下，他们通过排除法确定那个为首的年轻人应该是一个叫肖强的人。冯凯还没走到肖强的家里，就在路上看见一个小房屋里，几个年轻人正在吵吵着喝酒、划拳，而肖强正在其中。这一拨人很有可能就是车匪路霸的骨干成员。冯凯当机立断，让身边几组民警和自己一起，持枪冲了进去，给这几个还没来得及反应的人统统戴上了手铐。

冯凯亲自把这个叫肖强的年轻人拽出了村口，此时卡车已经默默地开到了路障外侧等候着。冯凯把他拽上了卡车，解开一只手的手铐，把铐子铐在了卡车的栏杆上。

"你们凭什么抓我？你们是土匪吗？"肖强依旧在逞口舌之快。

"土匪？对，你们就是一帮土匪。"冯凯笑着说，"不着急，等回到公安局，我们再慢慢聊。"

肖强显然很慌，却强作镇定地说："我们怎么就是土匪了？你们有证据吗？"

"哟，白天还在和我抬杠我没权力搜查呢，现在晓得说证据了？"冯凯说，"没证据能逮你们吗？"

说完，冯凯也就不再和他啰唆，跳下车，重新冲回村子，支援其他的抓捕组。

一路上，冯凯不断地遇见已经抓捕到人、向村外小步急奔的民警。那些家里人被抓的村民，也正着急忙慌往领头人和村支书的家里跑。整个村子果然是乱作了一团。不管这个村子的犯罪行为是多么有组织性，在这种情况下，任谁也不可能迅速把所有村民都集中在一起了。

冯凯重新回到村子，不仅仅是为了支援其他抓捕组，还有一个心思，就是找到金苗。

他们的计划是把精壮男子全部抓捕，从而搞清楚参与抢劫的是哪些人，其他村民又是怎么分工合作的。但计划中，却没有关于金苗的部分。

金苗究竟藏在村子里的何处，究竟被何人胁迫，甚至是不是成了这窝车匪路霸的"压寨夫人"，这些都不好说。村子一旦乱了，身背命案的金苗会不会趁乱逃走，也不好说。虽然四个村口都有民警把守，目的就是不让一个村民趁乱逃脱，但冯凯知道，还有一条小路，是通往村落背后的龙番湖的。万一她跑上船了呢？是不是就

有机会逃脱了？虽然尹局长安排了其他分局对龙番湖沿岸进行布控，但那么大一片龙番湖，警方是不可能完成封锁和拦截的。

如果只是把车匪路霸的窝点捣毁，而没有找到金苗，那也是不完美的。

白天的时候，冯凯细心观察了，人群中并没有金苗的身影。这一现象表明，金苗真的有可能是被关押、挟持的。不过，现在村子里乱成了一团，金苗本身也怕被警察抓，那么她就有可能也有机会逃跑。

而这个时候，就是找到她的最好时机。如果金苗真的想逃，而她对村子里的路又很熟悉，会不会逃向那条年轻人指给冯凯、顾红星的小路？

事态再一次朝冯凯设想的方向发展着。

冯凯刚回到那条通往龙番湖的小路路口，就看见一个纤细的身影，正在小路上移动着。

冯凯一个激灵，身体就像是加装了火箭推进器一样，飞一般地向远处那个身影冲了过去。对方毕竟只是个弱女子，哪里是冯凯的对手，两个人的距离迅速拉近，在十几秒的时间里，冯凯就追上了她。

"不准动！"冯凯掏出了手枪、上膛、指着两步之外的身影。

可是没想到对面的身影突然瘫倒了下来。

冯凯吓了一跳，连忙揣回手枪，跑了过去，蹲下身来，把那人扶着半坐了起来。

"救……救……救救我！他……他们要杀我灭口。"此时仰卧在冯凯怀里的，正是眉清目秀的金苗。

月光下，身着白色的确良长袖衬衣的金苗腹部，有一大块阴影状的部分，冯凯上手一摸，湿漉漉、黏糊糊的。

"是血！你哪里受伤了？"冯凯连忙问道。

"救救我。"金苗喃喃道，她有些惨白的脸上，长长的睫毛微微颤动着，似乎有两行泪水从那里流淌下来。

男女有别，即便是为了救人，冯凯也不能在这个黑灯瞎火的地方，解开金苗的衣服查看。他想了想，一个转身让金苗伏在自己的背上，然后背着她向村口跑去。

距离这里最近的村口，是有一辆卡车、一辆吉普车和一辆摩托车在封锁。留下卡车和摩托车就足够了，吉普车可以用来救人。而距离这个位置最近的医院，是郊区总医院，大概也就六七公里的路程。开吉普车，最多10分钟就能赶到。冯凯一边狂奔，一边在脑海里飞快地想着。

第十章
凶村

很快，冯凯背着金苗冲到了村口。

此时大部分目标都已经被抓捕到卡车上，汽车和摩托车也没有了隐蔽的需要，纷纷打开了车灯，一来是震慑那些想逃窜的村民，二来也是为后续抓捕归来的民警照亮路面。所以，当冯凯出现在村口的时候，恰好在这个村口负责封锁指挥的顾红星也看到了他。

一丝凉意涌上了顾红星的心头。

很显然，冯凯背着的，一定是金苗。而对金苗这个人的定性，冯凯一直固执己见。他认为，金苗从小到大，为人善良、孝顺，吃尽了苦头，是一个苦命之人。所有指向她的犯罪，可能都是因为她的善良和迁就，从而被利用。杀死嫖客，金苗可能只是个辅助者，因为主要的血指纹都是林倩倩的。而杀死林倩倩，金苗可能是不得已而为之，因为顾红星说过，从金苗的指纹来看，她可能开始是想帮忙把捕兽夹从林倩倩头上取下来。即便是参加车匪路霸，金苗可能也就是被胁迫出主意，再加上负责写个路条[①]、销个赃罢了，毕竟没有一个司机说过有女人参加抢劫。这一切推理，看似证据确凿，实际上只是因为冯凯在金村待了两个月，所以他脑海里金苗的形象已经根深蒂固了。

顾红星却不太赞同冯凯的想法。

杀死嫖客，从广州警方提供的证据看，是金苗先动手的，林倩倩才接着打击。而杀死林倩倩，虽然金苗有施救动作，但最后却用脚踹捕兽夹的残忍方式导致林倩倩死亡。林倩倩死后，金苗是不是故意将金手镯给林倩倩戴上、是不是故意焚毁现场，这都不好说。而对一个车匪路霸的犯罪团伙来说，能开路条、能管理货物并组织销赃的人，通常都是组织的领导者，绝不可能是被胁迫的辅助者。试想，谁会把自己的辛苦所得，交给一个并不牢靠的人来换钱呢？

所以在顾红星的印象中，金苗绝对不是一个简单的人，也不是一个事事被人胁迫的苦命人。

而此时，冯凯正背着金苗，把自己没有长眼睛的后背交给了这么一个人，这是多么危险的一件事！

一不做二不休，顾红星拉上卢俊亮，以最快的速度，向冯凯靠近。

"金苗找到了！受伤了！快发动吉普车，送医院！"冯凯背着个人，还跑了这

[①] 路条：一种简单的通行凭证。

么远，此时有些声嘶力竭了。

"你小心！"顾红星一边向冯凯跑去，一边说。

在两者还有十几步距离的时候，在车灯的照耀下，顾红星的瞳孔突然急剧缩小。因为顾红星看到了一幕自己一直担忧会出现的状况。

伏在冯凯背上的金苗，本应该无力下垂的手臂，此时居然主动地蜷曲了。那只干净、纤细的右手，运动的方向正是冯凯的腰间。而冯凯右侧的腰间，此时正插着一把上了膛的六四式手枪。

"冯凯小心！"顾红星的这一声嘶喊，几乎破了音，同时他更是加紧步伐向冯凯冲了过去。

身心俱疲的冯凯，并没有意识到自己腰间的手枪套被人悄悄解开了套袢，听到顾红星的叫喊，更是丈二和尚摸不着头脑。

好在顾红星此时已经冲到了冯凯面前，他使出吃奶的力气，向冯凯后背上的金苗推了过去。

高速奔跑加上猛烈推搡，这一下推击的力量十分惊人。冯凯后背上的金苗被直挺挺地推了出去，跌在了冯凯的身后。而冯凯也因为冲击力，向后摔倒。

可惜，这一推还是晚了半秒钟。

因为那把六四式手枪，已经在半秒钟之前，转移到了金苗的手中。在被推出去的同时，不知道是主动所为，还是下意识的反应，金苗居然扣响了扳机。

"啪！"

清脆的枪响，划破了夜空，在嘈杂的环境里都是那么清晰。

几乎在同时，顾红星的右侧肩膀像是被人猛推了一下，他瞬间感觉天旋地转，一个踉跄，也倒在了地上。耳边，只有卢俊亮不断地呼唤着："师父！师父！"

摔倒在地的冯凯，此时也反应了过来，他一个鲤鱼打挺跳了起来，向二米开外的金苗扑了过去。

金苗这一摔可不轻，不仅是手上的手枪被甩出去几米远，她的整个后背也重重地摔在地上，剧烈的疼痛让她根本无力站起身来。

冯凯先是过去捡起了手枪，然后把痛得打滚的金苗牢牢地按在地上，吼道："你诈伤是不是？"

金苗此时根本说不出来话，而冯凯也顾不了那么多，一把扯开了金苗的前襟。白皙的肚皮上哪有什么伤？衣服上的新鲜血迹，说不定只是金苗拿鸡血或是猪血来

第十章
凶村

充当障眼法的。

"耍我！"冯凯气急败坏地给金苗戴上了手铐，一把把她拎了起来。

"师父！师父你没事吧？"卢俊亮此时几乎带着哭腔，他双手按住顾红星的右胸部，惊慌地大喊着。

看来子弹打中了顾红星的胸部。

冯凯把金苗交给身边的民警，一把抱起顾红星，对卢俊亮喊道："号什么号！开车！去郊区总医院。"

谁能想到呢，冯凯在奔跑过程中设计好的急救路线，居然用在了顾红星身上。

已经慌乱无措的卢俊亮，此时根本无法思考路怎么走。好在冯凯早有预案，他一边按住顾红星右胸部的伤口止血，一边指挥着卢俊亮操纵方向盘，一路风驰电掣地向郊区总医院驶去。

随着卢俊亮的一脚刹车，吉普车开到了总医院的门口，而原本已经昏迷的顾红星也在急刹车的晃动中苏醒了过来。

"痛。"顾红星说了一个字。

这一个字的呻吟，让冯凯有些恍惚，他一直盯着怀里的这个顾红星，那张苍白的脸似乎又回到了8年前的样子。那样孱弱、那样青涩。

"废话，谁被枪打还不痛？"冯凯尽可能让自己用轻松的语气说道，"你撑着点，你会没事的！到医院了啊，到了，麻药一上就不痛了。"

其实，此时的冯凯，也只是在强撑罢了。

残存的理智告诉冯凯，他现在应该是感激顾红星的，他很清楚，自己虽然是在梦境里，但这个梦境和现实中的陶亮紧密相连，一旦他在梦境中有了生命危险，现实中的陶亮也就会有生命危险。如果刚才中枪的是自己，可能陶亮此时已经没命了。所以某种程度上说，他的老丈人，就是他的救命恩人。

但即便是在梦境，看到顾红星中枪，冯凯也是心急如焚。

不管这个梦境和陶亮的命运有什么关联，他现在都不在乎了。在这个世界里，他所见的每个人都如此真实，他们不是破案的工具人，他们会疲惫，会受伤，也会孤独，会迷茫。他已经分不清梦境和现实有什么本质的区别了。他只知道，眼前的顾红星，就是他至亲的人，他不愿意失去的人。

就算用梦境来安慰自己，冯凯也不愿意看到顾红星出事。

即便是梦，失去至亲的梦也是一场噩梦，是最让人意难平的梦。

"医生！医生！"

冯凯用力抹了一把眼睛，声嘶力竭地叫喊道。

"怎么办？怎么办？"卢俊亮手足无措地哭喊着，"凯哥，这个位置距离主动脉好近，怎么办？"

冯凯推了一把卢俊亮，语气有些凶："快去找医生，找担架，别搁这儿说些没用的。"

医生和担架很快到了，几个人忙着把顾红星往担架上抬。

恰在此时，一辆白色的救护车闪着蓝色的警灯，呼啸着开进了总医院的院门，紧挨着冯凯的吉普车停了下来。

救护车上设备齐全，打开后门后，几个医生抬着一个移动病床下了车，比还在七手八脚把顾红星往担架上抬的冯凯他们要高效许多。

冯凯心怀不满，往对面看了一眼，没想到，病床上躺着的人，居然是林淑真！

他猛地拍了一下脑袋，自己忙着抓捕，居然忘了今天正是顾雯雯的生辰啊！巧就巧在，林淑真就在这附近下乡义诊，所以肚子一疼，居然也被送到郊区总医院来了，而且时间上也是如此吻合！夫妻俩就这么在医院碰上了！

看着满脸是汗、痛苦万分的林淑真，冯凯的心里又多了一层焦虑。毕竟在陶亮的年代，他也没做过爸爸，哪见过这样的场面，哪知道产妇是如此煎熬。

"林医生，是林医生！"冯凯脱口而出，他甚至不知道自己该怎么办。

顾红星听见了冯凯的呼喊，不知道从哪里来的力气，挣扎着直起上半身，看着对面移动病床上的林淑真，喊道："淑真……你没事吧？"

林淑真此时过度疼痛，愣是没有听见顾红星的声音。

冯凯赶紧先把顾红星抬上了担架，又跑到对面的医生旁边，急切地问道："怎么样，怎么样，没危险吧？"

同行的两名医生都是和林淑真一起下乡义诊的同事，见到冯凯询问，就说："你是林医生爱人的同事？没关系，林医生要生了，比预产期提前了十几天，羊水破了。不过好在我们的产科主任也在下乡义诊，先一步到总医院的产房了，我们都会帮忙，没事的，放心吧！不过，林医生的爱人……"

"他没事，他好得很，皮外伤。"冯凯连忙做了个"嘘"的手势，安慰道。

他害怕顾红星受伤的消息，被林淑真听见。

移动病床的移动速度快，林淑真很快就被推进了医院产房，而顾红星这边还被

第十章
凶村

担架抬着，往手术室方向走。

顾红星强忍着疼痛，不知道是激动还是疼痛，双眼噙着泪水，奄奄一息地对冯凯说道："我要是……要是不行了……你要帮我照顾她们娘儿俩……"

"托孤吗？不行！你给我撑住！"冯凯一向坚持男儿有泪不轻弹，此时泪水却忍不住要滚落下来。

但顾红星已经出现了呼吸困难，呼吸动作开始出现异常了。他只能拼尽全力，从牙缝里挤出几个字："你答应我……照顾好她们……"

"不行！你给我撑住！"冯凯边随着担架跑着，边吼道。

顾红星突然笑了一下，在昏迷之前说道："就……就叫雯雯，你上次，你上次起的……"

已经跑到手术室门口的冯凯一时没有反应过来，直到顾红星被抬进了手术室，这才对着手术室的玻璃门喊道："顾雯雯，知道了，顾雯雯！"

接下来的时间，冯凯度秒如年。

他的心像是猫抓似的，根本没法在某个地方坐上一分钟。卢俊亮则蹲在手术室门口，双手抱着头，嘴里念念有词。

"你别念叨了！烦死了！"冯凯嘀咕了一句，卢俊亮立马停止了念叨，泪眼婆娑地抬头看着冯凯。

冯凯心有不忍，柔声说："你师父好人有好报，肯定没事的。"

产房在一楼，手术室在二楼。冯凯好像听见一楼有动静，连忙跑到了一楼。可是，产房的大门依旧紧闭，门上的红灯也依旧亮着。

冯凯在产房门口站了一会儿，还是烦躁无比，又跑回了二楼。二楼手术室的大门也紧闭着，红灯也亮着。

就这样，冯凯上上下下不知道跑了多少趟，终于等到急救顾红星的手术室的红灯熄灭，医生走了出来。

这是陶亮在无数部电视剧里都看到过的情节，家属疯了一样地拽住医生，医生冷静地说出答案。这一次，他紧张地望向医生，医生会说出什么呢？

医生面无表情地摘下了口罩，冯凯根本无法从医生的表情里读出些什么信息。和电视剧里一样，医生很淡定地说："血气胸。"

卢俊亮弹射了起来，说："没了？"

"没了。"医生说。

"没了？怎么就没了？"冯凯一阵眩晕，差点没站住。

"医生是说除了血气胸，没其他问题了！没伤到大血管，没伤到脏器！没事了！没事了！"卢俊亮也意识到他和医生的对话有歧义，连忙解释道。

在卢俊亮说话之前，冯凯感觉自己的腿都在抖，此时瞬间平静了下来。

还好，这不是一个噩梦。

冯凯此时有一种强烈的虚脱感，他双手撑着墙壁，粗重地喘了几口气，说："你们医生以后说话的时候注意点。"

说完，冯凯迈着仍有些发抖的双腿向楼下走去。

说来也巧，当他刚好走到产房门口时，一声婴儿的啼哭从产房大门里面传了出来。

"嘿，真响，怪不得以后骂我的时候中气那么足。"冯凯一屁股坐在门口的长椅上，仰天傻笑。

不一会儿，产房的大门打开了，两名医生推着病床，先走了出来，另一名医生抱着一个襁褓，跟在后面。

"母女平安。"打头的医生说，"欸？怎么是你？孩子爸爸呢？还没包扎好吗？"

病床上的林淑真虽然很虚弱，但还是听见了医生的对话，她浑身一颤，连忙向冯凯投来了征询的目光。

冯凯连忙强撑着站起身来，说："没事，没事，林医生你放心，老顾受了点皮外伤，自己磕的，缝两针就好了。等缝完，他就来找你。"

林淑真怀疑地看着冯凯，但见他是真的一脸真诚，这才放下心来，疲惫地闭上了眼睛。

"对了，我得回去和他们医院的医生说个事儿。"抱着孩子的医生说道。她左顾右看，见有人推床、有人举着吊瓶，都在忙着，于是也不管冯凯同不同意，直接把婴儿往冯凯的怀里一塞。

"抱好了啊，刚睡着。"医生说完，就转身又进了产房。

此时轮到冯凯手足无措了。他没当过爸爸，从来没抱过孩子。此时虽然学着医生的模样抱着孩子，还是觉得哪儿哪儿都不对劲，可是又不敢动，生怕打扰了睡梦中的顾雯雯大人。

冯凯向自己的臂弯看去，粉色的襁褓里，圆圆的小脸蛋，胖墩墩的，粉嫩粉嫩的。睫毛长长的，脑袋上却稀稀疏疏，是一个小光头。眉眼之间，明明就是成年顾雯雯的那种神气和灵气。

婴儿睡意阑珊，时不时还吧嗒几下小嘴，扭动一下小脑袋瓜。那可爱的样子，几乎要把冯凯的心都融化了。

这，就是他一直心心念念的顾雯雯啊！

"雯雯！我终于见到你了！"

燃烧的蜂鸟

迷案1985

尾声 | 四条命的女人

1

这半个月，顾雯雯有些心力交瘁。

陶亮晕过去之后，虽然没有像医生担心的那样引起继发性肺炎，生命体征一直比较平稳，但他的意识一直都没有恢复。医生说，像陶亮这种情况，他是从来都没有见过的。医生也请教了北京、上海的专家，说法都不一样。有些专家说他有极大的可能性会醒转过来，而有些专家则不看好。

就在这极端焦虑的节骨眼上，父亲顾红星也因为"高血压三级（很高危）"住院了。

人生中最重要的两个男人都倒下了，这无疑让顾雯雯觉得雪上加霜。

她不得不移交手上正在侦办的悬案，单位领导给她放了长假，她每天在医院的神经外科和心血管内科之间不断穿梭，身心俱疲。好几次，她都愣愣地坐在医院空荡荡的长廊里，对着深夜的空气失了神。

今天，或许是这半个月来，顾雯雯的内心唯一得到安慰的一天了。

早晨，顾红星的 24 小时血压监测结果出来了，血压目前已经稳定，如果再接连稳定两天，就可以出院了。

而陶亮似乎在睡梦中也有了反应。

顾雯雯在清晨时分，清楚地听见他喃喃地说了一句："雯雯！我终于见到你了！"

这句话像是一针催泪剂，让顾雯雯哭了好久。

医生说，陶亮有剧烈的眼球运动，可能是在梦境当中。在这种时候，活跃的脑活动，对他的康复是有积极作用的。说不定，过几天他就醒过来了。

好在，顾雯雯不是一个人在硬撑着。

一大清早，婆婆就来接班了，她心疼地看着顾雯雯，让她赶紧回家休息。婆

尾 声

四条命的女人

婆是个学者，一直这么善解人意。其实公公和婆婆的岁数都不小了，身体状况也不佳，顾雯雯也不想让他们太劳累。但是这种母子的单独相处，说不定对陶亮的恢复会有促进作用，所以顾雯雯就答应了。

可是百感交集的顾雯雯哪里睡得着觉啊？

此时，母亲也正在医院，陪着父亲说话。一个家里只要有人生病，没倒下的人，也都很难兼顾自己的生活。于是，顾雯雯回到了母亲家里，她想趁着这个机会，帮母亲打扫打扫。

自从陶亮在这里倒下，直到今天，全家人根本也没时间大扫除。

陶亮当时翻阅的笔记本和卷宗，此时已经被母亲归类整理好，放在了写字台上，但家里还是显得有些凌乱。

顾雯雯拿起扫帚，开始扫地。

可能是这半个月以来，顾雯雯把她身体里储存的能量都消耗殆尽了，地还没扫完，她就已经气喘吁吁了。恰在此时，她从客厅的沙发底下，扫出了几张用订书机钉在一起的黑白照片。她拿起照片，一边看着，一边坐在沙发上短暂休息。

照片已经泛黄了，至少有30年的历史了。照片里，是十几页信纸的翻拍。看来，这是当年某个案件的犯罪嫌疑人的讯问笔录，被顾红星用相机翻拍了下来进行保存。顾红星很喜欢这样做，因为犯罪嫌疑人的自述，是总结办案的最佳依据。

也许，这些照片原本就夹在顾红星的工作笔记里，被陶亮翻出来看了，结果在他倒地的时候，照片掉落在了沙发的底下。

"这种老古董，还是要保存好的。"顾雯雯自言自语道。

当年的照片只有五寸大小，而翻拍出来的笔录，字迹就更小了。视力一向很好的顾雯雯都只有凑近了才能勉强看清。

这是一份1985年9月14日的讯问笔录。

犯罪嫌疑人是个女人，叫金苗，当年也就25岁，却犯下了累累罪行。

当年的讯问笔录和现在规范化讯问笔录大不相同，没有权利义务告知，很少有问答，都是大段大段的自述记录，读起来更像是一份犯罪嫌疑人的自白。

金苗的人生，就这样展开在顾雯雯的眼前。

2

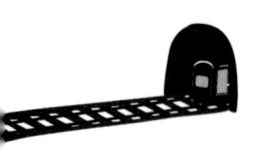

我叫金苗，今年 25 岁，没有正式工作。

现在我也没有什么好隐瞒的了。如果昨天的那个公安死了，那么我身上背着的，就是四条人命了。为什么会这样？我也不知道。

我的故事，恐怕你们也已经从不同人的嘴里，听到过很多版本了吧。

我现在回想自己的整个人生，感觉就像是一场大梦。在这梦里，有时候我是个乖巧懂事的女儿，有时候我是个温柔可靠的姐妹，有时候我是个不知廉耻的荡妇，有时候我又是个冷酷无情的赌徒。好奇怪啊，这些人居然都是我。

你们会相信我说的故事吗？

金万丰，住在我家隔壁。

他家和我家一样，没有多少钱。但金万丰的童年比我要幸福，他还有个姐姐，比他大了好多岁。都说长姐如母，他姐心疼他，总是想方设法给他弄吃的，让他长身体。溪里捞的小鱼小虾，山上摘的野果子，春天野菜捏的团子……他也是有点憨，明明自己也没有多少吃的，还要悄悄分给我一口。

我妈说，这个傻小子，将来对媳妇应该挺好的。可惜家里太穷了，不知道有谁愿意嫁给他。穷，是我对这个世界最早的认知。我穷，所以我总是吃不饱；我穷，所以我穿的永远是不合身的旧衣服；我穷，所以我没有选择。

我爸是个农民，种地、喂鸡，没有太大的本事，也不爱说话。我妈生下我之后，可能是营养不足，原本就不太好的身体，变得更加虚弱。她下不了地，大部分时间都在床上躺着。我不知道她那个叫什么病，虽然每天都要吃药，可好像从来也不见好转。吃药，都是要花钱的。我妈干不了重活，有时候就帮人干点缝缝补补的差事，补贴家用。

她舍不得点蜡烛，更没钱点煤油灯，就着窗口一点微弱的光，眼睛都要看瞎了。我上学的时候，我妈也曾经很高兴，觉得我的日子可能会变得不一样。但我小学毕业的那天，我回到家，看到她坐在床上抹眼泪。我爸看着我，说有事跟我商量。

我爸很少开口，但一开口就是大事。

他说，作为一个女孩子，作为一个农民，我上的学足够了，没有必要再去上中

/// 尾 声

四条命的女人

学。上学，不能为家里挣钱，还得花钱。

我向来是个懂事的孩子，我没吭声，把用过的书和本子，都塞进了箱子底。

其实我是想继续上学的，因为整个小学期间，我都是名列前茅的。我喜欢上学，课本上的东西，都那么新奇。从老师的描述里，我能看到外面的世界。科学家、医生、运动员……那是一个和金村截然不同的世界。但生活就是这么无情，我没有选择，只有接受。

小学毕业，我的童年就彻底结束了。

金万丰也搬家了，听说他上了初中。如果他还住在我家隔壁，或许我可以问他借初中的课本来看看吧；如果，我再晚出生几年，听说国家要出台《义务教育法》[1]，以后的孩子上学就可以不花钱了……可惜，世界上就是没有那么多的如果。

我13岁，就跟着爸爸一起下地干农活了。

春种秋收，看天吃饭。农活是很锻炼人的。

我的个子渐渐长高了，声音也变得更亮。

我以为我会一直跟着爸爸干农活，照顾妈妈，如果妈妈能一点点好起来，这样的日子也是很有盼头的。可是，我不知道，一个吃苦耐劳又长得不算差的姑娘，会有多少双眼睛盯着她长大。说媒的人，日日上门，我爸也越来越坐不住了。

我刚刚满了20岁，爸爸就琢磨着把我卖一个好的价钱。

后来，价格谈妥了。不得不说，还真是一个好价钱。

我被爸爸强迫着嫁给了张奇。

老师说过，包办婚姻是旧社会的事情了。可是，当下的农村还都沿袭着这个恶习，我太渺小了，即便内心抵触，也无法和爸爸的权威相抗衡。

抵触的原因，是我知道，张奇就是语文老师说的那种"纨绔子弟"。他天天游手好闲，好酒好赌，坏事做尽。可是能配得上"纨绔子弟"的前提是，他得有一定的经济实力。

确实，他家是个体户，还是个"万元户"，所以在我们村里，是最有钱的。

我爸当然知道我不愿意。所以，在找我开口之前，他先说服了我妈。他说女儿

---

[1] 1986年4月12日，由第六届全国人民代表大会第四次会议通过并颁布的《中华人民共和国义务教育法》。

大了反正都是要嫁人的，嫁给有钱人总比嫁给没钱的人好。我妈无话可说，她自己的日子就是个证明。

然后我爸就把我叫到面前，嘱咐嫁人之后的事情。

我从没听过他说那么多的话，他说什么一个好女人应该像水一样包容一切、融化一切，所以就可以改变一切、可以掌控一切。他说我是个聪明人，结婚和上学差不多，只要够用功，没有解不出的难题。我长得好看，张奇有面子，结婚之后，凭我的本事，怎么就不能让张奇"浪子回头""百依百顺"？他说张奇家很有钱，我嫁过去，以后想干啥都行。

他说得唾沫横飞，累得给自己灌了一大碗水。

最后他说，这一切，都是为了我好。

20岁，如花的年龄，也十分幼稚。我信了我爸的话，或许也是为了说服自己认命。我没想要张奇对我"百依百顺"，但如果嫁给张奇之后，真能劝他远离了赌博和酗酒，那两个人的日子也能过得安安稳稳。至少，我妈的病也不用总拖着。

至于爱情，我哪有资格谈爱情呢？

事实证明，结婚和我想象的一点都不一样。

张奇是被宠坏的孩子，向来要什么有什么。他父母安排这场婚事，无非是因为知道我规矩、勤快、任劳任怨，想让我拉这个不成器的儿子一把，收收心。可父母都管教不了的孩子，一个外人又怎么可能说上话呢？新婚之夜，我本来想和他好好谈谈，他却不耐烦地嚷道，老子花了那么多的彩礼钱，不是来听你说这些废话的！

他粗鲁地强暴了我，我拼死反抗都没有用。那一刻，我觉得自己就是个牲口。

他的好赌和酗酒不仅没有因为结婚有一丝收敛，甚至变本加厉。

我就像他的奴才，我生活的全部就是为他洗衣做饭，充当他赌输后的"出气筒"、醉酒后泄欲的工具。稍有不从，就是一顿毒打。公公婆婆知道这一切，但都选择了沉默。

第一次被打，我就跑回了家。可是推开门，我爸却向我投来了奇怪的眼神。似乎我突然回娘家，是一件不正常的事情。我妈急着问我发生了什么事，我哭哭啼啼地说了。我爸只在一旁默不作声。后来张奇和他爸爸来了，态度很是谦恭。我爸这下开口说话了，说哪家夫妻不吵架，我也忒不懂事，张奇要是做得不对，自有亲家管教，哪有让娘家主事的道理。他骂了我一顿，让我回去了。

/// 尾 声
四条命的女人

等到第二次我再被张奇打,我爸甚至都不给我开门了,我是被张奇硬生生拖回家的。

原来,我的娘家,早已不是我的家了。

张奇的父母要我帮张奇管钱,可一个赌徒的钱是最难管的。他要是心情好,就甜言蜜语地缠着我要钱;要是心情不好,一个巴掌就扇过来,说跟我过不到一起去,要我连本带利吐出彩礼来,说这些钱用来赌博比娶媳妇强。

我不知道我的彩礼有多少用在了给我妈治病这件事上。但我结婚还没满两个月,卧床多年的母亲便走完了她的一生。如果说我对哪位家庭成员还有所依恋的话,就一定是我的母亲了。虽然她没有劝阻父亲对我的出卖,虽然她在我爸关门不让我进屋的时候不敢吱声,但好歹,她也为我哭过,也听我说过我的心里话。

如今,连听我说心里话的母亲也没了,这是我第一次感到万念俱灰。

在为母亲守灵的时候,张奇来了,他不是来吊唁我妈妈的,而是拖我回去为他做饭的。他说,我不应该在死人身上浪费时间,我应该去照顾他这个活人。为了不再被毒打,我很平静地跟他回去,帮他做了饭,静静地看着他自斟自饮到烂醉如泥,然后就悄无声息地收拾好了自己的行李。

活人、死人我都不想管了,我要去一个没人认识我的地方,过我自己的生活。

3

其实我并没有想好去哪里。

我只想去火车站,随便买一张火车票,远远地离开这里就行了,越远越好。

最近的一班火车,是去广州的,很远,我的钱也够买票。

火车站的人很多,而且不怕你们笑话,那次是我第一次坐火车。买好了票,我却不知道在哪里候车,好在有一个热心的女孩帮忙。

那个女孩就是林倩倩,她的目的地也是广州。

林倩倩是龙东县人,因为龙东县没有火车站,所以要去广州,只能来龙番坐火车。林倩倩对我很热情,我们就这样"自来熟"了。我很喜欢她的性格,在那时候的我看来,她是那么阳光开朗、爱笑爱闹,她的洒脱影响着我,让我渐渐从内心的阴霾里走了出来。

但我没想到,这样一个开朗活泼的女孩,居然也是从家逃出来的。

在火车上的两天,林倩倩和我越来越亲。火车过山洞的时候,漆黑一片,她悄悄抱住了我的胳膊,跟我说,姐姐,你知道吗,我以前可怕黑了。

她的故事,确实一片漆黑。

林倩倩 10 来岁的时候,她全家人就进了一个什么组织,一群人没事总是在拜一个什么神。这个组织听起来很可怕,每次聚会都在一个漆黑的房间,所有人都念念有词地吟诵着什么经。那时候的林倩倩岁数小,不懂事,稀里糊涂地被自己的父母带着去拜神,稀里糊涂地跟着念经。到她 16 岁的时候,有一天,大家都吟诵完经离开了,林倩倩的父母却要她独自留在那个漆黑的房间里。接下来发生的,是更令人恐惧的事情,她被好几个男人轮奸了,而这一切,竟然就是林倩倩的父母安排的。

他们听从了"教主"的主意,要把林倩倩当成这个邪恶组织里的性奴隶,从而换取金钱和在组织里的地位。他们说,林倩倩长得好看,天生就是做这个的,给她服侍的机会,她应该感到荣幸。

说到这里,林倩倩"呸"了一声。她说,还好她不傻,就算是做这个,哪有不给钱的。

她笑得轻描淡写,我却听得很是心酸。

在这种暗无天日的环境里,林倩倩苦熬了 3 年,终于找到了一次机会,逃了出来。走的时候,她甚至还拿走了"教主"放在抽屉里的一笔钱,给自己当作路费。她说,她就要看他们气急败坏,她一点都不觉得抱歉,这是她应得的。

说话的时候,她的眼睛里有泪光。原来世界上有比我更惨的可怜人。相比于她,我觉得自己的遭遇都不算什么了。在隧道的黑暗中,我也回抱着林倩倩的胳膊,感觉她像是我从未有过的姐妹。她说现在她不害怕黑暗了,可我还能感觉到她微微的颤抖。这么私密而痛苦的故事,林倩倩毫无保留地全部说给我听,这让我也有种想要诉说的冲动。

于是,我也说了张奇的事,我告诉她,我恨张奇,恨到看到任何一个赌徒都会发抖。林倩倩靠着我的肩膀,拍拍我的手说,那咱们以后找男人,就绝对不找赌徒。

她真的是比我要开朗太多了。在经历这么多事情后,还能坦荡地说出"找男人"这样的字眼。而我,从来都没想过自己还有这样的可能。

就这样,我们俩成了无话不谈的好友。在林倩倩的身上,我第一次感觉到了友谊的力量。在那一刻,我似乎不再孤单,我的内心有了陪伴和依靠。我甚至暗自发誓,一定要好好珍惜这份友谊,永远不和她分开。

/// 尾 声
四条命的女人

到达广州后,我才知道,大城市真的是好棒啊,我们龙番和人家相比,简直是云泥之别。到了火车站,甚至还有人愿意开车拉着我们去介绍工作。我和林倩倩找了一辆小面包车,他问我们愿意选择什么工作。我选了鞋厂,而林倩倩和那个司机说了几句悄悄话后,只和我说,她要去赚更多的钱。其实我的心里知道,她是要去做什么,可那又有什么关系呢?

她是我唯一的朋友,不管她做什么,我都把她看成我最好的朋友。

去了鞋厂,我一眼就看中了这个工作单位。整个厂子里整洁明亮,员工和老板都很温和和善。通过了面试,我也如愿以偿地成了一名鞋厂的工人。

虽说刚去的时候当学徒,工资并不是很高,但对我们农村出来的孩子来说,已经是一笔相当可观的收入了。最关键的是鞋厂包吃包住,我的工资都可以省下来作为积蓄。

至于未来,我没有想过太多,在这个陌生的他乡,我了无牵挂,每天都能吃饱喝足睡得香,真的没什么不好的。对我来说,每一天,都像是生活在天堂一般。

在这期间,林倩倩经常来找我。

她入那个行当后第一次来找我,我就发现她完全变了一个人。脸上有精致的妆容,衣服一看也都不是便宜货。再对比一下我身上的粗布衣衫,实在是有些自惭形秽。如果说我心里一点嫉妒的感受都没有,那就是假话了。

林倩倩依旧是那样口无遮拦,她几句话就点破了我的心思,说姐姐,你比我漂亮,你的皮肤天生就好,嫩得能挤出水来,为什么要在这里干粗活,白白浪费自己的青春呢?

我知道,她是在劝我入行。

也许是我的思想并没有这般开放吧,反正,她的这个行当,我是不会干的。你们是不是觉得,我在自欺欺人?我最后还是走了这条路?不,事情不是你们想的那样。我自始至终,都没有入过这一行。那时候,我甚至还想过要不要劝林倩倩离开,不过,看到她意气风发的样子,听她描述纸醉金迷的生活时陶醉的模样,我知道说出来也是没用的。

林倩倩告诉我,她现在的收入很高,比我高出十倍都不止,而且工作很轻松、很快乐。在我拒绝入行后,她还笑话我,说干这事儿,又不会掉一根毫毛,说我不爱张奇,不也一起睡了,那睡其他男人,有什么分别?睡其他男人还能有钱挣,至

少比睡那个赌鬼要好受多了。她说话总是这样，口无遮拦，但她是我的好朋友，所以我也没有觉得被冒犯，我挠她痒痒，一顿嬉笑打闹之后，这件事也就不了了之了。

虽然我没跟她一起下海，但她还是会习惯性来找我玩，也经常会给我带一些礼物。

随着林倩倩的收入越来越高，她出手也越来越阔绰。甚至在那一年我的生日，她居然拿了一个金镯子来送给我当礼物。那时候的我，感动到号啕大哭。并不是因为金镯子很贵重，而是我活到 20 多岁，是第一次过生日，第一次拥有生日礼物。

但我也没有想到，正是因为这个金镯子，我的生活发生了巨大的转折。

一天下午，林倩倩带着一个 40 多岁、穿着西装的男人来到我的鞋厂门口。

我见林倩倩一脸紧张，欲言又止的样子，深感奇怪。那男人看她一眼，她才嗫嚅着说，她送我的生日礼物——金镯子，是一天晚上"事后"从这个西装男人的包里偷来的。没想到后来被发现了，如果不还给人家，就会挨打。

可能在林倩倩看来，这件事很羞耻、很尴尬，可我听到这件事后，完全没有怪她的意思，反而觉得很感动。林倩倩为我偷了一个这么贵重的礼物，可见她是真心把我当成姐妹的。

我二话不说，取下了金镯子还给了西装男人，希望他能就此放过林倩倩。

可是那个男人温和一笑，没有接过镯子，而是用听不太懂的方言提议我们一起吃个饭。

不知道这个男人在搞什么花样，难道还要林倩倩赔偿利息吗？我当时想好了，如果他要讹诈我们，我哪怕倾尽我的积蓄，也要帮林倩倩还清这笔债。

可是我想错了，西装男人并不是要讹诈我们。他是香港人，很有钱，在当地很有名，别人都叫他"东哥"。东哥不仅看起来很体面，而且很健谈。最重要的是，他的彬彬有礼给我留下了深刻的印象。他没有要回金镯子，而是很大方地送给了我。他说，原来是误会一场，有钱难买真情意，为了我和林倩倩之间的那份友谊，我应该收下这份属于我的礼物。

我从来没有遇到过这样的男人，他明明有钱有势，却不像张奇那么粗俗蛮横，他看向我的眼神，并没有一丝冒犯，反而带着一种克制。回宿舍后，我的脑海里都是东哥的模样。被这样一个体面的男人尊重，我的心里莫名激起了涟漪。关键是，他送了我这么贵重的礼物，却没有索求任何回报。

/// 尾 声
四条命的女人

后来，东哥又通过林倩倩来找我吃饭，慢慢地，我们又变成了单独吃饭。

我明知道不应该陷进去，却还是不由自主地答应了他每次的邀约。也许是因为和他在一起，我不再是鞋厂里做着机械的、流水线工作的女工，而是一个能没有任何负担去表达自己想法的女人吧。没错，我从他身上，第一次享受到被尊重、被爱慕的感受，第一次感觉到自己是个女人。慢慢地，我能听懂他那一口拗口的粤语了，甚至还跟着他学了几句简单的英文。他什么都愿意教我，我也什么都愿意学。在我的心里，已经默默地把他当成自己的"男朋友"了。

也正是因为有这种恋爱的心理预期，在一次饭后，我们自然而然地就做了那种事情。那一次，我哭了，原来我反感那种事情，是因为张奇没有把我当成人过。而东哥，他对我那么尊重、那么珍惜，给了我从未有过的感受。林倩倩说得对，东哥就是我要找的男人。

东哥说，他不忍心看我那么辛苦，提出让我从鞋厂辞职，他包了一间旅馆房间给我住，比鞋厂宿舍环境要好得多。我平时的开销用度，都是他定期给我。他在工作不忙的时候，会来陪我。陪我吃饭、陪我聊天、陪我逛街，还会送我很贵的化妆品和衣服。

东哥是做销售生意的，他说就是想办法从香港那边运过来一些日常用品，然后高价卖掉，不需要缴关税的那种。后来我知道，那叫"走私"。东哥和我说过很多他生意上的事情，我觉得很新奇、很有意思，甚至也憧憬着自己以后可以参与东哥的生意，做个"销售"之类的工作，就像——就像是开"夫妻店"。总之，那几个月的时间，我过得很好，就像是活在一场美梦里。

直到几个月之后，东哥找我聊天，给了我一大笔钱，有1000块，他说我们的缘分已尽，让我以后不要再找他了。我当时都蒙了，他连抛弃我的话，都说得那么彬彬有礼。

东哥走后，我在空荡荡的旅馆房间里，呆坐了一整天。

我捏着那厚厚一沓钱，突然有一种感觉，自己和林倩倩的工作又有什么不同呢？

不，我的内心极力地否认着这个想法。我只是"失恋"了。东哥对我，肯定是不同的。我试图在回忆里寻找所有他爱我的证据，却越想越觉得苍白无力。

这是我第二次感到万念俱灰。

4

  我也考虑过自己今后的日子，虽然 1000 块钱能生活很长时间，但是我总不能无所事事、坐吃山空啊。重新回到鞋厂呢？我不愿意去想。那种吃苦却赚不到几个钱的日子，我恐怕是回不去了。

  在悲伤的季节里，还是林倩倩陪着我。她陪我骂东哥，说男人没有一个是好东西。她陪我去逛街，给我买最新款的口红。她陪我半夜不睡觉，喝光了大排档的廉价啤酒。她是一个活生生的、热腾腾的女孩子，虽然总是没心没肺，对我却也总是掏心掏肺。她又一次问我，要不和她一起去做她的工作？我还是拒绝了。

  好在，失恋的日子不算太久。

  因为我很快有了第二个"男朋友"。和东哥相比，他可能没有那么体面、那么尊重我，但他至少是把我当成一个平等的人来对待的。他说他是跑运输的，其实我觉得，他应该就是东哥的"下线"吧。他也给了我不算太奢靡，但足够富裕的生活。我们发展得很快，他也会和我讲他工作上的事情，也会陪我吃饭、逛街。几个月以后，他也给了几百块钱，说是"和平分手"。

  我的生活，似乎按下了重播键。

  但这一次，我并不悲伤，我甚至开始主动寻找下一个"男朋友"了。

  后来我有过很多"男朋友"，做什么行当的都有，在一起的时间有长有短，有时能处几个月，有时就是短短几周。有的对我很是尊重，有的也会和张奇一样对我打骂蹂躏。有的抛弃了我，有的也被我抛弃。不过我都见惯不怪了，也没有什么负担。因为我也有了选择权，我也有了说"不"的权力。

  这些人的相同点是，"买断"我们关系的时候，总会给我或多或少的金钱。这些钱，都被我存进了存单。看着存折上越来越大的数字，我的内心开始满足，我也越来越有安全感了。我甚至开始计划未来的人生：等我攒够了一大笔钱，我就去开个小店。那时候，即便没有"男朋友"，我也可以过得很好。

  人在顺境的时候，总是容易忽略一件事：眼前的一切，并不是理所当然的。

  大城市永远有那么多的新面孔。更年轻的，更漂亮的，更天真的，更大胆的。

  林倩倩做的这个行当的竞争是越来越激烈了，她的空闲期也越来越多。我的情况也差不多，"男朋友"也不那么好找了，空档期也越来越长。我们不能一直住在漂亮的

/// 尾 声
四条命的女人

旅馆里了。有时候林倩倩接活回来，身上多了瘀青，我也没敢说什么，以前不接的烂活，她现在也不挑了。我心里也很害怕，再这样下去，恐怕不仅开店的梦想泡汤，之前好不容易存的钱，也不得不拿出来做开销了。我们俩兜兜转转，又要回到原点吗？

过年前，南方的天气也转凉了。

我们俩"厮守"在寒冷的廉租房里，一个多月没有收入了。林倩倩有天回来，突然说转运了，要给我介绍新的"男朋友"。于是，她就带着那位姓黄的老板和我一起吃饭。吃饭的时候，黄老板夸夸其谈，和我们说了一大堆他做生意的事情。这个时候的我，早已不是啥都不懂的乡下妹了。他一说，我就知道，他就是一个销赃的。虽然没啥稀奇的，但是关于销赃工作的故事，也还是蛮有吸引力的，而且说不定会帮助我以后经营小店，所以我也假装出捧场的样子，听得蛮认真的。

饭后，黄老板提出让我和林倩倩一起陪他去旅馆。其实，这么"猴急"的"男朋友"我是见过的，但是提出"一拖二"的，还是第一次遇见。毕竟，我从来没有打心里认可我和林倩倩是做一样工作的人。所以，我正准备拒绝，却看见林倩倩使劲朝我使眼色，似乎有什么重要的隐情。

我居然，就点头了。

后来我才知道，在我对黄老板的生意经感兴趣的时候，林倩倩的兴趣是黄老板包里的现金。她悄悄估算了一下，老板包里的现金数量是 5000 元，而林倩倩的一晚上，只值 20 元。

要完成 250 单生意，才能赚到这么多啊！林倩倩这么给我算的时候，眼睛都发直了。

我以为她的意思，是让我套牢这条大鱼。没想到，完事之后，黄老板呼呼大睡，而林倩倩穿着完毕、摇晃着手中的一沓人民币，暗示我赶紧开溜，我才知道，她这是老毛病又犯了。

其实，钱哪有那么好偷？

我们刚刚拉开房门，黄老板就醒了。他暴跳如雷，把林倩倩按在了茶几上。我看着林倩倩越来越紫的面颊，一股热血就冲上了脑袋。她可是我唯一的姐妹，我不去救她，她就死定了。所以，我抡起烟灰缸，打了老板的头。其实那一下，应该不重，因为老板很快转过身来，捂着头要来揍我。烟灰缸在地毯上弹了几下，落在了林倩倩的脚边。林倩倩此时已经回过神来，拾起烟灰缸也向老板的头上砸去。

不是一下，而是好多下，一下，一下，直到血迹溅得地毯上到处都是。

5

我们从旅馆逃了出来。

一路上，我们面无表情，假装闻不到鼻腔里满溢的血腥味。直到找到一个僻静角落躲起来，我们才知道什么是害怕。林倩倩往我的怀里缩，像个孩子一样搂住我。我也搂住她，嗅着彼此身上新鲜而刺激的死亡气味。我们冷静下来，试图用瓜分那5000元来稳定自己的情绪，可是颤抖的手暴露了我们彼此的心情。我们商量着该如何是好，杀了人，广州肯定待不下去了。这么多年听故事得来的阅历让我知道，如果我们去其他城市，因为我们的外地口音，人生地不熟，更容易被公安注意到。所以，逃回老家，在熟悉的环境里隐姓埋名，才是最稳妥的。

我们用最快的速度逃回了龙番市。回来了，才知道家乡的好。这里有熟悉的街道、熟悉的口音和空气中熟悉的味道。广州的一切都宛如隔世。我感觉像是甩掉了一个沉重的包袱，因为这里没有人会知道我的过去。

我们在城里一个小旅馆，开了一间房间，旅途劳累，林倩倩很快睡熟了，而我则始终睁着眼睛。我们窝在房间里，低调地过了几天，没听到什么风声。林倩倩开始放松下来，庆幸龙番离广州那么远，庆幸自己又一次逃离了是非之地，又可以开始了。她大胆地出门去，说要看看有什么事情可做。我则没有那么乐观，每天静静地躺在房间里思考下一步打算。

一个月的时间里，我渐渐捋顺了思路。

如今我已经有1万多块钱的存款，足够开一个小卖部了。不过回到龙番，难免会遇到熟人。为了避免以后被张奇骚扰、拖累，在开小卖部之前，我得撇清和他的关系。我先要说服我爸同意我离婚，然后和张奇谈判，给他一笔钱，让他也同意离婚。他们都同意了，我准备资料、办手续也就会快很多。等这一切办妥了，我就去开店。不过，我也不能在我们村开店，否则以张奇的性格，即便离婚了他也会纠缠不休。毕竟，赌博成瘾的人，什么事都做得出来。隔壁几个村都是不错的选择，生活习惯、口音都一样，且村与村之间人员流动很小。这就是那些老板经常说的"灯下黑"吧。

我正沉浸在筹谋打算中的时候，林倩倩却苦着脸来找我要钱了。

我几乎惊掉了下巴。当初黄老板身上那5000元，我们一人分了一半，再加上

尾 声
四条命的女人

她以前存的私房钱，这可是天文数字啊，一个月的时间，不至于全给花光吧？在我的再三追问之下，林倩倩特别不好意思地承认说，自己是去赌博输了。

晴天霹雳！她明明知道我痛恨赌博，也知道我和张奇的事，她怎么就沾上了赌瘾？林倩倩哭着抱着我说，她一闲下来就会想到那天杀人的事，一害怕就想找点事儿干，不知不觉就陷进去了，她不是故意的，她是上当受骗，她赌咒发誓，还完这笔赌债，以后绝不会再沾赌博！

她哭得那么厉害，我也心软了。我把身上的几百元给了她，也把我的打算全告诉了她，千叮咛万嘱咐，让她耐住性子，等我处理完我的家事。等一切尘埃落定，我们俩可以一起开店，一起生活，再不用担惊受怕。

因为不想去家里过年，大年初七，我才独自去了金村。

父亲老了许多，还是那么不爱说话。他对我的出现并没有表示出激动，也没有询问这几年我去了哪儿，他收下了我给他买的日用品，却对我的离婚提议不置可否。我始终看不懂他这个人，但我也不再需要顺着他的意思生活了。

张奇变化更大，再也不是"纨绔子弟"的形象了，因为这5年中，他父母双亡，而他坐吃山空，早已经家境败落了。这对我来说，是好事，对付一个处境窘迫的赌鬼，可能只需要更少的钱就可以将他说服。

我忘记隐藏手腕上的金镯子，张奇和我说话的时候，一直盯着我的金镯子发呆。他咧着嘴，提出了一个天文数字——2000元。我心中顿时一阵暗喜，这笔钱只是我存款的少部分，我完全给得起。不过，我不能轻易答应他，因为在他的心中，这可能是我无法企及的数额。我做出了为难的样子，让他少一点。他则一脸得意地说一分也不能少。

我决定花上一段时间，和他讨价还价，毕竟即使是开店，最好也等到春暖花开的时候。谈判到最后，哪怕只便宜100块，也要让他觉得得来不易，让他觉得我是付出了倾家荡产的代价，这样就不会再纠缠我家了。所以我做好了用一两个月来消磨张奇的打算。

金村交通不便，回程我选择绕路，经过了蔡村。蔡村的主干道旁有一排不算太破旧的民房，在广州，他们管这样的房子叫门面房。有一间房子的门口贴着租赁的告示，吸引我停下了脚步。蔡村这个地方不错，背靠大山、面向大湖，风景秀丽。而且蔡村和金村之间好像没有太多的人员流动。我想，说不定以后这里就是我的栖

息之地了。尤其是这条大路，是通往金夏镇的大路，在这里开店，一定生意不错。而且在谈判期间如果每天都要这样翻山越岭地往返于城里和村里之间，太累了。

也许这一张租赁告示，就是冥冥之中的天意吧。

价格很公道，而且家具设施齐全，我几乎没有考虑，就租了下来。房间里有点脏，我一边打扫着卫生，一边规划着以后如何把房屋结构改造成小卖部的模样，再想办法通上电。就在我进进出出的时候，我居然看到了一张似曾相识的面孔。

这张似曾相识的面孔更是在一瞬间绽放得像花朵一样，他跑过来喊道："金苗？"

我想了起来，这是我儿时的玩伴，金万丰。

这么多年没见，他看上去还是斯斯文文的，和小时候一模一样。他身边带着一个十二三岁的孩子，一副顽皮的样子。我心想，这孩子岁数不小，难不成金万丰早早就结婚生子了？

金万丰让孩子自己去玩，然后和我聊了很久。他说那孩子叫小羽，是他姐姐的孩子，而他来蔡村也是因为小羽跑到同学家里来玩，他来找孩子回去。他高中的时候，他的姐姐姐夫、父母先后去世，他的亲人就只有小羽了。他还说，他没想到还能见到我，我结婚的时候他很伤心，我失踪后他又很牵挂，以为这辈子都不会再相遇了。

这个老实人一口气说出这样的话，看来我们的重逢确实让他兴奋到语无伦次了。

而我却很担心，我担心他会有意无意在金村泄漏我的行踪，那么我隐姓埋名的计划就落空了。所以，我和他说，我这次回来，是来离婚的。但如果让张奇知道我住在这里，就会对我纠缠不休，我也就离不成婚了。我看得出他对我的离婚有期待，因此我相信他会保守秘密。他也觉得蔡村是个好地方，金村的人和这边走动的不多，如果他不是来孩子同学家找孩子，也不会到这边来。他还承诺，这个秘密一定只有他一个人知道。

临别的时候，金万丰非要在我手里塞一个苹果。

他还是和小时候那样，明明自己也没有多少好吃的，还要分给我一点。

我看着他欣喜远去的背影，不禁有些唏嘘。可惜，现在的我，已经不需要苹果了。

接下来的一个多月里，我时不时地回金村去和张奇谈判，剩下的时间，就去蔡村的周围寻找进货的渠道，估算销售的差价和经营的成本。这一切，都是我的那些

"男朋友"教会我的本领。

而自从那次偶遇后,金万丰每隔几天就会来探望我一次,每次来都给我带东西。要么是一些新鲜的水果、蔬菜,要么是时兴的雪花膏、发卡,又或者是煤油、蜂窝煤之类的日用品。有的时候,他也会来给我的住处修修补补,把我这个破烂的小窝,弄得挺整洁清新的。

我知道这是金万丰这种男人追求我的表达方式。

如果是20岁的我,或许会因此感动,把金万丰当成我的依靠,期待着和他长相厮守的日子。但经历过那么多事情之后,我的心已经变得麻木了。我没有拒绝他的好意,也接纳了他的热情,但我没有让他更进一步。

我还没有做好准备。

哪怕我一直在告诉自己,等我离了婚,我就开间小店,过上平平淡淡的日子。

背负这么多秘密的人,真的有资格过这样的日子吗?

6

4月6日,天色渐暗。我在屋子里打扫着卫生,忽然被一阵急促的敲门声给吓了一跳。来蔡村找我的,只能是金万丰,但这敲门声又不像是他的风格。我半惊半疑地开了门,万万没想到,门口站着的居然是林倩倩。

看到林倩倩我很高兴。

我到蔡村之后,已经有两个月了,我觉得事情筹备得差不多,也喊过她来这边看看。可林倩倩说,她不如我聪明,开店的事情,她也不懂。她说她在城里转了转,发现这边也有很多事情可以做。她说她不想什么事都依靠我,也想被我依靠,所以她要自己去试试,去理发店当个学徒也好,去服装店学卖衣服也好,除了睡男人,总有一样事情是她能做的吧。我对她的决定非常支持,所以这段时间,我们各自忙碌,鲜少见面,她能找到我的住处,可见她对我之前说的话是上了心。

林倩倩进到屋里,倒是没说什么,而是东看看,西摸摸,像是一个老朋友来串门一样。我感觉她心里有事,连笑容都有点勉强,她平常哪是这么别扭的人,一种不祥的预感渐渐占据了我的心头。

她边闲聊着来这儿路上的见闻,边顺手把房子翻了个遍,甚至翻出了房东放在床底下的一个有些年头的老古董——捕兽夹。她说自己没见过这玩意儿,一定要玩

一下，只是她玩得心不在焉，玩过之后，就把撑开的捕兽夹，随手扔在了沙发上。我也没去收拾，等着她开口说出真正的来意。

磨蹭了好一会儿，她终于进入了话题，还是那两个字——借钱。

她要借的，不是小钱，而是 1800 块。

我下意识地捂住了自己的嘴巴。

啥也不用说了。我猜到是怎么回事了，林倩倩压根就没有去学什么理发和卖衣服，她说的那么好听，最后还是回到了赌桌上。我当时脸色发白，一句话都说不出来。林倩倩开完口之后反倒轻松了，没脸没皮地直接跪了下来，让我看在往日的情谊上，再帮她一把。

"最后一次！真的是最后一次！只要还清了，我一定'金盆洗手'！姐姐，我的亲姐姐，我都听你的！开店也好，打工也好，我什么都听你的！"

她抱住我的腿，号哭着，眼睛里甚至连眼泪都挤不出来。她的声音在我的耳朵里变得那么吵闹，看着她可笑的表演，我的心越来越冷，冷到我都好像听不见自己的心跳了。

我把她扶起来。她的眼里顿时盈满了快乐的希望。

我取下了那个一直不舍得离身的金镯子，递给了她。

她眼里的笑意顿时凝住，她问我，是什么意思。我说，林倩倩，这个金镯子算是你送给我的，现在还给你，我们俩以后就不是姐妹了，你不用听我的，我也不会再管你了。金镯子有 30 多克，那时候的金价大概是每克 60 元，卖了它，能换 2000 元左右，够她还上赌债了。

林倩倩的脸色变得很难看。不过，她并没有离开的意思。她凄凉地看着我，可怜地看着我，我狠着心不看她的眼神。我知道，我今天绝不能心软。她染了赌瘾，已经不再是原来的林倩倩了。她可以骗我，可以哄我，可以装可怜，可以扮凶狠，这些事情，我已经看够了。我的余光里看到她把金镯子戴上了，她没有放过到手的这一块"肉"，她已经是个彻底的赌鬼了。按照我的经验，她以后继续染赌，挣的钱肯定不够输的，输了钱还得来找我。那一刻，我的心变得异常坚硬，我甚至开始思考是不是该换一个住处了。

僵持中，门又被敲响了。

从敲门声，我就知道这次肯定是金万丰无疑了。真是不巧，怎么这两个人能赶到一起呢？

尾声
四条命的女人

我把金万丰堵在门外，敷衍了他几句。房间里点的是煤油灯，光线很暗，所以在门口的金万丰也无法窥见屋内的情况。可能感受到了我的敷衍，他也就无奈地离开了。他当然不能在这种时候和林倩倩见面，情绪仍很激动的林倩倩，真的有可能什么都说出来。我不敢冒这样的风险，让金万丰知道我所有的秘密。

金万丰走后，我重新回到房间，居然看见林倩倩在笑。

她的脸上全是眼泪，笑容扭曲得像是疯了一样，看得我心慌。

她说，她懂了，她终于懂了，什么小店，什么赌博，都是幌子。我之所以这样绝情，都是因为这个男人。她说我从来没把她当过姐妹，说我每次有了男人，就把她抛到脑后。她说，我凭什么觉得自己比她优越，就凭和男人睡的时间长吗？睡一次是睡，睡一个月就不是睡了？50块是睡，500块就不是睡了？谁比谁高贵？谁比谁下贱？我做小姐的事情，那个男人知道吗？他要是不知道，她可以亲自告诉他，一个一个数给他看……

林倩倩越说越大声，嘴里的话也越来越不干净。

我想捂住她的嘴，却一巴掌扇在了她脸上。她号了一声，往我身上扑了过来。我没想过，我会和她这样毫无体面地扭打成一团。但当时的我，脑海里一片空白，翻滚的只有愤怒和屈辱，好像所有压抑的情绪都在此刻找到了出口。

混乱中，我用力推了林倩倩一下，她居然直接向后倒向了沙发。

沙发上，有一个被撑开的捕兽夹。

被捕兽夹夹住脑袋的林倩倩尖声大叫起来，她剧烈翻滚，摔到了地上。我当时害怕极了，生怕附近的邻居听见什么动静，于是在她背后，想帮她把捕兽夹取下来。

如果这个时候，她服个软，或许结果就会不同吧。但是，就算此刻，她还一直嘴硬着在骂我"虚伪""臭婊子""活该被男人骗"。

维系理智的细线，就在那一刹断掉了。

回过神来，我发现自己在用力地踹着捕兽夹。一下，两下，直到她的声音从喉咙里挤扁成泡沫，直到她一动不动地躺在那里。

强烈的恐惧感让我恢复了理智，我把林倩倩头上的捕兽夹取下扔开，把满脸是血的她抱到了床上。我当时心里只有一个念头，就是她别死，别死！

我拿过煤油灯，希望在微弱灯光的照射下，发现她还活着的迹象。

可是，她的眼睛还瞪着，却连一丝呼吸都没有了。

大惊之下，煤油灯失手掉落。灯体在床上碎裂，火苗在林倩倩的身上蹿了起

来,迅速蔓延到了整个床铺。

没救了……

我脑海里只剩下一个念头,那就是逃。

因为只顾着逃命,我甚至忘记了我赖以安身立命的根本——那张万元存单。待我想起来的时候,火势已起,根本不可能再返回去取存单。也不知道是不是幻觉,我仿佛在火光里听到了林倩倩的冷笑声。

我跟跟跄跄、漫无目的地奔跑着,这是我第三次万念俱灰。

7

我还能去哪里呢?

回家?我有家吗?去找金万丰?告诉他我杀了两个人吗?

那种很久没有出现过的孤独感再次涌上心头。

夜里的冷风吹得我直打哆嗦,我也跑不动了。恰好,我看见远处路边停着一辆带篷的卡车,于是翻到了车斗里,躲在货物堆中,心想就这样吧,听天由命吧,这辆车把我带到哪里,我就去哪里吧。

躺在车斗里,我无法控制自己回想着林倩倩瞪着的眼睛。我们在火车隧道里的黑暗里相拥,在逃出旅馆的余悸里紧搂,在即将开始的新生活面前相视而笑……而现在,她在黑暗里瞪我,恨着我,缠着我,让我不得超生。即便如此,在我最绝望的时候,最想拥抱的,却还是她……我默默地哭着,哭着,就睡着了。

没睡一会儿,我就被一阵嘈杂声吵醒了。我的第一反应,是公安发现我是凶手,来抓我了。如果是这样,那就是天意,我认命了。但这动静听着又有些不对,我从斗篷的缝里往外看,居然看见几个人在搜司机的身。

我悄悄地从车篷里翻出来,逃离了卡车,可是没走出十几米,身边庄稼地里突然跳出一个男人,直接把我摁倒在地面。那男人的力气好大,摁得我肩膀很疼,动弹不得。过了一会儿,我听见卡车开走了,然后就是有好多人的脚步走到我的身边。我努力侧头看了一眼,发现他们都蒙着面。

这帮人肯定不是公安。

所有人都在指责那个摁住我的男人,说他为什么不蒙面。那个男人说,自己只是在外围放哨,没想到车斗里还藏着个人。然后这帮人就七嘴八舌商量应该怎么处

/// 尾 声

四条命的女人

置我。我的心里突然涌起一阵悲凉,没有想到我这些年努力求生,最后要被一帮土匪灭口。

我不想和他们解释我并没有看到他们的脸,也不想向他们求饶。我累了,闭上了眼睛,等待他们对我的裁决。

就在此时,远处响起了隐约的警笛声。那个方向,就是蔡村的方向。我知道,着了火的房屋被发现了,林倩倩之死,事发了。

眼前的这帮土匪明显紧张了起来,他们领头的一个扎小辫的男人绕到我面前看了看我说:"都别争了,带回去,我家有个空屋,先把她锁里面再说。"

于是我就这样被稀里糊涂地带到一个陌生的村落,然后被稀里糊涂地锁在了一个黑漆漆的小房间里。

也行吧,好歹有床有被褥,我终于可以睡一觉了。

很沉的一觉,我甚至没有做梦。

天一亮,房门就被打开了。我的脸色很平静,即便去死,我也没什么可害怕的了。

门外是那个领头的扎小辫子的男人。他端着一碗白米粥,拿着一个馒头走了进来,问我饿不饿。

我很意外,这个土匪头子并没有像我想象中那样凶神恶煞,反而是很温和地和我聊起了天。一开始,我只是被动地回答他的问题,慢慢地,我们就开始有问有答了。

他叫肖强,不仅很温和,甚至还有些羞涩,只是他在努力掩盖他的羞涩罢了。

我们聊了几句,彼此都放下了一些防备。肖强从口袋里拿出一盘磁带,问我是否知道,这个方方正正的小玩意是什么东西。

我一眼就看出,那盘磁带是走私货。于是我就说,你可以派人去城里,找卖收录机的地方,你就可以看到也有卖这个的。

肖强半信半疑地离开了。几个小时之后,他猛地推门进来,兴奋地告诉我说,真没想到,这个小玩意居然卖5块钱!5块钱啊!那是多大的数目!

看着他没见过世面的样子,我哑然失笑。

可能是因为我的指点,肖强发现了新大陆,他对我的态度更加亲近了。他和我说了很多他们村子的情况。

他们并不是什么土匪,而是正常的村民。只不过他们村子地处偏僻,村民都很穷,穷则思变,于是他们就想方设法弄钱。最开始,他们是偷煤。偷来的煤块不仅可以给村民们自用，多余的还可以去镇子上换钱。但后来他们发现，这桩买卖风险大、回报小，还不如直接抢钱来得直接。昨天晚上，也是他们第一次实施抢劫，不巧就被我撞上了。昨晚的抢劫，他们抢了十几块钱，在搜查货车车厢的时候，发现车厢里只有几箱子这个小玩意。他们都不认识这个小玩意是什么，有个村民出于好奇就拿了一个。

肖强说自己很后悔，昨晚没把那几箱磁带全都抢走。

我就问他，即便是抢走了，你知道怎么换成钱吗？

肖强再一次怔住了，显然他根本没有想到这一层问题。

于是我说，我来教你吧。

真没想到，兜兜转转，我居然以这样的方式在桃村重新开始了。

在广州的5年里，我接触了各种各样的"老板"，我学东西很快，他们对我又没有防备。所以，久而久之，我也深谙了他们的"生意经"。以前，我只是一个人，就算知道这些门道，也没有机会去试验。现在，肖强信我，而他又能驱动得了桃村的人。我那颗本已死去的心，就在这机缘巧合中，越烧越烈。

在我的出谋划策之下，肖强他们很快就捞到了第一桶金。

他们抢劫了一辆走私货车，并且成功把走私货物销售了出去，换了数百元的现金。

那是他们整个村子一年的收入。

在我的建议下，这数百元的现金，我们平分给了村里的每家每户。这一招是东哥教我的，先给点甜头，才能有回报。这行当要做得长久，就要把每个人都拖下水。肖强以前偷煤，是小打小闹，现在抢劫可是个危险的活儿，一旦暴露，没有退路，必须要先得到全村人的支持。

果不其然，这一次行动后，肖强在村里的地位顿时上了一个台阶。村民仰慕的目光，也极大满足了他的虚荣心。因此，他对我可以说是礼遇有加。他做事有些"虎"，但对我格外心细。他亲自帮我粉刷了我居住的小屋，还拿来了很多日用品。

我不傻，我当然能感觉到肖强喜欢我。他的那帮小兄弟经常会拿他和我开玩笑，他也会故作生气地去教训他们，但我很清楚他的心里想什么。我不介意这些玩笑，但心里对肖强也不是那种男欢女爱的感觉。

我忽然理解当年东哥为什么会看上我了。原来手把手教一个人，是这种感觉。肖强信任我，就像当年我信任东哥一样。仰慕中，带着一丝盲目。哪怕前面是下地

/// 尾 声

四条命的女人

狱,也以为在走上坡路呢。

又获了几次益后,所有村民,包括村支书都更听从肖强(其实是我)的决策了,全心全意支持着我们的生意。在金钱的联结下,整个村子像是形成了一种牢不可破的"友谊"。我们在全村人的庇护之下,隐藏得很好。

做生意需要耳听八方,所以,我让肖强从村部拿些报纸回来翻阅。

也就是因为这样,我在一张旧报纸上看到了自己的"死讯"。原来,没有人见过林倩倩,她被烧焦在我住的房子里,就被人当成了我。报纸上还说,案件已经侦破了,杀人犯就是金万丰。

这是我万万没有想到的。

办案的公安叫冯凯,报纸上还刊登了他的照片,说他是破案的功臣。看到这则报道的时候,我的心里是说不出的滋味,一方面,我嘲笑这个办错案的公安居然成了功臣,实在是滑稽。另一方面,我确实担忧公安到最后会不会真的把金万丰当成凶手枪毙了。金万丰是无辜的,他最大的错误就是偶遇了我。

可是,我也不可能去投案自首。

人总要向前看,林倩倩也好,金万丰也好,他们要怪,就怪自己在错误的时间出现在了错误的地方。我不会再回头了,不会再软弱了。

那天晚上,我留下了肖强,卸下了他最后的防备。

现在,我和桃村已经绑在一起了。

肖强很听话。我告诉他,我不想抛头露面,只想做他背后的女人。

所以,他就全都照着我说的意思办。

我让肖强指挥他们专抢夜晚行车的车辆,指挥他们抢哪些货物可以获得更高的报酬,指挥他们如何进行销赃。因为他们这帮人都不认识字,不会数学,在销赃的时候有诸多不便,所以我也会参与销赃,或者在不远处指挥他们抛头露面。

通过读报纸上的连载小说,我知道人的指纹是可以破案的,所以我让肖强要求他们抢劫的时候,不仅要蒙面,更要戴手套,这是一项铁的纪律。

在我从报纸上读到龙番市走私产业链被彻底端掉之后,我知道我必须改变方法了。我们调整了作案的时间,准备抢劫正常的货车。

可是,很快就出事了。

8

一次抢劫后，肖强发现他的一个手下居然忘记戴手套了。在那种情况下，想要回到车里抹去指纹，是很难做到的，因为他自己也不记得摸过哪里。在这种情况下，肖强的"虎"劲就上来了。他居然让小兄弟们一把火把货车烧了。

我知道，指纹可能并不会招来大祸，但烧车是可以的。事情既然已经出了，没有别的办法，只能蛰伏一段时间，避避风声。这段时间，其实我们也没有浪费，我嘱咐肖强安排村子里的几个小孩子，去城里偷了几辆自行车。有了车辆，我们就可以去更远的地方抢劫了，抢劫后，也更容易把货物运回来。

你们别问我为什么会有这样的思维，我爸早就说过，我是个聪明人，只要够用功，没有解不出的难题。只不过前些年，我的聪明都没有用对地方，日子才过得那么愁云惨雾的。在广州的那几年，听我那些"男朋友"炫耀自己和公安"斗法"的故事，我就听进心里去了。世事难料，谁知道会用在这时候呢。

不管怎么说，在我的策划下，我们突破了原有的活动范围，作案依旧很顺利，抢到的货物也更多了。

在销赃的环节上，我也是要求严格的。我让肖强不要那么急性子，不要一股脑儿地把所有赃物卖掉，而是要分批、分时间段去售卖。这样的话，目标不大，不容易被人注意。

因为必须要销赃，那么就带来一些问题。比如，负责帮我们销售的店家，就是那个被肖强杀掉的占龙，肯定知道我们是干啥的。这样，就会存在一些被出卖的风险。但是，我一直觉得，占龙也同样干着违法的买卖，而且我们就是他的财神爷，没有什么意外的话，他应该是不会出卖我们的。

况且，占龙这个人还是蛮精明的，这也是我们选择他作为长期合作伙伴的原因。我们的同伙都不识字，所以开始的货物清单、账单都是由我来书写的。一来二去，占龙即便不认识我，也认识了我的字迹。到后来，即便我们派去销赃的同伙有更换，占龙也能根据我写的字条来辨别。

认我的字条，一来是可以防止公安冒充，二来是长期合作价格也会公道一些。

前不久，肖强安排人去售卖两箱酒的时候，我也顺道和他们一起去采购一些东西。远远地，我看到了占龙店铺对面坐着的两个人。

/// 尾声

四条命的女人

我很少出门，一出门就揣着一百个小心。我瞥了一眼，就觉得不对劲。细想了一下，那两人中的一个，不就是报纸上被誉为"功臣"的公安吗！

这时候，我已经通过报纸知道公安局发现了金万丰并不是真凶，这说明这个公安并不完全是个糊涂蛋。那么他为什么会在这个时候出现在这个地方？

只有一种解释：占龙被公安盯上了！

恐惧感弥漫了我的全身：我知道，一旦占龙被公安抓去，肯定会把我们招出来的。我们合作了这么多次生意，占龙对我们这些人、对我们整个村子，都是了如指掌的。占龙只是销赃，罪行不重，他完全没有必要为我们隐瞒罪行。说不定招出了我们，还可以抵他的罪。

巨大的风险已经降临。

怎么办呢？现在去告诉占龙，让他赶紧逃跑？他会逃跑吗？他的家、店铺、仓库都在这里，逃跑了，货物怎么办？他舍得下这么多可以换钱的东西吗？他会为了帮助我们隐瞒罪行，而损失自己的利益吗？答案肯定是否定的。能自保的时候，谁还会关心别人的死活啊！

事到如今，我唯一的想法就是逃跑了。

既然占龙不会逃跑，那么我就自己逃跑吧。和肖强这么久了，我也有些感情了。于是，我就劝他和我一起走，我有脑子，他有膀子，去哪儿都能活。可是，肖强是一个很仗义的人，仗义到有点"虎"。他很温和地告诉我，他不会丢下我，但也不会丢下父母、丢下小兄弟们、丢下全村的父老乡亲。他做不出那么绝情的事情。他说，桃村是生他养他的地方，他死也不会离开这里。至于占龙被公安盯梢的事情，他有办法解决，让我不用担心，等他的消息就好。

我没想到，肖强说干就干，"虎了吧唧"的他，居然直接把占龙灭口了！当我听肖强绘声绘色地描述他的行动时，我整个人都蒙了。看到我担忧的表情，肖强胸有成竹地说，他在动手之前，很确定周围没有盯梢的公安，动手之后又把现场弄得很乱，公安肯定都不清楚他们是在哪里动手的，而且他们和抢劫的时候一样，全程都蒙面并且戴了手套。

听他这一说，我又心存侥幸了。我让他仔细描述整个过程。肖强说，他们勒死占龙的时候，都戴了手套。杀完人之后，他们就把手套直接扔占龙家的水井里了，可以说是神不知鬼不觉。扔完了手套，他们又打乱了占龙家里的摆设，还用衣

329

服盖住了杀人的具体位置——沙发。

肖强得意扬扬地跟我邀功，说这是相处这么久，和我学到的东西。但是我听完他的描述，总觉得哪里不妥，但是又想不出来不妥的地方。

他做事太野了，可我不知道为什么，偏偏喜欢这股野性。

我搂着这个刚刚杀完人的男人，迷恋地嗅着他身上的气味，肖强被我嗅得痒痒的，笑个不停。我把脸埋在他的脖颈里，嗅着自己的欲望和野心。我好像听到有个声音在笑我，你这样沉迷于杀人放火，和赌徒有什么分别？！

冷静下来，我还是做了两手准备。

毕竟现在摊上了人命案，公安有没有可能更加重视，从而盯上我们这偏远的村庄，我心里没底。所以我让肖强找了村支书，共同设计一个抵抗的方案以备不时之需。

这个方案很简单。我相信，法不责众。只要村民们同心协力，警方自然是无法把我们这么多人全部抓走的。即便把我们全部抓走了，只要我们每个人的嘴都很严，警察也拿我们没有办法。

这半年来，每家每户都分了不少钱。不管是过去的情义，还是未来的希望，他们都得和我们一起保守秘密。肖强也在不断强调，连外村的亲戚都不允许透露半点。

而就在此时，有陌生人到我们村子里来了。说是什么来捞湖虾的，显然很可疑。

我们的村子就像一个坚实的壁垒，稍微有点风吹草动，都能被轻易发现。听了描述，我意识到，陌生人就是报纸上的那个公安！虽然肖强他们几个人逼走了他，并且依照之前的方案在村口设置了岗哨，提前做好了路障，约定好集结的口令，让村民们准备好一切可以抵抗搏斗的工具，但我这心里根本就踏实不下来，眼皮不停地跳。

后面的事，你们都知道了。

当所有的村民都以为你们真的法不责众，按时收队的时候，我却预感到事情没有那么简单。但又一次，侥幸心理占了上风。我焦急地等待肖强回来，想问一问外面的情况，从而判断我们是不是真的就这样过了关。

可肖强一直都没有回来。

直到我听见外面乱成了一锅粥，知道大事不妙。我不可能再傻傻等待肖强了，他很有可能已经被抓了，虽然我于心不忍，但现在，他也是我的过去式了。

/// 尾 声

四条命的女人

  我想,既然你们公安开始动手了,那么几条通往外界的通道,按常理都应该被你们公安封锁了。此时的我,没命地奔跑,向湖边奔跑。因为龙番湖上,有肖强家的小船,如果能上得了那条小船,还是有逃离的机会的。

  可是,那个公安,就像是狗皮膏药一样,甩都甩不掉。于是我只能冒充受伤,想要暂时瞒天过海,伺机逃离。虽然我的眼睛里挤不出眼泪,但夜色掩饰得很好,我只需要号哭几声,这点演技,我还是有的。

  伏在那个公安的背上,他腰间的枪套不断撞击着我的膝盖,就像是老天在提示着我,如果拿到了他的枪,说不定就可以获取最后一点逃生的机会。

  其实,我从来都没有想过开枪,只是那猛烈的撞击,让我不小心扣动了扳机。我更没有想到,这样会误伤了那个眉清目秀的小警察。

  他死了吗?

  真是抱歉,我听起来很没有诚意。

  我走到今天,每次都侥幸逃脱了,可是,就差这一次运气。

  要是再给我一次机会……最后一次机会……

当你盯着
那个美味的诱饵时

捕兽夹锋利的牙齿
也在盯着你

燃烧的蜂鸟

敬请期待

蜂鸟系列大结局
